*Aux infirmières,*
*parce que vous êtes extraordinaires.*

# Le mot de Jenny

Bonjour ! Si c'est le premier de mes livres que vous lisez : bonjour et bienvenue ! J'espère sincèrement qu'il vous plaira. Et si vous avez déjà lu certains de mes ouvrages, je vous remercie du plus profond de mon cœur ; je suis ravie de vous revoir et, waouh, vous êtes superbe, est-ce que vous avez changé de coiffure ? Ça vous va *vraiment* à ravir.

Bienvenue dans *Une saison au bord de l'eau* ! Il y a une chose des plus bizarres, je trouve : il arrive qu'on parte en vacances dans plein d'endroits différents sans connaître très bien son propre pays (je sais en écrivant ceci que mon cher ami Wesley va faire la moue et lever les yeux au ciel, car nous nous connaissons depuis maintenant plus de vingt ans et je ne suis pas allée lui rendre visite une seule fois à Belfast). *Bref*, passons à autre chose : quand je me suis réinstallée en Écosse l'année dernière, après avoir vécu à l'étranger pendant des dizaines d'années, j'ai décidé de rectifier le tir.

Je n'avais jamais passé beaucoup de temps dans les Highlands ni dans les îles écossaises avant, étant une *lullander* de naissance (ce qui signifie que je suis née dans le sud du pays) : j'ai donc saisi toutes les occasions qui se présentaient à moi de visiter et d'explorer ces régions, et je dois avouer que je suis tombée amoureuse des îles sur-le-champ.

Les plages blanches infinies ; les vieux monuments insolites ; les vastes étendues sans arbres (ces derniers n'arrivant souvent pas à pousser à cause des vents violents) et ces nuits d'été interminables, durant lesquelles il ne fait jamais noir. L'île de Lewis et Harris, l'île de Bute, les Orcades et surtout les Shetland, l'un des lieux les plus singuliers et les plus jolis du Royaume-Uni à mon avis, nous ensorcellent toutes à leur manière.

Je voulais situer l'intrigue d'un de mes livres ici, dans le Grand Nord, mais j'ai décidé d'inventer une île, une sorte d'amalgame, car rien n'est pire qu'écrire sur un endroit réel et commettre des erreurs : tout le monde vous en veut alors terriblement. Croyez-moi, j'en ai fait l'amère expérience 😃.

Mure est donc fictive, mais, et c'est le but recherché, elle transmet l'essence et l'atmosphère de ces îles extraordinaires du Grand Nord, que je trouve si étranges, si belles et si merveilleuses – même si, bien sûr, pour les gens à l'accent chantant qui y vivent, elles ne sont que leur « chez-eux ».

Je vous livre aussi dans ces pages quelques recettes traditionnelles de tartes, de tourtes et de pains que j'aime préparer. Je compte sur vous pour les tester – n'hésitez pas à me tenir au courant de ce que ça a donné en écrivant à @jennycolgan sur Twitter ou en me rejoignant sur Facebook ! (En théorie, je suis aussi sur Instagram, mais j'y suis moins habituée.)

J'espère donc que vous allez aimer *Une saison au bord de l'eau*. C'est un livre très personnel puisque, après une longue absence, je suis enfin revenue m'installer dans mon pays natal, comme le fait Flora – pour découvrir qu'il m'avait attendu tout ce temps.

Avec toute mon affection,

Jenny
xxx

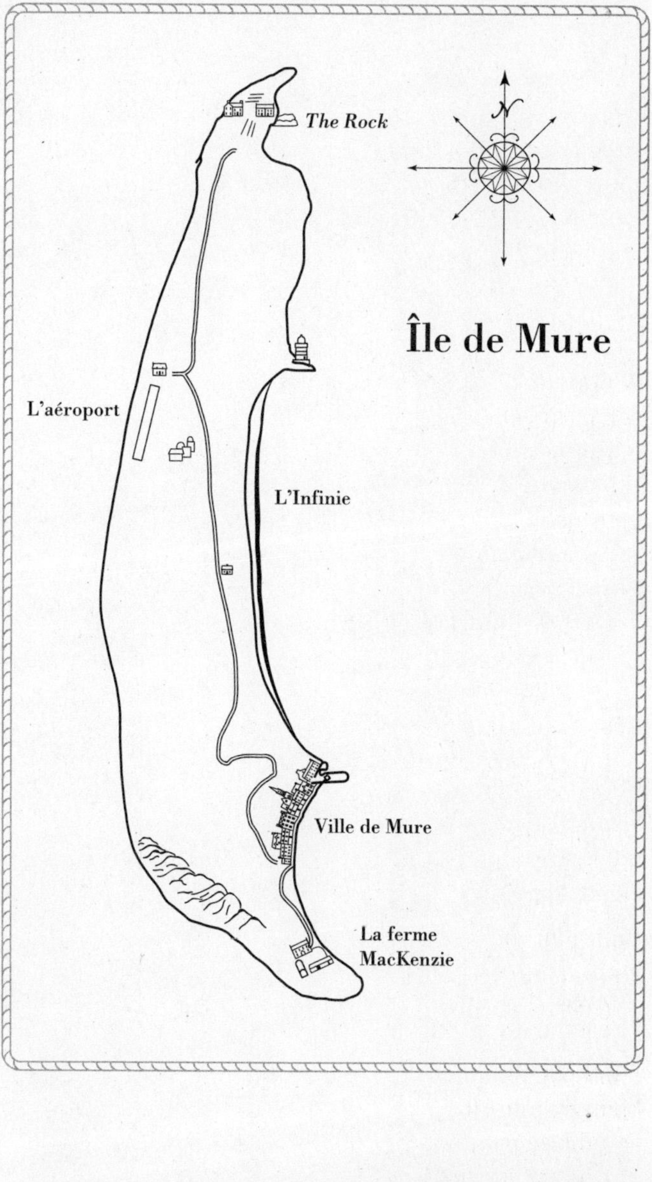
The Rock
N
Île de Mure
L'aéroport
L'Infinie
Ville de Mure
La ferme
MacKenzie

hiraeth (n) : *mal du pays, regret d'un foyer où l'on ne peut pas retourner, qui n'a peut-être même jamais existé ; sentiment de nostalgie, de manque, de chagrin ressenti pour les lieux perdus de notre passé.*

## Chapitre un

Si vous avez déjà pris l'avion pour Londres – au départ, j'avais écrit : « Vous savez, quand vous prenez l'avion pour Londres », et puis je me suis dit, bon, c'est peut-être un peu présomptueux quand même, du genre, salut, c'est moi, je passe ma vie dans les avions, alors qu'en réalité j'achète toujours des billets pour des vols au rabais ; du coup, il faut que je me lève à quatre heures du mat' et je ne ferme pas l'œil de la nuit, de peur de ne pas entendre mon réveil, et puis je me rends à l'aéroport à une heure insensée, où je m'imbibe de café hors de prix, ce qui finit par me revenir plus cher que si j'avais réservé un vol à une heure décente dès le début… Mais passons.

Donc.

*Si* vous avez déjà pris l'avion pour Londres, vous savez qu'avant l'atterrissage on fait souvent patienter l'appareil dans un circuit d'attente. Vous tournez en rond le temps qu'un créneau se libère pour vous poser. En général, ça ne me dérange pas : j'aime contempler la vaste étendue de cette cité gigantesque s'étaler sous moi, le nombre incalculable de personnes qui s'agitent en tous sens, penser que chacune d'elles a ses espoirs, ses rêves et ses déceptions, rue après rue, des millions et des millions d'âmes et de rêves. Je trouve ça agréable, et très excitant.

Et si vous aviez patienté au-dessus de Londres en cette journée de printemps, vous auriez vu l'immensité de la capitale se déployer à perte de vue ; la quantité surprenante d'espaces verts concentrés à l'ouest, si bien qu'on a l'impression qu'on pourrait traverser toute la ville de parc en parc, jusqu'à l'est, compact et enfumé, où les rues et les espaces publics sont de plus en plus encombrés ; le London Eye au bord de la Tamise, étincelant dans le soleil du petit matin ; les bateaux qui remontent ou descendent le fleuve, à l'eau tantôt sale et tantôt miroitante ; les hautes tours de verre qui semblent être sorties de terre sans que personne ne le demande, à mesure que Londres change de visage ; et, par-delà le Dôme du Millénaire, plus bas maintenant, la pointe scintillante du One Canada Square, autrefois plus haut gratte-ciel de la ville, avec sa station de métro au beau milieu du bâtiment, ce qui devait être carrément impressionnant en 1991.

Maintenant, imaginez que vous puissiez continuer à descendre, que vous puissiez faire un zoom avant comme dans un Google Maps grandeur nature – et pas seulement pour aller admirer votre propre maison (à moins que je ne sois la seule à faire ça ?).

Si vous cessiez d'observer la scène depuis les cieux tel un Dieu et continuiez à vous rapprocher du sol, la ville aurait vite l'air moins sereine. Vous commenceriez à remarquer les rues noires de monde, où tout paraît crasseux ; et tous ces gens qui se croisent en se bousculant, même maintenant, à sept heures du matin juste passées : des agents d'entretien à peine sortis du travail qui rentrent chez eux d'un pas lourd, l'air épuisé, et, dans l'autre sens, de jeunes cadres dynamiques en costume-cravate et tailleur strict ; des employés de bureau, des vendeurs, des réparateurs de téléphones portables, des chauffeurs Uber, des laveurs de carreaux, des marchands de journaux, et les nombreux, les très nombreux hommes affublés de gilets jaunes qui font des choses mystérieuses avec des cônes de signalisation. Nous sommes presque arrivés au niveau du sol maintenant. Nous suivons des rues, prenons des virages à toute allure, dans le sillage du Docklands Light Railway, ce petit métro automatique, dont les usagers s'efforcent de se frayer un chemin dans la cohue du petit matin, parce qu'il est impossible de faire autrement, il faut jouer des coudes, sinon on ne trouve pas de place, fût-ce debout. L'idée même de pouvoir s'asseoir s'est envolée il y a déjà quelques kilomètres, à la station Gallions Reach, mais il est peut-être encore possible, je dis bien peut-être, de dégoter une place debout dans un coin sans avoir la tête dans l'aisselle de son voisin ; la rame lourde de l'odeur de café, de mauvaises haleines et de vapeurs d'alcool, et du sentiment que tout le monde a été arraché de son lit bien trop tôt, que même le soleil, sa pâle lumière pointant timidement à l'horizon en ce début de printemps, se lève sans conviction – mais peu importe : la grande machine de Londres est fin prête, avide, toujours avide, elle attend de vous avaler et de vous saigner à blanc, avant de vous recracher pour vous laisser refaire tout le trajet en sens inverse.

Et c'est là qu'apparaît Flora MacKenzie, au cœur de la mêlée, attendant de sauter dans le petit métro qui va l'amener jusqu'à la tumultueuse station Bank et son absurde dédale de couloirs. Vous la voyez bien maintenant : elle vient tout juste de monter. Ses cheveux ont une couleur étrange : très, très claire, qui ne ressemble presque à aucune autre. Ils ne sont pas blonds, et pas vraiment roux non plus ; blond vénitien éventuellement, mais en plus terne. Elle est un tantinet trop grande, sa peau est d'un blanc laiteux, et ses yeux ont une couleur pâle, parfois difficile à déterminer. Elle est là, son sac et sa mallette serrés contre elle, vêtue d'un imper dont elle ne sait pas s'il est trop léger ou trop chaud pour la journée à venir.

À ce moment précis, alors que la matinée ne fait que commencer, Flora MacKenzie ne se demande pas si elle est heureuse ou malheureuse, même si cette question ne tardera pas à revêtir une importance capitale.

Si vous pouviez vous arrêter pour lui poser la question, elle se contenterait sans doute de vous répondre qu'elle se sent « fatiguée ». Parce que tous les Londoniens le sont. Ils sont tout le temps épuisés, crevés, ou dans un état de frénésie, parce que… Eh bien, personne ne le sait vraiment. Ça semble être la règle, tout comme marcher vite, faire la queue devant des restaurants éphémères et ne jamais, au grand jamais, aller chez Madame Tussauds.

Flora se demande si elle va réussir à trouver une position dans laquelle elle pourra bouquiner ; si la ceinture de sa jupe ne la serre pas un peu plus ces derniers temps, tout en se disant que, malheureusement, si cette pensée l'effleure, c'est qu'il y a de fortes chances que ce soit vrai ; elle se demande si le temps va se réchauffer et, le cas échéant, si elle va enlever ses collants (ce qui est problématique à plusieurs égards, surtout parce que sa peau est plus blanche que le lait et résiste à toutes les tentatives visant à rectifier le tir. Elle a déjà essayé de mettre de l'autobronzant, mais on aurait dit qu'elle avait plongé les jambes dans une piscine de sauce cocktail. En plus, dès qu'elle s'était mise à marcher, l'arrière de ses genoux était devenu tout moite – elle ne soupçonnait même pas que l'arrière des genoux puisse devenir moite – et de longues traînées blanches avaient commencé à strier sa peau faussement bronzée, comme Kai, son collègue de bureau, avait pris soin de lui faire remarquer. Kai a une peau magnifique, couleur café au lait, qui rend Flora folle de jalousie. Mais aussi parce que, dans l'ensemble, c'est l'automne qu'elle préfère à Londres).

Elle pense à son rendez-vous Tinder de l'autre soir, quand le type qui avait l'air si gentil en ligne s'est immédiatement mis à se moquer de son accent, comme tout le monde le fait, partout, tout le temps ; et puis, quand il a remarqué que cela ne l'impressionnait pas, il a suggéré qu'ils fassent l'impasse sur le dîner pour aller directement chez lui. Ce qui la fait soupirer.

Flora a vingt-six ans. Elle a organisé une super fête pour marquer le coup, où tout le monde s'est soûlé et lui a assuré qu'elle se trouverait bientôt un petit ami, enfin, sauf ceux qui lui ont dit qu'il était impossible de rencontrer quelqu'un de bien à Londres : il n'y a pas d'homme dans cette ville et les rares spécimens qui restent sont soit gays, soit mariés, soit mal intentionnés. En réalité, tout le monde ne s'est pas soûlé, car une de ses amies était enceinte pour la première fois, elle n'arrêtait pas de s'en vanter, pleine de fausse modestie, tout en jubilant en son for intérieur. Flora était contente pour elle, évidemment qu'elle l'était. Elle n'a pas envie d'être enceinte. Mais n'empêche.

Flora est pressée contre un homme qui porte un costume élégant. Elle lui jette un coup d'œil, rapide, juste au cas où ce serait lui, ce qui est parfaitement ridicule : elle ne l'a jamais vu, lui, dans le Docklands Light Railway. Lui, quand il arrive au bureau, il est toujours impeccable, sans une tache ni un pli, et puis elle sait qu'il vit quelque part dans le centre-ville et qu'il ne prend jamais le métro.

À sa fête d'anniversaire, comme d'habitude, ses amis ont eu assez de jugeote pour ne pas mentionner son patron après quelques verres de prosecco. Le patron pour lequel elle a le béguin, un béguin absurde, complètement ridicule.

Si vous avez déjà connu le supplice de craquer pour quelqu'un, vous savez ce que ça fait. Kai sait à quel point ce *crush* est vain, parce qu'il a le même patron que Flora et qu'il le voit tel qu'il est : un vrai salaud. Mais, bien sûr, Flora ne veut rien entendre.

De toute manière, l'homme dans le métro, ce n'est pas lui. Flora se sent idiote d'avoir vérifié. Dès qu'elle pense à lui, elle a l'impression d'avoir à nouveau quatorze ans, et la pâleur de ses joues accentue son rougissement. Elle sait que c'est ridicule, stupide, inutile. Mais c'est plus fort qu'elle.

Elle commence sa lecture sur sa liseuse en s'efforçant de ne pas basculer, de ne bousculer personne dans cette rame minuscule et bondée, tout en regardant de temps à autre par la fenêtre, perdue dans ses rêveries. D'autres pensées lui viennent en tête :

a) Elle va encore avoir un nouveau coloc'. Les gens emménagent et déménagent si souvent du grand appart' victorien qu'elle partage qu'elle a rarement le temps d'apprendre à les connaître. Leur courrier s'entasse dans l'entrée, au milieu de vieilles carcasses de vélos, et elle se dit que quelqu'un devrait faire quelque chose pour régler le problème, mais elle ne fait rien.

b) Encore déménager ?

c) Un amoureux. (Soupir.)

d) Passer chez PRET A MANGER ?

e) Une nouvelle couleur de cheveux, peut-être ? Quelque chose qui partirait facilement ? Est-ce que le gris argenté lui irait bien, ou est-ce qu'elle aurait seulement l'air d'avoir les cheveux poivre et sel ?

f) La vie, l'avenir, tout ça.

g) Peindre sa chambre de la même couleur que ses nouveaux cheveux ? Ou est-ce que ça impliquerait de déménager à son tour ?

h) Le bonheur, et tout et tout.

i) Ses cuticules.

j) Peut-être pas argenté. Bleu, alors ? Ou légèrement bleuté ? Est-ce que ça passerait au bureau ? Est-ce qu'elle pourrait acheter une mèche bleue, pour la glisser dans ses cheveux et l'enlever à volonté ?

k) Un chat ?

Flora se rend à son travail d'assistante juridique, en plein cœur de Londres, et elle n'est pas particulièrement heureuse, mais elle n'est pas malheureuse non plus parce que, se dit-elle, c'est pareil pour tout le monde, non ? On s'entasse dans les transports en commun. On mange trop de gâteau quand c'est l'anniversaire d'un collègue de bureau. On se jure d'aller à la salle de sport entre midi et deux, mais on ne le fait pas. On garde les yeux rivés sur un écran pendant si longtemps que ça fiche mal à la tête. On commande trop de fringues sur ASOS et on oublie de les renvoyer.

Il lui arrive parfois de prendre le métro pour aller au boulot ou rentrer chez elle sans même remarquer le temps qu'il fait. C'est juste une journée comme les autres, une journée un peu barbante.

Sauf que, dans deux heures et quarante-cinq minutes, tout sera différent.

# Chapitre deux

Au même moment, à cinq kilomètres de là, vers l'ouest, une jeune femme blonde hurlait à pleins poumons.

Elle était superbe. Même en colère, en train de cracher son venin après une nuit blanche particulièrement agitée, ses cheveux ébouriffés lui tombant sur les épaules, elle était d'une grande beauté, toute en jambes, avec une peau parfaite.

À l'extérieur, le bourdonnement de la circulation se faisait légèrement entendre, à peine perceptible à travers les fenêtres à triple vitrage du luxueux appartement-terrasse. Les nuages du petit matin étaient bas, ils se déposaient sur les tours élancées de la *skyline* de la City et sur la Tamise – la vue était époustouflante –, mais les prévisions météo laissaient présager une journée chaude et humide, lourde, incommodante. La blonde s'époumonait, mais Joel se contentait de regarder par la fenêtre, ce qui n'arrangeait pas les choses. Au départ, elle était bien gentille, elle avait proposé qu'ils dînent ensemble ce soir-là mais, quand Joel lui avait fait comprendre que la perspective d'un dîner avec elle ne l'enchantait pas particulièrement et que, à vrai dire, trois rendez-vous, ça lui suffisait sans doute largement, elle était très vite devenue méchante. Elle poussait donc de grands cris, car elle n'avait pas l'habitude qu'on la traite ainsi.

— Tu veux savoir quel est ton problème ?

Non, Joel ne le voulait pas.

— Au fond de toi, t'es persuadé d'être un type bien. Du coup, tu te dis que c'est pas grave si tu te comportes comme un vrai salaud à longueur de temps. Que, quelque part, t'es un tendre, que tu peux montrer cette facette de ta personnalité quand ça te chante. Mais je te le dis, moi : tu peux pas.

Joel se demandait combien de temps cette petite crise allait bien pouvoir durer. Le psy qu'il consultait ne se montrait en général pas aussi direct. Joel avait envie d'une tasse de café. Non : il avait envie qu'elle parte, puis d'une tassé de café. Et s'il prenait son téléphone ? Cela accélérerait-il les choses ? Certainement.

— Mais regarde-toi ! Regarde ce que t'es en train de faire. Dans la vie, on est juste ce qu'on fait. Rien de plus. Tout le monde s'en tape, de ce que tu ressens à l'intérieur, ou de ce que t'as traversé. Ce qui te définit, c'est ton comportement. Et ton comportement, il est honteux.

— T'as fini ? se surprit à l'interroger Joel.

La blonde parut sur le point de lui jeter une chaussure au visage. Mais elle s'arrêta et commença à enfiler ses vêtements dans un silence offensé. Joel sentait bien qu'il ne devrait pas la regarder, mais il avait oublié à quel point elle était désirable. Il ferma brièvement les yeux.

— Va te faire voir, lança-t-elle d'un ton sec.

Sa jupe était incroyablement courte. De toute évidence, elle aurait du mal à rester digne dans le métro qui la ramènerait chez elle, dans l'ouest de la ville : tout le monde comprendrait qu'elle venait de découcher.

— Tu veux que je te commande un Uber ?

— Non, merci, répliqua-t-elle sévèrement avant de changer d'avis. Et puis si, commande-m'en un maintenant.

Il reprit son téléphone.

— T'habites où ?

— Tu t'en souviens pas ? T'es déjà venu !

Joel fronça les sourcils. Il connaissait mal Londres.

— Si, bien sûr…

Elle poussa un soupir.

— Shepherd's Bush.

— Bien sûr.

Un ange passa.

— Tout finit par se payer, Joel. Tu perds rien pour attendre.

Mais il s'était déjà levé et se dirigeait vers la cafetière, vérifiait ses e-mails, se préparait pour sa journée. Quelque chose lui échappait à propos d'une affaire, et il essayait de se rappeler quoi. Quelque chose de positif. C'était quoi, déjà ?

*

À plus de mille kilomètres de là, plein nord, sous l'immensité du ciel d'un blanc éclatant, les hommes revenaient des champs en s'étirant, les chiens galopant à leurs pieds, les lapins se dispersant devant eux, le vent du large qui soufflait vers les terres aussi frais qu'un glaçon. La première tâche du jour accomplie, ils descendaient prendre leur petit déjeuner, tandis que, en contrebas, dans la douce lumière du matin, les pêcheurs remontaient leur prise sur les pavés du port en chantant, leurs voix portant haut, par-delà la colline, et jusque dans le ciel :

Et que pensez-vous qu'ils aient fait de ses yeux ?
*Sing aber o vane sing aber o linn*
Le meilleur hareng jamais mis dans un plat
*Sing aber o vane sing aber o linn*
Chantez hareng, chantez yeux, chantez poisson, chantez plat
*Sing aber o vane sing aber o linn*
Et je n'ai pas fini de chanter mon hareng
*Sing aber o vane sing aber o linn*

# Chapitre trois

Joel pénétra dans son bureau, l'air concentré. Ce qui lui échappait lui était revenu : il avait rendez-vous ce matin avec Colton Rogers, un Américain, comme lui. Rogers était riche, tout le monde le savait : il avait fait fortune en montant des start-up dans le domaine des nouvelles technologies. Joel avait entendu parler de lui, mais ne l'avait jamais rencontré. Si Rogers venait à Londres avec tout son argent, c'était évidemment une excellente nouvelle pour Joel, qui ne pensait plus du tout au fâcheux incident survenu plus tôt.

D'un signe de tête, il indiqua à Margo, son assistante, d'aller chercher Rogers et ses collaborateurs, puis regarda par la fenêtre, euphorique. Son bureau se trouvait juste au-dessus du quartier de Broadgate, en plein cœur de Londres, surplombant Broadgate Circle et, au loin, les tours de la City. Joel pouvait voir jusqu'au fleuve. Les rues étaient bondées : des gens qui s'agitaient en tous sens, des taxis en file indienne, même à une heure aussi matinale. Il aimait cette ville, elle le stimulait ; il aimait être l'un des rouages de cette grosse machine à fric. De cette position élevée, il avait l'impression de contempler son domaine, et il voulait y régner en maître. Il souriait à moitié, content de lui, quand Margo réapparut : elle fit entrer Colton Rogers et son équipe, leur montrant du doigt un plateau de bagels et de pains aux raisins, même si Joel et elle savaient très bien que personne n'en prenait jamais.

— Salut ! lança Rogers.

Il était grand, longiligne et portait la panoplie classique du patron de start-up de la côte Ouest – jean, col roulé et baskets blanches. Une barbe légèrement grisonnante et excessivement bien taillée lui courait le long de la mâchoire. Joel trouvait la tenue de Rogers particulièrement étrange. Il s'interrogea : à l'inverse, que pouvait bien penser Rogers de son costume ?

— Ravi de vous rencontrer, monsieur Rogers.

— Appelez-moi Colton, je vous en prie.

Il s'approcha pour admirer la vue.

— Mince ! cette ville est complètement dingue. Comment faites-vous pour supporter ça ? Ça grouille de monde. On dirait une fourmilière.

Les deux hommes regardèrent en bas.

— On s'habitue, commenta Joel en lui faisant signe de s'asseoir. Que puis-je faire pour vous, Colton ?

Il y eut un blanc. Joel s'efforçait de ne pas penser à la valeur de cet homme. Ramener un aussi gros client à la boîte… Ma foi ! ce serait très bien vu.

— Je suis propriétaire de terres, dit Colton. De très belles terres. Mais ils veulent construire un parc éolien dessus. Ou pas loin. Ou à côté, enfin quelque chose comme ça. Bref. Je suis pas d'accord.

Joel cligna des yeux.

— Bien, répondit-il. Où ça exactement ?

— En Écosse.

— Ah, répliqua Joel. Il va probablement falloir vous adresser à notre bureau écossais alors.

— Non, je veux que ce soit vous, ici.

Le sourire de Joel s'agrandit.

— Eh bien, c'est agréable de savoir que nous avons été recommandés…

— Mais non, rien à voir. C'est pas du tout ça. Vous autres, vous êtes tous les mêmes, une bande d'affreux suceurs de sang, et, croyez-moi, j'en ai rencontré beaucoup dans votre genre. Non. Je crois savoir qu'un de vos avocats vient de là-bas. Quelqu'un qui connaît le foutu coin et qui pourrait venir se battre pour moi.

Joel fronça les sourcils et se creusa les méninges. Il n'avait jamais mis les pieds en Écosse ; il n'avait aucune idée de ce dont lui parlait Colton. Il ne voyait pas qui, dans l'équipe, pouvait bien avoir ce profil. Quelqu'un originaire d'Écosse. Mais il ne tenait pas à l'admettre.

— C'est une grande entreprise…, commença-t-il. Vous a-t-on donné un nom ?

— Ouais, répondit Colton. Mais j'arrive pas à m'en souvenir. Ça sonnait écossais.

Joel tiqua. En général, il réservait ses manifestations d'impatience à ses employés.

Dans le coin de la pièce, Margo tressaillit et Joel se tourna vers elle.

— Oui ?

— Ça pourrait être cette Flora MacKenzie ? L'assistante juridique ? C'est écossais, non, MacKenzie ?

Ce nom ne disait absolument rien à Joel.

— Elle vient de là-haut… Un endroit vraiment bizarre.

— Bizarre ? répéta Colton, un sourire se dessinant sur ses lèvres.

Il désigna de nouveau le paysage de l'autre côté de la vitre, cette ville vibrante d'animation.

— Vivre les uns sur les autres, serrés comme des sardines, dans un lieu où on ne peut ni respirer, ni conduire, ni se frayer un chemin : à mes yeux, c'est plutôt ça qu'est bizarre, poursuivit-il.

— Pardon, monsieur, souffla Margo, virant au rouge vif.

— Mais ce n'est qu'une junior, n'est-ce pas ? lança Joel.

Colton leva les sourcils.

— C'est bon, j'ai tué personne. Je veux seulement quelqu'un du coin qui pigera la situation avant de se mettre à me facturer huit cents dollars de l'heure. Ça s'appelle Mure.

— Quoi ? s'enquit Joel.

Colton parut contrarié.

— L'endroit dont je parle.

— Oui, grommela Margo. C'est bien elle.

— Eh bien, allez la chercher alors, asséna Joel, irrité.

*

— Oui mais, où qu'on aille, si c'est sympa, on pourra pas s'asseoir en terrasse, ce sera bondé et…

— Pas le choix si on veut profiter du beau temps à Londres, l'interrompit Kai, assis au bureau d'à côté. Faut se faire une petite place, c'est tout.

Flora fronça les sourcils. Ça semblait toujours si compliqué de se réunir pour boire un verre – certains confirmaient ou décommandaient à la dernière minute, d'autres attendaient d'avoir un meilleur plan –, mais il faisait si chaud. Elle avait le sentiment qu'être dehors, et non dans sa petite chambre irrespirable tout au bout de la ligne du DLR, c'était ce qu'il lui fallait ce soir. Et puis, c'était si difficile de trouver le sommeil avec une telle chaleur. Autant sortir… Elle jeta un coup d'œil à l'énorme tas de dossiers devant elle et soupira. Ils s'en occuperaient à l'heure du déjeuner.

La ligne interne sonna et elle s'empara du téléphone, sans se douter de rien.

— Flora MacKenzie.

— Oui, c'est bien vous, n'est-ce pas ? fit la voix saccadée, très sérieuse, de Margo.

Flora avait étudié cette dernière de près, puisqu'elle était amenée à passer beaucoup de temps aux côtés de Joel, et elle en avait une peur bleue : ses vêtements impeccables et la façon qu'elle avait de vous regarder comme si vous étiez une parfaite idiote si vous aviez le malheur de lui poser une question.

— C'est toi, l'Écossaise.

À son ton, on aurait pu croire qu'elle venait de lui dire : « C'est toi, la Martienne à quatre têtes. »

Flora avala nerveusement sa salive.

— Oui ?

— Vous pouvez monter, s'il vous plaît ?

— Pourquoi ? ne put s'empêcher de demander Flora.

Elle ne travaillait pas pour Joel, mais pour d'autres associés de la boîte qui occupaient des postes bien moins importants.

Margo marqua un temps d'arrêt. De toute évidence, elle n'appréciait pas qu'une petite junior du quatrième étage sortie de nulle part la questionne.

— Dès que vous êtes prête, ajouta-t-elle d'un ton glacial.

Répondre qu'elle avait besoin d'un brushing, d'une épilation, d'un peu d'autobronzant et d'un maquillage complet pour être prête traversa l'esprit de Flora, mais elle préféra s'abstenir.

— Je monte tout de suite, dit-elle en reposant le combiné et en s'efforçant de ne pas paniquer.

*

Jusqu'à présent, la carrière de Flora s'était limitée à faire profil bas à l'University of the Highlands and Islands, où elle avait obtenu une licence de droit en compensant son manque d'aptitudes naturelles en bossant comme une folle, puis à enchaîner les entretiens d'embauche, les chaussures et le CV toujours impeccables, faisant claquer ses talons dans un Londres gigantesque, hostile et inconnu, glanant des conseils, essayant de se faire des contacts, en concurrence avec des millions d'autres jeunes visant le même objectif. Et quand elle avait fini par décrocher un poste dans un grand cabinet, avec la possibilité de monter en grade, peut-être même un jour de poursuivre ses études, elle s'était plongée dans le travail, essayant de tout assimiler, d'apprendre tout ce qu'elle pouvait, cherchant conseil auprès de tout le monde.

Pas une seule fois, durant tout ce temps, on ne lui avait dit : ne t'amourache pas de ton patron, espèce d'idiote. Et pas une seule fois, elle n'avait pensé que cela pouvait arriver.

Jusqu'à ce que cela arrive.

L'entretien avait été si bref. Au cours des différentes étapes du recrutement, Flora avait été interrogée par une foule de femmes terrifiantes qui lui posaient des questions en aboyant et d'hommes mûrs qui soupiraient, comme s'ils trouvaient injuste de ne pas pouvoir lui demander si elle comptait avoir des enfants. Elle avait rencontré les RH, était tombée sur d'autres jeunes diplômés, qu'elle recroisait souvent dans son parcours du combattant, un brin démoralisant – il y avait, comme toujours, bien plus de personnes qualifiées pour les postes que de cabinets qui embauchaient.

Mais elle avait fait ses recherches, connaissait son domaine à fond, était parfaitement préparée par les années passées à la table de la cuisine, avec sa mère qui veillait sans cesse à ce qu'elle ait fait ses devoirs – pouvait-elle en faire plus ? Était-elle prête ? Était-elle reçue à son examen ? Il y avait des gens plus intelligents que Flora, mais peu d'aussi travailleurs. Et puis, tout à la fin, on lui avait demandé d'entrer dans le bureau de l'associé. Et il était apparu.

Il hurlait sur quelqu'un à l'autre bout du fil. Il avait un accent prononcé, insolemment américain, et il faisait de grands gestes avec son bras libre, beuglant quelque chose, une histoire d'impartialité et qu'ils pouvaient se gratter ; Margo – même si Flora ne savait pas encore qui était cette femme ultra glamour – lui avait brièvement désigné Flora comme étant la nouvelle junior et il avait congédié son assistante d'un air furibond, puis avait marqué un temps d'arrêt, avant de raccrocher violemment le téléphone et de lui tendre la main, un vague sourire se dessinant sur son visage tandis qu'il lui prêtait presque attention.

— Bonjour. Joel Binder.

— Flora MacKenzie.

— Super, bienvenue dans le cabinet.

Point final. Rien de plus. Elle était restée plantée là, les yeux fixés sur lui – sur ses cheveux châtains, son visage puissant et ses lèvres étonnamment charnues –, jusqu'à ce que Margo la fasse sortir. Flora n'avait pas remarqué le regard que lui avait jeté cette femme alors qu'elles quittaient la pièce.

— Il a l'air gentil, avait-elle dit en se sentant rougir jusqu'aux oreilles.

Il ne ressemblait pas aux autres avocats qu'elle connaissait – stressés, surmenés ; des pellicules sur les épaules ; une peau qui ne voyait pas assez la lumière du jour, loin de là ; une bedaine bien gonflée.

Margo n'avait pas pipé mot, elle s'était contentée d'un petit « hum ».

Joel ne lui avait plus adressé la parole pendant environ six mois. De temps à autre, en réunion, alors qu'elle était timidement assise à prendre des notes en essayant de ne rien rater, elle l'observait ; il était autoritaire, grossier, agressif et brillant avocat, et Flora, honteuse, embarrassée, craquait complètement pour lui.

— Alors, dis-m'en plus au sujet de Joel, avait-elle demandé d'un air faussement détaché en prenant un verre avec les autres esclaves, histoire de faire connaissance – des assistants juridiques juniors censés travailler vingt heures par jour pour des clopinettes et, en gros, ne pas avoir de vie en dehors du boulot. Tu sais, l'associé ?

Kai s'était tourné vers elle avant d'éclater de rire :

— Sérieux ?

— Quoi ? avait-elle répondu en sentant qu'elle rosissait, le regard fixé sur son grand verre de vin blanc, d'une robe si claire qu'elle était presque verte. Elle n'avait pas su quoi commander et avait laissé les autres choisir pour elle, et la note commençait à l'angoisser. Vivre à Londres coûtait affreusement cher, même avec un salaire.

Kai avait passé l'été au cabinet en qualité de stagiaire et était bien parti pour devenir rapidement avocat, alors il était toujours au courant des derniers ragots.

— Nom d'un chien, encore une ! s'était-il exclamé en levant les yeux au ciel.

— Quoi ? Qu'est-ce qu'il y a ? J'ai rien dit.

D'où leur venait cette confiance en eux ? Flora se posait constamment la question, en particulier au sujet des personnes qui avaient grandi à Londres. Ça leur tombait du ciel ou ça s'apprenait ? Elle savait bien qu'elle devrait reprendre des cours – peut-être même, qui sait, poursuivre ses études pour devenir réellement avocate. Mais après ce qui s'était passé… Elle ne le pouvait pas. Pas encore.

Et le travail paraissait si… Eh bien, c'était ce qu'elle avait toujours voulu. Une situation, un vrai boulot intelligent. Mais une fois l'attrait de la nouveauté passé – avoir une carte de transport, un salaire, de belles chaussures et des pauses déjeuner –, elle avait commencé à trouver ça… Hum. Répétitif. La paperasse s'entassait sur son bureau, ça n'en finissait jamais, et, juste quand elle pensait sortir la tête de l'eau, une affaire était réglée ou annulée, et c'était reparti pour un tour. Elle savait qu'elle devrait étudier en plus de tout le reste. Mais elle avait déjà l'impression que ce « tout le reste » la dépassait complètement.

— Tu vas t'en sortir, ma belle, l'avait rassurée Kai quand elle s'était plainte (encore et encore) de sa charge de travail.

Peu importait qu'elle reste tard au bureau ou qu'elle soit super efficace en matière d'archivage. C'était nul, se disait-elle, qu'être une pro de l'archivage ne soit pas du tout sexy. Elle avait sans doute bien fait de ne pas le mentionner sur son profil Tinder.

— Sérieux, t'as pas remarqué qu'il est odieux ?

Oh oui. Il était odieux, s'était rappelé Flora. Grand, tiré à quatre épingles, brusque, américain. Il arpentait l'immeuble comme s'il lui appartenait. Il traitait les juniors avec mépris, ne se souvenait du nom de personne et ne faisait jamais de compliment.

— Il est toxique.

— Il est *quoi* ? avait-elle répondu, horrifiée.

— Toxique.

Flora avait cligné des yeux, soulagée. Elle avait compris « toxico ».

— Ça veut dire qu'il est méchant avec les autres pour qu'ils le remarquent, pour qu'ils attendent un mot gentil de sa part. Un peu comme quand on dresse un chien, ou un truc du genre.

— Je comprends pas.

Kai s'était donné pour mission de faire l'éducation de cette fille bizarre et timide venue des îles écossaises et sautait sur chaque occasion pour partager avec elle tout le savoir complexe qu'il avait accumulé en vingt-six ans.

— Ben, les gens restent suspendus à ses lèvres, ils attendent un petit mot gentil, un peu de reconnaissance, et ils tombent sous son charme. Enfin, les gens qui manquent de confiance en eux.

— Je le trouve peut-être juste sexy, avait rétorqué Flora, les sourcils froncés.

— Ouais. *Cruellement* sexy. Garde tes distances. Et puis, c'est ton boss. Essaie de pas te mettre toute seule dans la merde. Et puis…

— Y a encore un « et puis » ? Je crois pas en avoir besoin d'un autre.

— Non, écoute-moi, Flo, je suis pas sûr que tu sois son genre… Oh là là, quand on parle du loup ! Et, d'après moi, ça se pourrait bien qu'il *soit* le grand méchant loup, au sens propre du terme. Euh, je te laisse te faire ta petite idée du genre en question.

Flora avait alors levé les yeux et, effectivement, il était là, traversant Broadgate Circle, en plein cœur des cabinets d'avocats de la City, sûr de lui, l'air autoritaire, ses cheveux châtains brillant dans la lumière du soleil, escortant avec aisance une fille blonde, une grande girafe qui faisait clic-clac sur le sol en ardoise, habillée en rose vif, couleur qui sur n'importe qui d'autre aurait paru ridicule, mais qui, sur elle, était absolument ravissante. Flora ne ressemblerait jamais à ça. Même pas en rêve. C'était un oiseau de paradis, une espèce totalement différente de la sienne.

— Oui, t'as raison, avait-elle lancé après les avoir observés en gémissant.

— Mais t'as un don pour l'archivage, avait dit Kai d'un ton encourageant. Je veux dire, c'est pas rien, non ?

Elle avait souri de toutes ses dents et ils avaient commandé une autre bouteille.

*

Ça s'était passé deux ou trois ans auparavant et, depuis, la carrière de Kai avait progressé à pas de géant. Tandis que la sienne… non. Bien sûr, elle s'était un peu habituée à Londres, elle était devenue plus cynique vis-à-vis de son boulot, et elle avait eu des rencarts, des flirts et diverses mésaventures avec des mecs ici ou là, dont certains lui faisaient honte quand elle y repensait, ainsi qu'un petit ami adorable, Hugh, pendant un an, qui voulait que les choses deviennent plus sérieuses entre eux, mais elle ne l'avait pas… eh bien, elle ne l'avait pas senti… Elle ne savait pas ce qu'elle était censée ressentir, mais elle savait qu'elle ne l'avait pas éprouvé. Elle était consciente, même au moment de leur séparation (qui s'était passée à merveille ; Hugh était un ange), que, d'ici à dix ans, quand tout le monde serait installé et heureux et qu'elle serait toujours célibataire, par monts et par vaux, elle le regretterait sans doute amèrement. Mais elle l'avait fait quand même. Elle était aussi passée par de longues traversées du désert. Et s'en portait bien. La plupart du temps. Ce n'était qu'un *crush*, une folie qui s'était fondue dans le décor tandis qu'elle continuait sa route dans cette ville, se construisait une vie dans cette grande machine, laissant derrière elle tout ce qui s'était passé auparavant.

Sauf que maintenant, en ce jeudi torride du début du mois de mai, à onze heures moins le quart, son *crush*, pour la première fois de l'histoire, souhaitait subitement la voir dans son bureau.

# Chapitre quatre

Il fallait que Flora se dépêche, mais il fallait aussi qu'elle fasse un petit tour aux toilettes pour se remaquiller. Agacée, elle se rendit compte que ses joues avaient viré au rose vif. C'était le problème quand on avait le teint aussi pâle. Enfin, ça et ne pas pouvoir se mettre au soleil sans devenir rouge comme une écrevisse et commencer à dégager un peu de fumée.

Elle se regarda dans le miroir et poussa un soupir. Elle détestait avoir l'air si fadasse : elle avait l'impression d'être on ne peut plus terne, même si ses amis lui répétaient sans cesse qu'elle sortait de l'ordinaire. Elle ne sortait pas du tout de l'ordinaire sur l'île d'où elle venait : grande et pâle, comme ses ancêtres vikings des centaines de générations avant elle. Sa mère avait les cheveux d'un blanc presque immaculé. Mais ici, oui, où les gens la laissaient parler et finissaient par dire, comme si c'était un compliment, qu'ils n'avaient pas écouté un traître mot de ce qu'elle venait de raconter, qu'ils aimaient juste sa façon de s'exprimer. Elle apprenait, peu à peu, à prononcer « maintenant » au lieu de

« main'nant » et « oui » au lieu de « voui », même s'il lui arrivait encore parfois d'oublier.

Son cœur battait la chamade. Elle essaya de se calmer. Margo lui avait paru carrément glaciale, mais elle l'était toujours, après tout. Flora n'avait rien fait de mal, si ? Et quand bien même, ce ne serait pas au bureau de Joel de se charger de ça. Le temps qu'elle passait avec Joel se limitait aux moments où elle dressait des procès-verbaux pour Kai, qui étudiait pour ses examens du barreau et que le cabinet encourageait en lui faisant miroiter une place d'avocat. Flora aimait travailler pour Kai, elle prenait souvent des notes pour lui et assurait le suivi de ses dossiers.

Or il ne lui avait parlé de rien ce matin : il était attendu au tribunal, laissant Flora avec l'habituelle montagne de paperasses à trier.

Non, ce matin, c'était elle, toute seule.

Elle respira profondément et se dirigea vers l'ascenseur.

*

L'immense bureau vitré de Joel, à l'angle du bâtiment, était super impressionnant, rempli de tableaux tape-à-l'œil qui ne semblaient avoir d'autre signification que de prouver qu'il était suffisamment brillant pour être entouré de tableaux tape-à-l'œil. Il la salua d'un signe de tête quand elle entra. Il portait un costume gris foncé, une chemise bien blanche et une cravate bleu marine qui contrastait avec la couleur de ses cheveux. Flora sentit qu'elle commençait à rougir avant même d'avoir passé la porte, et se maudit intérieurement.

Il y avait aussi là un homme grand avec une drôle de petite barbe – on pouvait deviner à la manière décontractée dont il était habillé que c'était quelqu'un de très important – et deux autres personnes qui tournaient en rond dans le fond de la pièce, répondant au téléphone ou faisant plus ou moins semblant d'être occupées. Flora ne savait pas si elle devait s'asseoir ou rester debout.

— Bonjour, dit-elle en essayant d'avoir l'air courageuse.

— J'aurais pu dire d'où vous venez avant que vous prononciez un seul mot ! s'exclama l'homme à la barbe en s'avançant pour lui serrer la main. Regardez-moi ces cheveux ! Un beau spécimen élevé au grand air de Mure, c'est certain !

Flora, pas du tout sûre d'apprécier qu'on parle d'elle comme ses frères parlaient du bétail, resta plantée là.

— D'où venez-vous, euh…, commença Joel en jetant un œil à ses notes. Flora ?

Le cœur de Flora se mit à battre plus vite. Qu'est-ce que ça pouvait bien leur faire ? Quelle importance ça pouvait bien avoir ? Pourquoi lui parlaient-ils de son île natale ? C'était la dernière chose à laquelle elle s'attendait. Et la dernière chose qu'elle souhaitait.

— Oh, d'une petite… Enfin, vous n'en avez jamais entendu parler.

Elle ne voulait pas mentionner Mure. Jamais. Elle changeait de sujet chaque fois que ça arrivait dans la conversation. Elle vivait à Londres maintenant, où le monde se réinventait sans cesse.

— Elle vient de Mure, déclara fièrement l'homme à la barbe. Je le savais. Je sais tout de vous.

Flora le regarda.

— Pardon ?

— Je suis Colton Rogers !

Un long silence s'ensuivit. Joel la dévisageait, déconcerté.

— Vous savez qui je suis, n'est-ce pas ?

Flora n'était pas retournée à Mure depuis longtemps. Mais elle savait. Elle fit oui de la tête, sans un mot.

Colton Rogers était le gros bonnet américain qui avait acheté une bonne partie de l'île et qui s'apprêtait, d'après les rumeurs qui changeaient quotidiennement, à la recouvrir de béton, à la transformer en terrain de golf géant, à jeter tout le monde dehors pour en faire son sanctuaire privé ou à réquisitionner les maisons pour se lancer dans l'élevage d'oiseaux sauvages.

Les ragots allaient bon train ; ils étaient pour la plupart infondés, pour la bonne raison que personne n'avait jamais rencontré Rogers. Flora était maintenant très, très nerveuse. S'il voulait que le cabinet le représente, que pouvait-il bien avoir fait ?

— Euh…

Elle jeta un coup d'œil à Joel, pas certaine de ce qu'il attendait d'elle. Ce dernier tapotait un stylo contre ses dents et paraissait tout aussi désorienté qu'elle.

— Eh bien, les gens parlent… Je n'y prête pas vraiment attention.

— Vraiment ? répliqua-t-il, l'air contrarié. Vous n'avez pas entendu dire que je restaurais le *Rock* ?

Le *Rock* était une vieille ferme en ruine à l'extrémité nord de l'île, située dans un cadre extraordinaire, à nul autre pareil. On disait que des conglomérats et des magnats de l'immobilier allaient débarquer pour la rénover depuis que Flora était toute petite.

— C'est vrai ?

— Un peu, oui ! Il est presque fini ! ajouta fièrement Colton Rogers. Vous ne l'avez pas vu ?

Cela faisait trois ans que Flora n'était pas rentrée chez elle. Et elle s'était alors juré de ne jamais y retourner.

— Non. J'en ai entendu parler.

— Eh bien, j'ai besoin de votre aide.

— Vous ne devriez pas faire appel à un avocat écossais ? Ou norvégien ?

— Norvégien ? répéta Joel. C'est si loin que ça, ce patelin ?

Flora et Rogers se tournèrent vers lui.

— À près de cinq cents kilomètres au nord d'Aberdeen, répondit Colton. Vous sortez pas beaucoup, hein ? Toujours à faire quatre-vingts heures facturables par semaine ?

— Au moins.

— C'est pas une vie, mon vieux.

— Oui, mais bon, vous êtes déjà milliardaire, vous, répliqua Joel, un sourire au coin des lèvres.

— Bien, écoutez, dit Colton en se tournant vers Flora. J'ai besoin que vous vous rendiez sur place. Que vous travailliez pour moi. Parliez à vos amis et voisins.

— Il faut que vous sachiez, monsieur Rogers, que je ne suis pas avocate. Je suis assistante juridique.

— Colton, s'il vous plaît. Et c'est tant mieux. Moins cher. Et j'ai besoin de quelqu'un qui connaît bien le coin. Je sais que vous autres, vous vous serrez les coudes. *Hvarleðes hever du dað ?*

Flora le regarda, sous le choc.

— *Eg hev dað gott, takk, og du ?* bredouilla-t-elle.

Joel les fixait, abasourdi.

Flora ressentit soudain le besoin de s'appuyer sur quelque chose. Elle agrippa le dos d'une chaise. Elle n'était pas sûre de pouvoir parler. Elle sentit sa gorge se serrer et craignit de faire une crise d'angoisse, même si ça ne lui était jamais arrivé auparavant.

Des souvenirs, plein de souvenirs lui revinrent brutalement en mémoire. Tout d'un coup, comme les énormes vagues déferlantes qui assaillaient le littoral ; comme les vents cristallins venus de l'Arctique qui fauchaient les digitaires, refaçonnant sans cesse les dunes, tel un poing géant s'abattant dans un bac à sable.

Et il y avait un trou béant au milieu, dans lequel elle ne voulait pas regarder.

Non. Non. Elle était en train d'organiser une virée nocturne avec Kai. Elle tapait des procès-verbaux et envisageait de prendre un chat.

Elle sentait tous les regards sur elle et aurait voulu pouvoir se volatiliser, tout simplement ; disparaître dans le néant. Elle avait les joues en feu. Comment dire non ? *Non, je ne veux pas rentrer chez moi. Non, je ne veux pas. Plus jamais.*

— Alors ? interrogea Colton.

— En quoi consiste le travail ? s'enquit Joel.

— Eh bien, il faut que vous veniez voir sur place.

— Oh, mais elle va venir, décréta Joel sans demander à Flora.

— Est-ce que je peux loger au *Rock* ? Il est fini ? interrogea-t-elle timidement Rogers.

Colton posa ses yeux gris sur elle et elle comprit pourquoi, en dépit de son apparente bonhomie, il était tant redouté en affaires.

— Je croyais que vous veniez de Mure. Vous n'y avez pas de famille ?

Flora poussa un long soupir.

— Si, finit-elle par dire. Si, j'en ai.

## Chapitre cinq

Il existe une légende dans les îles d'où vient Flora, une légende sur les *selkies*.

Théoriquement, le mot *selkie* signifie « phoque » ou « personne-phoque », bien qu'en gaélique, sa langue d'origine, on utilise le même terme pour « sirène ». On dit que les *selkies* perdent leur peau de phoque le temps qu'ils passent sur terre.

Une femme qui veut prendre un amant *selkie* (ils sont notoirement d'une grande beauté) doit attendre sur le rivage et verser sept larmes dans l'océan.

Un homme qui aime une *selkie* et veut la garder à ses côtés doit cacher sa peau de phoque : elle ne pourra alors jamais replonger dans les flots.

D'après Flora, ce n'était qu'une façon détournée de dire, bon sang, c'est si difficile de rencontrer quelqu'un dans le Nord qu'on est obligé de piocher dans la nature sauvage. Mais cela n'avait pas empêché les gens de dire que sa mère était une *selkie*.

Et, après son départ, ils l'avaient aussi dit d'elle.

*

*Il était une fois… il était une fois…*

Flora était partie du principe qu'elle n'arriverait jamais à dormir cette nuit-là. Elle avait passé le reste de la journée telle une somnambule, réussissant tout de même à entonner avec les autres une chanson d'anniversaire pour quelqu'un, à grignoter un infâme gâteau industriel et à descendre quelques verres de prosecco chaud, mais elle avait fait l'impasse sur l'*afterwork* entre collègues et était rentrée chez elle toute seule, espérant que ses colocataires ne seraient pas là. *A priori*, c'étaient tous des travailleurs indépendants qui bossaient pour des start-up, ils allaient et venaient à n'importe quelle heure de la journée et la considéraient comme prodigieusement ringarde. Flora aimait être prodigieusement ringarde. C'était toujours mieux qu'être la fille bizarre venue de son île bizarre.

Comme d'habitude, elle envisagea de cuisiner, avisa la gazinière dégoûtante, limite dangereuse, et renonça. Elle avala une salade Leon au lit devant Netflix, puis la moitié d'un paquet de biscuits, des Hobnobs, ce qui constituait plus ou moins un repas équilibré, se dit-elle. Tout en mangeant, elle fixait son téléphone, paniquée. Elle devrait appeler chez elle pour dire qu'elle venait. Elle devrait. Ah là là. Il faudrait qu'elle voie tout le monde. Et tout le monde la regarderait fixement et la jugerait.

La gorge serrée, comme la dernière des lâches, elle envoya un texto. Et puis, plus lâchement encore, elle cacha son téléphone sous sa couette pour ne pas avoir à lire la réponse.

Elle ne devrait peut-être pas séjourner chez elle ?

Mais elle ne pouvait pas descendre au *Harbour's Rest*, le seul autre hôtel de l'île. Et d'un, il était moche ; et de deux, il était affreux ; et de trois, le cabinet ne s'attendait pas à régler ses frais d'hôtel ; et de quatre… eh bien, cela couvrirait son père de honte, ainsi que la ferme.

Alors. Elle rentrait chez elle. Mince.

Elle savait que certaines personnes aimaient ça. Kai mangeait chez sa mère trois fois par semaine. Mais ce choix ne s'offrait pas à elle. Elle resta allongée là, parfaitement réveillée, se demandant comment elle allait bien pouvoir s'en sortir.

Elle ferma brièvement les yeux. Et puis, curieusement, elle se rendit compte qu'elle était en train de dormir et que quelqu'un essayait de lui raconter une histoire. *Il était une fois*, disait cette personne, et à nouveau : *Il était une fois*. Flora la suppliait de continuer, c'était important, il fallait qu'elle sache ce qui se passait, mais, trop tard, la voix faiblit et, *boum*, Flora était à nouveau réveillée ; c'était un autre jour dans le bruit de Londres, où même le pépiement des oiseaux ressemblait à des sonneries de téléphone portable. Le ronflement de la circulation n'en finissait pas sous sa fenêtre et elle était déjà en retard si elle voulait passer sous la douche avant ses colocataires et avoir au moins un peu d'eau chaude.

Elle jeta un œil à son téléphone. La réponse disait : *Voui*. Pas : « Super », ni : « Tu es la bienvenue », ni : « On a hâte de te voir. » Juste : *Voui*.

# Chapitre six

Genève. Paris. Vienne. New York. La Barbade. Istanbul.

Flora lut le tableau des départs de l'aéroport avec le sentiment que la journée de toutes les personnes autour d'elle promettait d'être bien plus excitante que la sienne. Et puis, même si tout le monde était en tee-shirt et que certains hommes portaient un short, elle était presque à coup sûr la seule à avoir une parka dans son bagage à main au mois de mai. Elle avait même ressorti un bonnet à motif *Fair Isle* qu'elle avait depuis des années et qu'elle n'avait pas réussi à jeter, pour une raison ou une autre. Juste au cas où.

Elle se dirigea vers le vol à destination d'Inverness le cœur lourd. La dernière fois qu'elle avait fait ce voyage… Bref. Pas question de penser à ça.

Elle se concentrerait sur le travail, un point c'est tout. Dès qu'elle saurait en quoi il consistait exactement. Elle avait voulu interroger Joel à ce sujet, mais, curieusement, ça l'avait intimidée, même avec Kai à ses côtés qui lui intimait d'envoyer un e-mail.

— Et rajoute pas des petits cœurs ! lui avait dit ce dernier.

— La ferme ! lui avait-elle répliqué, mais son message très timoré demandant à Joel s'il pouvait lui en dire un peu plus sur l'affaire Rogers n'avait pas semblé digne de recevoir une réponse, alors elle était toujours autant dans le flou.

Elle s'imaginait que Colton Rogers désirait faire quelque chose que les habitants de l'île n'appréciaient pas, et qu'il voulait que le cabinet dirige les opérations. Problème – et Rogers ne le savait pas –, les Muriens ne l'appréciaient pas, elle non plus.

Flora poussa un soupir et regarda Londres tournoyer sous elle alors que l'avion décollait, fixant les voitures à touche-touche sur la M25, souhaitant, comme très peu de personnes avant elle, être dans l'une d'entre elles.

*

Le deuxième vol fut mouvementé. C'était souvent le cas ; l'avion était minuscule – une douzaine de places, la plupart du temps occupées par des scientifiques, des ornithologues, des randonneurs intrépides et quelques touristes curieux. Flora regarda par le hublot tandis que l'avion se rapprochait de l'eau. La flotte était de sortie ; lors d'une de ses dernières conversations avec son père – brève, comme toujours –, ce dernier lui avait raconté que les prises de pêche avaient augmenté, ainsi que le nombre de permis, mais qu'on leur avait ordonné d'arrêter de tuer les phoques. Elle appuya la tête contre le hublot. Ils avaient laissé l'île principale derrière eux depuis longtemps déjà et, comme toujours, la distance qui séparait Mure du reste du Royaume-Uni la sidérait.

Cela ne lui faisait pas cette impression quand elle était enfant.

Mure, avec sa grand-rue minuscule et son paysage vallonné, était alors son univers : son père dans les champs, accompagné des garçons dès qu'ils avaient été en âge ; sa mère aux fourneaux dans la cuisine, sa longue crinière de cheveux blancs bruissant derrière elle ; Flora en train de faire ses devoirs sur la vieille table en bois. L'île principale n'était qu'un mythe à ses yeux, prendre le train était un cadeau de Noël, et tout le reste avançait au rythme des saisons : les longs étés au ciel blanc et aux soirées interminables, la porte ouverte pour laisser entrer la fraîcheur de la brise marine ; les hivers sombres et feutrés, quand le feu fonctionnait à plein régime toute la journée et que la cuisine était le seul endroit chaud où se réfugier.

Flora se demanda si quelqu'un viendrait la chercher à l'aéroport, avant de se dire d'arrêter ça tout de suite. C'était le milieu de la journée à la ferme. Ils seraient occupés. Elle prendrait le car.

Elle débarqua en dernier, les touristes la précédant d'un pas hésitant, puis pénétra dans le petit hangar de tôle auquel ils donnaient le nom d'aéroport.

Le car était empli des premiers vacanciers de la saison, tout excités, soulagés qu'il ne pleuve pas, équipés de vélos, de cannes et de guides touristiques. La *haar* – la brume marine – ne s'était pas encore levée, mais le soleil perçait malgré tout, si bien que la petite ville semblait sortir d'un nuage de fumée dans le lointain, entourée de mystère et de magie. Les collines vert foncé descendaient en pente douce jusqu'au sable d'un blanc éclatant caractéristique de cette partie du monde ; les longues plages s'étiraient à perte de vue.

On comprenait facilement pourquoi l'île avait paru si attrayante aux hordes de Vikings qui se l'étaient appropriée et l'avaient nommée, et dont le sang courait encore dans les veines de ses habitants aujourd'hui. Les hommes et les femmes politiques de Westminster n'y mettaient jamais les pieds. Ceux d'Édimbourg, très rarement. Mure se suffisait à elle-même, tout en haut, à l'extrémité nord du monde connu.

Alors qu'ils entraient dans le port, le brouillard commença à se lever, dévoilant les bâtiments aux couleurs vives qui le longeaient et qui formaient la grand-rue. Quand elle fut plus près, Flora remarqua que ces derniers semblaient un peu décrépits, la peinture s'écaillant sous les assauts du vent du nord. Un magasin – elle fouilla dans sa mémoire et finit par se rappeler qu'il s'agissait d'une petite pharmacie – avait fermé et demeurait là, vide et triste.

En descendant du bus, elle se sentait nerveuse. Qu'est-ce que les gens allaient penser d'elle ? Elle savait qu'elle ne s'était pas bien comportée après l'enterrement. Pas bien du tout.

*Ce n'est pas pour longtemps*, se dit-elle. Elle n'était là que pour une semaine. Bientôt, elle serait de retour dans la grande ville, à profiter de l'été, assise dans le quartier de South Bank parmi des nuées de gens, à avoir des rencards ratés, à boire des cocktails hors de prix, à prendre le métro de nuit. Être jeune et à Londres. Londres était sans aucun doute le meilleur endroit au monde.

*

Bien entendu, la toute première personne sur laquelle Flora tomba fut Mme Kennedy, son ancienne professeure de danse, qui était déjà vieille quand Flora était petite, mais dont les yeux brillaient d'un bleu toujours aussi perçant.

— Flora MacKenzie ! s'écria cette dernière en la pointant de sa canne. Ça alors, je ne m'attendais pas à ça.

*Je suis assistante juridique à Londres*, se dit Flora à elle-même ; *je suis une grande fille, sérieuse. Je suis super occupée, professionnelle, normale et loin, très loin, d'avoir quatorze ans.*

— Bonjour, madame Kennedy, répondit-elle automatiquement d'une voix chantante.

Flora avait côtoyé de grands avocats au tribunal ; travaillé sur des affaires très sérieuses avec des personnes réellement dangereuses. Elle n'avait pas peur d'eux. Mais Mme Kennedy était une vraie terreur. Encore aujourd'hui, Flora se souvenait de tous les pas – même si on n'aurait seulement pu la convaincre de danser devant des spectateurs trop soûls pour juger sa performance –, mais elle était nettement moins gracieuse.

— Alors comme ça, tu es de retour ?

— Je… je travaille, précisa Flora, consciente que cette information aurait fait le tour de l'île avant qu'elle ait le temps d'arriver chez elle.

— Bien. Je suis contente de l'entendre. Ils ont besoin qu'on s'occupe d'eux.

— Ce n'est pas ce que j'ai voulu dire, rectifia Flora. Je veux dire, je suis ici pour travailler. J'ai un travail.

À Londres. Dans l'un des six plus grands cabinets d'avocats.

Elle se maudit intérieurement. Mais qui pensait-elle impressionner ici ?

— Eh ben dites donc, ma chère, répondit Mme Kennedy en faisant la moue. Enfin, c'est très chic, y a sûrement des gens qu'aiment ça.

*Bon sang*, pensa Flora. Elle avait compris, après l'enterrement, que son nom était loin d'inspirer le respect sur Mure, mais elle ne s'attendait quand même pas à ça. Elle eut subitement la nostalgie de son horrible petite chambre londonienne, du ronronnement réconfortant du métro, des rames pleines de gens qu'elle ne connaissait pas.

Les pêcheurs levèrent les yeux à son passage. Ils lui firent un signe de tête avec une certaine réticence, et elle les salua en retour, consciente du boucan que faisait sa petite valise à roulettes sur les pavés. Elle sentit que quelqu'un sortait discrètement sur un pas-de-porte derrière elle mais, quand elle se retourna, il n'y avait plus personne. Elle soupira.

Au bout de la grand-rue, en direction de l'ouest, la route se divisait en deux et une des voies montait vers les collines. La majorité des bâtiments étaient concentrés à l'extrémité est du port ; là, les chemins conduisaient vers les terres agricoles.

Le soleil brillait bas sur les champs tandis que Flora remontait la vieille route cahoteuse, criblée de nids-de-poule, qui conduisait vers sa maison dont la forme carrée et solide se détachait sur les collines ; ses pierres grises paraissaient élégantes dans la lumière vive, ce qui donnait une fausse image de son intérieur peu soigné. La maison de son enfance.

En traversant la cour boueuse, elle respira profondément. OK. Calme. Professionnelle. Zen. Pas question qu'elle laisse qui que ce soit lui taper sur les nerfs. Tout allait bien se…

— FRAAANGIIINE !

— Oh vieux, c'est Flora, ça ? Elle a beaucoup grossi, non ? Est-ce qu'on la reconnaît toujours ?

— Élargissez les portes !

— Mettez-la en veilleuse, les mecs ! s'exclama-t-elle en fermant les yeux, scandalisée et, malgré tout, soulagée à la fois.

S'ils la taquinaient, ils ne pouvaient pas vraiment lui en vouloir. Non ?

Ses frères Innes et Fintan déboulèrent les premiers ; Innes, grand et pâle comme sa mère, bien bâti, beau garçon. Il avait été marié, brièvement, et passait autant de temps qu'il le pouvait avec sa petite fille. À ses côtés se trouvait Fintan, élancé, mat et nerveux. Et, enfin, derrière eux, Hamish, qui était carrément gigantesque et faisait le plus gros du travail manuel. Innes, lui, s'occupait du travail intellectuel, plus ou moins.

Son père n'était pas là, constata Flora.

Les garçons firent semblant de la prendre dans leurs bras et elle fit mine de leur donner une claque. Ils étaient aussi mal à l'aise qu'elle, nota-t-elle.

La ferme était vieille, pleine de coins et de recoins, ses couloirs sombres menant à de petites pièces ici et là. Avec un bon coup de masse, elle aurait pu être sensationnelle, grâce à sa vue imprenable sur les champs qui descendaient doucement jusqu'à la mer

– les moutons et les vaches représentaient le plus gros de l'activité : des petits moutons à queue courte, bien robustes, qui n'étaient pas très bons pour la consommation, mais qui produisaient une laine douce et solide qu'ils expédiaient aussi bien sur les autres îles que sur l'île principale pour y être tissée afin de fabriquer des tricots, des couvertures et du tartan de premier choix ; quant aux vaches, elles donnaient un excellent lait.

Par beau temps, le ciel bleu éclatant et les champs vert foncé paraissaient emplis de petits nuages cotonneux. Plus près de la mer, le sol devenait plus sableux ; il était jonché d'algues et de moules de corde.

Avant de suivre les garçons à l'intérieur, Flora respira profondément.

L'espace d'une seconde, elle eut le cœur lourd. Et puis, en pénétrant dans l'entrée froide, une énorme chose poilue, qui aboyait d'une voix légèrement rauque, faillit la faire tomber.

— BRAMBLE !

Le chien ne l'avait pas oubliée ; il était incroyablement heureux de la voir, il sautait partout et fit même un petit pipi sur les dalles, s'efforçant de lui faire partager son bonheur.

— Au moins, quelqu'un est content de me voir, lâcha Flora.

Les garçons haussèrent les épaules.

— Ouais, si tu veux.

Innes lui demanda alors de faire du thé et elle lui répondit par un bras d'honneur avant de poser son sac, de regarder autour d'elle et de penser : bon sang.

## Chapitre sept

C'était pire que ce qu'elle s'était imaginé, pour le moins.

La grande cuisine se trouvait à l'arrière de la maison, surplombant la baie ; même le plus minuscule des rayons de soleil y pénétrait. À l'intérieur, on aurait dit que le temps s'était arrêté. La poussière recouvrait les plans de travail ; des araignées batifolaient dans les recoins. Flora posa son sac à main sur la table de la cuisine, celle-là même, immense, qui avait vu des disputes (au point d'en venir aux mains, si les garçons étaient d'humeur) ; des fêtes de Noël avec les grands-parents et les oncles et tantes venus de toute l'île ; des rêves d'écolière ; des devoirs baignés de larmes ; de longues parties de Risk quand le mauvais temps les obligeait à cesser toutes les activités, sauf les soins de base aux animaux ; de la soupe en conservc quand la tempête faisait rage, que la neige s'installait et que les ferrys ne pouvaient plus traverser ; des débats enflammés au sujet de l'indépendance écossaise, de la politique ou de n'importe quel sujet qui leur venait à l'esprit ; leur père assis tranquillement devant le feu, comme toujours, en train de lire son magazine, *Farmers Weekly*, et exigeant qu'on le laisse en paix avec sa bouteille de bière après le thé, qu'ils prenaient toujours à dix-sept heures. Ils se couchaient tôt.

Quand Flora était partie, elle avait été plus que ravie de laisser derrière elle cette table, qui vivait sans discontinuer au rythme des pot-au-feu, des ragoûts, des rôtis, des soupes et des petits déjeuners de sa mère. Ses frères devenaient de plus en plus grands et bruyants, mais la vie ne changeait jamais, était toujours la même. Les garçons restaient à la maison, plus ou moins, les dîners s'enchaînaient, et Flora se sentait oppressée : le faisan qui réapparaissait toujours vers le mois de novembre l'oppressait ; les tasses blanc et bleu ébréchées qui trônaient sur le manteau de la cheminée l'oppressaient, sans parler des pâquerettes au printemps et des hellébores à Noël.

Elle avait filé, elle souhaitait échapper au ronronnement des saisons qui rythmaient la vie d'une femme de fermier, ce fardeau qui avait accablé sa mère ; le regard éternellement fixé sur les ciels gris, les oiseaux tournoyant dans les airs et les bateaux dansant sur l'eau.

Et maintenant, elle regardait cette table, sur laquelle s'empilaient des tasses sales et de vieux journaux, et elle voyait des petits bouts de sa vie inscrits dans les fibres du bois, ineffaçables ; là, tout simplement.

*

Quand sa mère était rentrée pour la dernière fois à la maison, les garçons avaient sorti un des lits de la chambre d'amis du bas et l'avaient transporté jusqu'à la place de choix, près de la grande fenêtre, dans la cuisine. Les pieds du lit grinçaient sur les lourdes dalles mais, au moins, cette pièce était toujours chaude et douillette, et leur mère pouvait voir tout ce qui se passait. Personne n'avait dit, en l'installant là, ce dont il s'agissait : un lit de mort.

Flora était rentrée la veille – elle était alors en période d'essai d'un an, seule et presque sans amis dans une nouvelle ville terrifiante –, horrifiée de la progression de la maladie que sa mère leur avait cachée toute l'année.

Saif, le généraliste de l'île, était passé ce matin-là pour s'assurer que Flora était au point niveau médicaments – ce n'étaient plus que des palliatifs, des antidouleurs. Sa mère était censée en prendre une certaine quantité à heures fixes, mais l'infirmière du coin et Saif avaient tous les deux dit à Flora de lui en donner autant que sa mère le souhaitait, chaque fois qu'elle en voulait – et de rester discrète à ce sujet.

Hébétée, Flora avait opiné du chef, comme si elle faisait semblant de comprendre ; comme si elle avait la moindre idée de ce qui se passait, les fixant avec une incrédulité teintée d'effroi. Puis elle était restée aux côtés des garçons tandis qu'ils ramenaient leur mère à la maison pour la dernière fois.

Ce soir-là, alors que le ciel commençait à se parer d'un rose outrancier, sa mère s'était brièvement réveillée, du moins en avaient-ils eu l'impression ; Flora s'était assise près d'elle et lui avait donné de l'eau, même si elle était près d'étouffer, et ses médicaments, qui l'avaient immédiatement soulagée, au point qu'elle avait été capable de caresser la main de Flora ; Flora avait alors appuyé sa tête contre celle de sa mère et elles avaient respiré à l'unisson, inspiré, expiré, et tout le monde les avait rejointes ; et qui sait quand elle avait rendu son dernier souffle, qui l'avait remarqué en premier, comment ça s'était passé ? C'était advenu ; dans ce lieu qui l'avait toujours, toujours vue respirer. Ils avaient été infiniment reconnaissants qu'elle soit là, à la maison ; pas connectée à des machines qui bipaient, ni dans une chambre stérile, entourée de personnes en train de crier et de tenter des gestes inutiles, mais là où la vieille bouilloire noircie posée sur le haut du four était toujours prête à siffler ; où la queue de Bramble battait doucement la mesure sur le tapis ; où le vieux trousseau de clés non utilisées – la maison n'était jamais verrouillée – restait dans le vide-poches avec tout un bric-à-brac mystérieux ; où les rideaux qu'Annie avait confectionnés elle-même en emménageant ici, il y avait des années de cela, quand elle était une jeune mariée pleine de gaieté et d'optimisme, imaginait Flora, étaient toujours accrochés : des fleurs orange sur un fond bleu, qui avaient un jour été à la mode, avant d'être considérées comme hideuses, et qui étaient maintenant sur le point de redevenir tendance.

Cette pièce avait vu des bébés ramper sur le tapis, puis des enfants courir dans tous les sens, des ouvriers agricoles défiler ; combien de soupes de légumes et de tartes aux pommes ; combien de genoux éraflés, de larmes séchées et de traces de pas boueuses, en différentes tailles de bottes en caoutchouc ; combien de gâteaux d'anniversaire – au chocolat pour Fintan et Hamish, au citron pour Innes, à la vanille pour Flora ;

combien de bougies soufflées et de cadeaux d'anniversaire emballés, et combien de tasses de thé…

Et tout avait disparu en un clin d'œil quand Flora avait vingt-trois ans et elle s'était enfuie aussi loin et aussi vite que possible ; incapable de supporter cette idée, elle ne voulait jamais, au grand jamais, revenir ; elle ne voulait pas de cette vie qu'on leur avait amputé ; ne voulait pas porter toute la douleur de sa famille, revenir à la maison, comme ils s'y attendaient tous. Comme toute l'île s'y attendait.

Mais elle était de retour désormais, plantée là, dans cette cuisine sombre, poussiéreuse, délaissée ; elle se cramponna au dossier d'une chaise et laissa simplement ses larmes couler.

# Chapitre huit

Elle entendit son père – ou, plutôt, son chien, Bracken, qui disait bonjour à l'intruse en aboyant – avant de le voir et s'essuya rapidement le visage.

Eck MacKenzie avait toujours eu l'air solide. Mais ses yeux bleus s'affaissaient désormais ; il avait des vaisseaux éclatés sur les joues dus aux dizaines d'années passées dans les grands vents sur la lande, et ses cheveux se clairsemaient sous son éternel bonnet en tweed.

— Flora, fit-il avec un signe de tête.

Ils s'étaient parlé, bien sûr, depuis l'enterrement. Mais seulement brièvement. Elle l'avait invité à Londres et il avait répondu : « Voui, peut-être, peut-être », ce qui, ils le savaient tous les deux, voulait dire : jamais, jamais.

— T'es pas là pour rester ?

Elle fit non de la tête.

— Mais je travaille ici, expliqua-t-elle avec empressement. Je veux dire, je vais rester un petit moment. Une semaine peut-être ?

— Voui, opina-t-il du chef.

Les « voui » de son père, elle le savait bien, pouvaient vouloir dire tout et n'importe quoi. Celui-là signifiait : *eh bien, d'accord, puisque c'est comme ça.*

Après ça, tout le monde resta planté sur place. Si maman était là, songea Flora, elle serait en train de s'activer à faire du thé et à leur distribuer du gâteau, qu'ils le veuillent ou non, rendant tout chaleureux et agréable, pas bizarre.

À la place, tout le monde semblait un peu gêné.

— Mmm, du thé ? proposa-t-elle, ce qui les dérida un peu.

*

Ils prirent place à la table de la cuisine, l'air sombre. Il n'y avait presque rien à manger et un sentiment de vide imprégnait tout.

— Alors, comment ça va au taf ? finit par lui demander Fintan, comme si on lui avait arraché cette question.

— Euh, bien. Je suis ici pour parler à Colton Rogers.

— Alors, bonne chance, grogna son père.

— Ce salaud ! s'écria Innes.

*Ouille*, pensa Flora.

— Pas si vite ! Il est sympa, dit-elle.

Les garçons échangèrent des regards en coin.

— Ben, on serait bien incapables de le dire, lança Fintan.

— Il a aucun rapport avec les gens d'ici, expliqua Innes. Il nous emploie pas, nous achète rien.

— Il construit un truc tape-à-l'œil au nord de l'île, ajouta Fintan. Pour que des abrutis de riches viennent en hélicoptère vivre des « expériences ».

— Abrutis, répéta Innes.

— Et il fait venir des connards pour chasser la grouse. Ils descendent au *Harbour's Rest* et se comportent comme des gros blaireaux d'Anglais, poursuivit Fintan.

— Eh bien, je présume que vous êtes très aimables avec eux et que vous leur accordez le bénéfice du doute ? ironisa Flora.

— C'est pas des gens bien, lança Hamish en secouant la tête et en donnant un biscuit à Bramble, qui attendait là, se préparant précisément à cette éventualité.

Son père n'était même pas à table avec eux. Il était assis au coin du feu, attisant les flammes et sirotant un grand verre de whisky, bien qu'il soit encore tôt. Flora le regarda, avant de baisser les yeux pour fixer son assiette.

— Est-ce que vous mangez… Je veux dire, vous prenez soin de vous ?

— On a rangé pour ton arrivée, répondit Fintan, le regard noir.

— Sérieux ?

— C'est censé vouloir dire quoi ? répliqua-t-il au quart de tour, sur la défensive.

— Non, non, je disais juste…

— On mange des saucisses, ajouta Hamish, l'air renfrogné. Et parfois du bacon.

— Mais vous allez vous tuer !

Son père paraissait avoir maigri. Flora se demanda s'il avait une alimentation solide, ou si elle se résumait au whisky. Cela faisait trois ans ; il commençait forcément à s'en remettre.

Non pas que ce soit son cas, à elle.

— Ouais, merci d'avoir parcouru tout ce chemin pour nous donner ce conseil d'hygiène de vie, Flora, lança Innes. On va arrêter de faire des journées de douze heures alors… Tu fais combien d'heures dans ta journée, toi, déjà ?

— Pas mal, rétorqua-t-elle d'un ton sec. Et je fais la navette entre chez moi et mon travail.

— Est-ce que tu cuisines ?

— Non. Mais y a Marks & Spencer et Deliveroo…

En voyant leur visage, Flora décida que ce n'était pas le moment d'essayer de leur expliquer ce qu'était Deliveroo.

— Alors, dit-elle en jetant un coup d'œil à la ronde. Comment se porte la ferme ?

Un très long silence s'ensuivit. Innes ne levait pas les yeux de son assiette.

— Pourquoi ? Tu vas revenir nous donner des conseils juridiques ? la rembarra sèchement Fintan.

— Non. C'est pas ce que je voulais dire.

— Pas bien, lâcha brusquement Innes. On fait pas tous notre part du boulot.

— Qu'est-ce que tu veux dire ? l'interrogea Fintan.

— T'as parfaitement entendu.

— Je fais ma part.

— Tu fais le strict minimum. Encore heureux que Hamish prenne la relève.

— J'aime les vaches, dit Hamish.

— Ferme-la, Hamish, le rabroua Fintan. T'aimes tout, toi.

Sans le regarder, Flora donna son dernier biscuit à Hamish, qui l'engloutit en deux bouchées.

— Comment vont les affaires, papa ?

— Oh, ça va, répondit son père sans se retourner.

Il continuait à fixer le feu, la tête de Bracken sur les genoux.

— Bien, lança Flora. Super.

Innes alluma la télé. C'était la seule nouveauté dans la maison ; elle était énorme et réglée sur Sky Sports 9, qui diffusait du *shinty*, le hockey sur gazon local. Il mit le son très fort et fit passer un sachet d'immondes friands à la saucisse, bien gras, qu'il avait achetés au village. Et Flora resta assise là, à regarder en silence avec les autres, le vide en elle si grand et si profond qu'elle arrivait à peine à respirer.

# Chapitre neuf

À vingt et une heures, Flora reçut un message du bureau de Colton Rogers, lui expliquant qu'il serait pris le lendemain et qu'il ne pourrait finalement pas la voir. Elle envoya un texto à Kai pour lui raconter, qui lui répondit immédiatement.

— *Salut bébé. Comment ça se passe ?*

— 😩

— *Ils sont contents que tu sois de retour ?*

— 🙄

— *Eh bien, ça, ça va te remonter le moral. Joel se fait du souci pour l'affaire. Il arrive.*

— 😱

— *Va dormir.*

— 😱😱😱😱😱😱

*

Flora finit par laisser tomber le *shinty* et alla se coucher, mais elle n'arrivait pas à trouver le sommeil. Elle sentait l'odeur de renfermé de l'oreiller sous sa tête, la couette peu épaisse, le matelas défoncé, et se demanda quand quelqu'un avait dormi là pour la dernière fois. Ce n'était pas comme si son père avait particulièrement encouragé les invités. Pourquoi le ferait-il, quand toutes les personnes qu'il connaissait, ou presque, vivaient à quelques minutes de marche ? Et avec une famille nombreuse, la maison avait toujours semblé suffisamment remplie et animée comme ça ; trop bruyante même.

Elle percevait maintenant un robinet qui gouttait. Elle fronça les sourcils, prenant conscience qu'il fuyait déjà quand elle vivait ici et que, pendant toutes ces années, personne n'avait pensé à le réparer.

Soudain, le vacarme des rues de l'est de Londres lui manqua ; les cris, les fêtes et les bagarres qui éclataient occasionnellement pendant les nuits chaudes, le bruit sourd des hélicoptères de la police qui passaient dans le ciel ; toutes les choses qui d'ordinaire la stressaient et l'irritaient lui semblaient désormais familières. Ici, il régnait un tel silence, à part ce satané robinet. Le mouvement délicat du vent dans les herbes marines. Pas de voiture, pas de voisin, pas de musique, pas de gens. Tout semblait complètement désert, comme le bout du monde. Elle se sentit profondément seule.

Étrangement, ça lui rappela aussi sa première nuit dans la capitale : le début d'une nouvelle vie, tout paraissant étrange. Mais, à l'époque, elle était enthousiaste ; pleine de possibles, d'espoirs et d'excitation. Et même si elle n'avait pas réussi aussi bien qu'elle l'aurait pu, elle l'avait fait. Elle s'était construit une vie à elle ; en essayant, en travaillant dur. En prenant son destin en main.

Tout ça pour se retrouver ici, au point de départ. Elle avait versé beaucoup de larmes pour sa mère. Mais celles-ci étaient seulement pour elle.

Elle écoutait le robinet, le détestant, et, à trois heures du matin, se leva pour essayer de le fermer, sans succès. Tandis qu'elle traversait la cuisine sur la pointe des pieds, l'aube déjà proche, Bramble redressa la tête avec espoir, battant de la queue sur le dallage. Elle s'arrêta une seconde pour vérifier le feu qui s'étouffait dans l'âtre. Quand elle se redirigea vers sa chambre, Bramble se leva sans bruit et la suivit, et elle le laissa faire. Elle se remit dans le lit légèrement froid et il grimpa sur elle, se débrouillant pour enrouler son imposante masse autour de ses jambes. Sa douce chaleur était très agréable. Alors que sa respiration ralentissait, celle de Flora en fit de même, et elle finit par s'endormir.

*

Elle se réveilla comme si elle s'était pris une décharge électrique au moment où les garçons sortaient pour la traite. Joel ! Joel arrivait !

Elle avait beaucoup de travail, mais n'arrivait pas à se calmer. La maison lui paraissait oppressante et le soleil brillait ; elle voulait profiter au maximum de cette belle journée et se débarrasser de son surplus d'énergie, alors elle appela Lorna, sa vieille copine d'école. Elles n'étaient pas de la même année scolaire, mais ça n'avait pas d'importance à Mure. Il n'y avait que deux classes : les tout-petits et les grands.

Lorna était revenue sur l'île pour y devenir institutrice et dirigeait désormais l'école primaire. C'étaient les vacances scolaires : elle était donc libre, pour une fois.

Cette fille à l'air doux et aux cheveux brun-roux travaillait comme une enragée. Flora ne la contactait que rarement (excepté les occasionnels « Like » sur Facebook) quand elle était à Londres, à vivre sa vie palpitante, mais, quand elle revenait sur l'île, elle attendait de son amie qu'elle l'écoute lui raconter tous ses malheurs, et Lorna ne lui en avait jamais voulu. Flora lui avait proposé de lui payer un café, et Lorna se préparait à l'écouter poliment se plaindre du fait qu'il était imbuvable comparé à celui, délicieux, auquel elle était habituée dans la capitale.

Mais quand elle aperçut son amie, sans son éclat habituel, elle mit tout ça de côté. Flora semblait si éteinte que ça lui fit un choc.

— Allez ! fit-elle, un grand sourire aux lèvres. Ça peut pas être aussi terrible, d'être rentrée !

Flora tenta d'esquisser un sourire.

— Tout le monde me regarde de travers, comme si je les avais trahis.

— Tu te fais des films. Ils s'inquiètent juste pour les garçons, tout seuls là-haut, dans cette ferme. C'est bizarre.

— Mais c'est pas ma faute.

— Je veux dire, on aurait pu penser que l'un d'eux se serait casé depuis le temps.

— Ben, comment tu veux épouser Hamish ? répondit Flora. Il est complètement à côté de la plaque.

— Je sais, soupira Lorna. C'est dommage… Il est tellement beau gosse.

— Et Innes a déjà tenté le coup.

— T'as vu Agot ?

Agot était la fille d'Innes. Il en avait la garde à un rythme un peu bizarre, car Eilidh, son ex, s'était réinstallée sur l'île principale.

— Non, pas encore.

Lorna sourit.

— Pourquoi ? Qu'est-ce qui y a ?

— Tu verras. Tu peux demander à Eilidh de l'inscrire dans mon école, s'te plaît ? Le nombre d'élèves est catastrophique.

— Je sais.

— Y a trop de gens qui quittent l'île. Pour chercher du boulot.

— J'ai vu les magasins vides.

Lorna grommela tandis qu'elles s'éloignaient de la ferme.

— Allez, dit-elle en faisant de grands gestes en direction du port, où les mouettes plongeaient en piqué pour voir si les *fish and chips* de la veille avaient laissé des restes, et où la lumière se réfléchissait sur les vagues.

La météo avait annoncé du mauvais temps, mais une courte averse avait chassé tous les nuages. C'était bizarre, mais ça arrivait : l'île principale du Royaume-Uni, jusqu'à Londres, était froide et grise, mais la perturbation les épargnait, les laissant sous un soleil éclatant. Pas un temps à se baigner, mais à rester assis dehors, oui (au soleil, avec un pull).

— Ça peut pas être aussi terrible que ça par un temps pareil ? ajouta-t-elle.

— Je sais, répondit Flora. Désolée. C'est juste… tu sais.

— Oui.

Lorna avait aussi perdu sa mère. Être avec quelqu'un qui comprenait était parfois suffisant, se disait Flora.

— Comment va ton père ?

— À chier.

— Le mien aussi.

Flora envoya valser un caillou.

— Argh ! Tu sais, quand ils m'ont dit que je devais venir ici pour le travail… sans blague, j'en ai eu des nœuds dans l'estomac. J'étais si stressée. Parce que j'y pense tout le temps. Du coup, je deviens un vrai rabat-joie. Je déteste ça. Je déteste faire ma mauvaise tête comme ça. Je suis sûre que je suis fun comme fille. Je suis sûre que je l'étais.

— Pour être honnête, t'as toujours été plutôt casse-pieds, la taquina Lorna avec un sourire.

— La ferme !

— Bref. C'est normal, tu sais. C'est normal d'avoir de la peine. Il faut passer par là. C'est une période d'adaptation.

Flora poussa un soupir.

— J'aime ma vie à Londres. Je suis trop occupée pour avoir de la peine. Je la vois pas partout autour de moi, j'ai pas à penser à elle, ou à être interrogée à son sujet.

Elles étaient arrivées au *Harbour's Rest*, qu'une grande Islandaise nommée Inge-Britt dirigeait. Sa clientèle étant principalement composée de touristes, elle ne jugeait pas utile d'être aux petits soins pour elle et nettoyait les couverts en conséquence. Les deux filles commandèrent du café et s'installèrent dans la salle miteuse.

Lorna regarda son amie.

— C'est vraiment si horrible d'être de retour ? Je veux dire, on est nombreux à... vivre ici à l'année. C'est sympa. C'est très bien comme ça. Certains d'entre nous aiment ça.

Flora remua son café. Une mousse légèrement grise se forma à la surface à cause du lait en poudre.

— Je sais, répondit-elle. Je sous-entends pas que je suis différente, ni spéciale...

— Ta mère pensait que tu l'étais.

— Toutes les mères pensent ça.

— Pas comme la tienne. « Oh, Flora a fait ci ! Flora a eu telle note à ses examens ! » Elle a toujours voulu plus pour toi.

Lorna marqua une pause :

— T'es heureuse là-bas ?

— On aurait dû avoir cette conversation un soir, commenta Flora en haussant les épaules. Avec du vin au lieu de... ce truc.

— Je partagerais bien une brioche à la crème anglaise avec toi.

— On devrait peut-être la demander sans assiette, non ? Vu la propreté de la vaisselle, ce serait sans doute moins risqué.

Une fois la brioche partagée, Flora reprit le fil de ses pensées :

— J'avais l'impression de pas être à ma place ici. Et puis je suis partie et je suis pas à ma place là-bas non plus. Alors je sais pas. Pourquoi c'est si facile pour toi ?

— Ha ! fit Lorna.

Elle avait toujours aimé enseigner. Elle avait suivi une formation d'enseignante sur l'île principale et avait passé un super moment, mais avait été absolument ravie de revenir à la maison, où vivaient sa famille et ses amis, finissant par devenir directrice de la petite école primaire de l'île (même si, à vrai dire, il n'y avait pas beaucoup de concurrence pour cette minuscule affectation). Ses effectifs en baisse la préoccupaient, et elle aurait aimé rencontrer un homme bien, mais, à part ça…

— Oui, admit-elle. Ça va pas mal.

— C'est juste que, parfois, j'ai l'impression d'être à ma place nulle part.

— Tut-tut, fit Lorna en se levant.

Flora la suivit docilement à l'extérieur, jusqu'au bout du port.

— Regarde !

Flora ne comprenait pas ce qu'elle voulait dire. C'était la même chose que d'habitude, non ? Les mêmes vagues qui se brisaient contre les murs du port. Les mêmes bateaux qui dansaient sur l'eau, les mêmes mouettes qui rôdaient en criant autour des poubelles, les mêmes maisons colorées et, derrière le cap, les fermes et les usines de transformation du poisson.

— Ouais ? C'est la même chose que d'habitude.

— Non ! s'écria Lorna. REGARDE ! Regarde les nuages filer dans le ciel. Tu vois quoi du ciel à Londres ? Quand j'y suis allée, tout ce que je voyais, c'étaient des immeubles, et encore des immeubles, et des pigeons, et c'est à peu près tout.

— Hum.

— Respire, ajouta Lorna en grimpant sur le muret.

L'air était frais et pur, légèrement salé ; le vent lui fouettait les cheveux.

— Savoure ! La dernière fois que je suis allée en ville, j'ai cru que j'allais étouffer à cause des gaz d'échappement. C'est génial ici.

— T'es barge, sérieux, répondit Flora en souriant de toutes ses dents.

— RESPIRE ! Y a si peu d'endroits sur terre où on peut respirer comme ça. C'est l'air le plus frais du monde. Inspire-le ! Tes cours de yoga à la con, tu peux te les mettre où je pense ! Y a rien de mieux que ça.

Flora riait carrément maintenant.

— SANS DEC' ! poursuivit Lorna en avançant d'un pas chancelant sur le mur. T'es dingue, Flora MacKenzie. C'est carrément génial ici.

— Mais on se les pèle !

— Achète-toi un manteau plus chaud. C'est pas sorcier. Regarde ! REGARDE !

Flora la rejoignit sur le muret où elles s'asseyaient ados, les jambes ballantes, pour manger des frites. Elle suivit du regard le doigt pointé de Lorna. En contrebas, elle vit le cou allongé d'un grand héron, son extraordinaire beauté. Il se tenait sur une patte, en équilibre, telle une ballerine, semblant parfaitement conscient de sa propre splendeur, la lumière du soleil lui nimbant la tête ; et puis, comme s'il avait attendu que les filles l'admirent, il déploya ses ailes magnifiques et s'élança, vite et bas, à la crête des vagues ondoyantes et miroitantes, les cris perçants des autres volatiles moins gracieux répercutés par les façades aux lumineuses couleurs pastel des commerces derrière elles, tandis que l'oiseau majestueux se dirigeait vers l'horizon blanc.

— T'as pas ça à Londres, lança Lorna.

Et Flora dut admettre, alors qu'elles regardaient le héron attraper un poisson dans l'eau sans même ralentir, que son amie avait raison.

Tandis qu'elles contemplaient la mer, debout l'une à côté de l'autre, Lorna se pencha vers elle.

— Ça va aller, lui dit-elle doucement, parce qu'elle était le meilleur genre d'amie qu'on puisse avoir, le genre qui ne pouvait jamais vous en vouloir.

Et, tout à coup, Flora dut à nouveau refouler ses larmes d'un battement de paupières et se maudit intérieurement. Elle venait de se rendre compte que c'était la première fois qu'on lui disait ça. Son père ne pouvait pas le dire, parce que ce n'était pas vrai pour lui. Il avait tout perdu ; les choses n'allaient pas bien aller. Mais les garçons ? Ils paraissaient tous pris au piège. Et l'île semblait penser qu'elle ne méritait même pas de revenir.

— Tu crois ? lui demanda-t-elle d'une voix tremblante.

Lorna parut décontenancée.

— Mais bien sûr ! Bien sûr. Ce sera plus pareil – c'est plus jamais pareil. On vit dans un monde différent quand on a perdu un de ses parents.

— J'aurais dû faire plus, confia Flora en se retournant subitement.

Lorna fit non de la tête.

— T'inquiète. Tu pouvais pas savoir. Personne le peut. Pas tant que t'es pas passé de l'autre côté. Pas tant que tu vis pas dans ce monde. Alors tu comprends.

— Et ça s'arrange ?

— Oui.

Le héron s'était arrêté sur un rocher, il contemplait l'horizon avec ferveur. Il était totalement immobile, si parfait qu'on aurait dit une photo. Flora le regardait fixement, refoulant ses larmes.

— Alors, c'est quoi ton programme aujourd'hui ? s'enquit Lorna.

— Tu sais ce dont les garçons auraient bien besoin ? Un bon repas fait maison.

— Oh oui ! Ta mère était la meilleure cuisinière que j'aie jamais rencontrée. Elle t'a appris, hein ?

— Oui. Mais je manque de pratique. Mince, la bouffe à Londres…

— COMMENCE PAS ! s'exclama Lorna. Je venais tout juste de te trouver à nouveau sympa.

# Chapitre dix

Margo passa la tête par la porte. Joel était resté éveillé toute la nuit pour bosser sur une autre affaire et ses yeux étaient cernés. Elle se posait parfois des questions à son sujet. Elle voyait ses e-mails, prenait ses appels. Excepté, de temps à autre, une jeune fille en détresse qui pensait avoir tiré le gros lot, il n'y avait rien de personnel. Jamais.

Bien sûr, cela ne voulait rien dire. Mais il lui arrivait de se demander si son impolitesse ne cachait pas autre chose. Et parfois elle pensait simplement que c'était un crétin.

— Café ?

Il secoua la tête avec mauvaise humeur.

— Allez-vous en Écosse aujourd'hui ?

— Je suis obligé d'y aller ? lâcha-t-il en se renfrognant. Vraiment ? Je peux pas simplement gérer ça d'ici ?

— Colton semble adorer cet endroit, répondit Margo avec un haussement d'épaules. Ça peut être bon pour l'avenir, si vous voulez vous le mettre dans la poche.

— Ouais, ouais, ouais. Eh bien, faites-moi savoir quand il appelle. Je veux rester loin de ce trou paumé le plus longtemps possible. Non mais, vous avez vu où c'est sur la carte ?

Quand il lui montra combien Mure était éloignée de l'île principale du Royaume-Uni, Margo secoua la tête.

— S'ils sont pas tous cousins, je serais bien étonné, poursuivit-il. Mince. D'accord. Je veux bien ce café finalement.

Sur ce, elle décampa.

*

Flora parcourait les allées du tout petit supermarché d'un pas lourd, exaspérée. Elle avait prévu de préparer quelque chose de différent pour le dîner, quelque chose qu'ils ne mangeaient pas d'ordinaire et qui ne ressemblerait pas aux plats que sa mère avait coutume de cuisiner. D'après elle, ils n'étaient pas encore prêts pour les recettes de celle-ci.

Elle repensa un instant à l'époque où elle sortait avec Hugh, quand ils allaient à Borough Market, juste à côté du London Bridge. C'était le paradis des gourmets, et incroyablement cher. Ils y déambulaient le samedi matin, dans l'intention de se cuisiner un bon petit plat le soir – un risotto à l'encre de seiche ou une soupe thaï aigre-piquante –, et y dégustaient toutes sortes de choses qu'elle n'avait tout bonnement jamais goûtées auparavant : du kimchi, du ceviche et autres spécialités gastronomiques. Elle avait l'habitude des plats traditionnels, mais Hugh s'y connaissait un peu en cuisine et il lui avait exercé les papilles.

Pour le dîner, elle pensait faire des raviolis chinois à la ciboulette, avec un bouillon de poulet épicé et du chou kale sauté à l'ail et au piment. Parfait pour les garçons s'ils étaient affamés en rentrant des champs ; la journée était ensoleillée et dégagée, mais le vent du nord soufflait toujours, et un bon petit plat bien relevé les réchaufferait.

— Bonjour, lança-t-elle au vieux Wullie dont tout portait à croire qu'il travaillait environ vingt heures par jour à tenir la seule épicerie de l'île.

Il n'était peut-être même pas si vieux que ça. En réalité, il avait peut-être seulement la trentaine très fatiguée.

— Flora MacKenzie, grommela-t-il.

Ça mit Flora de mauvaise humeur. Elle aurait bien aimé que quelqu'un jette un œil à ses habits élégants et à ses jolies bottines et s'exclame : « Flora MacKenzie ! Mais regardez-moi ça ! » Mais personne ne l'avait fait.

— Hé, je suis de retour ! Enfin, pour le travail. Tu sais, je travaille à Londres.

Wullie regardait droit devant lui, indifférent, comme toujours.

— Voui.

— Alors, poursuivit-elle. Euh. Est-ce que t'as… du mirin ?

— Nan.

— De la citronnelle ?

Il la regarda en plissant lentement les yeux.

— De la sauce soja ?

— Voui, confirma-t-il en lui montrant du doigt une minuscule bouteille à l'air poisseux, toute poussiéreuse.

— Et les légumes ? s'enquit-elle d'un ton jovial.

Wullie lui indiqua une étagère remplie de boîtes de conserve, ce qui l'agaça au plus haut point. Ils cultivaient tout un tas de bonnes choses sur l'île : des carottes, des pommes de terre, des tomates qui adoraient les longues soirées d'été, tant qu'on les gardait suffisamment au chaud. Pourquoi n'en vendait-il pas ici ?

— Est-ce qu'il y a une vente directe à la ferme quelque part ?

— Une quoié ? fit Wullie d'une voix un brin menaçante.

— Rien, répondit Flora en débarrassant le plancher.

*

Elle finit par s'en sortir malgré tout avec un vieux sachet de nouilles instantanées et quelques oignons locaux au goût âpre qu'elle trouva dans le cellier de la maison. À cause du stress – et parce qu'elle essayait de nettoyer la cuisine dégoûtante en même temps –, elle fit beaucoup trop cuire le poulet sur la cuisinière Aga, et les raviolis étaient durs comme de la pierre.

Quand les garçons rentrèrent des champs et allèrent se laver les mains au grand évier, Innes observa attentivement la nourriture.

— C'est une démarche féministe ? lui demanda-t-il alors que tous s'asseyaient à leur place habituelle : Innes et Hamish du côté de la fenêtre, Flora et Fintan en face, son père près du fourneau. Est-ce qu'être nul en cuisine, c'est branché à Londres en ce moment ?

— Ben, on pourrait crépir la grange avec, suggéra Fintan en enfonçant son doigt dans son assiette d'un air dubitatif.

— Ou y a ce mur en pierres sèches qu'on doit construire, renchérit Innes. On pourrait s'en servir comme mastic.

— Arrêtez de vous plaindre et mangez, les rembarra Flora.

— Mais on dirait du jus de chaussette, lâcha Innes d'un ton qu'il pensait manifestement convenable.

Flora eut envie de lui balancer une assiette au visage. C'était ridicule, elle en avait conscience – le plat était absolument dégoûtant –, mais elle se sentait à la fois incroyablement gênée et énervée. Elle ne savait plus s'y prendre ici.

— Je trouve ça bon, Flora, dit Hamish, qui avait presque léché son assiette. Tu peux me dire ce que c'est, s'il te plaît ?

— Bon Dieu, Hamish, le rabroua Fintan. T'es pire que Bramble et Bracken.

— Y a autre chose ? demanda tristement Innes.

— Non, sauf si l'un d'entre vous a pensé à préparer quelque chose.

Ils échangèrent des regards entre eux.

— Ben alors, vous pouvez mourir de faim, ajouta-t-elle avec colère.

— Toasts ! s'écria gaiement Innes, et ils se levèrent tous.

— Quoi ?

— Mme Laird, expliqua Fintan. Tu sais, celle qui s'occupait du pasteur ? Elle sait cuisiner. Elle nous fait du pain.

— Je sais faire, moi aussi, rétorqua Flora, les joues roses.

— Arrête, chérie, dit son père depuis la cheminée. C'est pour te taquiner. Personne y arrive du premier coup.

Flora prit une profonde inspiration et jeta un œil à la cuisine immonde.

— Je vais faire un tour, annonça-t-elle.

— À la friterie ? l'interrogea Hamish, plein d'espoir.

— Non ! répondit Flora, des larmes lui brûlant les yeux alors qu'elle sortait de la maison d'un pas déterminé.

Elle aurait bien claqué la porte derrière elle, mais cette dernière n'était jamais fermée l'été ; et puis elle était un peu gondolée, et personne n'avait pensé à huiler les gonds, ce qui rendait également Flora folle de rage. Avaient-ils tous baissé les bras, tout simplement ?

Et maintenant, ils s'en donnaient à cœur joie avec leurs ha ha ha, l'asticotant, exactement comme ils l'avaient toujours fait. Mais personne n'était là pour prendre sa défense.

Eh bien, elle n'allait pas tolérer ça. Elle allait partir, aller quelque part… mais où ? Le pub serait rempli des amis de son père, et elle préférait éviter de s'y retrouver. Tout le reste était fermé. Nom d'un chien, cet endroit. Mais elle ne pouvait pas rentrer chez elle non plus.

À la place, elle décida de grimper sur le mont Carndyne, pour se vider la tête.

Le grand mont, depuis lequel on voyait jusqu'à l'île principale, et aux îles plus éloignées si on se tournait dans l'autre direction, était une belle colline – plus proche d'une montagne en réalité. Les gens venaient du monde entier pour l'escalader et, l'hiver, il était recouvert de neige. Contrairement aux apparences, son ascension était dangereuse ; on pouvait, à tort, la prendre pour une petite randonnée d'été facile, alors qu'en réalité elle était exceptionnellement difficile et pouvait s'avérer périlleuse par mauvais temps. Pas une saison ne passait sans qu'on fasse appel aux secours en montagne pour un crétin quelconque qui pensait se faire une petite balade jusqu'en haut de la jolie colline verdoyante pour se retrouver en difficulté bien plus rapidement qu'il ne l'aurait imaginé, malgré les nombreux panneaux et les mises en garde explicites des guides touristiques.

Les Muriens, qui remplissaient souvent le rôle de sauveteurs pendant l'été, se moquaient de ce genre de choses ; ils refusaient d'avoir affaire aux gamines qui montaient en tongs et tee-shirts et aux garçons persuadés de pouvoir traverser un col sans corde, qui accueillaient avec gratitude les chiens de sauvetage et les commentaires ironiques des gens du coin.

Flora, bien sûr, connaissait le mont comme sa poche ; elle l'avait escaladé pour la première fois à l'âge de neuf ans. C'était aussi le lieu de la sortie scolaire alternative, ce qui ne manquait jamais d'entraîner de vives protestations. L'autre classe allait à Esker. Ce village de l'île principale accueillait l'été une fête foraine minable, avec des attractions bruyantes et des stands ouvertement frauduleux qui provoquaient malgré tout une grande excitation chez les petits insulaires en manque de stimulation ; ils revenaient les bras chargés d'énormes sucettes et de jouets en feutrine bon marché, regardant de haut les grimpeurs, qui n'avaient rien à part des gamelles vidées des sandwichs avalés à dix heures du matin, des pieds endoloris et, parfois, des capuches pleines d'eau de pluie.

Il était déjà tard, mais les soirées étaient si longues désormais et, en grimpant, Flora commença à respirer profondément et à profiter du paysage autour d'elle. Au bout de dix minutes, elle se retourna et, surprise, vit que Bramble la suivait, haletant gaiement.

— Oh non ! s'écria-t-elle. Non, redescends. Sérieux, j'ai besoin d'être seule.

Bramble n'en tint absolument pas compte : il la rejoignit en se dandinant et lui lécha doucement la main.

— Mon chien ! T'es trop vieux et trop gros pour escalader cette montagne ! Et si tu restes coincé ?

Bramble remua doucement la queue. Flora regarda derrière elle. Si elle le ramenait jusqu'en bas, elle devrait à nouveau pénétrer dans la cuisine et le silence pesant qui, elle en était certaine, se serait installé sur tout le monde, et s'excuser de s'être emportée, ou, plus généralement, elle passerait simplement pour une idiote. Elle soupira et reprit son chemin.

— T'as intérêt à tenir le rythme, alors.

Bramble avança, ses griffes claquant sur les pierres. Sans son arrière-train dodu et chancelant, ce chien aurait eu plutôt fière allure.

Flora passa la crête et continua sur un long plateau herbeux. L'air était pur et frais ; alors qu'elle se retournait pour regarder derrière elle, elle vit les derniers rayons de soleil se refléter et danser sur l'eau, qui était exceptionnellement calme, comme une mer d'huile. Au loin, elle repéra le ferry qui traçait son chemin habituel à travers la baie. Se trouver à bord d'un bateau par une soirée pareille devait être agréable, songea-t-elle. Et puis elle pourrait attraper le train de nuit à Fort William et être de retour à Londres…

Cela dit, il faisait 31 °C dans la capitale en ce moment. Ce serait une véritable étuve, avec cette puanteur caractéristique des poubelles surchauffées ; les bagnoles qui font beugler la musique ; le bruit et le danger sous-jacents ; et les gens qui vivent les uns sur les autres. Londres l'été, c'était… c'était génial, mais tout bonnement surpeuplé. Tous ces gens entassés dans le quartier de South Bank, parqués dans des métros suffocants et des bus qui sentaient la transpiration, à la recherche d'un petit coin d'herbe rabougrie dans un parc ou un jardin quelconque ; les trottoirs chauds, les odeurs de nourriture et de beuh qui flottaient partout.

Ici, indéniablement, elle pouvait respirer.

Mais ce n'était pas le problème, se contredit-elle elle-même. Pas du tout. Personne ne niait que le coin était beau. Bien sûr qu'il l'était ; c'était magnifique, tout le monde le savait. La question était : est-ce que c'était bien pour elle ? Pour tout ce qu'elle rêvait d'accomplir ; pour tout ce qu'elle voulait faire de sa vie, quoi que ce soit.

Et maintenant, elle se retrouvait à nouveau dans cette stupide ferme, enchaînée à ce satané évier, comme sa mère. Elle frappa une pierre du pied, pleine d'amertume. Ce n'était pas ce qui était prévu. Pas du tout. Et si tout le monde devait se payer sa tête, se moquer d'elle après le sacrifice qu'elle avait fait, eh bien, elle ne voulait plus rien avoir à faire avec eux.

Elle continua à grimper, dans l'espoir que cet exercice vigoureux la calmerait un peu mais, au lieu de ça, elle se retrouva à ressasser ses problèmes dans sa tête, ce qui ne l'aidait pas du tout. Clignant des yeux, elle se rendit compte qu'elle était allée plus haut qu'elle n'en avait l'intention et qu'elle voyait carrément jusqu'aux collines de l'île principale. Le ciel s'emplissait de petits nuages roses qui filaient ici et là, et le port en contrebas n'était plus qu'un minuscule point ; tout comme le ferry qui y entrait. Elle poursuivit son ascension.

En approchant du sommet, elle se sentit enfin suffisamment épuisée – c'était une partie difficile à gravir, sur des éboulis – pour que ses idées commencent à s'éclaircir. Elle trouva la cascade qu'elle savait nichée derrière une paroi rocheuse et, avec Bramble, ils burent abondamment de son eau glacée, profondément rafraîchissante, comme du cristal liquide sur sa langue. Elle venait tout juste de décider qu'elle n'irait pas plus loin quand elle entendit soudain un jappement.

Elle regarda autour d'elle.

— Bramble ? Bramble ?

Le chien gémit en réponse, mais ne la rejoignit pas en courant comme il l'aurait fait en temps normal.

— BRAMBLE ?

Le soleil commençait à disparaître derrière les montagnes et la différence de température fut immédiatement notable. Inquiète, Flora se fraya un chemin jusqu'au chien. Elle constata avec horreur qu'il s'était coincé une patte entre deux rochers. Il essayait de se redresser, ses pattes arrière cherchant désespérément à s'accrocher à la pierre mouillée.

Elle traversa l'eau à gué et libéra avec délicatesse la patte du trou où elle était restée coincée, Bramble se débattant dans ses bras, pris de panique.

— Ça va, mon chien ! Ça va. Ça va, lui murmura-t-elle à l'oreille alors qu'elle hissait son énorme masse sur la parcelle de terre moelleuse la plus proche. Ça va aller.

Bramble geignait désormais et tremblait comme une feuille. Ils étaient tous les deux complètement trempés, et il faisait de plus en plus froid maintenant que le soleil s'était couché. La patte avant droite du chien pendait de manière inquiétante ; Flora en avait la nausée. Bramble aboya, la regardant comme si tout était sa faute, et elle fit de petits bruits pour le réconforter, tout en étant paniquée. Elle n'avait pas son téléphone ; elle était sortie en trombe sans son sac, trop énervée pour prendre quoi que ce soit. De toute façon, ça ne changeait rien, il n'y avait pas de réseau ici, même dans les circonstances les plus favorables – et tout portait à croire que les circonstances étaient loin d'être des plus favorables en ce moment.

Descendre le mont prendrait au moins quatre-vingt-dix minutes. Le pauvre Bramble ne pouvait pas marcher et pesait plus lourd qu'elle : il lui était impossible de le porter. Mais elle ne pouvait pas non plus le laisser ici ; il essaierait de la suivre, et qui pouvait dire ce qui se passerait alors ? Elle n'avait rien pour l'attacher – et l'idée d'attacher un animal blessé et de le laisser seul, même pour aller chercher de l'aide, lui était tout bonnement insupportable. En plus, il ferait bientôt nuit : comment allait-elle pouvoir convaincre qui que ce soit de remonter ici dans le noir complet pour chercher un chien ? C'était bien trop risqué ; cela mettrait des vies humaines en danger.

Flora jura haut et fort. Nom d'un chien. Le pire dans cette histoire, c'était qu'elle ne ferait que confirmer tout ce que sa famille pensait déjà ; que ses habitudes de citadine l'avaient rendue trop tendre ; qu'elle ne savait même plus escalader ce foutu mont. Bon sang. Elle regarda le chien :

— Voilà, chut, t'inquiète pas.

Elle entendait le cœur de Bramble battre dans sa poitrine, très vite. Sa respiration était superficielle et il tremblait de tout son être.

— Mon pauvre Bramble, dit-elle en enfonçant le visage dans ses poils.

Elle se rendit compte qu'elle avait très froid. Trop froid. Le soleil l'avait induite en erreur : c'était toujours le printemps ici, tout au nord de la Grande-Bretagne, ce qui signifiait que c'était toujours dangereux.

Bon, au moins, elle avait le chien pour lui tenir chaud, s'ils se blottissaient l'un contre l'autre. Mais elle ne pouvait pas passer la nuit ici ; c'était une très mauvaise idée.

Sa vie, décréta Flora avec colère, était une très mauvaise idée.

Elle voyait les nuages se profiler à l'horizon. Bien sûr. C'était le plus vieux dicton au monde : si le temps ne vous dit rien qui vaille en Écosse, attendez cinq petites minutes. La pluie assombrissait les collines de l'autre côté de la baie, les dissimulant à la vue. Bientôt le littoral disparut lui aussi sous son manteau noir. Le vent portait l'odeur fraîche et singulière de la pluie imminente. Bramble gémissait, comme s'il savait que quelque chose de terrible se préparait. Au moins, il avait son pelage, se dit Flora. À part ça, ils semblaient plutôt mal barrés.

Elle tenta de soulever le chien. Trempé jusqu'aux os, il pesait une tonne. Et, paniqué à cause de la douleur à sa patte, il cherchait désespérément à se dégager, ce qui ne facilitait pas les choses : toute cette entreprise était impossible.

Les premières grosses gouttes de pluie commencèrent à tomber. Flora réalisa qu'elle portait son manteau londonien, qui convenait parfaitement pour sortir faire un tour sous une petite averse, mais s'avérait parfaitement inutile au sommet d'une montagne écossaise au beau milieu d'un orage.

Quand les garçons commenceraient-ils à se faire du souci pour elle ? se demanda-t-elle. Ils supposeraient certainement qu'elle était allée rejoindre Lorna au pub et qu'elle ne rentrerait pas avant plusieurs heures. Les chiens étaient autorisés dans le pub, donc personne ne s'inquiéterait de l'absence de Bramble, si seulement quelqu'un la remarquait.

Flora retira son manteau pour le mettre sur sa tête – il n'avait même pas de capuche –, mais l'eau coulait malgré tout dans son cou. Elle répétait, en boucle, tous les gros mots qu'elle connaissait, ce qui était totalement stérile et précipita même un roulement de tonnerre quelque part, au loin.

Abri, pensa-t-elle. Il fallait qu'elle trouve un abri. Elle visualisa la topographie de la montagne dans sa tête, fouillant dans ses souvenirs d'enfance, quand elle montait et descendait ses sentiers en courant, ramassant des fleurs sauvages pour sa mère, qui les regardait d'un air distrait avant de se mettre à chercher un vase, qu'ils n'avaient pas, et de les plonger dans une tasse.

Il y avait une grotte, se rappelait-elle, environ deux cents mètres plus bas, de l'autre côté, tournée vers l'intérieur des terres. Elle y buvait du cidre et flirtait avec Clark quand ils étaient à l'école – Clark était le policier de l'île aujourd'hui, ce qui montrait combien les choses avaient changé – et, à l'époque, le sol était jonché de capsules et de mégots de cigarettes. Elle se demanda si c'était toujours le cas. Probablement. Il n'y avait pas tant d'endroits que ça où échapper aux regards indiscrets sur leur île minuscule. Si elle arrivait à l'atteindre, ils pourraient s'abriter jusqu'à ce que… eh bien, jusqu'à ce qu'elle ait une meilleure idée.

Elle respira profondément. Dès qu'elle serait descendue de cette montagne, elle dirait aux garçons… elle leur dirait… elle leur dirait d'aller se faire voir. Ils pouvaient continuer à se débrouiller tout seuls, à se gaver de haricots en boîte si ça leur chantait, elle n'en avait plus rien à faire. Elle détestait cette île stupide, avec son stupide temps pourri, et sa stupide poignée d'habitants qui se connaissaient tous et avaient tous un avis sur tout. Elle en avait fini. Elle était déjà partie.

Bramble poussa son pied du museau.

Peut-être qu'elle l'emmènerait. Cela dit, emmener un vieux chien, énorme de surcroît, dans une minuscule location londonienne… Bon. OK, peut-être. Peut-être qu'elle pourrait venir lui rendre visite. Peut-être…

Bramble gémissait.

— Arrête ça, mon chien, dit-elle. Bon sang. D'accord. OK.

La meilleure façon de procéder, en déduisit-elle après avoir ouvert un passage à travers les broussailles détrempées, était de mettre Bramble sur son épaule, comme dans un film de guerre, en essayant d'éviter sa patte blessée. Le chien commença par se débattre, puis sembla se rendre compte qu'elle tentait de l'aider.

Désormais trempée de la tête aux pieds, presque entièrement recouverte de boue, Flora pesta contre le ciel et commença à descendre la colline en dérapant et en glissant.

— Bon SANG, espèce de chien STUPIDE et débile ! hurla-t-elle en marchant d'un pas furieux, sa colère lui servant de moteur pour avancer. Si t'étais pas qu'un gros GOINFRE qui engloutit tous les restes, je serais pas en train de me TUER à te porter. Et tu te serais probablement pas coincé la patte dans cette cascade si t'étais un chien en BONNE santé.

— Aou, approuva plaintivement Bramble en relevant la tête, déposant par la même occasion une nouvelle couche de boue sur le visage de Flora.

Si elle n'avait pas aussi bien connu la grotte, elle serait carrément passée à côté, étant donné que celle-ci se trouvait à l'écart du sentier, sur l'autre versant de la colline, et qu'une grosse branche de bruyère précoce poussait devant l'entrée. Elle avança dans sa direction sous les trombes d'eau, vacillante, tout en continuant à sermonner le chien, les pieds dans ses Converse absolument pas adaptées – et maintenant complètement ruinées – de plus en plus mouillés. Elle manqua de faire tomber ce pauvre Bramble en se frayant un chemin à travers la végétation rampante jusqu'à la sécurité toute relative de la grotte.

— MERDE, MERDE, MERDE, MAIS QUEL ENFER ! s'écria-t-elle en le déposant aussi doucement que possible sur le sol sablonneux.

Elle était maintenant à bout de souffle, en sueur, en plus d'être trempée jusqu'à l'os et furieuse. Elle n'était pas belle à voir.

— Bonjour, fit une voix douce.

# Chapitre onze

Flora y voyait à peine. À cause de l'obscurité qui régnait à l'intérieur de la grotte, sans compter l'eau qui lui ruisselait sur la tête et lui plaquait les cheveux sur les yeux, elle ne distinguait rien. Elle battit des paupières, puis se passa les mains sur le visage pour tenter d'y voir plus clair.

Puis elle recommença, dans l'espoir que ce qu'elle avait vu disparaisse.

Il y avait là, la fixant du regard, une bonne dizaine de gamins de douze ans et un homme, grand, aux joues roses. Ils la dévisageaient tous, les yeux écarquillés, perplexes. Certains des enfants paraissaient un peu effrayés. Flora se demanda si elle avait l'air si bizarre que ça.

Probablement. Elle était recouverte de boue de la tête aux pieds et venait tout juste de déposer sur le sol un chien gigantesque en train de geindre.

Elle essaya de faire comme si tout ça était on ne peut plus naturel, comme si c'était le genre de choses qu'on faisait tout le temps sur Mure, mais Bramble gémissait pitoyablement, et les enfants, d'un calme sinistre, la regardaient comme si elle l'avait délibérément torturé.

— Euh. Salut ! dit-elle.

L'homme s'avança avec prudence, de la manière tranquille dont on approcherait un animal dangereux.

— Est-ce que ça va ?

À l'extérieur, la pluie tambourinait contre le flanc de la colline.

— Bien sûr que ça va, répondit Flora, avant de se rendre compte qu'elle arrivait à peine à respirer ; elle se pencha en avant.

— Je parlais au chien, précisa l'homme.

Il avait un accent du coin mais, quand Flora releva la tête, elle constata qu'elle ne le reconnaissait pas.

Elle fit partir les dernières gouttes d'eau dans ses yeux d'un battement de paupières.

— Excusez-moi… Est-ce que vous êtes un genre de tribu perdue ?

Mais l'homme s'était déjà agenouillé, il faisait de petits bruits pour apaiser Bramble et caressait doucement son flanc haletant.

— C'est sa patte, expliqua Flora. Ne la touchez pas. Il l'a coincée dans des rochers.

— Il est bien en chair, fit remarquer l'homme en grattant Bramble derrière l'oreille.

— N'insultez pas mon chien, lâcha Flora d'un ton sec.

— C'est vrai. Pardon.

Il leva les yeux vers elle. Il était grand, large d'épaules et baraqué, avec des cheveux épais ; il avait les yeux d'un bleu perçant et n'avait pas l'air franchement ravi.

— Alors, pourquoi vous l'avez emmené escalader une montagne au beau milieu d'un orage ?

— Je pourrais dire exactement la même chose de vous et de votre armée de nains albinos, grommela Flora.

— Est-ce que vous escaladez toujours les montagnes avec ce genre de chaussures ?

— Oui. J'aime sentir la boue entre mes doigts de pied.

Le visage de l'homme se dérida un instant.

— Vous êtes du coin ?

— Pas vraiment, mentit Flora. Vous faites quoi ?

— Charlie MacArthur, dit-il en tendant la main. « Aventures en plein air ». On est en excursion.

— Et c'est censé être fun, c'est ça ?

La petite bande poussa des cris de joie décousus.

— Bien sûr, répondit Charlie. On a eu bien trop chaud aujourd'hui.

— Qu'est-ce qu'il a, vot' chiôn ? demanda timidement l'un des garçons.

Il avait un fort accent de l'ouest ; de Glasgow, aurait dit Flora.

— Je sais pas. Je crois qu'il s'est cassé la patte.

Un murmure de compassion s'éleva de l'assemblée. Comme Flora examinait plus attentivement cette petite troupe, elle remarqua que ces minots avaient l'air bien méfiants : ils n'étaient pas bruyants et sûrs d'eux comme les grands groupes d'enfants qu'elle voyait marcher d'un pas décidé sur le muret du port, qui s'interpellaient joyeusement, à grands cris, lançaient des frites aux mouettes et, globalement, se comportaient comme s'ils se fichaient de tout – ce qui était le cas, puisqu'ils avaient douze ans.

Ceux-là étaient différents. Elle avait vu juste : ils étaient pâles ; maigrichons aussi, disparaissant sous leur imperméable immense, qu'on leur avait visiblement prêté. Elle jeta à nouveau un œil à Charlie.

— Est-ce que les garçons peuvent caresser votre chien ? On va vous le ramener chez vous. Si vous voulez. Enfin. Si vous avez pas d'autre plan.

Flora se redressa et le regarda en plissant les yeux, ne souhaitant pas trop laisser transparaître son soulagement. Il y avait déjà assez d'hommes qui la traitaient avec condescendance dans le coin, ce qui l'énervait au plus haut point ; elle n'avait certainement pas besoin d'en avoir un de plus.

— Si ça vous chante, lâcha-t-elle en haussant les épaules.

— Oh, si ça me chante ! Si ça me chante. Eh bien, comme c'est gentil de votre part.

Il regarda dehors.

— On va attendre qu'il arrête de tomber des cordes, je crois. Pas la peine qu'on risque tous une hypothermie.

Il jeta un coup d'œil aux enfants, qui caressaient doucement le chien. Bramble avait fini par se calmer et était étendu de tout son long. Sa respiration ralentissait. Il paraissait sur le point de s'endormir. Le front de Flora se rida.

— Ça va aller, dit Charlie. Ça ressemble plus à une vilaine entorse qu'à une fracture ; ça n'a pas enflé. Il est juste en train de s'endormir, vous inquiétez pas.

— Je le savais.

Un ange passa. Cet homme essayait manifestement de l'aider, et Flora se comportait mal envers lui, elle en avait conscience, mais, pour une raison ou une autre, sa mauvaise humeur déteignait sur tout aujourd'hui et elle ne savait pas comment s'en débarrasser.

Ils restèrent assis à regarder fixement la pluie.

— Alors, c'est quoi le truc, vous faites des « aventures en plein air » avec des enfants au beau milieu d'un orage ? finit par demander Flora quand il devint évident que rester silencieux jusqu'à ce que la pluie cesse convenait parfaitement à Charlie.

— Le temps, ça fait partie intégrante du truc, non ? répondit-il avec un haussement d'épaules. On montera nos tentes ici si ça se calme pas, même si je préférerais qu'on soit dehors. On peut pas allumer de feu ici.

— C'est pas un peu minable ?

— Vous pensez qu'on devrait tous descendre dans des hôtels cinq-étoiles ?

— Pour les vacances, je dirais que oui.

Charlie secoua la tête. Où ils étaient, les enfants, toujours étonnamment calmes, ne pouvaient pas les entendre.

— Nan. Pas pour ceux-là.

— C'est qui, « ceux-là » ? l'interrogea Flora.

Ils avaient l'air si petits, pour certains.

— Ils ont tous un parent en prison, lui expliqua Charlie en haussant les épaules. Au moins. C'est l'occasion pour eux d'oublier tout ça… enfin. Beaucoup d'entre eux en voient de belles. C'est une association caritative qui nous les envoie.

Flora fut totalement prise de court.

— Oh, lâcha-t-elle à voix basse. J'avais pas réalisé.

— Vous pouviez pas savoir. Ce sont que des enfants.

— Ils ont l'air d'avoir eu la vie dure, ajouta Flora en clignant des yeux.

— Certains, voui. Très dure. Quelques nuits sous une tente, même s'il pleut, c'est pas le bout du monde. C'est leur première nuit. Attendez de les voir dans quelques jours. Vous les reconnaîtrez pas. Ils savent pas encore ce qui les attend. Dès qu'on allume le feu, l'atmosphère se réchauffe, poursuivit-il en souriant.

— Vous êtes tout seul ?

— Oh, non, j'ai une associée. Elle est descendue chercher quelques impers en plus. En temps normal, j'aurais envoyé des enfants pour l'aider, mais je veux pas de bronchites.

— Oh, fit Flora, se demandant qui pouvait bien être cette sainte, dehors, sous la pluie, qui allait chercher des imperméables pour des enfants défavorisés alors qu'elle-même avait piqué une crise parce que personne n'avait aimé son repas. Je m'appelle Flora, au fait.

— Charlie, répéta-t-il. Enchanté.

Ils se serrèrent à nouveau la main. Celle de Charlie était rêche et burinée, grande aussi, comme le reste de sa personne. Il émanait de lui quelque chose de sûr. Flora comprenait qu'un enfant loin de sa famille lui fasse immédiatement confiance.

— Alors, comment ça se fait que ce soit vous qui soyez resté ici, à vous abriter dans cette grotte ?

— C'est chacun son tour, répondit Charlie avec un haussement d'épaules. Et puis, c'est une virée entre mecs. Ils ont besoin de passer un peu de temps avec un bonhomme. Ils ont tendance à pas en voir beaucoup.

— Qu'est-ce que vous voulez dire ?

— Ah ! Ils sont nombreux à pas avoir de père à la maison. Leurs profs sont des femmes, les travailleuses sociales aussi ; pour certains, la première fois qu'ils entrent en contact avec un homme, c'est par le biais de la police. Ou d'un gang.

Sur ce, il se leva pour aller voir ce que les enfants faisaient avec le chien. Il envoya vite deux d'entre eux ramasser des branches dehors ; quand ils revinrent, tout mouillés, ricanant, il leur montra comment fabriquer une civière de fortune avec une bâche qu'il sortit de son sac à dos, leur donnant à tous des bouts de corde pour qu'ils s'entraînent à faire des nœuds. En un rien de temps, ils avaient construit quelque chose de tout à fait honorable ; maintenant, ne restait plus qu'à mettre Bramble dessus, ce qui représentait un sacré défi. Enfin détendu, le chien s'était endormi en se léchant la patte.

Charlie ouvrit sa trousse de premiers secours.

— Qu'est-ce que vous faites ? s'enquit Flora.

— J'essaie de déterminer la bonne dose d'ibuprofène pour un chien. Il est assez gros, vous savez.

— Vous l'avez déjà dit, se renfrogna Flora. Vous faites ça tout le temps ?

— Oh non. On accompagne aussi plein de gros blaireaux de cadres, vous inquiétez pas. Ça nous permet de prendre ce petit groupe.

Flora sourit. Charlie regarda dehors.

— Je crois que ça se lève.

— Ça se lève pas, mais alors pas du tout !

— Tant qu'il pleut pas de vraies hallebardes, on peut braver les éléments, j'imagine.

Il se tourna vers sa petite troupe.

— Qui est assez fort ?

Les garçons poussèrent tous des acclamations.

— Qui pense pouvoir descendre le chien en bas de la montagne pour l'emmener chez le vétérinaire ?

— MOI ! Moi, monsieur ! Laissez-moi faire ! Je veux y aller !

— Le laissez pas y aller, *lui*, il va faire tomber le chien comme il a fait tomber ses sandwichs !

— J'ai pas fait tomber mes sandwichs !

Tout le groupe s'écroula de rire, se moquant d'un pauvre malheureux assis devant, dont les joues recouvertes de taches de rousseur avaient viré au rose vif.

— Calmez-vous, dit Charlie d'une voix qui ne laissait pas la place à la discussion. Bien, mon p'tit gars, comment tu t'appelles déjà ?

— Ethan, murmura le garçon.

Il avait les traits tirés, et des cernes sous les yeux qui n'avaient rien à faire sur quelqu'un d'aussi jeune.

— Ils étaient bons, ces sandwichs ?

— Ouais, si on aime la boue, cria un des garçons.

— Hé dis, s'écria Charlie. Ça suffit !

Il se pencha vers le petit bonhomme.

— Écoute, il va bientôt faire nuit. Cet animal est blessé et on doit le secourir. Ça va être humide, lourd et difficile.

Il s'interrompit.

— Tu peux m'aider ?

Le petit garçon opina du chef avec fougue.

Charlie s'agenouilla près de la tête du chien, deux ibuprofènes à la main.

— Il les mangera pas, le prévint Flora, qui se rappelait trop bien sa mère essayant de vermifuger Bramble.

— Il les mangera là-dedans, répondit Charlie en les enfonçant dans un *Kendal mint cake*, ces petits bonbons à la menthe prisés des aventuriers.

Et, pas manqué, Bramble ouvrit un œil endormi, injecté de sang, et lécha paresseusement la gourmandise, sans rien remarquer.

— Ça va l'aider. OK, les gars.

Charlie désigna quelques garçons de plus pour aider Ethan – aucun, remarqua Flora, de ceux qui s'étaient moqués de lui –, et le petit groupe se déplaça avec précaution pour se positionner autour de la civière.

— Allez, fit Charlie.

Flora et lui s'agenouillèrent pour faire rouler le chien sur la bâche.

— Ce chien est…

— Trop gros. Oui, vous l'avez *déjà* dit, le coupa Flora. Merci *encore*, monsieur le bon Samaritain.

Il l'examina.

— Alors ça, c'est une première. Normalement, les gens sont en général plutôt reconnaissants quand je leur viens en aide en haut d'une montagne.

— Vraiment ? rétorqua Flora, qui avait froid, et faim, et était parfaitement ingrate.

Elle s'en fit la réflexion.

— Merci.

— Y a pas de quoi, répondit Charlie d'un ton sec.

Bramble se débattit un peu sur la civière, mais Flora réussit à le calmer. Charlie enleva sa ceinture, et Flora le regarda, ébahie, la passer doucement autour du ventre rondouillet du chien pour l'attacher au brancard.

La pluie était bel et bien en train de s'arrêter maintenant, et on pouvait voir jusqu'en bas, jusqu'au pied de la montagne où se nichait le petit port ; les champs qui descendaient presque jusqu'aux dunes ; l'eau qui clapotait dans l'estuaire.

— Il est temps d'y aller, dit Charlie. OK, les gars. À mon signal, soulevez doucement, lentement…

Au moment même où les garçons furent prêts, une ombre emplit subitement l'entrée de la grotte. Flora cligna des yeux. Une grande femme s'y tenait – elle n'était pas grosse, mais elle en imposait ; elle avait les épaules un peu larges, le menton puissant. La capuche de son imperméable était solidement nouée autour de sa tête ; une goutte d'eau esseulée était suspendue à son nez.

— Et voilà le travail ! annonça-t-elle avec entrain. Demain, vous mettrez tous la main à la pâte, qu'il pleuve ou qu'il vente. On a eu pitié de vous parce que c'est votre premier jour, c'est tout. Et c'est presque l'heure du *rounders*. Une bonne partie de base-ball dans la boue !

Les garçons poussèrent des hourras. Elle aperçut alors Flora.

— Qui êtes-vous ? Nous n'acceptons pas l'accompagnement parental, je crois que nous avons été clairs là-dessus.

— Oh non, je suis…

— Et si vous êtes une inspectrice, vous devez nous prévenir deux semaines avant par écrit, non pas que le moment où vous veniez soit important, parce que nos prestations sont parfaites.

Flora cligna à nouveau des yeux.

— Non, je suis…

— C'est juste une jeune cinglée dont le chien s'est fait mal à la patte, intervint Charlie. Regarde ses chaussures.

La femme obtempéra, puis éclata de rire.

— Ah, je vois. Vous donnez un coup de main ?

Son ton n'était pas le même quand elle s'adressait à Charlie ou aux garçons.

— Oui, Jan ! crièrent ces derniers.

— Eh bien, c'est génial, ajouta-t-elle. Vous descendez cette montagne et vous remontez directement ici ; on a des tas de saucisses à manger.

Elle n'adressa pas un seul autre regard à Flora.

# Chapitre douze

Les garçons, Flora devait bien le reconnaître, leur furent d'une grande aide : ils firent passer la civière dans les passages les plus difficiles, jusqu'à ce qu'ils atteignent à nouveau le chemin en terre. À l'évidence, Bramble comprenait qu'ils essayaient de lui porter secours, car il ne se débattait pas trop, et la ceinture ne semblait pas le déranger. Quand elle le pouvait, Flora lui grattait doucement les oreilles et lui murmurait des petits mots, la plupart au sujet d'animateurs moralisateurs qui croyaient tout savoir. Ses chaussures s'enfonçaient dans la boue qui recouvrait le sentier avec un bruit de succion.

En approchant de la ferme, elle héla Fintan, qui traversait le chemin pour aller nourrir les poules. Il lui répondit par un geste de la main et vint à sa rencontre.

— Mais qu'est-ce qui est arrivé à Bramble ? demanda-t-il d'un ton inquiet. Qu'est-ce que tu lui as fait, Flora ?

— J'lui ai rien fait ! s'indigna Flora. Il a essayé d'escalader une cascade alors qu'il a soixante-quinze ans en âge chien ! Il est débile !

Fintan regarda Charlie, d'un air un peu timide, nota Flora.

— Salut, Charlie. Désolé pour tout ça. Qu'est-ce que ma sœur a fabriqué ?

— C'est ta sœur ? Mince. Vous vous ressemblez pas du tout.

— Hé, je suis juste là, lança Flora.

— Heureusement que t'étais là-haut. Est-ce qu'elle a vraiment escaladé le mont en baskets en toile ? Pauvre Bramble.

— À mon avis, c'est qu'une entorse, avança Charlie. Il se portera sans doute comme un charme dès demain matin.

Les garçons avaient délicatement posé la civière par terre.

— Merci, les gars, dit Fintan. Vous voulez un…

— Un quoi ? l'interrompit Flora.

Fintan fit une grimace.

— Oh, répondit-il à voix basse. J'allais dire « une part de gâteau », mais on en a pas.

Avant, rares étaient les jours où un cake aux fruits n'attendait pas sous un torchon les éventuels invités de passage. Les garçons levèrent les yeux, le regard empli d'espoir.

— Y a un paquet de Hobnobs dans ma chambre, confia Flora à contrecœur.

Elle les avait cachés pour éviter qu'ils tombent entre les griffes de ses frères ; elle ne leur faisait toujours pas confiance.

— Attendez, ajouta-t-elle.

— Pas la peine, intervint Charlie. Un bon repas bien nourrissant les attend au sommet. Ils mangent assez de sucre comme ça, de toute façon.

— Oh ! fit un des garçons, et cela suffit pour que Flora constate qu'il lui manquait une dent.

— Alors d'accord.

— Une tasse de thé ? Ou un petit coup de whisky ? proposa Fintan.

— Pas pendant le boulot. Non, je ferais mieux de remonter ces petits gars. Il commence à se faire tard.

— C'est vrai, répondit Fintan.

— Je suis désolée, avoua Flora.

Les deux hommes hochèrent la tête.

— Au revoir, dit Charlie.

Mais il s'adressait à Bramble. Il caressa doucement le chien, puis les garçons et lui se retournèrent et repartirent en direction de la montagne, sous la pluie fine qui tombait dans le crépuscule.

*

— Alors, ta petite crise est passée ? s'enquit Fintan.

De retour dans la cuisine, c'était toujours le chantier ; la vaisselle n'avait pas été faite et la nourriture se figeait dans les assiettes et les casseroles. Flora regarda la scène et ferma brièvement les yeux. Elle mit Bramble dans sa panière, près du fourneau, où, épuisé par le calvaire qu'il venait d'endurer, il s'endormit immédiatement. Puis elle se dirigea vers sa chambre.

Fintan lui cria :

— Si jamais tu cherches tes Hobnobs, Hamish et moi, on les a mangés.

— C'est bon les Hobnobs, commenta Hamish. Achètes-en d'autres, Flora.

# Chapitre treize

— Mais comment ça peut être ça, ton boulot ? se plaignit Lorna le lendemain. Tu restes assise à rien faire et on te paie pour ça.

— J'attends le client. Je suis à son entière disposition. Et, en ce moment, je suis très dispo.

— Tu peux faire passer ce café en note de frais ?

— Oui, répondit Flora en regardant ce que servait le *Harbour's Rest* d'un air dégoûté. Mais je pense pas le faire. Par respect pour le concept de café.

Elle jeta un œil à la ronde.

— Est-ce que Colton Rogers vient ici de temps en temps ?

— Sérieux, je crois qu'il est pas là en fait. Personne le voit jamais, rétorqua Lorna en grognant.

La vieille Maggie, un des piliers de la vie sociale de Mure et membre du conseil municipal, se pencha alors vers elles.

— Il siphonne l'argent de notre communauté et ne donne rien en retour, commenta-t-elle avec dédain. Il profite de toutes nos beautés, de nos atouts naturels… et ne dépense pas un centime ici.

Lorna lança un regard à Flora, qui secoua la tête avec empressement. Elle ne voulait pas que Maggie sache que Colton était son client.

— C'est l'homme invisible, ajouta Lorna. On pourrait penser qu'il passerait boire une pinte ici.

— Je crois pas que ce soit le truc des Américains, commenta Flora. Je crois qu'ils aiment juste boire des verres de jus de germe de blé.

— Eh bien, fit Maggie en clignant des yeux avant de se pencher à nouveau vers elles. C'est bon de te revoir, ma chérie. Tu es là pour l'été ?

— Euh, non, juste… je fais que passer.

— Ton père doit être content.

— C'est ce qu'on pourrait croire, énonça Flora avec tristesse.

— Oh, eh bien, *nous*, on est contentes de te voir, s'interposa Lorna, de crainte que Flora ne redevienne morose.

— C'est vrai, acquiesça Maggie. Est-ce que tu vas danser à nouveau ? Je suis sûre que Mme…

— Non, rétorqua sèchement Flora.

Maggie et Lorna échangèrent un regard entendu.

— Bonjour ! lança alors une voix forte à la porte.

Les filles se retournèrent. Une grande femme corpulente, que Flora ne reconnut pas immédiatement, se tenait là.

— LORNA ! s'exclama la femme d'une voix tonitruante.

— Jan, répondit Lorna sans son amabilité et son entrain habituels.

Flora se rendit compte que c'était la femme qu'elle avait vue sur le mont, sous la pluie.

— Comment ça va ? poursuivit Lorna.

— Pas mal, pas mal.

Lorna semblait plutôt abattue, constata Flora.

— Jan, tu connais Flora ?

— Non.

— En fait, si, on s'est rencontrées hier, rectifia Flora avec hésitation.

La femme plissa les yeux.

— Mais OUI ! brailla-t-elle. La boudeuse ! Elle a escaladé le mont en chaussures de toile, t'y crois, toi ?

— Eh bien, elle y a vécu pendant près de trente ans, indiqua Lorna, doucement. J'imagine qu'elle doit avoir le droit.

— Elle serait morte si on l'avait pas trouvée.

— Mais *tellement* pas, rétorqua Flora d'un air furibond.

— Ces montagnes sont dangereuses.

— Oui, je sais, merci, vu que je suis née et que j'ai grandi ici.

— Vraiment ? Parce que t'as plutôt l'air d'une citadine à mes yeux, répliqua Jan en faisant la moue.

— Oh, merci, dit Flora avant de s'en vouloir de l'avoir pris comme un compliment.

— L'excursion se passe bien ? se dépêcha d'intervenir Lorna.

— Eh bien, de toute évidence, nous avons d'énormes responsabilités envers nos amis moins chanceux, tonna Jan. C'est pourquoi, bien sûr, on se disait… T'as repensé à prendre certains des enfants dans ton école ?

— Je t'ai déjà expliqué. Nous serions absolument ravis d'accueillir n'importe lequel de tes enfants. Mais ils doivent vivre ici. Il faut que leurs parents ou leurs tuteurs fassent une demande d'inscription.

— Ils peuvent pas ! Ils en sont incapables !

— Alors, comment je fais, moi ? Je peux pas les prendre. Sois raisonnable. Je peux pas diriger un internat.

— Ça leur ferait le plus grand bien.

— J'en suis sûre. Mais y a pas d'internats d'État en Écosse et, même si y en avait, on a pas les infrastructures et, même si on les avait, on trouverait pas de personnel…

Lorna semblait de plus en plus atterrée.

— Jan, tu peux les emmener quand tu veux passer une semaine en période scolaire, nous serons plus qu'heureux de les accueillir.

— Ils ont besoin de plus que ça.

— J'en doute pas. Je suis désolée de pas pouvoir faire plus.

— Encore une foutue porte qu'on leur ferme au nez, lança Jan avant de partir en faisant encore plus la moue.

— Elle a l'air méchante, dit Flora.

— Oh, elle est sympa, répondit Lorna. Elle dirige « Aventures en plein air » pour les enfants défavorisés. Elle croit que ça lui donne le droit de s'en prendre à tous ceux qu'en font pas autant.

— Je sais, j'ai rencontré l'autre moitié.

— Charlie ? Il est sympa. Et plutôt canon pour un gars de l'ouest. Jan a juste l'impression que tous ceux qui passent pas leur temps à essayer de sauver le monde sont dépourvus de toute morale.

— Ça doit être pénible.

— Mais elle fait bien son boulot.

— Je devrais peut-être lui demander de prendre mes frères, lâcha Flora d'un air sombre. Qu'elle leur apprenne à s'occuper d'eux-mêmes pendant quelques jours.

— Tu refais le thé ?

— Si je le fais pas, personne le fait, soupira Flora. Ils mangent des saucisses tous les soirs. Ils vont tous mourir d'une maladie coronarienne. Donc, bon. Mais je peux pas dire que ça me réjouisse.

Lorna sourit. Sa mère à elle était plutôt du genre à avoir un abonnement chez Findus. Le plus beau cadeau qu'on lui avait jamais fait, c'était un congélateur-coffre. Lorna avait toujours adoré aller chez les MacKenzie, où la mère de Flora, glamour comme éthérée, s'affairait, des plats en train de fumer sur le feu ; des tourtes parfaites sortant de moules en verre ; toujours quelques sablés pour accompagner le lait chaud et mousseux qui arrivait directement de la laiterie.

— Je sais pas, poursuivit Flora. Je me disais que je pourrais essayer de faire une tourte.

— C'est quand la dernière fois que t'as fait ça ?

Flora éclata de rire.

— Arrête. Je suis sûre que ça va me revenir. Cela dit, je me suis fait la même remarque hier soir.

— Tu veux que je vienne ?

— Pour que tu cuisines pour ma famille et que tu leur montres comme tu me surpasses en tout ? Pas vraiment. Ils t'aiment déjà plus que moi en l'état actuel des choses. T'es vraiment *certaine* que tu peux pas épouser un des garçons, emménager avec eux et prendre le relais ? Allez, tout le monde avait un faible pour Fintan à l'école.

— Aucune chance, ma vieille, répondit Lorna avec un sourire. Le prends pas mal… Je les aime de tout mon cœur.

— Et puis t'essaies toujours de te taper ce docteur.

— Fous-moi la paix.

Lorna vira au rouge vif. Elle avait un gros *crush* pour le généraliste du coin : si énorme que c'était méchant de la part de Flora de la taquiner à ce sujet, et elle s'en excusa immédiatement.

— Pardon. Et je sais ce que ça fait, promis. Mon patron… Tu vas peut-être le rencontrer, d'ailleurs.

Rien que de dire cela, Flora piqua un fard.

— Quoi ?

— Je crois qu'il va venir pour essayer de presser un peu Colton.

— Il te plaît ?

— Il… il est séduisant. C'est tout.

— Il te plaît ! Est-ce qu'il est célibataire ?

— Difficile à dire. Il est toujours accompagné d'une grande et jolie blonde, mais je saurais pas dire si c'est la même fille à chaque fois. Comme Leonardo DiCaprio.

— Hum. Pas ton genre, on dirait.

— Pas du tout mon genre ! En fait, quand tu le verras, dis-moi à quel point tu le trouves repoussant.

— OK.

— Tu veux que je fasse pareil avec le docteur ?

— T'as pas intérêt, répondit loyalement Lorna, et Flora pouffa de rire.

— Bon sang, ça fait du bien de voir quelqu'un de pire que moi. Allez. Je vais acheter ce qu'il me faut pour ma tourte. Souhaite-moi bonne chance.

— Si tu crois qu'une tourte peut te racheter…

— Ouais, ouais, ouais, fit Flora.

Mais, tandis qu'elle s'éloignait d'un pas lourd, le soleil lui réchauffant la nuque, la brise soulevant ses cheveux, elle ne put que constater que passer du temps avec sa copine lui remontait le moral, pas une copine de boulot, ni une copine de passage, mais quelqu'un qu'elle connaissait depuis toujours.

## Chapitre quatorze

Flora sua sang et eau en montant la colline chargée de ses sacs de course et, le temps d'arriver à la ferme, elle avait à nouveau faim, mais elle était emplie de cette bonne fatigue qui suit l'exercice physique et du sentiment qu'on a quand on se réveille après une mauvaise journée – que les choses ne pourront pas être pires que la veille. Elle n'avait toujours pas de nouvelles de Londres. Elle n'était pas vraiment sûre de ce qui se passait. C'était très bizarre de ne pas être au travail sans être en vacances pour autant – sans penser qu'elle devrait mieux occuper son temps, et éviter d'avoir un léger coup de soleil ou la gueule de bois (il fallait environ quinze minutes à Flora, tartinée d'indice 50, pour attraper un coup de soleil, et pas beaucoup plus pour avoir la gueule de bois).

Bramble leva la tête quand elle entra, et sa lourde queue se mit à battre le rythme sur les vieilles dalles. Il lui avait manifestement pardonné la terrible journée qu'il avait passée. Elle vérifia son bandage – au départ immaculé, celui-ci était déjà tout mordillé. Il allait avoir besoin d'une de ces collerettes vétérinaires, songea-t-elle. Elle s'était toujours dit que les chiens avaient l'air mal à l'aise dans ces trucs.

La maison était vide, bien sûr ; les garçons étaient sûrement dehors, éparpillés aux quatre coins de la ferme.

Elle alluma Capital FM sur Internet – qui se téléchargea si lentement que cela aurait fait de la peine à un escargot –, histoire de se remonter le moral avec les messages info trafic de Londres. Les trains avaient encore tous été annulés. Le Blackwall Tunnel était fermé. Savoir que la vie n'était pas tout le temps une partie de plaisir pour les autres non plus lui faisait du bien.

« Et soyez prudents, les températures friseront les 30 °C d'ici à seize heures, le retour à la maison va être moite, les amis », déclara l'animateur suffisant avec un faux accent américain, constata Flora, qui lui fit lever les yeux au ciel.

Elle parcourut la cuisine du regard. Les gamelles dont elle s'était servie en vain la veille traînaient toujours dans l'évier, où elles avaient été rejointes par la casserole à porridge, un vieux truc marron et orange qu'ils n'utilisaient que pour les flocons d'avoine du matin. Flora se rappelait vaguement que sa mère mettait quelque chose de côté – des timbres, peut-être ? – pour acheter toute la batterie. Cette casserole était la seule survivante, et ses vis se desserraient un peu.

Flora suivit des yeux le rayon de soleil qui dansait sur les fenêtres sales de la cuisine. Cet endroit était parfaitement dégoûtant. Ce n'était pas vraiment la faute des garçons – ils travaillaient dur –, mais la situation n'allait certainement pas s'arranger d'elle-même.

Et avec tout ce bazar et cette saleté il était difficile de se détendre. Flora n'était pas exactement une fanatique du ménage, mais en arriver à ce point-là, c'était déprimant et cela ne pouvait pas être bon pour eux. Sans compter qu'ils pouvaient tous attraper la dysenterie amibienne.

Non. Ça ne pouvait plus continuer comme ça.

Elle ouvrit le vieux lave-vaisselle et vida son filtre poisseux. Pendant qu'elle le faisait tourner avec un produit nettoyant qui n'avait manifestement jamais été utilisé, elle entreprit de tout astiquer à la main, se servant en énorme quantité des produits d'entretien qu'elle avait achetés au supermarché en faisant les courses pour sa tourte, remplissant l'évier d'eau chaude, encore et encore, et faisant fonctionner la vieille bouilloire usée à maintes reprises. Elle ne s'attaqua pas seulement à la vaisselle sale, mais à toute la vaisselle tachée, qu'elle empila dans un coin pour l'emporter à l'unique boutique caritative de l'île. Après tout, quand avaient-ils trente-cinq personnes à table, auxquelles il faudrait toutes une sous-tasse ? De combien de mugs donnés en cadeau par les fabricants d'engrais pouvaient-ils bien avoir besoin ?

Puis elle se mit à récurer les étagères, recouvertes de poussière et de cercles collants ; elle se salit en rampant dans les placards et vida des bols et des bols d'eau grise dans les canalisations. Elle bazarda des tonnes de brochures publicitaires et de vieilles enveloppes, rassembla les factures et les relevés bancaires et les divisa en tas pour les passer en revue avec son père – il faudrait qu'elle l'initie à la banque en ligne ; ça lui faciliterait grandement la vie. Peut-être. Ou à Innes, au moins.

Elle jeta à la poubelle tous les vieux paquets de riz périmés et de pâtes à moitié mangés – c'était incroyable qu'ils n'aient pas de souris, vraiment incroyable – et mit de l'ordre dans les placards. Elle ne savait pas quoi faire de leur contenu, mais savoir que des ingrédients aussi singuliers que de la maïzena et de la graisse de rognon se cachaient là-dedans la réconfortait.

Elle s'épuisait à la tâche, mais trouvait gratifiant de voir le résultat de son travail à mesure qu'elle remplissait, encore et encore, le seau à serpillière. Elle ressentait le simple fait de s'activer comme une victoire, qui la sortait du bourbier de panique dans lequel elle s'enlisait immuablement depuis qu'elle avait appris qu'elle revenait. Elle pensa à Jan la veille au soir, dehors sous des trombes d'eau, en train de monter des tentes pour des gamins des quartiers déshérités. Eh bien, Jan n'était pas la seule à pouvoir faire de bonnes actions, se surprit-elle à penser, avant de se rendre compte qu'elle était ridicule.

Elle avait enduit le four de produits toxiques – elle nota dans un coin de sa tête qu'il faudrait qu'elle prenne garde à bien s'en débarrasser, pour qu'ils ne finissent pas dans la mare aux canards –, mais il fallait les laisser agir deux bonnes heures. Elle ferait tout aussi bien d'allumer la bouilloire. Elle était contente de la voir toute reluisante, l'ayant laissée tremper dans de l'anticalcaire. Elle la rinça un bon milliard de fois dans l'évier, éprouvant un sentiment de satisfaction en voyant les petites paillettes blanches disparaître, puis fit bouillir de l'eau. Elle avait rempli les petites boîtes en fer de sa mère sur lesquelles étaient inscrits « thé », « café » et « sucre », même si elle s'était juré que, dès qu'ils auraient assez d'argent – et il faudrait aussi qu'elle évoque ce sujet avec son père : avaient-ils de l'argent ? –, la première chose qu'elle ferait serait d'acheter une cafetière digne de ce nom pour ne plus avoir à boire le café en poudre sur lequel elle avait tiré un trait depuis longtemps déjà.

Puis elle se rendit compte que ce genre de raisonnement donnait l'impression qu'elle allait rester plus d'une semaine.

Ce qui n'était pas le cas. Travail terminé. Et hop, de retour à la maison. De retour. De retour à la maison. Pouah ! la terminologie prêtait à confusion.

Tendant le bras pour passer son doigt sur le haut du buffet fraîchement lustré, elle fit tomber le tas de livres de recettes qui étaient posés là. Elle en avait acheté plein à sa mère, tout ce qui était à la mode, s'imaginant que si cette dernière passait autant de temps dans la cuisine, elle pourrait avoir envie de s'essayer à des choses différentes. Du coup, on trouvait les livres de Nigella Lawson, de Jamie Oliver, tout ce qui avait paru intéressant à Flora, sans être ni trop technique ni trop excentrique. Tout ce qui comportait des spaghettis de courgettes était formellement exclu.

Elle les regarda dégringoler sur le sol. Immaculés. Parfaitement intacts ; les seules choses soignées dans la pièce, ou presque. Sa mère – qui l'avait chaleureusement remerciée à chaque fois – devait les avoir poliment rangés sur le buffet pour ne jamais, jamais les rouvrir. Pas même pour y jeter un œil.

Flora secoua la tête, un sourire au coin des lèvres. Pas étonnant que son père dise qu'il savait d'où lui venait son côté têtu.

Tandis qu'elle ramassait les livres en se demandant si elle pouvait les vendre, elle tomba sur un vieux carnet glissé au milieu. Alors que Flora le fixait, la bouilloire se mit à siffler. Ce carnet lui était à la fois inconnu – elle n'arrivait pas vraiment à se rappeler l'avoir déjà vu – mais, en même temps, aussi familier que la paume de sa main, comme si elle apercevait un inconnu dans une foule avant de réaliser qu'elle le connaissait depuis toujours.

Elle s'accroupit et s'en empara, non sans hésitation. Il avait une couverture rigide sombre, avec une reliure rouge qui se détachait un peu et un signet assorti à l'intérieur. Il était maculé de taches de graisse. Elle l'ouvrit, sachant déjà de quoi il s'agissait. Pas étonnant que sa mère n'ait jamais eu besoin des bouquins qu'elle lui avait offerts.

Elle avait son propre livre de recettes.

# Chapitre quinze

Comment avait-elle pu oublier ? Mais, à l'époque, Flora n'avait jamais vraiment pris conscience que les repas nécessitaient une telle préparation ; sa mère cuisinait, voilà tout, comme elle respirait. Le dîner apparaissait, réglé comme du papier à musique, à dix-sept heures pétantes, quand les garçons revenaient des champs ou de l'école ; de belles grosses parts de tarte aux pommes pour le dessert, accompagnées, bien sûr, de crème de la ferme, en abondance, servie dans le vieux pot blanc ébréché cerclé de vaches bleues (qui avait survécu à la purge). Du pudding et de la gelée ; du jambon épais et des pommes de terre au goût subtil ; et toujours de la tourte. Enfant, Flora aidait sa mère, assise à côté d'elle, absorbant tout comme une éponge. Elle était particulièrement douée pour lécher la cuillère, mais un peu moins pour lui passer la levure, pétrir et mélanger. En grandissant, quand elle révisait ses examens, elle travaillait toujours au rythme de la cuillère en bois et du rouleau à pâtisserie de sa mère. Et ce livre renfermait tout ça.

Elle ressentit soudain une légère excitation.

Elle versa de l'eau dans la vieille tasse émaillée, énorme, que sa mère gardait remplie toute la journée ; des traces de tanin marron foncé la striaient. Boire dans la tasse de sa mère était un peu étrange, un peu intime. Elle la regarda avec curiosité, puis décida de se lancer, même si c'était troublant. Elle était superstitieuse, rien de plus. Elle plongea le sachet de thé dans l'eau et le laissa infuser plus longtemps que d'habitude, un sourire un peu amusé au coin des lèvres. Sa mère aimait le thé presque noir. Puis Flora prit la tasse et s'installa dans le fauteuil de sa mère, celui le plus proche du feu, que cette dernière n'utilisait presque jamais. S'asseoir n'était pas vraiment son truc. Ça n'arrivait qu'à son anniversaire, pour la fête des mères et le jour de Noël, quand ils étaient tous aux petits soins pour elle, la suppliant de se détendre tandis qu'ils la servaient, s'occupaient de tout à sa place.

Flora avait envie d'un biscuit, mais il n'y en avait pas ; elle se cala donc dans le fauteuil pour examiner le carnet, ce petit bout de sa mère, des années plus tard.

Il exhalait une légère odeur, un condensé de l'essence de la cuisine ; un peu de graisse, de la farine ; l'odeur de leur foyer, tout simplement, qui s'était formée comme une patine au fil des ans, à cause des minuscules doigts collants qui voulaient à tout prix toucher la confiture (« CHAUD ! CHAUD ! CHAUD ! », Flora entendait encore la voix de sa mère qui leur criait dessus tandis qu'ils jacassaient, se poussaient les uns les autres pour se rapprocher du liquide couleur rubis qu'elle touillait dans une grande cuve des jours durant à l'automne, avant de remplir des pots pour les envoyer à la kermesse du village, à la fête des moissons de l'Église et à tous les vieillards et les infirmes). Elle but une gorgée de son thé et tourna la première page.

Elle vit d'abord un mot de l'écriture ramassée de son père, l'encre légèrement estompée. *Je t'aime, Annie*, disait-il. *J'espère que tu écriras de jolies choses sur ces pages*. Il était daté, à peine visible, d'août 1978 – au moment de l'anniversaire de sa mère donc.

Flora l'observa en plissant les yeux. C'était un carnet – un très beau carnet –, pas un livre de recettes. Pourquoi s'était-il transformé en livre de recettes ? Qu'est-ce que sa mère aurait bien pu y écrire d'autre ? Elle sourit en pensant à son père, pas franchement le plus imaginatif des hommes en matière de cadeaux. Mais ce présent avait peut-être plu à sa mère malgré tout.

Elle le feuilleta. Toutes les pages comportaient les petites annotations et les intitulés rigolos de sa mère. Elle s'arrêta sur le bouillon de légumes. Dès qu'elle posa les yeux sur cette recette, elle se rappela l'odeur âcre du bouillon sur le feu, que sa mère faisait le dimanche après le rôti ; la soupe épaisse et savoureuse qui en résultait ; les fenêtres embuées de la ferme quand elle revenait de l'école l'hiver, le lundi soir, à la nuit tombée, la pièce chaude, illuminée, bien douillette, et qu'elle s'asseyait pour faire ses devoirs, se lamentant parce que tous les garçons craquaient sur Lorna MacLeod, ce qui était vrai, tandis que ses frères mettaient la table et que sa mère remplissait à nouveau sa tasse de thé, ainsi que celle de Flora, et s'affairait aux fourneaux.

Elle alla à la page suivante. C'était une autre recette de soupe, à la queue de bœuf cette fois, mais l'écriture n'était pas la même. Avec un sursaut, Flora reconnut la main de sa grand-mère Maud – une sorcière du Nord, comme sa mère, morte depuis longtemps déjà –, une belle écriture moulée, couchée au stylo-plume. En haut, elle avait écrit, en petites lettres élégantes, une phrase en gaélique écossais que Flora n'arriva pas à déchiffrer du premier coup ; elle dut aller chercher le vieux dictionnaire dans le salon avant de pouvoir la décrypter : « Il faudra te donner de la peine… pour qu'elle soit aussi bonne que la mienne. »

Cette phrase toute simple, pleine de gentillesse, fit sourire Flora. Alors qu'elle repliait ses jambes sous elle – le temps avait changé, comme toujours, et maintenant, la pluie frappait doucement contre les carreaux –, Bramble leva la tête, se mit difficilement debout et traversa la pièce en boitillant. Puis il s'affala par terre et se rendormit sur-le-champ.

— J'espère que c'est parce que tu récupères, pas parce que t'es un gros fainéant, murmura Flora.

Elle n'avait pas trop de souvenirs de mamie Maud : quand Flora était entrée dans sa vie, cette dernière avait déjà assez de petits-enfants et commençait à lever le pied. Elle venait aider Annie à écosser les petits pois et elles buvaient du thé en se racontant des potins en gaélique, auxquels Flora ne comprenait rien, et, de temps à autre, mamie Maud faisait une remarque teintée de sarcasme sur le fait que Flora avait toujours le nez dans les bouquins, ce à quoi Annie répondait en fronçant les sourcils, et elles changeaient de sujet.

Malgré tout, leur relation avait toujours été très affectueuse, songea Flora. Annie, la quatrième des sept enfants qui avaient survécu de mamie Maud, avait tout bonnement arrêté l'école à dix-sept ans pour épouser le père de Flora le lendemain, à l'église, vêtue d'une robe fourreau blanche toute simple, pas vraiment une robe de mariée, à vrai dire.

Flora se remémora alors le mariage de son amie Lesley. Sa mère l'avait pratiquement suppliée d'y assister ; elle était tombée en pâmoison devant la robe taille empire en dentelle ancienne, la traîne étroite et le bouquet de fleurs sauvages de Lesley, pendant que Flora et Lorna levaient les yeux au ciel, avant d'aller se soûler discrètement dans un coin et de montrer aux amies anglaises du jeune marié, qui semblait nerveux, comment dansaient les filles de l'île.

Ça aurait été tellement chouette si elle avait pu se marier avant de perdre sa mère. Ça lui aurait sans doute plu. Ça lui aurait beaucoup plu. Flora n'avait jamais vraiment réfléchi au mariage, seulement de manière abstraite, comme quelque chose qui pourrait arriver un jour, mais qui n'était pas pour demain.

Elle se demanda si sa mère aurait aimé voir ça.

Les larmes lui montèrent aux yeux. Bon. Pleurer à cause de quelque chose qui ne s'était même pas produit ne servait à rien, se dit-elle sévèrement, tout en grattant le menton de Bramble. Il n'y avait pas eu de mariage, aucun petit ami ne lui avait même jamais demandé sa main, pas même Hugh, et elle n'avait jamais suffisamment aimé quelqu'un pour en être vraiment affectée. C'était la vie. Elle se dépêcha de tourner la page.

Ce faisant, captivée par l'écriture en pattes de mouche, difficile à déchiffrer à cause des bavures d'encre, des taches de graisse et des mots en gaélique qui émaillaient le texte anglais de manière aléatoire (sans parler des anciennes mesures impériales, étranges, dont elle n'avait jamais entendu parler – mais qu'est-ce que ça pouvait bien être, un *gill* ? –), elle entendit un bruit à la porte.

Elle leva les yeux, étonnée. Son père était planté là, comme s'il avait vu un fantôme. Surprise, elle laissa glisser l'énorme tasse en émail, et tous deux la regardèrent tomber par terre avec un bruit de ferraille, dans un boucan d'enfer.

— Papa…

— Mon Dieu, dit-il en portant la main à son cœur. Pardon, ma chérie. Pardon. Je voulais pas te faire peur. Je voulais pas… C'est juste… Tu lui ressembles tellement. Tu lui ressembles tellement, assise ici. Pardon.

Flora s'était levée d'un bond pour attraper un torchon qui trempait dans de l'eau de javel. Elle épongea le thé renversé.

— J'étais juste…

Son père secoua la tête.

— Pardon, ma belle, pardon. Ça m'a… ça m'a fait un choc, c'est tout.

— Est-ce que je mets de l'eau à bouillir ?

Il sourit.

— C'est exactement ce qu'elle aurait dit si j'avais vu un fantôme.

Il y eut un blanc. Il parcourut la pièce du regard et ses yeux s'illuminèrent.

— Oh ! Ben dites donc, regardez-moi ça. Oh, Flora !

Elle ressentit un léger agacement. Elle n'avait pas particulièrement envie qu'on la félicite d'avoir récuré un sol.

— C'est tellement mieux comme ça.

— Eh bien, ne remettez pas le souk alors, répondit-elle, plus sèchement qu'elle n'en avait l'intention.

— Oh… voui. Et t'as rempli le pot à thé !

— Oui.

— C'est…

Il secoua la tête.

— Tu sais, j'avais pas vraiment remarqué que la cuisine était à ce point en désordre.

— Eh bien, vous pourriez peut-être essayer de la garder en ordre à l'avenir ?

— Voui… Voui. Je le dirai aux garçons. Je suis juste revenu pour…

Il parut troublé.

— Quoi ? lui demanda Flora avec inquiétude.

La dernière chose dont elle avait besoin en ce moment, c'était qu'il commence à perdre la mémoire.

— Ma… ma…

— Canne ? Collation ?

Elle lui prépara son thé tandis que les vieux chiens paresseux lui tournaient autour.

— Argh ! Non, avoua-t-il en souriant. Je pensais que tu serais sortie. Je pensais faire une petite sieste.

— Mais bien sûr que tu peux faire une sieste, t'es debout depuis cinq heures du matin, nom d'un chien ! répondit-elle en souriant.

— Je pourrais juste…

L'Aga était encore chaude, bien sûr, elle l'était toujours, et il tira l'autre fauteuil – son fauteuil – pour le mettre à côté de celui de Flora.

— Te dérange pas pour moi, lui dit-il d'un ton solennel.

Flora se rendit compte qu'elle avait fait disparaître le carnet dans son sac. Bizarre. Elle ne voulait manifestement pas bouleverser son père en le laissant le voir. Elle avait aussi le sentiment, sans savoir pourquoi, que c'était quelque chose de personnel, entre sa mère et elle.

— Je réfléchissais juste au dîner, dit-elle en regardant à la ronde.

— Eh bien, t'en as déjà fait assez comme ça, on dirait, commenta son père.

Elle lui apporta son thé. En la remerciant, il lui toucha le bras, et ils ressentirent tous les deux quelque chose, sans savoir quoi – comme un signe de détente, un dégel.

Fintan fit alors son entrée et regarda autour de lui d'un air irrité.

— Ah, d'accord, la fée du logis est passée par là. Tu nous aides à ouvrir les yeux sur nos erreurs, c'est ça, frangine ?

— Pourquoi t'es aussi agressif ?

— Je sais pas. Peut-être parce que tu piaffes dans cette cuisine avec une gueule de trois kilomètres de long, parce que tu hais ton milieu, ta famille et ton héritage ? Ouais, c'est peut-être ça.

Flora leva les yeux au ciel.

— Tu pues. T'as fait quoi ?

— Ça te regarde pas. C'est pas assez intelligent pour toi, de toute façon.

Eck releva brusquement la tête.

— T'étais encore fourré dans cette laiterie ?

— Je crois que ça va vraiment être quelque chose, papa.

— Eh bien, ça nous fait suffisamment perdre notre temps, ça, c'est sûr. Et notre argent.

— Ça nous coûte rien.

— Eh ben si, parce que, pendant ce temps, t'es pas en train d'ensemencer le champ du bas.

Flora se demandait de quoi ils pouvaient bien parler et s'apprêtait à leur poser la question quand Fintan lança avec une grimace :

— Je suppose qu'y a encore rien pour le dîner ?

— Je vais envoyer Innes à la friterie, répondit Eck.

— Non ! s'écria Flora en palpant le carnet dans son sac. Je vais cuisiner.

Ils la regardèrent tous les deux avant d'éclater de rire, et la bonne humeur de Flora, fragile, s'évanouit presque aussitôt.

## Chapitre seize

Si Flora avait fantasmé son retour à la maison, il aurait ressemblé à peu près à ça : ils auraient tous été fous de joie de la revoir, impatients de l'entendre raconter sa vie dans la grande ville prestigieuse. Bon, peut-être pas ses rencards Tinder, mais tout le reste. Son superbe patron aurait débarqué pour chanter ses louanges, et elle aurait eu un emploi du temps de ministre, enchaînant les rendez-vous importants avec Colton Rogers. Bref, elle se serait occupée de son affaire dans toute la ville avec une facilité déconcertante, plutôt que de faire le pied de grue, à essayer de tuer le temps, tout en veillant à passer inaperçue.

Puis, pendant les repas que les garçons auraient tous aidé à préparer, ils auraient ouvert une bière locale et auraient partagé des anecdotes sur leur mère, ses cheveux presque blancs, combien elle pouvait devenir rigolote après un verre de sherry à Noël ; ils se seraient rappelé toutes les histoires qu'elle leur racontait sur la vie de l'île – les mauvais esprits et les sorcières, les *selkies* et les fées malicieuses – qu'elle croyait charmantes et réconfortantes, mais qu'ils trouvaient terrifiantes à en faire pipi au lit, et ils auraient ri, se seraient rapprochés et auraient commémoré sa vie ; en gros, Flora aurait réconcilié toute la famille, et ils l'auraient tous remerciée chaleureusement, auraient été très impressionnés par le travail inouï qu'elle abattait, et puis elle serait retournée à Londres et aurait repris le cours normal de son existence. Mais en mieux, et en plus réussie, et elle aurait eu meilleure mine, aurait été en pleine forme grâce à tout cet air frais et cette bonne nourriture.

Elle regarda autour d'elle d'un air amer. Son père somnolait près du feu, son premier whisky déjà bien entamé. Fintan avait à nouveau disparu, Dieu sait où. Tant pis.

Elle ouvrit le livre à la rubrique « tourtes », sortit la viande hachée, puis fit chauffer la poêle à feu doux et éminça les oignons. Contrairement à la veille, quand, sous le coup de la panique, elle s'était précipitée, avait mis le feu trop fort, s'était sentie observée et jugée et avait complètement raté son plat, elle s'efforça de rester calme. De se rappeler ce que faisait sa mère. Elle pétrit la pâte délicatement, avec des mains froides, rien ne pressait, comme si elle l'avait déjà fait des centaines de fois auparavant.

Pendant que la tourte cuisait, elle fit chauffer des carottes et des petits pois pour la garniture, puis réduisit en purée les pommes de terre produites localement, en y incorporant un bon morceau de beurre de la laiterie – elle en ajouta encore et encore, c'était si bon – et beaucoup de sel, jusqu'à ce qu'elle ait obtenu une somptueuse montagne dorée d'une délicieuse onctuosité, tous les péchés culinaires

– glucides, matières grasses et sel – réunis dans un unique saladier de faïence ; elle mourait d'envie de tout engloutir, mais elle n'eut même pas à appeler tout le monde ; ils firent tous leur apparition à seize heures cinquante-cinq, par les délicieuses odeurs alléchés.

— Je trouve ça bon, Flora, dit Hamish et, pour une fois, les autres ne le contredirent pas.

Ils se contentèrent d'échanger des regards entre eux.

— Tu l'as sortie d'un paquet, Flora ? l'interrogea Innes.

— Ferme-la. Et dis merci.

Eck leva les yeux, surpris.

— C'est…

Ils savaient tous qu'il allait dire : « exactement comme ça que ta mère la faisait », mais personne ne souhaitait qu'il finisse sa phrase. Flora s'éclaircit la voix et changea de sujet.

— Alors, je sais que je me répète, mais… comment se portent les affaires ? se risqua-t-elle en essayant d'avoir l'air joyeuse.

— Pourquoi ? Tu vas nous vendre à Colton Rogers ? répondit Innes en sourcillant.

— Bien sûr que non ! Je demandais juste ça comme ça.

Eck eut l'air sceptique.

Hamish sourit.

— J'aime bien Chloe.

— C'est une chèvre épouvantable, dit Innes.

— Je l'aime bien.

Innes soupira.

— Quoi ? s'enquit Flora.

— Rien. C'est juste… Transporter le bétail… Je veux pas m'attarder sur la question. C'est juste. Enfin, tu dois savoir ce qui se passe avec le prix du lait.

Flora opina du chef.

— Mais pas ici, si ?

— Oh si. On est fait comme des rats. Et essayer de vendre le bétail sur l'île principale… Avec le coût du transport…

— Pourquoi pas le vendre ici ?

— Où ça ? Y a pas assez de magasins, y a pas assez de commerces, y a pas assez pour qu'on s'en sorte, ici. T'as pas remarqué ? Parle à ta copine Lorna, demande-lui combien de personnes élèvent leurs enfants ici ces temps-ci.

Il se cala dans sa chaise, plein d'amertume. Hamish s'était tout bonnement emparé du bol de purée pour manger directement dedans à la cuillère. Flora lui aurait bien remonté les bretelles, mais elle avait envie de faire exactement la même chose. Mince ! Elle avait oublié combien un repas maison pouvait être bon.

— Ça va mal à ce point ? s'inquiéta-t-elle en jetant un coup d'œil à son père, qui n'avait pas entendu ou faisait semblant de ne pas avoir entendu.

— Très, très mal, répondit Innes en fusillant Fintan du regard. Et l'un d'entre nous est pas d'une grande aide.

Fintan regardait droit devant lui, mastiquant sa nourriture, ne prenant pas part à la conversation lui non plus. Innes poussa un soupir, au moment même où la sonnerie de son téléphone retentit. C'était Eilidh, son ex. Il se leva pour s'éloigner et se rendit devant la grande fenêtre au fond de la pièce, où le ciel blanc prenait une teinte bleutée, mais cela ne suffit pas à cacher le fait qu'ils se disputaient.

— C'est bon, je la prendrai ! finit-il par crier, mettant fin à la conversation.

— Agot ? T'as pas envie de la voir ? lui demanda Flora sans réfléchir.

— Bien sûr que si. Mais on laboure demain. C'est pas la place d'une enfant.

— Elle adore le tracteur, fit remarquer Hamish.

— Je sais. Elle l'adore tellement qu'elle serait prête à courir devant, rétorqua Innes.

Il se mit à faire les cent pas, puis jeta un coup d'œil à Flora.

Elle n'avait jamais gardé sa nièce. Agot n'était encore qu'un bébé lors des funérailles. Flora chassa rapidement toute pensée de l'enterrement de son esprit. Elle ne comprenait pas vraiment les enfants en soi ; ils semblaient plutôt sympas, quoiqu'un peu exigeants, à en croire ses amis qui s'étaient reproduits. Malheureusement, une fois que ces derniers étaient devenus parents, garder le contact avec eux était un peu dur, puisqu'ils se dépêchaient de quitter Londres et que, si elle faisait le chemin jusque là-bas pour aller boire une pinte avec eux, ils avaient tendance à s'endormir au bout d'une demi-heure.

Eck leva le nez de son assiette, qui était propre comme un sou neuf.

— Notre Flora pourrait s'en occuper, non ? dit-il en remontant ses lunettes. Tu fais pas grand-chose d'autre.

— Oh, papa, mais tu sais bien qu'elle a des responsabilités terriblement importantes en tant qu'avocate, lança Fintan d'un ton sarcastique.

Flora lui jeta un regard noir. Ce n'était pas sa faute si elle dépendait du bon vouloir d'un milliardaire. Mais, manifestement, ils pensaient tous qu'elle ne faisait rien, comme ils s'y étaient toujours attendus, et ça l'énervait, d'autant plus qu'elle savait qu'un énorme tas de paperasses était en train de s'accumuler sur son bureau à Londres.

Et puis, encouragée par son nettoyage réussi de la cuisine, elle avait envisagé de s'atteler à la tâche la plus lourde, la plus horrible de toutes : la garde-robe de sa mère. Elle avait espéré que son père s'en serait chargé lui-même, mais contre tout espoir, ce n'était pas le cas. Elle ne jetterait rien s'il ne le voulait pas, mais il fallait faire un peu de tri.

— J'ai plein de trucs à faire, répondit-elle en faisant la moue.

— Ouais, blesser les chiens, balança Fintan.

— LA FERME, FINTAN ! hurla-t-elle.

Il lui tira la langue.

Tous les yeux étaient rivés sur elle. Elles étaient, se dit-elle, les deux seules filles qui restaient dans la famille.

— Est-ce qu'elle est propre ?

— Oui, mentit Innes.

— Alors d'accord, soupira-t-elle.

## Chapitre dix-sept

— *Il était une fois un navire, sur lequel une jeune fille fut enlevée.*

— *Où ça ?*

— *Oh, dans le Grand Nord, le pays des châteaux. Elle fut emmenée pour un long voyage par-delà l'océan. Et elle ne voulait pas y aller.*

— *Pourquoi ? Pourquoi ?*

*Mais le bruissement des jupes s'était évanoui, l'amour et le réconfort s'étaient envolés, et elle avait froid, elle était seule et...*

Flora se réveilla en colère dans son petit lit une place, les cheveux ébouriffés et les yeux chassieux, le soleil déjà haut dans le ciel éclairant le dessus-de-lit, bien qu'il ne soit que six heures trente du matin. Il lui fallut un moment pour se rappeler où elle était. Et elle n'avait toujours aucune nouvelle de Londres.

*

Agot déboula à huit heures trente, déposée par une Eilidh austère, qui salua Flora d'un petit signe de tête en expliquant qu'elle avait entendu dire qu'elle « passait en coup de vent », comme si c'était la pire insulte qu'elle pouvait imaginer.

Agot, âgée de seulement trois ans, était étonnamment impressionnante pour une si petite personne.

— C'est ta tata Flora, lui dit Eilidh.

Si Flora y détecta une pointe de sarcasme, eh bien, elle était susceptible, voilà tout.

— BONYOUR, TATA FLOLA, fit une voix étrangement forte et grave, même assourdie par le pouce que la petite fille avait fourré dans sa bouche.

— Vous allez jouer toutes les deux et passer un super moment.

Cette analyse ne sembla convaincre personne dans la cuisine. Eilidh tendit à Flora un énorme sac à dos contenant neuf Tupperware pleins de nourriture, plusieurs paquets de lingettes et, ce qui ne présageait rien de bon, deux petites culottes de rechange.

— Tu peux lui donner à manger ? l'interrogea Eilidh.

— Bien sûr, rétorqua Flora, irritée.

— Pardon, c'est juste… On m'a dit que tu travaillais.

— Je peux faire plusieurs choses en même temps, répondit Flora entre ses dents.

— Super, super, lança Eilidh d'un air distrait avant de faire un bisou à sa fille – sans lui dire d'être sage ni quoi que ce soit d'autre, nota Flora – et de partir.

La matinée était belle, un peu frisquette et légèrement venteuse – plutôt agréable en réalité, à condition de porter un pull-over – et en temps normal Flora aurait proposé d'aller promener Bramble, mais ce dernier était encore un peu chancelant à cause de sa patte. À la place, Agot et elle s'observèrent attentivement.

— ICI MAIJON MAMIE, finit par dire la fillette.

Ses cheveux étaient d'un blond blanc, comme ceux de sa grand-mère. D'après Eck, elles se ressemblaient comme deux gouttes d'eau, toutes les deux. Ses cheveux étaient longs, ce qui lui donnait un air éthéré ; on aurait dit une petite fée malicieuse, arrivée on ne savait d'où sur les vagues du Nord. Innes n'arrêtait pas de râler, de dire qu'ils étaient gênants et qu'ils se prendraient un jour dans les engins agricoles ; Agot elle-même s'en plaignait, parce que les ratons laveurs n'avaient pas les cheveux longs, ça non, mais sa mère – qui avait des cheveux châtains un peu ternes – était bien trop fière de la chevelure de sa fille pour la faire couper ; les cheveux d'Agot n'avaient même jamais été coupés et formaient de belles anglaises de bébé toutes blanches aux pointes. Cette chevelure devait faire l'objet de quelques regards envieux de la part des autres parents, supposait Flora ; il y avait beaucoup de bébés aux cheveux clairs par ici, mais la plupart finissaient par foncer et devenir roux. Agot, elle, paraissait bien partie pour ressembler à une fée toute sa vie.

— Qu'est-ce que tu veux faire ce matin ? lui demanda Flora.

La petite la regarda de travers, et Flora sentit confusément que c'était quelque chose qu'elle était censée savoir, qu'il fallait qu'elle ait un genre de plan.

— MAIS ! s'exclama Agot.

— Oui ?

— ICI MAIJON MAMIE !

— Je sais, répondit Flora.

Elle conduisit Agot dehors et toutes deux s'assirent sur l'un des affleurements rocheux devant la ferme. À l'abri du vent, Flora sentit soudain la chaleur du soleil sur son visage et se dit qu'il fallait qu'elle mette de la crème solaire à la petite, qui avait la peau aussi blanche que le lait.

— Mais ta mamie, c'était ma maman.

Agot y réfléchit.

— ELLE MAMAN PAPA.

— Oui. Mais c'était ma maman, à moi aussi. Papa et moi, on est frère et sœur.

— COMME PEPPA ET GEORGE ?

Flora, interloquée, décida qu'il valait mieux partager cet avis.

— Oui. Exactement comme eux.

Agot balançait ses jambes contre la roche chaude.

— ELLE PAS LÀ ?

Flora fit non de la tête.

— TATA FLOLA TISTE PAS DE MAMAN ?

Elle posait cette question sur le ton de la conversation.

Flora regarda les vagues qui s'échouaient contre les rochers sous le champ du bas.

— Oh oui. Très triste.

Le visage d'Agot commença à se décomposer.

— VEUX MA MAMAN, dit-elle tout bas.

Pas besoin d'être experte en enfants pour comprendre que les ennuis se profilaient à l'horizon.

— Ça va, se dépêcha de dire Flora. Ta maman à toi, elle va bien. C'est juste moi qui suis vieille.

— MOI TOIS ANS.

— C'est vrai. Mais ça va. Je suis une adulte. J'ai… bien plus de trois ans. Alors. Tu vois. Ça va.

Le pouce d'Agot chercha à nouveau sa bouche. Flora jeta rapidement un œil à la ronde, histoire de trouver quelque chose pour détourner son attention.

— Euh… tu veux aller jeter des cailloux ?

La fillette secoua la tête avec dédain.

— Regarder les vaches ?

— Y AIME LES COCHONS.

— On a pas de cochons.

La lèvre d'Agot se remit à trembloter.

— Ah. Eh bien…

— PAPA DIT MAMIE FAIT GÂTEAUX, proclama Agot, comme si cette pensée venait de l'effleurer, avant de regarder Flora avec malice. Y AIME LES GÂTEAUX.

— T'aurais pas traîné avec ton oncle Hamish, toi, des fois ?

Puis elle pensa aux gâteaux au citron de sa mère, à ses minuscules cupcakes et au gros cake aux fruits toujours posé sur l'étagère du cellier.

Elle se demanda subitement si le carnet de sa mère contenait une recette.

— On peut aller jeter un œil, proposa-t-elle et, avec un grand sourire, Agot se leva d'un bond et lui attrapa la main d'une manière que Flora trouva étonnamment gratifiante.

*

Il y avait, bien sûr, plusieurs recettes de gâteaux à la fin du livre. Des anniversaires, des Noëls, et plein d'autres bons moments. En pensant aux petites boîtes de raisins et autres fruits secs qu'Eilidh avait placées dans le sac à dos de sa fille, Flora se dit qu'elle ne manquait pas d'air de bourrer Agot de sucre. Mais elle venait de tomber sur quelque chose qu'elle n'avait pas fait depuis longtemps. Et elle avait tous les ingrédients sous la main. Voir cette recette la fit sourire. Des scones. C'était parfait.

Sa mère avait entouré une note en haut de la page : FOUR CHAUD, BEURRE FROID.

— Y A ÉCLIT QUOI ? lança Agot, qui avait tiré une chaise de la table de la cuisine pour la rapprocher en faisant un boucan d'enfer sur les dalles.

Bramble souffla, comme pour manifester son mécontentement.

— Ça dit : « Four chaud, beurre froid », expliqua Flora. Parce que c'est ce qu'il faut pour faire de bons scones.

Le visage d'Agot s'illumina.

— Y AIME SCONES. FAIS SCONES !

Tout ce que disait Agot, remarqua Flora, était court, catégorique et annoncé à plein volume. Elle regarda le visage satisfait de la petite fille et se demanda pourquoi elle n'était pas elle-même plus directe, comme sa nièce. Plus directe dans son travail, avec sa famille ; à propos de ses envies.

— Hum, d'accord.

Elle alluma le four, lava les petites mains toutes collantes d'Agot, puis lui confia la tâche de mélanger la farine, le lait et le beurre très froid.

Une idée lui vint alors à l'esprit. Elle ne comprenait pas pourquoi elle n'y avait pas pensé plus tôt et supposa que les garçons l'avaient peut-être devancée.

Elle se rendit dans le cellier, la réserve attenante à la cuisine. Ses frères n'avaient pas l'air de beaucoup s'en servir. Il était plein de conserves de haricots et de fruits – quand sa mère était jeune, les fruits frais étaient difficiles à trouver sur l'île, et chers. Annie aimait les mandarines, les pêches et les poires en boîte. Quand les fruits frais avaient fini par être disponibles plus facilement, elle avait avoué être déçue et leur préférer le contenu sirupeux des conserves dont elle raffolait – et ces dernières n'avaient pas bougé.

Tout en haut, sur les dernières étagères : bingo ! Un trésor, scintillant dans la lumière qui filtrait à travers la minuscule fenêtre du cellier. Rose, violet foncé, rouge vif. Prunes de Damas. Fraises. Mûres. Mûres arctiques. Flora avait l'impression d'être tombée sur une mine de pépites, œuvres de sa mère.

En regardant les pots, elle se rendit compte que c'était tout ce qu'il restait. Les tout derniers pots de confiture, tout ce qu'il restait de sa mère dans ces petits bocaux biscornus, qu'elle avait touchés de ses mains. Elle en avait donné la plus grosse partie aux amis et aux voisins, mais avait conservé quelques pots pour passer l'hiver. Un hiver qu'elle n'avait jamais vu.

Flora s'assit subitement et se mit à pleurer.

— QU'Y A ?

Des petites mains collantes l'agrippaient et lui écartaient fébrilement les cheveux qui lui cachaient le visage.

— TU PIEURES ?

— Non.

— SI, déclara Agot avec l'assurance de quelqu'un qui en connaît un rayon sur les pleurs. TU PIEURES.

Elle s'interrompit deux secondes.

— VA MIEUX ?

Flora se surprit à esquisser un sourire, puis se passa énergiquement la main sur le visage.

— Oui, confirma-t-elle en clignant des yeux. Oui, ça va mieux.

— Y AIME CONFITURE, annonça Agot avec entrain.

Flora y réfléchit un instant. Elle considéra l'étagère des confitures à la framboise sauvage : après tout, il ne servait à rien de les laisser se perdre, alors elle prit un pot et épousseta délicatement le couvercle de son doigt.

Dans les petites menottes d'Agot, la préparation était toute grumeleuse. Flora, elle, avait oublié comme elle aimait la sensation de la pâte dans ses mains, comme elle prenait plaisir à la travailler, la façonner, et elle découpa ses scones avec le petit emporte-pièce avant de les aligner soigneusement sur la plaque de cuisson beurrée.

— SCONES ! hurla Agot quand Innes rentra des champs pour déjeuner.

— Oh, génial ! répondit-il instinctivement, avant d'avoir un léger mouvement de recul comme la petite insistait pour qu'il goûte une de ses offrandes légèrement brûlées.

Les scones de Flora en revanche étaient absolument parfaits et elle en tirait une fierté grotesque. Innes lui jeta même un regard quelque peu admiratif.

— Est-ce que je peux en prendre un de chaque ? demanda-t-il avec tact.

Les scones étaient encore chauds et le beurre fondait divinement sur eux, puis la confiture rouge rubis fit son entrée.

Ce n'était que de la confiture, Flora en avait bien conscience. Mais, avec sa profonde suavité et la pointe d'acidité de la framboise, lui revint le souvenir de sa mère, debout, ici même, en train de remuer frénétiquement, les joues empourprées par la chaleur, les mettant en garde quand ils s'approchaient trop du sucre en ébullition. Une grande excitation régnait le jour des confitures : ils devaient attendre longtemps avant d'être enfin autorisés à goûter les tout premiers pots, cette gourmandise étalée sur du pain juste sorti du four, avec du beurre fondant de la laiterie. Une « petite bouchée de confiote », disait son père. Flora en mangeait systématiquement en revenant de l'école, après avoir remonté le sentier sombre, les soirées raccourcissant sans cesse, jusqu'à ce qu'ils aient l'impression de vivre dans une nuit éternelle ; mais à son arrivée l'attendait toujours cette odeur de pain frais et de confiture.

Sans un mot, Flora observa Innes traverser exactement les mêmes étapes. Il porta le scone à sa bouche mais, avant de le croquer, il se laissa pénétrer de son odeur et ferma les yeux un court instant. Flora détourna vite le regard, gênée de l'avoir surpris dans un moment si personnel, pour lequel il ne s'attendait manifestement pas à avoir de témoin. Il marqua un temps d'arrêt, puis mordit dedans.

— Dis don', frangine ! D'après moi, tu pourrais vendre ces scones au café.

— Ferme-la, répondit Flora, mais elle avait le sourire aux lèvres.

Entre-temps, Agot avait profité de leur inattention pour engloutir trois scones – pas les siens, remarqua Flora. Puis elle tira sur le pantalon de son père, comme si elle avait quelque chose de très important à lui révéler.

— PAPA, murmura-t-elle très fort.

— Qu'est-ce qu'il y a, minus ? dit-il en s'accroupissant sur ses talons.

— Y AIME BIEN FLOLA !

Flora se surprit à sourire de toutes ses dents.

— ET ! poursuivit la petite, ses doigts collants attrapant le bras de son père. ET LA CONFITURE !

— Ben oui, c'est normal. C'est ta mamie qui a fait cette confiture.

— MAMIFITURE ! s'exclama Agot, ce qui les fit tous les deux sourire.

— Où est Fintan ? s'enquit Flora.

— À la laiterie, sans doute, supposa Innes en haussant les épaules. Il reste terré là-bas ces derniers temps. Je sais pas ce qu'il fabrique là-dedans. Rien de bon.

— Tu crois que je devrais lui apporter un scone ?

— En gage de réconciliation ? demanda Innes avec un sourire contrit.

— C'est si évident que ça ? Pourquoi il en a toujours après moi ?

Innes haussa les épaules.

— C'est pas que toi. Il en a toujours après nous tous, t'as pas remarqué ?

Il regarda les scones en train de refroidir sur la plaque.

— On ferait mieux d'en garder au moins neuf pour Hamish !

Elle en prépara deux ou trois autres, fit du thé et sortit, laissant Agot jacasser à l'oreille patiente de son père. Bramble, remarqua-t-elle, se leva aussi et la suivit lentement. Elle lui gratta la tête et résista à l'envie de tirer la langue à Innes. Ce chien l'adorait, point final.

Elle traversa la cour ouverte, où les poules et les canards erraient en liberté. Flora n'aimait pas beaucoup les poules, même si tout le monde raffolait de leurs œufs. Quelque chose la gênait dans leurs yeux perçants ; dans la manière qu'elles avaient de se liguer contre les canards pour leur voler leur maïs, et de fienter fièrement – et délibérément, pensait-elle – sur les marches de la ferme. Il lui arrivait de rentrer dans la maison et d'en trouver inopinément une sur le canapé, ce qui faisait toujours tout un ramdam. Bramble, aussi inutile comme chien de garde que pour à peu près tout, se faisait très discret quand elles s'approchaient de lui, sinon elles essayaient de lui donner des coups de bec et le prenaient en chasse. Ces poules-là étaient très autoritaires.

— Écartez-vous, leur dit Flora tandis qu'elles l'examinaient avec méfiance. Allez, dégagez de là.

— PAS TAPER COCOTTES, lança une voix derrière elle.

Elle se retourna. Agot était plantée là, la toisant du regard.

— NŒUFS PAS BONS SI TAPER COCOTTES, déclara-t-elle d'une voix qui indiquait qu'elle en avait personnellement fait l'expérience.

— Tu as raison, répondit Flora. On ne doit pas taper les cocottes.

Agot fit un grand sourire, heureuse d'avoir eu raison, et Flora se remit en route.

*

La laiterie était située sur la droite en sortant de la maison. Elle était légèrement surélevée pour faciliter le lavage à grande eau, ainsi que l'entrée des camions et leur stationnement. Comparé à l'élégante ferme, d'un beau gris mat, ce bâtiment était plus rudimentaire, bordé de tôle ondulée et longé de machines.

Sur le côté de la laiterie se trouvait la salle de fabrication, où sa mère barattait le beurre autrefois ; il leur était aussi déjà arrivé d'engager une employée pour arrondir les fins de mois pendant l'hiver. Flora n'y était pas entrée depuis son retour. Il y régnait une odeur puissante, et le vent glacial s'y engouffrait par l'interstice entre la paroi et le sol. Elle n'aimait déjà pas cet endroit enfant : il était si froid et bizarre, même si elle raffolait du beurre autant que les autres.

Elle frappa à la porte, en se rendant compte que c'était un peu étrange ; c'était à peine une porte, plutôt une plaque de fer bricolée sur des gonds.

— Fintan ?

Sa voix résonna dans la laiterie. Les vaches n'étaient pas là, bien sûr : elles avaient été traites le matin, puis un gars du village venait s'en occuper le soir. Leur odeur chaude flottait toujours dans l'air, mais Flora, après avoir plissé le nez pendant un jour ou deux, avait fini par ne plus la remarquer – ou, quand ça arrivait encore, elle la trouvait étrangement réconfortante.

Il y eut un silence, puis un « voui ? » méfiant.

Flora leva les yeux au ciel.

— Fintan, c'est moi. Qui ça peut être d'autre ? Je t'ai apporté quelque chose. Si tu veux.

La porte de la salle de fabrication s'entrebâilla très légèrement. Fintan portait un vieux pull plein de trous. Ses cheveux commençaient à être vraiment longs ; c'était un peu ridicule. Et sa barbe était tout aussi peu soignée.

— Quoi ?

De l'air froid s'échappa de l'ouverture.

— Il fait un froid de canard là-dedans, dit Flora.

Le contraste avec la cour, abritée et ensoleillée, était flagrant.

— Ouais, c'est fait exprès. T'inquiète, c'est un truc de ferme, tu peux pas comprendre.

Il s'apprêta à refermer la porte.

— Fintan, s'il te plaît.

Il jeta un coup d'œil au plateau qu'elle tenait dans les mains. Elle avait posé le pot de confiture juste à côté de l'assiette.

— C'est… ?

— Je crois pas que ça la dérangerait.

— Elle est pas périmée ?

— Non. Elle était super douée pour faire la confiture.

— Elle était super douée pour tout un tas de trucs.

Un ange passa.

Puis Fintan soupira et céda, ouvrant la porte.

— Bon, alors, dit-il en essayant d'avoir l'air naturel. Tu veux entrer ?

Il regarda à nouveau le pot de confiture.

— J'en reviens pas que vous l'ayez pas engloutie avant, dit Flora.

— Je sais. Ça… ça semblait mal, pour une raison ou une autre. De manger la seule chose qui nous restait d'elle.

Flora se tut un instant.

— Je crois qu'elle aurait voulu qu'on le fasse.

— Oui, je suppose, répondit Fintan en hochant la tête. Probablement.

— Agot est absolument certaine qu'on devrait la manger.

— Ah, si *Agot* le dit, alors…

Il sourit, prit le scone et en mangea une grosse bouchée. Puis il marqua un temps d'arrêt.

— C'est exactement comme ça qu'elle les faisait.

— Oui, j'ai utilisé sa recette.

Il en engloutit un autre en une seule bouchée. Son visage se tordit un instant.

— Incroyable. Bizarre. Incroyable.

Flora lui tendit l'assiette et la tasse de thé. Elle parcourut la pièce du regard.

— C'est pas tout ça, tu fais quoi là-dedans ?

Il y eut un blanc.

— Oh, eh ben…

— T'es pas obligé de me le dire.

— Non, j'en ai envie mais… Le dis pas à papa, ni à Hamish et Innes.

— Pourquoi ?

— Je sais pas. Ils se moqueraient de moi.

— Ça changerait, ça éviterait que tout le monde se moque de moi à longueur de temps.

— C'est vrai. Alors je vais peut-être pas te le dire.

— Non ! Dis-moi ! C'est quoi ?

Fintan lui fit signe d'entrer, puis ferma la porte derrière eux, comme s'il avait peur qu'on les entende.

— Je fais juste des expériences.

— Sur quoi ?

— Eh ben, sur… Assieds-toi.

Troublée, Flora obtempéra.

— Bien, dit-il. Tu vas goûter ça et me dire ce que t'en penses.

La pièce contenait un évier, immense et profond, des plans de travail en métal et un tuyau d'arrosage ; elle devait toujours être impeccable, pour éviter que des bactéries ne contaminent le lait. Fintan disparut dans un coin et revint avec un énorme cercle recouvert d'un linge ; en y regardant de plus près, Flora vit qu'il y en avait de semblables sur les étagères.

Il le déballa avec précaution, comme s'il déshabillait un bébé. À l'intérieur trônait un énorme fromage, à pâte molle *a priori*. Flora regarda son frère, interloquée, mais il ne faisait pas du tout attention à elle. Il s'empara d'un minuscule couteau à pointe fine et préleva un petit morceau dans la meule, qu'il tendit à Flora.

— Sérieux ? C'est toi qu'as fait ça ?

— Contente-toi de goûter.

— Que je me contente de goûter ? Tu peux me tuer avec ton fromage.

— Je vais pas te tuer.

— Je suis pas en train de dire que tu le ferais exprès.

— Écoute, dit-il. J'en ai mangé des tonnes. J'y travaille depuis des années.

— Des années ?

— Oui. C'est… un genre de hobby.

— Des *années* ?

— Contente-toi de goûter, d'accord ?

Flora s'empara du couteau puis, pas vraiment sûre d'elle, prit le fromage avec les doigts et le glissa dans sa bouche.

C'était l'une des meilleures choses qu'elle ait jamais goûtées. Il avait le mordant âcre d'un cheddar affiné, mais plus d'onctuosité, plus comme un bleu, avec un goût profond.

C'était époustouflant.

Elle ferma brièvement les yeux.

— Mon Dieu ! s'exclama-t-elle en lui rendant le couteau. Donne-m'en d'autre.

Un grand sourire se dessina lentement sur le visage de Fintan.

— Sérieux ? Tu le trouves bon ?

— *Sérieux ?* Il est délicieux.

Fintan jeta un regard inquiet vers la porte.

— Tu leur dis rien, hein ? Vraiment. S'il te plaît. Leur dis rien.

— Mais pourquoi ? demanda-t-elle en regardant autour d'elle. Y en a plein. Tu fais ça depuis combien de temps exactement ?

— Oh, tu sais, répondit-il avec un haussement d'épaules. Je… j'avais juste besoin de m'échapper quand… tu sais.

Elle savait. Quand leur mère était entrée à l'hôpital et n'était jamais vraiment revenue à la maison.

— Alors, tu vas en faire quoi ?

— Rien… Innes s'intéresse qu'à l'argent.

— Ben, c'est son boulot.

— Et papa se plaint de moi, il dit que je suis un tire-au-flanc.

— Vraiment, ils savent pas ce que tu fais ici ?

— Ils s'en moquent, non ? C'est juste Fintan le farfelu, qui fait ses trucs bizarres.

Il poussa un soupir. Flora le regarda.

— La famille, c'est pas facile, dit-ellc.

— Purée, non. Carrément pas.

— Tu peux dire des gros mots devant moi, dit-elle en manquant d'éclater de rire.

— Oh, parce que c'est cool de dire des gros mots à Londres ?

Flora lorgna les fromages.

— Tu m'en donnes un peu plus ?

— Vraiment ? lança Fintan en esquissant un sourire.

— Ouais ! Je veux le faire goûter à Agot. Est-ce qu'on peut le faire fondre ?

— Normalement. C'est un fromage à pâte dure, qui a un goût de pâte molle.

Flora en attrapa un gros morceau.

— Je dirai que je l'ai acheté à Londres.

— Alors, ils le goûteront jamais.

*

Flora alluma le gril et fit chauffer le fromage sur le pain jusqu'à ce que les bords soient légèrement dorés et croustillants, exhalant une délicieuse odeur, et que de petites bulles se forment à la surface du milieu, d'un jaune pâle. Le pain était frais, la croûte un tout petit peu brûlée, et Flora moulut du poivre noir dessus avant de tendre le tout à Agot, qui l'engloutit dès que la bouchée eut suffisamment refroidi.

— MIAM ! fit-elle en se frottant le ventre d'un air approbateur. CHÉ BON.

Flora sourit, satisfaite. C'était marrant, de nourrir les autres. Tout le monde se régala, et elle échangea des sourires complices avec Fintan en voyant combien ils étaient reconnaissants, même pour une chose aussi simple que des toasts au fromage. Et, pour une fois, la soirée se déroula dans le calme.

# Chapitre dix-huit

— C'est vraiment n'importe quoi, putain.

Joel arpentait son bureau en râlant, et Margo tentait à nouveau de le calmer, sans grand succès.

— Pourquoi il l'a pas encore vue ?

— Trop occupé, répondit Margo avec un haussement d'épaules. Ou il pense qu'elle n'a pas assez d'expérience.

— Elle a assez d'expérience pour passer des vacances là-bas à ses frais. Ça pourrait être un gros client pour nous, et elle, elle écoute les ragots du coin… et fait Dieu sait quoi. Bon sang, ajouta-t-il avec une grimace. Je vais devoir y aller. D'ailleurs, comment je fais pour me rendre dans ce trou paumé, moi ?

— Vous pouvez prendre le train de nuit, puis un ferry…

— Hors dc question. Sans déconner. Je peux pas prendre l'avion ?

*

Et voilà comment, furieux, Joel se retrouva dans le petit avion de tourisme au départ d'Inverness avec une poignée d'agents pétroliers et de passionnés d'ornithologie, à contempler le ciel blanc par la fenêtre, énervé au plus haut point par toute cette histoire ridicule. Il détestait la partie de son travail qui consistait à faire de la lèche au client, en particulier pour une affaire aussi insignifiante. Il raffolait des joutes oratoires au tribunal, s'épanouissait en passant des nuits blanches tendues, qui gâchaient la vie de ses employés, aimait les négociations âpres et, par-dessus tout, gagner.

Il regarda en bas. Qui se doutait qu'un pays aussi minuscule pouvait se prolonger de la sorte ? Ils survolaient une mer qui s'étalait à perte de vue. Il faisait beaucoup plus froid qu'à Londres quand il avait traversé le tarmac pour monter à bord du petit avion Loganair de douze places. Il allait reprendre les choses en main, faire son numéro de charme, ce qu'il n'aimait pas, mettre la fille dans la bonne direction, puis rentrer à Londres le plus vite possible. Elle avait paru très surprise d'avoir de ses nouvelles ce matin. Elle avait sans doute déjà oublié ce que c'était que travailler.

Le soleil perça les nuages tandis qu'ils amorçaient la descente vers Mure, les chalutiers fendant l'immensité bleue avec force éclaboussures ; mais Joel, captivé par les comptes rendus d'autres affaires, ne vit rien du paysage jusqu'à ce qu'ils atterrissent, bringuebalant et cahotant, devant le hangar peu engageant qui faisait office d'aéroport.

*

Après cette soirée paisible, Flora avait véritablement été prise de panique à la suite du coup de téléphone. Elle s'était attendue à être contactée par le bureau de Colton, ou par cette pimbêche de Margo, pour lui demander pourquoi le travail n'avançait pas plus vite. Kai avait sous-entendu que ça pourrait arriver mais, quand elle avait vu le numéro inconnu s'afficher sur son écran, elle n'avait pas su quoi penser.

Bredouillant un « bonjour », elle avait aperçu son reflet dans le miroir accroché au-dessus de la vieille coiffeuse, dans sa petite chambre. Il était entouré des rosettes qu'elle avait remportées à la danse écossaise. Sa mère les avait toutes soigneusement conservées, elles et les coupes. Flora avait secoué la tête, partagée entre la gêne et la joie.

Elle avait les cheveux dans tous les sens. Il était huit heures du matin ; elle n'arrivait pas à se rappeler la dernière fois qu'elle s'était réveillée aussi tard. C'était tout cet air frais ; ça l'assommait. Depuis son retour, elle se rendait compte qu'elle ne dormait pas assez à Londres. Loin de là. Elle avait l'impression de rattraper des années de sommeil en retard, de ce sommeil léger, qui la laissait toujours à moitié réveillée, s'attendant à entendre des voleurs ou ses colocataires rentrer, les hélicoptères de la police, des courses-poursuites ou des fêtes dans le voisinage.

Ici, excepté un phoque qui aboyait ou un animal sauvage qui se carapatait de loin en loin, on n'entendait rien, rien du tout ; seulement le vent frais et, en ouvrant grand les oreilles, le bercement des vagues dans le lointain, et, toutes les nuits, elle avait été complètement, totalement, KO.

— Je vous réveille ? avait lancé la voix sèche, laconique.

Flora s'était levée d'un bond, comme s'il pouvait la voir.

— Euh, bonjour, monsieur Binder.

— Joel.

— Euh, je... j'attends. Je passe des coups de téléphone, mais ils n'arrêtent pas de repousser nos rendez-vous, et je ne suis pas sûre de devoir rester ici ou... Enfin, je m'occupe de ma paperasse.

C'était un mensonge éhonté, et Flora s'était demandé si, à l'autre bout du fil, Joel pouvait deviner qu'elle rougissait. Elle s'était maudite intérieurement. Bramble avait aboyé en guise d'encouragement à la porte d'à côté, et elle avait entendu Hamish rouspéter, à la recherche de ses chaussures. Cet endroit était une vraie maison de fous.

— J'arrive aujourd'hui.

Dans un premier temps, Flora n'avait pas compris ce qu'il disait. Il y avait du bruit, elle était déconcertée, et ça semblait si peu probable.

— Vous quoi ?

Joel avait soupiré, agacé.

— Margo vous enverra les détails. Vous ne l'avez pas vu une seule fois ? Je pensais que c'était petit par chez vous.

— Non. Personne ne le voit, d'après ce que je sais.

— Qu'est-ce que vous savez d'autre sur lui ? Vous avez parlé à tout le monde ? Ne leur dites pas ce que vous faites.

— Je ne sais pas ce que je fais.

Ce qui avait provoqué un blanc, et Flora s'en était voulu d'avoir dit une idiotie pareille.

— Margo vous enverra les détails de mon vol, avait répondu Joel avec un soupir las.

Il n'y avait qu'un seul avion par jour, mais Flora n'avait pas pris la peine de le lui faire remarquer. Anxieuse, elle s'était dirigée vers la cuisine. Elle pouvait peut-être déterrer une autre recette… faire quelque chose pour se calmer les nerfs.

*

Flora effectua le trajet de cinq minutes jusqu'à l'aéroport dans la Land Rover de la ferme. Elle n'avait pas conduit depuis si longtemps qu'elle dut se réaccoutumer au lourd levier de vitesse. La présence policière était légère sur Mure, ça avait toujours été comme ça. Personne ne se souciait vraiment des gamins qui conduisaient sans permis à quatorze ans ; on avait besoin qu'ils donnent un coup de main sur les exploitations, voilà tout. Résultat, Flora avait décroché le sien avec un examinateur très distrait à Fort William, puis n'avait plus touché un volant pendant dix ans. Voilà qui représentait un sacré défi, c'était le moins que l'on puisse dire.

— Il descend où, ton snobinard de patron ? l'avait interrogé Fintan avec un réel intérêt au moment où elle se mettait en route. Tu le ramènes pas ici, si ?

— Certainement pas ! avait-elle bredouillé.

Joel passant la porte dans son costume fait main et ses chaussures en cuir : c'était du délire. Elle n'arrivait même pas à l'imaginer ; ç'aurait été la rencontre de deux mondes entrant en collision pour se volatiliser instantanément en un nuage de poussière.

— Le *Rock* est pas fini ?

— Non, avait répondu Fintan en fronçant les sourcils. C'est une honte. Il a fait appel à aucun ouvrier du coin, tout est arrivé par avion. Ça va être une vraie verrue.

Le *Rock* était l'hôtel légendaire de Colton Rogers : censé attirer des investisseurs sur l'île et offrir des emplois, il n'avait, jusqu'ici, fait ni l'un ni l'autre.

— Mais il est toujours en train de le construire ? Il dit qu'il est presque fini.

— Eh ben, il a été fini sans nous. Tu défends un méchant, Flora ? lui avait-il demandé en la dévisageant.

— T'y connais rien en droit.

— Tss, tss. C'est vrai, pardon. J'avais oublié que les Londoniens dans votre genre savaient tout sur tout. Trouducs.

— Pardon ?

— J'ai dit que c'était vot' truc, avait rétorqué Fintan avec un haussement d'épaules.

— FINTAN !

Et leur trêve temporaire avait été rompue.

# Chapitre dix-neuf

Au moins, Mure était à son avantage aujourd'hui. Les nuages glissaient à toute allure dans le ciel, comme dans un film en accéléré ; le vent était frais, mais le soleil perçait toutes les deux minutes et, en se mettant à l'abri, on pouvait admirer les jeux de lumière sur l'eau et les striures dorées sur les collines. C'était absolument ravissant et encore suffisamment tôt dans la saison pour que l'île ne soit pas envahie par les grimpeurs vêtus de Lycra, les naturalistes inquiets ou les touristes égarés.

Flora avait enfilé l'un de ses tailleurs, et les garçons, moqueurs, l'avaient chambrée. Bien entendu, en dix secondes, ses collants avaient été entièrement recouverts de boue.

— Cet endroit est grotesque, avait-elle balancé en fronçant les sourcils.

— T'as qu'à t'habiller correctement, avait répliqué Fintan, vêtu d'un pantalon qui semblait noué avec des ficelles.

— On est au beau milieu de la journée, lui avait avancé Flora en lui lançant un regard interrogateur. Tu devrais pas être au travail ?

Il avait soupiré et s'était un peu voûté.

— Ouais, ouais. D'accord, avait-il répondu en se mettant en route.

— ET ARRÊTE DE DIRE « TROUDUCS » ! lui avait hurlé Flora, mais il ne s'était pas retourné.

*

Après s'être coiffée devant le vieux miroir – elle avait essayé de brancher son lisseur, mais les plombs avaient sauté, et tout le monde lui était tombé dessus –, Flora avait remarqué que son teint, d'ordinaire un peu cireux à cause des virées nocturnes et des longues journées passées sous un éclairage fluorescent, était rose et frais ; ses joues, en général si pâles, avaient pris des couleurs. Elle avait mis le mascara qu'elle utilisait religieusement, sinon ses cils étaient transparents, et un peu de gloss, son cœur battant sous le coup de l'angoisse. Kai l'avait appelée un peu plus tôt dans la matinée.

— Le gros bonnet débarque !

— Je sais !

— Vous deux. Tout seuls.

— La ferme.

Flora était déjà suffisamment nerveuse comme ça. Kai s'était interrompu et avait baissé d'un ton.

— Écoute, lui avait-il dit même s'il savait que c'était parfaitement inutile. Perds pas la tête, OK ? C'est toujours ton patron. Il a pas le droit de coucher avec toi. Et, même s'il le faisait, ce serait juste parce qu'il attend le *room service* ou un truc du genre, d'accord ?

— *Kai !*

— Quoi ? Arrête, je dis juste ça comme ça. Il fréquente que des femmes squelettiques, qui ont des talons aiguilles et des cheveux jaunes. Ça pourrait être la même à chaque fois, sauf qu'il vieillit et que, elles, elles ont toujours vingt-deux ans. Je dis juste ça, parce que vous êtes tous les deux là-bas… Fais rien de stupide, que tu regretteras après. Et si les ressources humaines venaient à l'apprendre… Je veux dire, tu sais à quel point ils sont cons.

— Tu dis ça parce que t'as couché avec deux mecs des RH.

— Et ils ont réagi comme des cons.

— Peut-être, peut-être que ça poserait pas de problème, avait-elle répondu avec un soupir. Et puis, si on avait une aventure sans lendemain, je me le sortirais de la tête, et tout irait bien.

— *Flo !* Comment tu peux dire ça ? C'est pas ton truc, les aventures sans lendemain ! Tu fais rien de spontané ! T'hésites à te teindre les cheveux depuis que je te connais. Et je te connais depuis trois ans ! Teins-toi les cheveux, bordel !

— Ça pourrait le faire !

— L'argenté, sans doute pas. Un bleu marine, peut-être…

— Non, je parlais de Joel et moi.

— Mais écoute-toi !

— En quoi c'est débile ? Il me plaît vraiment, alors on couche ensemble, et puis je pense plus jamais à lui.

— Ça te ressemble pas.

— Eh ben, peut-être que tu te trompes sur mon compte.

Kai avait marqué une pause, puis poussé un soupir.

— Ouais, peut-être. Sinon, comment ça se passe, le reste ? Toujours aussi horrible ?

Flora était sur le point d'abonder dans son sens avec virulence. Et puis elle avait levé les yeux.

— En fait…, avait-elle bredouillé en avisant par la fenêtre le soleil qui tombait sur les collines.

Bramble avait claudiqué jusqu'à une flaque de lumière sur le sol, qu'il suivait dans toute la pièce. Ça l'avait fait sourire.

— Ah, tu sais. Et toi, comment ça se passe à Londres ?

— Caniculaire. Tout sent le barbecue et les poubelles.

— Ça a l'air génial, avait dit Flora en regardant autour d'elle.

Il y avait un planchiste dans le port : il fendait les vagues, rebondissait, filait à toute allure, poussé par le vent.

— Et puis, avait ajouté Kai triomphalement, comment tu ferais pour acheter des capotes ? Si Mure est aussi minuscule qu'on le dit, ça aura fait le tour de l'île en moins de cinq secondes.

— J'imagine que Joel en a sur lui, avait rétorqué Flora, sentant le rose lui monter aux joues à cette simple idée.

— Oui, sans doute, avait répondu Kai avec un soupir. On lui fait sans doute un prix, comme il les achète en gros. Pour contenir toutes ses maladies de gros cochon.

Ils avaient tous les deux éclaté de rire.

— Sérieux, il va rien se passer. Il a aucune idée de qui je suis. Il restera probablement qu'une demi-journée. Et maintenant, faut que j'aille le chercher.

— OK. Bien. Flora, je sais qu'on blague, mais… c'est pas simplement parce que c'est ton boss. C'est un excellent avocat. Mais je crois qu'il est cruel. Je l'ai vu faire avec des clients. Et tu mérites pas ça.

Mais Flora était momentanément perdue dans une vision des lèvres cruelles de Joel pressées contre les siennes et n'avait pu qu'opiner du chef avant de raccrocher.

*

Elle était partie de la ferme quand elle avait vu le petit avion de tourisme entreprendre sa descente, sachant qu'elle atteindrait l'aéroport juste à temps. L'appareil se posa de manière mouvementée tandis que, de son côté, Flora était secouée par les nids-de-poule sur la vieille route. Elle l'imaginait descendre de l'appareil ; tombant en arrêt devant elle, réalisant qu'il n'avait jamais vraiment fait attention à l'assistante du département acquisitions auparavant ; arrivant à une tout autre conclusion à son sujet alors qu'il ouvrait les yeux…

— Ah, parfait, vous voilà.

Il avait les yeux fixés, non pas sur elle, mais sur son téléphone, à la recherche de réseau.

Même dans ce hangar de tôle ridicule du bout du monde, il donnait l'impression de débarquer d'un jet privé. Elle avait du mal à l'imaginer sans son éternel costume, beaucoup de mal ; elle ne l'avait jamais vu habillé de manière décontractée, ni à la fête de Noël du cabinet (qu'elle détestait ; elle passait des heures à se préparer, puis lui tournait autour pendant qu'il se mêlait aux associés en adressant de petits sourires à la foule d'assistants, eux aussi sur leur trente-et-un et lui tournant eux aussi autour, tout ça alors qu'il allait partir au bout d'environ une heure pour se rendre dans un endroit plus glamour), ni le vendredi après-midi pendant l'été ; jamais. Elle n'arrivait même pas à imaginer à quoi il ressemblait avec la cravate dénouée, bien qu'elle ait envie de le savoir, vraiment très envie.

— La voiture est juste là, annonça-t-elle en espérant ne pas avoir les joues trop roses.

Joel se dirigea vers la Land Rover à grandes enjambées, le vent le prenant un peu au dépourvu au moment où ils sortaient de l'aéroport.

— Il fait toujours aussi froid ? lui demanda-t-il.

Flora ne s'était pas dit une seule seconde qu'il faisait froid. Elle devait être en train de s'adapter, constata-t-elle. Elle secoua la tête.

— Oh, non ! Il fait beaucoup, beaucoup plus froid que ça.

Joel opina du chef, puis ouvrit la porte de la Land Rover et monta à l'intérieur.

Ils marquèrent tous les deux un temps d'arrêt. Il était monté côté conducteur.

Flora décida qu'en ces circonstances, les circonstances étant qu'il était son patron, la meilleure chose à faire était tout simplement de faire comme si de rien n'était, alors elle s'installa de l'autre côté.

Il était très rare de voir Joel troublé.

— Euh… Je suis monté du mauvais côté, dit-il.

— Oui.

— Aux États-Unis, c'est le côté passager.

— Oui, mais vous vivez au Royaume-Uni maintenant, non ?

Un ange passa tandis que Flora comprenait ce qu'ils savaient déjà tous les deux : Joel ne s'asseyait jamais à l'avant d'une voiture. Et la Land Rover n'avait pas de siège arrière.

— Vous pouvez conduire si vous voulez, proposa-t-elle avec le sourire.

Joel ne lui rendit pas son sourire, il était manifestement dérouté.

— Non, non.

— Vous pouvez, si vous voulez, insista-t-elle en se demandant comment ils avaient bien pu se fourrer dans une situation pareille.

Joel baissa les yeux, ressentant visiblement la même chose.

— Je… C'est un levier.

— Un quoi ?

— Un levier de vitesse manuel. Je ne sais pas conduire ça.

Flora eut soudain envie de ricaner, mais elle avait l'affreux pressentiment qu'il ne le prendrait pas très bien. Avec certains hommes, mieux valait éviter de se moquer, et Joel entrait définitivement dans cette catégorie. À la place, elle se contenta donc de sortir rapido de la voiture, et ils se croisèrent devant le coffre sans même se regarder.

*

— Alors, vous descendez au *Harbour's Rest* ? s'enquit-elle quand ils furent tous les deux installés confortablement et que, nerveuse, elle eut fait reculer la voiture d'un bond.

— Quoi ?

— Là où vous descendez.

— Ah oui. Oui. C'est comment ?

— C'est bien. Super ! Parfait, répondit Flora après un petit temps.

Ils tournèrent dans le port. Contrairement à la plupart des gens, Joel ne fit aucun commentaire sur les jolies maisonnettes, ni sur la manière dont la rue étroite donnait sur l'immense étendue de sable blanc. Il tapait frénétiquement sur son téléphone, recherchant en vain du réseau.

— Bon sang ! Mais comment vous supportez ça ?

Ce comportement mit Flora dans une rage folle. La journée était splendide, tout simplement. Il fallait vraiment être stupide pour ne pas voir que cet endroit était extraordinaire. Elle était sur la défensive, ce qui était étrange puisque, comme tout le monde n'arrêtait pas de le lui faire remarquer, elle n'avait jamais eu qu'une idée en tête : partir d'ici le plus vite possible.

Mais ce fut plus fort qu'elle : elle lui jeta un regard en coin. Ses longues jambes étaient étendues dans l'espace prévu à cet effet, son costume hors de prix recouvrait des cuisses dures comme la pierre. C'était parfaitement grotesque ; elle eut l'impression d'être un vieux dégueulasse.

Elle se gara devant le bâtiment rose pâle jouxtant le *Harbour's Rest*, dont la peinture noir et blanc s'écaillait. Autrefois, c'était une pharmacie, mais le propriétaire, un Anglais, était reparti dans le Sud pour aider sa fille qui venait d'accoucher. Personne n'avait repris la gérance, et le magasin restait là, telle une dent manquante, dans la rue commerçante qui longeait le port. Ce spectacle attristait Flora.

Deux vieux pêcheurs arborant d'énormes barbes fumaient leur pipe devant le pub. On aurait dit deux *hipsters* de l'Est londonien. Flora espérait que c'était ce que se dirait Joel. Mais de là à ce qu'il prenne la moquette écossaise toute poisseuse pour de l'ironie, il y avait un monde.

Inge-Britt, l'indolente patronne islandaise, vint à la porte. Elle était vêtue d'une espèce de combinaison – ça ne pouvait quand même pas être sa chemise de nuit, si ? Ça serait bien son genre, songea Flora en sortant de la voiture. Joel surgit de l'autre côté avec ses luxueux bagages. Quand elle le vit, Inge-Britt sourit, dévoilant ses dents parfaites.

— Bonjour, bonjour…, fit-elle en levant les sourcils.

— C'est mon patron qui vient s'enregistrer, dit Flora d'un ton qui en disait long. Joel Binder ? T'as sa réservation ?

Haussant les épaules, Inge-Britt le dévisagea sans cacher son intérêt.

— J'suis sûre que je vais lui trouver une petite place.

Joel, indifférent, s'apprêtait à la suivre à l'intérieur quand il se retourna en direction de Flora.

— Passez me prendre à quatorze heures.

Flora vit volte-face avec un haussement d'épaules et aperçut Lorna de l'autre côté de la rue.

— Je passais dans le coin, mentit cette dernière sans conviction.

Flora leva les yeux au ciel. Lorna observa Joel pénétrer à l'intérieur du *Harbour's Rest*, où flottait une odeur de petit déjeuner.

— Alors ?

— C'est un très bel homme, répondit Lorna. Tu vas devoir l'arracher aux griffes d'Inge-Britt.

— Elle sent le bacon, lança Flora d'un ton acerbe.

— Mais oui, bien sûr, les hommes détestent ça.

*

Lorna vint déjeuner à la ferme. Flora la fit asseoir, prépara du thé et, pour retrouver le sourire, décida de cuisiner en vitesse une fournée de galettes d'avoine, bien salées et parfaitement croustillantes, au bon goût de noisette. Elles cuisaient en un rien de temps et, avant qu'elles aient refroidi, elle les parsema de petits bouts du fromage de Fintan.

— Bon sang ! s'exclama Lorna en prenant sa première bouchée.

— Je sais.

— Ces galettes sont sensationnelles !

— Merci ! C'est le fromage de Fintan.

Mais ce qui rendait ces petites galettes vraiment exceptionnelles, c'était le parfait mélange du fromage fondant et du croustillant remarquable.

— Ça compense presque le fait d'avoir couché avec personne depuis… euh… des lustres.

— Dis pas ça, protesta Flora. Tu vas nous porter la poisse et ça nous arrivera plus jamais.

— Je m'en fous si je peux passer mes journées à manger ces trucs. Sérieux. J'en veux encore. Encore. Oui. Oui. Oui.

— Soyons claires, c'est pas vraiment du sexe.

— Ben, je mets des choses agréables dans ma bouche, alors on en est clairement pas loin, avança Lorna, sur la défensive, en attrapant deux autres galettes d'un air pugnace.

Ses yeux se posèrent sur le fromage.

— Fintan ? Vraiment ?

— Il fait du fromage durant son temps libre. Et d'autres trucs, je crois.

— Ce garçon déteste travailler à la ferme.

— C'est vrai ? répondit Flora en clignant des yeux. Je pensais que c'était seulement un gros flemmard.

— Carrément.

Lorna la regarda.

— Me dis pas que t'as pas remarqué, poursuivit-elle.

Flora ne pipa mot.

— Sérieux ?

— Je pensais qu'il allait bien, annonça Flora en haussant les épaules.

Lorna lui jeta un drôle de regard.

— Flo, il a jamais eu de petite copine, il est manifestement déprimé, il boit trop…

— Ben, comme la moitié de l'île, non ? répliqua nerveusement Flora.

— En tout cas, c'est incroyable qu'il ait réussi à faire quelque chose comme ça, poursuivit Lorna avec tact. Et sinon, pourquoi tu t'es faite toute belle ?

— Je travaille en fait. J'ai un boulot en vrai.

Lorna tiqua.

— Faire des galettes d'avoine ? Parce que moi, je dis que t'es douée.

Flora fit non de la tête.

— On… on a rendez-vous avec M. Rogers après le déjeuner.

— Oh, *on*, vraiment ? répondit Lorna en faisant la moue. Au fait, Charlie m'a demandé de tes nouvelles.

— Le géant d'« Aventures en plein air » ?

— Il est sympa. Tu devrais coucher avec lui.

— Jan, c'est sa femme ou quoi ?

— Qu'est-ce que ça peut te faire ? Ton petit cœur bat si fort pour Joel…

— Ferme-la ! Y a pas moyen que tu le rencontres.

Lorna cligna des yeux et posa subitement sa main sur celle de Flora.

— T'en pinces vraiment pour lui, hein ?

— Ouais.

— Est-ce que ça t'aide ? lui demanda-t-elle d'une voix plus douce. De penser tout le temps à lui plutôt qu'à ta mère ?

Il y eut un petit blanc.

— Je peux pas penser aux deux ? Alors : oui. Ça m'aide.

Lorna hocha la tête.

— Bien. Mais va pas trop loin, OK ?

— Tu l'as même pas rencontré !

— Un avocat aux dents longues qui sort qu'avec des top models, qui t'a jamais remarquée, et qu'est prêt à défendre un propriétaire de golf véreux ?

— Ben, dit comme ça…

— Qu'en disent tes amis ? Ceux qui l'ont rencontré.

— Plus ou moins la même chose.

— Un vrai prince charmant, quoi ! lâcha Lorna en souriant jusqu'aux oreilles. Je te vois plus tard. Donne-moi quelques galettes et du fromage à emporter. Et pendant que t'y es, du beurre aussi. En fait, est-ce que je peux tout prendre ?

Flora la regarda vider les restes du déjeuner dans son sac.

— De quoi j'ai l'air ?

— Rajoute du mascara. T'as hérité de la malédiction *selkie*.

— Il existe un endroit quelque part où les cils blancs sont considérés comme la plus belle chose sur terre, soupira Flora. Où les gens se bousculeraient pour du mascara blanc hyper cher.

— Pour quoi faire ? Le Blanco, ça existe toujours, non ?

— Arrête ! Arrête, espèce de petit albinos bizarroïde ! s'exclama Flora en agitant son bâton de mascara.

— *Rouquine !*

*

Encore ricanante, Flora sortit de la maison et remonta dans la Land Rover. Bramble, maintenant parfaitement rétabli, était allongé sur le siège avant, se prélassant dans une flaque de lumière.

— Allez ouste ! lui intima Flora en se demandant si Joel aimait les chiens.

Elle devrait peut-être l'emmener. D'un autre côté, l'idée qu'il n'aime pas les chiens était trop épouvantable. Elle pouvait craquer pour un dur, même pour un *bad boy*, ou pour quelqu'un de pas forcément très gentil. Mais craquer pour quelqu'un qui n'aimait pas les chiens : ce n'était pas concevable.

Mieux valait ne pas tenter le coup. En plus : ce n'était pas professionnel, même si personne sur Mure n'allait nulle part sans son chien. Elle fit sortir Bramble de la voiture.

# Chapitre vingt

Ollie, le vétérinaire, passa devant elle et lui adressa un minuscule signe de tête quand elle se gara dans le petit port. Sérieux. Pourquoi tout le monde la traitait encore comme une pimbêche de Londonienne qui aurait trahi sa patrie ?

Joel l'attendait devant l'hôtel. Flora s'était demandé s'il y avait une chance qu'il se soit départi de son costume – elle savait qu'on pouvait avoir un vrai choc en voyant quelqu'un habillé en civil. Un mec lambda pouvait en jeter dans sa tenue de travail, et puis on le croisait quelque part par hasard, vêtu d'un de ces affreux pantacourts inventés pour les gros bébés attardés et d'une aberration comme un sweat à capuche, une boucle d'oreille ou des claquettes sur des orteils poilus et, subitement, tout ce qui était attirant chez lui disparaissait en un clin d'œil. Elle avait espéré que cela se produirait avec Joel.

Mais il portait toujours son costume impeccablement taillé, même si Flora remarqua – elle ne pouvait pas faire autrement ; elle avait l'impression d'être délicieusement sensible au moindre de ses faits et gestes – qu'il avait changé de chemise. Il la salua brusquement de la tête avant de regarder à nouveau son téléphone. Il veilla à monter du bon côté de la Land Rover. Flora se demanda si elle aurait dû prendre soin d'enlever les poils sur le siège.

— Pardon pour les poils, dit-elle, pensant qu'elle pourrait élucider cette histoire de chien plus tôt que prévu, mais il se contenta de hausser les épaules.

— OK, dit-il en feuilletant les papiers qu'elle lui avait préparés. Allons découvrir pourquoi j'ai dû parcourir près de six mille cinq cents kilomètres.

Flora emprunta l'étroite voie qui menait au côté nord de Mure. L'immense domaine de Colton Rogers se trouvait tout en haut. Avec les vents de l'Arctique qui balayaient l'île, les gens du coin s'interrogeaient : quand on était un multimilliardaire américain, pourquoi choisir de venir passer ses vacances dans ce minuscule avant-poste du bout du monde plutôt qu'aux Bahamas, aux Canaries, à La Barbade, à Miami ou, certains jours, littéralement partout ailleurs ? Bien sûr, ils se disaient ça entre eux ; si quelqu'un d'autre l'avait dit, il se serait fait rabattre le caquet en moins de cinq secondes par un chœur exaltant la fierté nationale.

— Je veux dire, la population se fout de ce qui se passe sur les îles, non ? C'est pas comme si vous n'aviez pas assez de paysage marin à contempler.

— Vous rigolez ? répondit Flora en haussant les épaules. *Et* ils détestent le changement. *Et* ils se méfient un peu des étrangers.

— On se croirait dans *Le Dieu d'osier*[1], dit Joel en la regardant.

1. Classique du cinéma britannique, réalisé par Robin Hardy (1973), dans lequel des enfants disparaissent mystérieusement sur une petite île écossaise. *(N.d.T.)*

— Si j'étais vous, j'éviterais de dire ce genre de choses dans le coin.

Il fit la moue et se tut.

— Mais c'est un chouette endroit où grandir.

Flora se rendit compte qu'elle blablatait pour combler le silence.

— Et vous, vous avez grandi où ?

Il lui fit les gros yeux, comme si elle avait dépassé les bornes.

— Ici et là, lâcha-t-il sèchement en replongeant le nez dans ses paperasses.

Un unique rayon de soleil perça alors les nuages au sommet du vallon, et Flora leva les yeux pour regarder les moutons des MacBeth, tondus pour l'été, qui commençaient à redescendre tranquillement la colline en direction de l'abri. Elle distinguait le jeune MacBeth maintenant : Paul, qui était dans sa classe à l'école, un garçon rigolo et paresseux qui voulait devenir berger simplement parce qu'il ne concevait rien de mieux dans la vie que garder des moutons, aller au pub le soir avec son vieux et tous leurs copains, et épouser la plus jolie fille qu'il pourrait rencontrer au *ceilidh*, le bal traditionnel mensuel – choses qu'il avait toutes faites en un rien de temps. Flora le regarda passer de rocher en rocher sur la terre que sa famille exploitait depuis des générations, son pas long et détendu ; faisant ce qu'il était né pour faire, qu'il comprenait instinctivement.

Elle avait toujours les yeux rivés sur la colline quand elle arrêta la voiture, devant le grand portail métallique, avant de sortir pour appuyer sur l'interphone. Une caméra bourdonna, vrombit et se braqua sur elle, Flora se rendit compte, n'y ayant jamais vraiment pensé jusque-là, qu'elle était plutôt excitée à l'idée de découvrir le domaine de Colton. Personne n'y était jamais invité ; un gardien le surveillait, mais c'était un taciturne qui ne se mêlait pas aux autres, il n'y avait donc pas de commérages à attendre de ce côté-là. Des rumeurs couraient sur la présence de célébrités et de sportifs de haut niveau mais, encore une fois, rien n'avait jamais été confirmé.

L'immense portail en fer commença à s'ouvrir. Devant eux, une longue allée de gravier serpentait entre des arbres parfaitement taillés. On ne se serait même pas cru sur Mure ; des parterres de fleurs impeccables bordaient le chemin, et la pelouse donnait l'impression d'avoir été tondue aux ciseaux à ongles.

Autrefois, la maison était un grand presbytère gris ; un endroit gigantesque et menaçant qui avait initialement été construit pour le pasteur du coin, l'héritier d'une famille fortunée. Mais ce dernier n'avait pas supporté les longs hivers sombres, et son successeur était un vieux garçon qui avait de loin préféré les logements d'origine attenants à l'église, malgré l'obscurité et le froid glacial qui y régnaient. Aujourd'hui, le pasteur vivait sur l'île principale et faisait le trajet, et le médecin occupait le logement de l'église. Puis Colton Rogers avait acheté le presbytère et restaurait désormais le *Rock* sur ses terres.

La maison n'avait plus rien à voir avec les souvenirs d'enfance de Flora, quand, avec les autres gamins, ils l'observaient à travers le portail, que les garçons les plus courageux escaladaient pour aller explorer la bâtisse – c'était du moins ce qu'ils insinuaient. À l'époque, elle était sombre et menaçante.

Aujourd'hui, elle donnait l'impression d'avoir été entièrement mise à nu. Les fenêtres, bien que toujours à l'ancienne, étaient flambant neuves : elles ne pourrissaient plus sur leurs appuis, mais reluisaient. La pierre, décapée à la sableuse, était d'un gris pâle et doux, qui s'intégrait à la perfection dans le délicat jardin alentour. Le gravier était rose, parfaitement ratissé, l'énorme porte d'entrée, d'un noir brillant, et des arbustes taillés en topiaire flanquaient les rebords de fenêtres. C'était l'une des plus belles demeures que Flora ait jamais vues de sa vie.

— Ouah ! fit-elle.

Joel ne semblait pas impressionné. Ce n'était peut-être pas aussi sensationnel que ça, à ses yeux.

Derrière la maison se trouvaient des dépendances, y compris une immense piscine couverte, incroyablement tentante, dont le toit pouvait s'ouvrir par temps ensoleillé (Flora se demanda si l'occasion s'était un jour présentée), et un grand nombre de voitures de luxe, parmi lesquelles plusieurs Range Rover parfaitement lustrées, propres comme un sou neuf. Il ne semblait pas y avoir de chiens ; des chiens auraient probablement mis le souk dans les jardins immaculés.

C'était tellement étrange : tout évoquait une immense maison traditionnelle, mais en beaucoup plus coquet et soigné. Des corbeilles de lavande étaient élégamment exposées, et il y avait un vieux puits en pierre dans lequel était suspendu un seau rutilant. On se serait cru dans une version Disney de Mure – pourtant ils étaient bel et bien là, sur l'île, et des nuages légèrement menaçants tourbillonnaient au-dessus de leur tête pour le confirmer.

Une petite domestique, qui avait un accent étranger et portait pour de vrai un uniforme noir et blanc, leur ouvrit la porte. Flora était estomaquée – elle n'avait jamais vu de domestique sur l'île – mais, là encore, Joel n'eut aucune réaction. C'était comme ça, en conclut-elle, que les riches devaient vivre aux États-Unis, ne remarquant jamais ce genre de choses, trouvant ça tout à fait normal. Après tout, c'était peut-être normal, songea-t-elle en s'enivrant de l'air chaud et précieux, aux senteurs de bougies parfumées, quand ils pénétrèrent dans le vestibule immaculé, où se trouvaient des rangées de bottes en caoutchouc vertes dans toutes les tailles imaginables, jusqu'à celles pour bébé. Flora les observa en plissant les yeux, fascinée.

— Salut, salut !

Colton Rogers était toujours grand et élancé, tel qu'il était apparu au bureau de Londres, un peu intimidant. Il avait conservé l'allure du grand sportif qu'il avait été autrefois, avant d'investir l'argent gagné au cours de sa carrière dans plusieurs start-up de la Silicon Valley, dont deux au moins avaient connu un succès fulgurant.

— Salut, Binder ! Ravi de vous revoir. Je vous remercierais bien d'être venu jusqu'ici, mais je ne pense pas que visiter Mure soit vraiment une épreuve, si ?

Joel répondit par un petit bruit évasif. Flora se demanda à quoi ressemblait sa chambre au *Harbour's Rest*. La plus jolie se trouvait directement au-dessus du bar, qui devenait de plus en plus bruyant à mesure que la nuit avançait. Elle espérait qu'il aimait le violon. Et les très, très longs chants sur les personnes qui venaient de la mer.

— Flora, c'est ça ?

— Bonjour, monsieur Rogers.

— Je vous fais faire le tour du propriétaire ?

Flora s'apprêtait à accepter d'un « bien sûr », mais se rappela juste à temps que ce n'était pas à elle de décider.

— On a du pain sur la planche, commenta Joel.

— Ouais, ouais, mais je vous paie pour ça, non ? Je suis toujours en train de payer des fortunes à des snobinards d'avocats de luxe dans votre genre. Alors, autant que je m'amuse pendant que vous me facturez un max, non ? Allez, je vous fais visiter, décréta Colton.

Il les précéda dans la cour remplie de véhicules reluisants, puis, contre toute attente, opta pour un quad.

— Voilà le bon moyen de se déplacer, non ? Rien à voir avec l'horrible circulation de Londres.

Flora se jucha à l'arrière, maintenant sa jupe baissée contre le vent, et ils entreprirent de faire le tour de la propriété. Là encore, où qu'elle regarde, elle n'en revenait pas de la quantité d'énergie et de travail qui avait été déployée – qui était déployée – pour apprivoiser la belle nature de Mure et la transformer en une version plus nette, plus précise d'elle-même. Il y avait un vivier à truites construit à la main : ils avaient élargi le ruisseau d'origine, lui avaient fait contourner les plus beaux arbres, avaient ajouté des chutes d'eau artificielles pour aider les saumons à frayer, puis l'avaient rempli de truites et de saumons pour que les pêcheurs à la mouche viennent les sortir des eaux scintillantes. C'était beau, mais, aux yeux de Flora, un peu du chiqué.

— J'abats plus de travail lors d'une partie de pêche qu'en trois jours de réunion guindée dans des bureaux climatisés, dit Colton. Je déteste New York, pas vous ?

La question s'adressait à eux deux. Joel haussa les épaules, évasif. Flora ne savait pas quoi dire, elle n'y était jamais allée.

— Ces étés caniculaires ! À peine croyable. C'est impossible de respirer là-bas. Personne n'y arrive. Je comprends pas comment on peut rester là-bas. Et les hivers ! On se pèle les miches ! Admettez-le : le temps est toujours exécrable à New York. Toujours.

— Et ici, c'est mieux ? l'interrogea doucement Joel.

— Ici, c'est parfait ! Jamais trop chaud ! Respirez un peu cet air. Contentez-vous de le respirer.

Dociles, ils obtempérèrent, Joel pensant avec colère à l'argent, Flora appréciant l'air frais mais se demandant pourquoi Colton semblait croire que tout lui appartenait.

— Où vivez-vous ? demanda-t-il subitement.

— Shoreditch, répondit Joel.

Flora s'efforça de ne pas lever les yeux au ciel.

— C'est à elle que je parlais, dit Colton.

— Ferme MacKenzie.

— C'est laquelle ?

— Celle qui descend jusqu'à la plage.

— Oh oui. Je la connais. C'est un bel endroit.

— Est-ce que vous allez ouvrir le *Rock* ?

— J'essaie, marmonna-t-il en plissant le nez. Je peux pas… Mes employés veulent pas travailler ici. Et importer… J'suis pas sûr que ça vaille le coup.

— Pourquoi vous embauchez pas les gens du coin ?

— Parce que vous partez tous, répliqua-t-il en lui lançant un regard froid. Vous vivez pas vraiment à la ferme MacKenzie, si ?

Flora s'empourpra et fit non de la tête.

— Comment vont les affaires ? Vous gagnez votre vie ?

Elle repensa avec une certaine inquiétude à ce qu'Innes lui avait dit au sujet des comptes.

— Il y a de super produits frais ici, avança-t-elle.

— J'en vois pas beaucoup. La plupart de vos poissons sont directement exportés. Y a des navets, si on aime ce genre de trucs.

— Les gens aiment ça, bien préparés. Et il y a des algues. Et du fromage…

— Du fromage ? Où ça ?

Flora se mordit la lèvre.

— Et il y a de super boulangers sur l'île.

— Hum, fit Colton en haussant les épaules. Eh ben, on était censés être prêts… Faut peut-être que je les pousse un peu.

Le quad continua sa route cahin-caha, traversant de grandes étendues sauvages que venaient rompre des forêts plantées récemment. Les jeunes arbres hébergeaient des hardes de cerfs, plus que Flora n'en avait jamais vu réunis au même endroit. Ils étaient regroupés en famille, les petites queues des faons nés au printemps s'agitant de haut en bas ; et, derrière, les adultes fourrageant dans les sous-bois.

Le spectacle était magnifique.

— Vous pouvez chasser le cerf par ici ? l'interrogea Joel, l'air sincèrement intéressé pour une fois.

— Les cerfs. Les grouses. Les faisans. Faut juste pas s'approcher des aigles royaux.

— Vous avez des aigles ?

— Ouais, mais si j'en tue un, on m'immolera par le feu, puis on m'arrêtera, et on m'emprisonnera pour une centaine d'années, et puis je serai pendu et écartelé, répondit Colton avant de voir la tête que faisait Flora. Mais enfin, j'ai pas du tout *envie* d'attraper un aigle. Je rigole. Faut être prudent, c'est tout.

— Donc, vous allez faire venir vos clients ici ?

Flora aurait juré avoir vu des dollars briller dans les yeux de Joel. Il apprendrait sans doute à parler gaélique si ça lui donnait accès aux collègues de Colton.

— Je ferai venir tout le monde ici. Tous ceux que j'aime bien. Aucun de ceux qui me demanderaient où se trouve le magasin Gucci le plus proche, ajouta Colton en levant les yeux au ciel.

— Qui se trouve où ? s'enquit Flora avec intérêt.

Elle ne s'attendait pas à apprécier Colton, mais se rendait compte que c'était le cas. Et elle avait espéré apprécier Joel, mais se rendait compte qu'elle n'était pas du tout sûre que ce soit le cas.

— À Reykjavik. Vous voyez, tout près si on prend le jet. Je sais pas de quoi les gens se plaignent.

Ils empruntèrent un chemin de sable impeccable – sérieux, est-ce que quelqu'un le ratissait tous les matins ? Flora supposa que, quand on était aussi riche que Colton, ce n'était pas un problème d'avoir un préposé à cette tâche. Mais d'où sortait tout le personnel ? Le gardait-il enfermé dans sa cave ? C'était très étrange.

Ils arrivèrent à destination.

Colton leva le bras.

— Regardez ça, dit-il. Regardez ça. Rien. Rien de rien. Pas un poteau téléphonique. Pas une antenne télé. Pas une maison, un immeuble, un réseau de métro ou un arrêt de bus, pas une centrale électrique ni un panneau publicitaire. Pas un trottoir, pas une benne à ordures. Rien d'artificiel. Où qu'on regarde.

Excepté le *Rock*.

C'était beau, indéniablement. Flora savait que l'hôtel n'était pas fini et ne s'attendait pas à ce que la petite fermette installée là autrefois ait beaucoup changé. Mais dès qu'elle mit le pied à terre, elle se rendit compte qu'elle avait tout faux.

Elle en resta bouche bée. Elle s'était habituée, réalisa-t-elle, au point de vue urbain arrogant selon lequel il ne servait absolument à rien de sortir de Londres, pour quoi que ce soit, et que personne au nord de Watford Gap n'était en mesure de vous faire un cappuccino qui ne sortirait pas d'un sachet.

Mais ça…

Il y avait une petite jetée devant, bordée de lanternes qui seraient allumées pendant les mois sombres. Un vrai tapis rouge recouvrait un sentier rocailleux. Ils firent le tour du bâtiment jusqu'à l'avant et montèrent une volée de marches en pierre si propres qu'elles semblaient avoir été aspirées.

L'hôtel en lui-même était bas, en pierre grise, de la même couleur que le paysage, comme s'il avait été dessiné pour se fondre dans le décor. Les portes et les huisseries étaient en bois, gris pâle, et chaque fenêtre était éclairée, même en plein jour, ce qui donnait l'impression que c'était l'endroit le plus accueillant au monde.

On entendait le roucoulement des oiseaux qui tournoyaient dans le ciel, mais, à part ça, il n'y avait pas un bruit, excepté le tintement d'une petite musique. Flora leva les sourcils.

— On peut aller chercher les hôtes au port, vous voyez ? dit Colton. Comme ça, personne n'a à passer devant ma maison pour venir ici. Et en plus, on arrive en bateau, ça le fait trop.

Sur le côté se trouvait un magnifique jardin japonais, avec des plantes grasses qui pouvaient résister aux assauts de l'hiver tout en continuant d'exhaler une odeur enivrante. Un grand jardin d'herbes aromatiques le jouxtait, avec des rangées de lavande et de menthe. Flora se surprit à regretter de ne pas avoir apporté une paire de ciseaux à ongles pour en couper quelques brins. Derrière s'étendait un potager clos, où elle ne put qu'apercevoir des rangées de choux et de pommes de terre – elle imaginait que tout ce qui y poussait servirait dans les cuisines du restaurant. À l'évidence, Colton ne manquait pas d'ambition.

La totalité de l'édifice bordait une plage d'un blanc immaculé, dont le sable décoloré était d'une pâleur saisissante, comme de l'os. Elle paraissait s'étendre sur des kilomètres. Derrière eux, des buissons d'ajoncs balisaient le chemin pour retourner dans les dunes. Devant, il n'y avait rien d'autre que la mer, jusqu'au pôle Nord. Il semblait à Flora qu'ils faisaient face au vide, qu'un calme parfait les entourait. Elle eut une pensée pour Bramble, qui adorerait sûrement cet endroit.

— À part le *Rock*, rien n'est artificiel ici, poursuivit Colton d'un air solennel, comme s'il assurait le commentaire d'une bande-annonce de film. Rien du tout. Vous imaginez comme c'est rare ? Comme c'est improbable ? Surtout dans un pays riquiqui comme celui-ci. Mais partout ailleurs aussi. Y a des antennes de téléphonie mobile dans le désert. Des sacs plastiques jonchent les jungles infinies d'Afrique. Il y a des pubs partout. Partout dans le monde. Et ce petit coin – qui jouit de l'air le plus frais et de l'eau la plus pure –, il est à moi, et je paie un max pour qu'il reste comme ça. Parfait. Virginal. J'aménage pas le *Rock* pour devenir riche… je *suis* riche. Je l'aménage pour que ce soit une merveille, une vraie beauté, et, après ma mort, je veux le léguer au peuple écossais… et voilà pourquoi vous deviez voir ça.

— Pourquoi ? demanda Flora, déconcertée.

— Parce qu'au moment même où on s'apprête à ouvrir ils veulent nous coller un grand parc éolien juste ici. Qui va bourdonner. En pleine ligne de mire de tous ceux qui viendront ici. Qui va gâcher ma vue mais, plus important, gâcher tout ce qui fait que cet endroit est à part.

Pile à ce moment-là, deux bécassines leur passèrent devant, s'entretenant en pépiant de leur long bec orange et pointu, comme si elles se donnaient rendez-vous pour le déjeuner, ce qu'elles faisaient peut-être.

— La singularité de cet endroit, ce qui le rend spécial – ce qui le rendra spécial aux yeux de tous ceux qui viendront ici –, partira en fumée, pour atteindre des objectifs stupides en matière d'énergie renouvelable. Ce qui, soit dit en passant, ne marche même pas ; merde, si on compte le combustible nécessaire pour fabriquer les éoliennes, les transporter et les poser en mer, rien qu'avec ça, on a déjà utilisé un demi-champ de pétrole. Mais s'ils sont obligés – s'ils sont obligés de le faire pour remplir les poches d'un mec à Bruxelles ou ailleurs –, alors, qu'ils les mettent un peu plus loin.

Ou de l'autre côté du cap. Ou en face de votre foutue ferme, putain ; ça n'a rien d'un site exceptionnel.

— Merci beaucoup.

— Je veux juste qu'elles dégagent de là. Loin. Et c'est pour ça que j'ai besoin de vous.

— Normalement, on gère les fusions et acquisitions d'entreprises, répondit Joel d'un air songeur.

Il contemplait le paysage, remarqua Flora, mais pas comme s'il le voyait vraiment. Pas comme s'il comprenait sa signification, plus comme s'il en évaluait la valeur financière.

— Je veux dire, l'aménagement du territoire en Écosse… est différent, poursuivit-il.

— Ouais, mais vous pouvez vous en charger ? Je vous connais. Je veux pas avoir à parler à un petit malin suffisant d'Édimbourg qui dépense un tas de pognon en papier à en-tête.

Joel opina du chef.

— Qui agrée ce genre de choses ici ?

— Le conseil municipal, précisa Flora machinalement. C'est lui qui gère l'aménagement. Sauf si ça pose un gros problème, auquel cas je pense que le conseil de Mure déciderait.

— Pourquoi ils ne voudraient pas les déplacer ?

Colton haussa les épaules.

— Je sais pas. Je sais pas ce qu'ils pensent de moi dans le coin, mais j'ai pas reçu beaucoup de soutien jusqu'ici.

Les deux hommes eurent subitement les yeux rivés sur elle.

— Quoi ? demanda Flora, qui ne voulait pas répondre à cette question et qui était en train de surveiller la mer, car elle pensait avoir vu la tête d'un phoque jaillir de l'eau.

Elle regarda à nouveau : oui, il était là, ses moustaches scintillant dans les rayons du soleil. Elle eut envie de donner un petit coup de coude à Joel pour le lui montrer mais, à l'évidence, ce serait totalement inapproprié.

— Que pensent-ils de Colton sur l'île ? insista Joel, que son inattention semblait agacer.

— Oh…

Flora n'était pas sûre de ce qu'elle devait faire : dire la vérité ou flatter le client ?

— Eh bien… Ils ne vous voient pas beaucoup dans les parages, s'avança-t-elle avant d'ajouter avec diplomatie : Vous savez, vous n'êtes pas si souvent ici.

— Mais j'apporte beaucoup d'argent à l'île, rétorqua Colton en fronçant les sourcils.

— Avec tout mon respect…, commença Flora après un petit blanc.

Joel la menaça du regard, mais tourner autour du pot ne servait pas à grand-chose, se dit-elle. Les gens du coin ne lui apporteraient pas leur soutien, point final.

— Vous ne… Je veux dire, vous faites venir vos propres employés et vous ne faites pas vos courses au village.

— C'est parce que les produits frais sont…

— Je dis ça comme ça, coupa Flora. Et vous n'allez pas au pub.

— Pourquoi je ferais ça ?

— Je ne sais pas. Ça se fait ici.

— Pourquoi ?

— Pourquoi les pubs existent ?

— OK, continuez, l'invita Colton en souriant. En quoi je fais défaut à Mure ? À part en y investissant, en construisant, en protégeant sa flore et sa faune…

— Vous allez en massacrer un paquet – d'animaux – si on va par là.

— Décidément, les cabinets d'avocats mâchent pas leurs mots ces derniers temps, dit Colton à Joel, qui observait la scène sans rien dire.

Flora, nerveuse, eut peur d'être allée trop loin.

— Pardon, dit-elle.

— Non, non, intervint Joel. En fait, Colton, c'est utile de savoir ce qu'on pense de vous, pour élaborer notre stratégie.

— Quoi, de savoir que tout le monde me déteste ?

— C'est pas ça ! s'exclama Flora. Mais personne vous connaît.

Il y eut un blanc, et ils entendirent les vagues qui venaient discrètement lécher le sable immaculé.

— Alors je devrais aller voir les gens et être gentil ? Pour qu'ils me soutiennent ?

— Vous pourriez vous contenter d'être gentil, répondit Flora avec un léger sourire.

Colton lui retourna son sourire.

— Ouais, ouais, d'accord… Paroles d'avocate.

— Je suis pas…, commença Flora, mais Joel l'interrompit.

— Et une mesure de protection animale ?

Flora fit non de la tête.

— Quoi ? l'interrogea Joel.

— L'île est trop petite, expliqua-t-elle. Si la faune et la flore empêchaient l'installation d'un parc éolien, la zone protégée s'étendrait tout autour de l'île. On ne pourrait le mettre nulle part.

— Eh ben, faisons ça : mettons-le nulle part, dit Colton.

— Dans ce cas, ils construiront une usine nucléaire, prévint Joel. Et alors là, vous comprendrez votre douleur.

— Le voilà ! s'écria Flora, le doigt pointé.

— Quoi ?

Les deux hommes suivirent son bras tendu, mais, dans un premier temps, ne comprirent pas ce qu'elle voulait dire.

— Regardez ! s'exclama-t-elle, surprise. Vous ne le voyez pas ?

Le phoque parut, un air étonné sur sa tête souriante, ses moustaches dégoulinantes d'eau.

— Ben, voyez-vous ça, dit Colton.

— Lui tirez pas dessus, le menaça Flora.

— Oui, chef, répondit-il en levant les yeux au ciel. Ça alors, n'est-il pas adorable ?

— Si, confirma Flora.

Joel l'observait en plissant les yeux.

— C'est quoi, un lion de mer ?

Ils le regardèrent tous les deux.

— Vous avez passé trop de temps avec des requins en costard, lui lança Colton avant de regarder Flora. Je remarque que c'est vous qui l'avez repéré.

Flora eut un mouvement d'impatience.

— Je comprends mieux l'existence de cette vieille légende, poursuivit-il.

— Quelle vieille légende ? s'enquit Joel.

— Les personnes-phoques, expliqua Colton. Ils croient à ça ici. Aux phoques qui se transforment en humains. Ils se marient parfois, mais ils finissent toujours par retourner à la mer. Est-ce que vous en êtes une ? C'est votre cousin ?

Flora tenta désespérément de sourire. En vain.

— Ils ont la même couleur de peau que vous, non ?

Elle se revit subitement à l'enterrement, cette journée atroce, vraiment atroce, et eut le sentiment terrifiant qu'elle allait éclater en sanglots.

— Mmm..., fit-elle.

Joel la regarda. Son visage pâle était désemparé. Sur la plage blanche, avec la mer verte derrière elle qui avait exactement la même couleur que ses yeux, il vit soudain que celle qui paraissait si fade à la ville était parfaitement à sa place ici. Il changea de sujet.

— Alors, quelle est la solution ?

— Plus loin, se hâta de répondre Flora en se raccrochant à la conversation. Quelque part où on ne les verra pas. Ils pourraient les mettre derrière Benbecula ; ce n'est pas habité, excepté par les oiseaux. Vous devrez remorquer les turbines de toute manière, à vos frais. Les éloigner un peu plus... Je ne vois pas pourquoi ça poserait problème. Et les oiseaux s'en ficheront.

— Ça leur plaira même sûrement, lança Colton. Ça leur fera un nouveau truc sur quoi chier.

— Il y a donc une solution, dit Flora. C'est essentiellement un travail de relations publiques maintenant.

Joel lui jeta un regard sévère.

— Que nous pouvons tout à fait assurer pour vous, ajouta-t-elle d'un ton doucereux.

— OK, vous commenceriez par quoi ?

— Les conseillers municipaux, proposa Flora en souriant.

Quelque chose la frappa alors.

— Oh !

— Quoi ?

— Il se pourrait que… que j'aie un petit conflit d'intérêts. Mon père est membre du conseil.

— C'est une très bonne nouvelle.

— Je ne suis pas sûre qu'il soit votre plus grand fan, rétorqua-t-elle avec un haussement d'épaules.

— Sérieux ? Est-ce que je vais devoir faire du charme à tout le monde ?

— Ça pourrait pas faire de mal.

— Ça peut me faire du mal, à moi ! s'exclama Colton. Ce lieu est censé être mon havre de paix et de tranquillité ! J'ai pas envie de passer chaque minute de ma journée à faire la conversation à de vieux poivrots dont je ne comprends pas un traître mot. Avec tout le respect que je dois à votre père bien sûr.

— Hum, hum.

— Qui d'autre siège au conseil ? lui demanda Joel.

Ils dressèrent la liste : Maggie Buchanan, la vieille Mme Kennedy, Fraser Mathieson. Groupe pas franchement favorable aux grands changements. Ce qui pourrait être utile, fit remarquer Colton, s'ils ne voulaient pas d'un parc éolien juste sous leur nez. Et ne pas l'être si cela fournissait de l'électricité moins chère aux résidents.

— Bien, dit Joel tandis qu'ils se remettaient en route. Vous savez ce que vous faites. Je vais rentrer à Londres, et vous me tiendrez au courant des développements.

— Pas si vite, rectifia Colton. Je veux que vous restiez pour m'aider à rédiger les nouvelles propositions. Les gens voudront avoir affaire à un vrai avocat, ils voudront voir que je prends ça au sérieux.

— Elle fera pas l'affaire ?

Flora le regarda, alarmée, et il eut l'élégance d'avoir l'air un peu penaud.

— On va faire bonne impression, déclara Colton. Allez sur le terrain demain, renseignez-vous, et on se retrouvera pour le dîner. Vous pouvez emmener quelqu'un du coin, si vous voulez, dit-il à Flora. Autant s'y mettre directement.

## Chapitre vingt et un

Flora fit une marche arrière avec la Land Rover en veillant à ne toucher aucune des luxueuses voitures de Colton. Assis à côté d'elle, Joel prenait des notes.

— Bien joué, dit-il.

Elle lui lança un regard étonné.

— Il vous aime bien. Maintenant, il faut que vous vous mettiez tout le monde dans la poche. Va savoir pourquoi il est impératif que je sois là.

— Pour qu'il ait un vrai avocat ?

— Un vrai avocat qui a plein de boulot, dit-il avant de se tourner vers elle. Mais si ça marche… Il pourrait nous ramener un chiffre d'affaires considérable. Alors…

— Alors ne gâchez pas tout !

Il la regarda, ses lèvres se pinçant légèrement.

— C'est l'impression que je donnais ?

— Quoi ? Non ! se récria-t-elle, paniquée.

— Vous donniez l'impression de finir ma phrase pour moi.

— Pour me rappeler de pas tout gâcher, se hâta-t-elle de répondre.

— Mmm…, dit Joel en la dévisageant. Euh, c'est bien, je suppose.

*

Flora interrogea d'abord Maggie Buchanan. Cette dernière vivait seule dans une des grandes maisons qui longeaient le presbytère. Flora l'avait toujours trouvée imposante.

— Ah, la vadrouilleuse est de retour, s'exclama Maggie en ouvrant la porte, soigneusement vêtue d'un pull-over, d'un foulard et d'une veste en toile huilée. Deux ou trois chiens lui traînaient dans les pattes.

— Bonjour, madame Buchanan.

Flora avait l'impression d'être sur le point de demander à cette femme de la parrainer pour une course caritative, et le fait que Maggie ne l'invite pas à entrer n'arrangea pas franchement la situation.

— Alors comme ça, t'es une citadine maintenant ?

On sentait la désapprobation dans chacun de ses mots.

— Mmm.

Flora lui expliqua la situation d'un air gêné.

— Oh, je vois, tu travailles pour l'Américain.

Elle avait dit « l'Américain » comme si elle parlait de Donald Trump.

— Il veut bien faire les choses, précisa Flora. Il veut faire de belles choses.

— Eh bien, qu'il commence par combler cet affreux trou le long du port.

— Que voulez-vous dire ?

— La boutique rose. Celle qui est vide. Il l'a achetée et n'en a rien fait. Il va acheter toute l'île et la transformer en parc d'attractions géant, et je ne l'entends pas de cette oreille.

— OK, répondit Flora en prenant note. Je suis sûre que je peux lui toucher deux mots à ce sujet.

— Vraiment ? fit Maggie en la regardant par-dessus ses lunettes. Eh bien, bonne chance alors. Mais ce parc éolien pourrait rapporter beaucoup d'argent à Mure. Et comme on ne voit pas vraiment la couleur du sien…

*

Ça ne se passa pas beaucoup mieux avec Mme Kennedy, et cette dernière avait aussi beaucoup à dire au sujet de Flora et de sa pratique de la danse, ou plutôt de son manque de pratique. Flora l'écouta pour être polie et finit à moitié par lui promettre de chercher son vieux costume, même si ce serait un vrai miracle qu'elle rentre encore dedans.

Découragée, elle se dirigea vers l'épicerie. Elle voulait acheter quelque chose pour le dîner – étonnamment, elle se rendait compte qu'elle avait hâte de cuisiner – et faillit rentrer tête la première dans une grande silhouette qui comptait les saucisses dans son panier.

— Salut ! s'exclama-t-il joyeusement en la voyant.

C'était Charlie, le sympathique animateur d'« Aventures en plein air ». Flora se surprit à penser qu'il y avait peu d'hommes comme lui à Londres. Aimant la vie au grand air. Sain. Ne passant pas leur temps sous des éclairages au néon et dans des bars sans fenêtre.

— Où est ton chien ? lui demanda-t-il en fronçant les sourcils. Comment va-t-il ?

— Il va bien, merci. Où sont toutes tes petites ombres ?

— Oh, ce groupe-là est parti. Ils ont fait leur temps. Sont rentrés chez eux. Ce sont des hommes d'affaires la semaine prochaine. C'est pour ça que j'achète des saucisses de riches.

Sa voix était sombre.

— Tu les aimes pas beaucoup, hein ?

— Les *team builders* ? Nan. Ils se plaignent à longueur de journée et ils ont un drôle d'esprit de compétition. Et puis ils se soûlent, ils se roulent des pelles, et ils voient ça comme un truc festif.

— Et ça peut pas être festif ? Ou est-ce que le but, c'est d'être trempé et malheureux ?

— Ils le prennent pas au sérieux, alors ils apprennent rien. Ils se plaignent des moucherons et voient jamais la beauté autour d'eux. Si j'arrive à leur faire lever le nez de leur portable dix minutes, je considère ça comme une victoire.

Flora pensa à Joel, plongé dans son téléphone ou ses dossiers.

— Alors, pourquoi tu le fais ?

— Parce que ce sont des idiots qui paient une fortune pour ça. Et ça paie pour les minots.

— Oh, allez, tu dois bien leur apprendre quelque chose.

— J'essaie, admit Charlie, son visage s'adoucissant un peu. Pardon. C'est juste qu'on a renvoyé les garçons chez eux ce matin et je me fais du souci. Certains d'entre eux viennent vraiment de milieux difficiles. J'aimerais… parfois, j'aimerais qu'ils aient pas à rentrer chez eux. C'est ce que l'un d'eux m'a dit. Faut vraiment que ce soit horrible à la maison pour ne pas vouloir voir sa mère quand on a douze ans, non ?

Ils se turent une minute.

— Voilà. C'est sans doute la raison pour laquelle la perspective de voir débarquer une douzaine de contrôleurs de gestion de Leicester pour renforcer la cohésion interéquipe me réjouit pas plus que ça.

Il jeta un coup d'œil dans le panier de Flora.

— Pardon. Tiens pas compte de ce que je dis. Je radote. Tu prends quoi ?

— Je suis pas vraiment sûre, répondit-elle en baissant les yeux.

Elle était passée acheter de la viande à ragoût chez le boucher et avait ajouté de la farine dans son panier. Elle consultait maintenant le livre de recettes de sa mère pour savoir ce dont elle avait besoin pour faire des *Yorkshire puddings* pour l'accompagnement. Mais elle n'était pas certaine que de simples ingrédients suffisent pour reproduire les délicieux beignets cuits au four de sa mère, légers, dorés et bien gonflés.

— C'est sympa d'être revenue t'occuper de ta famille, observa Charlie.

— C'est pas le cas ! Honnêtement ! Je travaille. Mais je cuisine un peu. Ils sont grands. Ils devraient être capables de s'occuper d'eux-mêmes. Je veux juste leur montrer comment faire.

— Eh bien, quoi que tu sois venue faire ici…, commença-t-il avant de rougir un peu, comme s'il en avait trop dit.

— En fait, j'essaie d'empêcher la construction des éoliennes.

Charlie tiqua.

— Pourquoi ?

— Parce qu'elles sont moches.

— Vraiment ? Tu trouves ? Tu les as pas vues tourner un jour de grand vent ? Exploitant toute cette belle énergie gratuite ? Je les trouve magnifiques.

Flora jeta un œil dans le panier de Charlie. En plus des saucisses, il y avait des galettes d'avoine et des céréales au blé complet pour le petit déjeuner.

— Y a pas beaucoup de vert dans ton panier, remarqua-t-elle.

Charlie suivit son regard.

— Et maintenant, tu vas me dire que les galettes d'avoine et les céréales, ça va pas ensemble.

Flora sourit.

— Enfin… Toi, tu pourrais faire une très bonne tourte avec ce que t'as dans ton panier.

Elle le regarda.

— T'espères être invité à dîner ?

— Je vais peut-être mettre les céréales entre deux galettes d'avoine et croquer dedans…

— Je peux te faire changer d'avis à propos des éoliennes ?

— Non.

Flora prit une bouteille de bière brassée localement sur l'étagère.

— Je pourrais faire une tourte au bœuf et à la bière, lança-t-elle d'un ton songeur.

— Je déteste les éoliennes, je les ai toujours détestées, dit Charlie.

— D'accord, répondit Flora en souriant. Je cuisine déjà pour une bande d'ingrats. Autant récolter quelques compliments au passage.

*

Flora finit ses courses, et Charlie les porta jusqu'à la ferme pour elle.

— Est-ce que tu vis toujours sous une tente ? l'interrogea-t-elle tandis qu'ils marchaient côte à côte.

Charlie fit non de la tête. Il avait un bureau de l'autre côté de l'île, expliqua-t-il, et il vivait dans une petite ferme voisine.

— Mais quand il pleut, t'es pas tenté de rentrer chez toi, tout simplement ? demanda-t-elle, étonnée. Vu que t'es tout près ?

— À cause de la pluie ? C'est qu'un peu de pluie… Pourquoi je ferais ça ?

— Parce que c'est dégueu et répugnant.

— Pas aussi dégueu et répugnant qu'une tente chaude et moite, rétorqua-t-il. Nan, donnez-moi du vent et de l'air frais tous les jours.

Tandis qu'il allongeait le pas, Flora admira ses larges épaules et la façon qu'il avait de porter toutes les courses, comme si elles ne pesaient rien du tout.

— Je comprends pas comment on peut supporter la chaleur, j'y arrive vraiment pas.

Flora repensa aux journées caniculaires à Londres où la climatisation ne fonctionnait pas bien et où tout le monde était un peu sale, n'arrivait pas à dormir et se lamentait ; et où la puanteur montait des trottoirs.

— Alors tu pars où en vacances ?

— Oh, partout où y a des montagnes, annonça Charlie avec un sourire. Y en a pas suffisamment à escalader dans le coin. Un jour, je m'attaquerai aux plus hauts sommets d'Écosse. Je suis allé dans les Alpes l'année dernière. Oh, Flora, c'est magnifique là-bas.

— T'as escaladé les Alpes ? s'exclama-t-elle, indéniablement impressionnée.

— Euh, un ou deux sommets.

— Avec Jan ?

— C'est une très bonne grimpeuse.

Certainement, songea Flora en le regardant pour qu'il développe, mais il n'en fit rien.

Ils atteignirent la ferme.

— Salut, Innes ! lança Charlie en lui faisant bonjour de la main.

— *Ciamar a tha-thu,* Teàrlach, répondit Innes, qui avait le nez dans les comptes et repoussa ses papiers, soulagé, quand il les vit arriver.

— Non, dit Flora. Passe pas au gaélique. C'est chiant et je me souviens de rien.

— Mais il vient des Hébrides extérieures !

— Exactement ! C'est qu'un étranger avec un drôle d'accent de toute manière. Alors.

— Ça m'est égal, intervint Charlie en haussant les épaules. Même si je préfère Teàrlach à Charlie. Ça me ressemble plus.

— Eh ben, t'aurais dû le dire quand on s'est rencontré ! s'exclama Flora en levant les yeux au ciel.

— J'en ai marre de l'épeler.

— Bref, quelles sont les nouvelles ? s'enquit Innes. Où est ta petite clique d'enfants malheureux et d'animaux errants ?

— Une cargaison de connards se pointe demain. Alors, ce soir, je me raccroche à ce que je peux.

— Ah ouais ? Merci beaucoup, lança Flora. Vraiment.

— Une bière ? proposa Innes en se levant d'un bond.

Ils s'entassèrent tous dans la cuisine. Aussi surprenant que cela puisse paraître, les garçons l'avaient rangée après le déjeuner. Flora ferma brièvement les yeux. Peut-être que le fait qu'elle ait nettoyé cette pièce allait permettre de faire changer les choses. Ou peut-être que ça allait durer vingt-quatre heures, avant de repartir de plus belle.

— J'ai entendu dire que ton patron était là, dit Innes. Pourquoi ? Pour te surveiller de près ?

Flora rougit un bref instant, s'imaginant dans pareille situation.

— Bien sûr que non. Il est là pour aider Colton. On s'oppose au parc éolien.

— Au parc éolien ? répéta Innes après un blanc.

Flora opina du chef.

— Il a mobilisé des avocats hors de prix et mis tout le monde sur le pied de guerre… pour un *parc éolien* ?

Innes secouait la tête.

— Qu'est-ce que tu veux dire ?

— Les problèmes… Les choses qu'il pourrait faire. Améliorer l'emploi dans le coin. Réinjecter l'argent dans l'île au lieu de tout importer. S'occuper de ses propriétés… Cette maison rose est vide depuis…

— Ouais, je sais.

— Mais, au lieu de ça, il veut faire venir des hommes d'affaires ici pour qu'ils tirent sur de jolis animaux… Putain, Flora, il nous achète même pas son lait.

Flora tiqua.

— C'est vrai ?

— Bonne chance pour trouver qui que ce soit qui voudra s'aligner sur ce qu'il veut. L'île est en état de siège, nom d'un chien. Des éoliennes…

Flora commençait à se rendre compte de l'ampleur de la tâche qui l'attendait.

— Bon.

Elle ouvrit le livre de recettes de sa mère et confia à Charlie la tâche d'émincer les oignons. Bientôt, les odeurs de bœuf, d'ail et d'oignon caramélisé emplirent la cuisine, embuant les vitres. Elle alla faire un tour à l'arrière de la maison et, à sa grande surprise, trouva quelques-unes des herbes de sa mère toujours en train de pousser dans leur pot, aidées par l'arrivée du printemps. Elle aurait pensé que les tempêtes hivernales auraient eu raison d'elles depuis longtemps. Toute guillerette, elle coupa quelques brins de thym.

Charlie prépara une salade d'épinards pour l'accompagnement. Bizarrement, elle aimait avoir quelqu'un avec elle dans la cuisine. Ils ne se gênaient pas l'un l'autre, mais se contournaient avec agilité comme elle lui passait un couteau ou la râpe, et, le temps que Fintan, Hamish et Eck rentrent des champs, ôtant leurs bottes en maugréant, tout était prêt, la tourte avait gonflé pour former une belle boule dorée dans le four, et il y avait plein de sauce. Hamish arborait un large sourire, tandis que tous dévoraient leur repas. Son père mangea lui aussi, constata Flora, au lieu de rester assis à fixer le feu comme il le faisait habituellement.

— C'était super bon, finit par dire Charlie, alors que tout le monde raclait les restes de sauce dans son assiette.

— Y a quoi pour le dessert, Flora ? demanda Hamish, qui s'était servi trois fois.

Flora regarda Fintan, puis fit un grand sourire.

— Oh, d'accord.

Elle se rendit dans le cellier et, avec un grand geste théâtral, sortit ce qu'elle avait préparé le matin quand elle aurait dû travailler sur ses dossiers mais, avec l'arrivée de Joel, elle avait été bien trop nerveuse et incapable de s'y mettre.

Sur le vieux plat à gâteaux trônait un beau cake aux fruits bien brillant.

— Il a pas assez macéré, prévint-elle.

Mais l'effet dans la pièce fut instantané. Tout le monde se dérida. Hamish était aux anges. Les yeux de Flora croisèrent ceux de Charlie, et elle se rendit compte qu'il la dévisageait et ne put s'empêcher de rougir.

— T'es sûre que tu savais pas que je venais ? l'interrogea-t-il d'un air badin.

Puis, alors qu'elle cherchait un couteau sans succès, il sortit un grand couteau suisse de sa poche et ouvrit la plus grande lame d'un geste, avant de lui tendre en inclinant la tête. Le sourire aux lèvres, elle commença à couper d'énormes parts.

— J'aime que Flora soit à la maison, dit Hamish à voix basse tandis qu'Innes se levait pour préparer le thé.

— Vous savez ce qu'il nous faut ? suggéra-t-elle en regardant Fintan dans les yeux.

Ce dernier fit non de la tête.

— Nan.

— On peut pas manger de cake aux fruits sans une tranche de…

— Laisse-moi en dehors de ça, Flora.

— Te laisser en dehors de quoi ? demanda Innes.

Fintan lança un regard inquiet à leur père, mais Flora croisa les bras, comme si elle allait garder tout le gâteau pour elle. Fintan se leva donc et sortit.

Quand il revint discrètement, ils coupèrent des tranches de fromage et les servirent avec le cake. L'idée était la suivante : prendre une bouchée de cake, puis un morceau de fromage, et faire passer le tout avec du vin rouge. Ils n'avaient pas de vin rouge, mais le thé marchait tout aussi bien.

Charlie leva les yeux, admiratif.

— Eh ben, dit-il en hochant la tête. C'est quelque chose.

— Merci, répondit Fintan, le sourire aux lèvres.

— C'est toi qui l'as fait ?

— C'est toi ? répéta Eck en tournant la tête.

— Ah, c'est juste un truc auquel je me suis essayé, commenta Fintan avec un haussement d'épaules.

— Mais c'est… c'est…

— Je l'ai affiné à côté des vieilles cuves à whisky.

Eck secoua la tête d'un air consterné.

— C'est à ça que tu passais tout ton temps ? Au lieu de nous aider dans les champs ?

— Eh ben, j'étais pas au cinéma, si c'est là que tu veux en venir.

Il y eut un blanc, et Eck reposa le reste de son fromage sans le goûter.

Détectant la tension, Charlie raconta une histoire drôle sur l'un de ses affreux groupes d'« Aventures en plein air » qui s'était bagarré avec un mouton ; Bramble s'approcha pour poser sa tête sur les genoux de Flora ; tout le monde but un verre du vin maison d'Eck ce qui, dans le meilleur des cas, était une entreprise périlleuse, puis Flora s'installa confortablement près de l'Aga, écoutant les voix gaies, et, pour la première fois, se sentit presque heureuse ; d'autant plus que Charlie s'amusait visiblement lui aussi (elle supposa que, quoi qu'il en dise, ça avait quelque chose à voir avec le fait d'être à l'intérieur, et pas sous une tente dans la tempête).

À huit heures, il prit congé, même si la bonne vieille bouilloire était de nouveau sur le feu.

— C'était extraordinaire, dit-il. Est-ce que t'es aussi bonne avocate ?

— Quoi, plutôt que femme à tout faire pour un tas de gamins attardés ? demanda-t-elle alors qu'elle l'accompagnait dehors pour promener Bramble jusqu'en bas de la colline. J'espère bien.

— Dis pas ça, objecta Charlie en caressant la tête de Bramble. Bon chien. C'est important ce que tu fais. Cuisiner. Réconcilier ta famille. J'ai presque vu ton père sourire.

— Pas à moi, lâcha-t-elle en levant les yeux au ciel.

— T'es douée. T'as un don. Tu devrais être fière de toi. Tout le monde voudrait être capable de faire aussi bien que toi.

— Je dois tout à ma mère, sincèrement, répondit-elle, comme si elle ne méritait pas ces compliments. Elle m'a tout appris.

— Elle t'a très bien appris. Attends une minute. Fintan !

Fintan traversait la cour, en direction de sa laiterie adorée.

— Ouais ?

— Il me faut un kilo de ce fromage. Pour nos repas. Tu peux m'en vendre un peu ? Il est délicieux.

— Ben, je sais pas…, bredouilla Fintan en rougissant. Enfin, il a pas été autorisé par la commission du fromage ni rien…

— La commission du fromage ?

— Pour le vendre. Faut s'assurer qu'on va intoxiquer personne.

— Tu viens juste de nous en faire manger.

— Oui, mais c'est entre nous. Je veux dire, si t'as des clients et tout…

— Tu t'exposerais à un procès, expliqua Flora en roulant des mécaniques. Au civil. Peut-être même au pénal, vu qu'on est en train de dire qu'il pourrait intoxiquer des gens.

— Je les laisse boire l'eau de ruisseaux qui contiennent dix-neuf types d'urine de vache différents, répondit Charlie en faisant la moue. J'imagine qu'ils peuvent supporter un peu de fromage non pasteurisé.

Fintan finit par accepter de lui en vendre, étant entendu qu'il ferait signer à tous ceux qui en mangeraient une dispense de responsabilité que Flora promit de rédiger. Charlie accepta, l'air amusé.

— Ou tu pourrais juste faire venir les gens de la commission pour qu'ils donnent leur feu vert, le taquina-t-il.

Fintan parut déconcerté, mais Flora abonda dans son sens.

— Tu devrais, Fintan.

*

Flora et Bramble raccompagnèrent Charlie jusqu'au portail.

Ils restèrent chacun d'un côté et se regardèrent. Le vent était tombé, mais le motif familier que dessinait l'ombre des nuages dans les rayons du soleil illuminait le flanc de la colline, conférant un aspect surnaturel au paysage. La bruyère restait sagement au sol ; l'air avait un goût de printemps. Charlie se pencha pour gratter le cou de Bramble, ce qui plaisait beaucoup au chien.

— Bon, dit-il.

Flora leva les yeux vers lui. Il était si solide. Joel était grand, mais fin, souple. Elle râla intérieurement. Quand cesserait-elle de comparer tous les hommes de l'univers à un unique spécimen, énervant de surcroît ? Quand tournerait-elle la page pour commencer à vivre dans la vraie vie ?

Le beau visage de Charlie était large, totalement ouvert, mais aussi serein. Elle comprenait que ses protégés se sentent en sécurité avec lui. À ses côtés, elle était simplement… elle avait l'impression de vivre l'instant présent. Elle ne s'inquiétait pas de l'île, ni de ce que les autres disaient d'elle ; elle ne pensait pas au travail, ni à sa mère qui lui manquait, ni à rien d'autre qu'être là avec cet homme, robuste, rassurant, qui parlait de façon posée. Elle lui sourit. Il lui rendit timidement son sourire.

— Eh bien, c'est chouette d'être tombé sur toi, dit-il à la seconde même où le téléphone de Flora, qui n'avait pourtant qu'une barre de réseau, se mit à sonner.

Elle se détourna avec un sursaut.

— Flora.

Pas de « bonjour », rien.

— J'ai besoin de voir vos notes et de savoir à qui vous avez parlé aujourd'hui. Pour prendre la température. Vous pourrez me les apporter ? Demain matin, à la première heure ? Je ne sais pas combien de temps je peux encore rester.

— Bien sûr, répondit-elle.

Elle regarda Charlie, mais le charme était rompu.

— C'était mon patron, je dois…

— Je sais, je sais. Ton vrai travail, rétorqua-t-il, espiègle.

Il se tourna pour partir.

— Je te verrai dans une semaine.

— Sauf s'il pleut ! rectifia Flora avec un grand sourire.

— S'il pleut, t'as encore moins de chance de me voir.

Et elle le suivit des yeux, marchant prestement pour un homme de sa carrure, jusqu'en bas du chemin, où il lui fit au revoir d'un petit signe de la main, puis elle rentra à la ferme pour crier aux garçons de faire la vaisselle.

## Chapitre vingt-deux

Le Dr Philippoussis était pour Joel ce qui se rapprochait le plus d'un… Enfin. Peu importe. Joel l'appelait souvent les nuits et les week-ends ; et il ne prenait pas la peine de téléphoner quand il n'avait pas de soucis. Heureusement, le Dr Philippoussis était aussi à peu près la seule personne sur terre qui tolérait le comportement de Joel. Il tenait simplement à s'assurer que le petit garçon grave qu'il avait connu alors qu'il était ballotté par les services de protection de l'enfance – et qui était devenu une personne importante, sérieuse et très brillante – allait bien ou, du moins, aussi bien que possible.

Au cours de sa longue carrière de pédopsychiatre, le Dr Philippoussis avait vu beaucoup de choses difficiles et s'était efforcé de ne pas trop penser à ses patients, au-delà de l'aide qu'il pouvait leur apporter d'un point de vue professionnel. Mais en ce qui concernait Joel, qui s'en était sorti – de manière spectaculaire –, il trouvait difficile de ne pas se préoccuper de lui. Parce que, comme sa femme et lui se le disaient souvent, ils étaient les seuls à le faire.

— Où es-tu ?

— Aucune idée, répondit Joel. Sans rire, c'est le bout du monde.

Il jeta un œil par la fenêtre.

— Il est vingt-deux heures et il fait jour.

— Vraiment ? Ça a l'air génial.

— Eh ben, ça l'est pas. J'arrive pas à dormir.

— Qu'est-ce tu fais à la place ? Tu travailles ?

— Bien sûr, rétorqua Joel en avisant ses dossiers sur le bureau branlant de sa chambre.

— Tu peux pas aller faire un tour ?

— C'est une île. Y a nulle part où aller et c'est une affaire pourrie et… Je sais pas. Je crois que je suis prêt pour un nouveau déménagement.

— T'as… t'as rencontré personne ?

— Je te l'ai dit. Je suis pas… C'est pas mon truc. Le travail m'aide. Le travail, ça, c'est mon truc.

— Y a tout un monde qui t'attend dehors, Joel.

— Bien. Dans ce cas, je vais déménager à Singapour. Ou à Sydney. Histoire de le découvrir un peu plus.

— Est-ce que tu as essayé certains des exercices de pleine conscience ?

— Je suis pas hypocondriaque, Phil, le sois pas à ma place, ronchonna Joel.

Le Dr Philippoussis savait que vouloir réparer Joel ne servait à rien. Il fallait seulement qu'il soit là pour décrocher le téléphone.

— OK, Joel. Marsha te passe le bonjour.

Joel hocha la tête, puis raccrocha et attrapa son ordinateur portable. Il envisagea de fermer les rideaux, mais il n'y avait rien à l'extérieur, excepté les vagues qui venaient s'écraser doucement sur la plage, patiemment, éternellement.

## Chapitre vingt-trois

Flora avait maintenant vu les six membres du conseil municipal, à l'exception de son père : elle laissait à Joel et Colton le soin de l'interroger. Ce n'était pas particulièrement encourageant. Au moins, le pasteur grassouillet s'était montré gentil avec elle et s'était intéressé à ce qu'elle faisait, mais la boîte de tartelettes à la confiture, préparées le matin même, qu'elle lui avait apportée avait peut-être quelque chose à voir avec ça.

Le plus drôle, c'était que, maintenant qu'elle avait commencé à cuisiner, elle avait l'impression de ne plus pouvoir s'arrêter. C'était comme si elle avait fait taire cette part d'elle-même quand elle était partie, de manière aussi implacable qu'elle avait réprimé tous les autres aspects de son ancienne vie. Mais le simple fait de tamiser de la farine, d'y incorporer des morceaux de beurre et de casser des œufs d'une seule main lui donnait l'impression d'être plus proche de sa mère, au lieu de lui rappeler des souvenirs tristes, et elle regrettait de ne pas y avoir pensé plus tôt.

Pour autant, même avec le pasteur hypothétiquement rallié à leur cause, les nouvelles étaient plutôt mauvaises pour Colton. Et, se souvint-elle, ce soir, ils dînaient ensemble. Avec Joel.

*

— Qu'est-ce qui te met de si bonne humeur ? l'interrogea Fintan.

De retour à la maison, il s'était assis au coin du feu et écoutait sa sœur fredonner des petits chants de l'île tout en préparant un cake aux graines.

Il pensait qu'elle ne s'en rendait pas compte. Il se rappela que sa mère le faisait aussi.

— Viens ici, Fintan. Tu vas devoir passer à la vitesse supérieure quand je partirai. T'es manifestement très doué. Je vais te montrer comment faire un hachis Parmentier.

— Oh, maintenant, c'est à mon tour d'avoir droit aux cours de maman ? répondit-il en fronçant les sourcils.

Flora se retourna, surprise et en colère.

— Qu'est-ce que tu veux dire ?

Fintan s'était déjà disputé âprement avec son père à cause de ses idioties de fromage qui lui faisaient perdre son temps et n'était pas d'humeur à être conciliant.

— Y en avait que pour toi, non ? C'était toujours toi que maman faisait venir aux fourneaux. Nous envoyant dehors pour que tu sois tranquille pour tes précieux examens. Toujours cette chère petite Flora avec sa maman.

Ces mots la blessèrent et les larmes lui montèrent aux yeux.

— Qu'est-ce que tu veux dire ?

— C'était pas la peine de revenir ici pour remuer le couteau dans la plaie, nous rappeler tout le temps qu'elle passait avec toi.

— C'est tellement injuste, rétorqua Flora, très énervée. *Tellement* injuste. Pendant des années, tout le monde m'a harcelée pour que je revienne et que j'accomplisse mon « devoir ». Et quand je le fais, j'ai droit à des insultes ?

— Tant pis pour toi, répondit Fintan en haussant les épaules. Mais j'ai pas besoin que tu me révèles tes super secrets pour faire un foutu hachis. Et je m'en sors en cuisine, ajouta-t-il en se renfrognant. J'ai juste pas eu la chance d'apprendre dans les jupes de maman, pas vrai ? *Dehors, les garçons !*

Il imitait leur mère, et Flora eut envie de le frapper.

— Qu'est-ce que t'es en train de dire ?

— D'après toi ? T'as toujours été sa préférée. T'es celle qui a eu l'occasion de partir et de faire ce qui lui chantait. Oh non, les devoirs de Flora sont si importants. Oh non, Flora a besoin de nouveaux chaussons de danse. Oh, Flora va à l'université !

Elle vit la douleur sur le visage de son frère et posa le couteau qu'elle avait sorti pour couper les carottes.

— T'as pas le droit de penser ça. Elle t'adorait.

— Elle a jamais vu plus loin qu'Innes et toi.

— Bien sûr que si.

— Eh ben, si c'est le cas, elle m'a jamais vu, moi, lança-t-il après un blanc.

Flora s'approcha de lui.

— Oh, Fintan. Je crois qu'elle était juste… Elle voyait la vie qu'elle avait. Et elle en voulait pas pour moi ; elle voulait que j'y échappe, c'est tout.

Il y eut alors un horrible silence, et Flora se retourna, sachant déjà que c'était son père, qu'il était rentré pile au mauvais moment et avait entendu ce qu'elle disait. Son visage prit une teinte rose vif.

— Papa ! Papa. Salut ! J'étais juste... Je pensais faire un hachis avec Fintan.

Eck les regarda tour à tour. Une grande lassitude se lisait sur son visage.

— Nan, pas besoin, ma belle. La friterie, ça sera très bien. Je veux pas te déranger.

— Mais ça me dérange pas !

— Vraiment ?

Alors qu'un silence de mort s'abattait sur la cuisine, il prit son journal et alla s'asseoir près du feu.

— Très bien, dit Flora en s'essuyant les mains sur un torchon et en enfournant le cake aux graines dans la gazinière.

Elle ne pouvait pas arranger les choses, elle partait avant de les empirer.

— J'y vais.

— Tu vas où ? l'interrogea Fintan d'un air boudeur.

— Je vais au *Rock*. Je vais dîner avec Colton Rogers.

— C'est ouvert ? lui demanda-t-il, éberlué.

— Presque. Je pense qu'ils font un essai sur nous.

— Ils ont un chef et tout ? J'ai entendu dire... J'ai entendu dire que c'était incroyable là-bas.

— C'est beau, répondit Flora avec sincérité.

— Emmène-moi, dit Fintan en se levant.

— T'es pas invité.

— Oh oui, avec tes amis snobs de Londres, c'est ça ? Et des Américains, bien sûr. Vous allez vous asseoir et boire du champagne en vous moquant des ploucs qui vivent ici. Des crétins, d'après vous.

— Fintan ! Arrête !

Il se rassit sur sa chaise, bougon.

— T'en fais pas pour moi. Je vais rester ici tout seul.

— Oh, nom d'un chien, rétorqua Flora d'un ton sec. Où sont tous tes amis, Fintan ? Je veux dire, t'es jeune, apparemment pas trop vilain. Mais tu fais que rester ici à regarder tes fromages et à rejeter la faute sur moi. C'est quoi ton problème ?

— Au cas où t'aurais pas remarqué : ma mère est morte.

Eck faisait semblant de ne pas les entendre.

Flora s'avança vers son frère.

— Je sais, fit-elle doucement. Et j'ai jamais eu autant besoin de mes amis qu'à ce moment-là.

— Ouais, ben les miens sont tous partis sur l'île principale. Mais moi, je pouvais pas, si ?

— Si tu veux, finit par dire Flora après un long silence.

Après tout, Colton avait bien dit qu'elle pouvait emmener quelqu'un.

— Tu peux venir ce soir.

Ça n'arrangerait pas les choses. Mais elle ne pouvait pas le laisser là, avec leur pauvre père, à se regarder dans le blanc des yeux.

— Qu'est-ce que tu veux dire ? l'interrogea Fintan en clignant des yeux.

— Tu peux venir au dîner, si tu veux.

— Sérieux ? Avec Colton Rogers ?

— Avec Colton Rogers. Et mon patron.

Fintan se fichait un peu de son patron, mais il reprit immédiatement du poil de la bête.

— Tu sais qu'il a inventé le BlueFare ?

— Oui, je sais. Des trucs de geeks. Bla-bla-bla. Il a tout inventé.

— Ouah ! fit Fintan avant de regarder ses vêtements. Mais j'ai rien à me mettre.

— Tu dois bien avoir quelque chose.

— J'ai mon costume d'enterrement, soupira-t-il.

— L'appelle pas comme ça. Appelle-le ton costume de mariage. Tu l'as acheté pour le mariage d'Innes, non ?

— Oh mince, vous voulez parler de cette parodie ? intervint Innes, qui venait de faire une entrée fracassante avec Hamish, ne se rendant absolument pas compte de l'ambiance qui régnait dans la pièce. Bon Dieu, non. Appelle-le ton costume d'enterrement, s'il te plaît.

Il avisa la gazinière.

— Ooh, fantastique. Qu'est-ce qu'il y a, ce soir ?

— En fait, rien, répondit Flora. Fintan et moi, on sort. Désolée.

— On peut venir ?

— Nan. Mais vous pouvez sortir le cake aux graines dans vingt-sept minutes.

## Chapitre vingt-quatre

Flora avait enfilé une robe noire sobre qui, avait-elle conclu après s'être regardée dans le miroir, lui donnait l'air complètement fadasse, comme le fantôme d'une enfant de l'époque victorienne. Mais elle n'avait rien d'autre, elle allait devoir trouver quelque chose pour l'égayer un peu.

La boîte à bijoux de sa mère était cachée dans le fond de son armoire. Cette dernière n'avait jamais porté de bijoux, à part son alliance et une paire de minuscules dormeuses en diamants qu'elle mettait à Noël, mais Flora savait qu'il y avait dans l'armoire quelques breloques dont elle avait hérité – elles étaient à elle désormais, supposait-elle, même si elle aurait sans doute préféré qu'elles reviennent à Agot. Habituellement, elle ne se sentait pas le courage de fouiller dans les affaires de sa mère. Il le faudrait un jour, elle le savait bien. Accepter que, une fois qu'une personne était partie, elle n'avait plus besoin des choses qui l'avaient entourée et définie.

Mais pas maintenant. Certainement pas maintenant. Eh bien. Elle commencerait petit, pour voir si elle le supportait.

La boîte était exactement comme dans ses souvenirs d'enfant, quand elle jouait avec. Elle y trouva une broche en plumes de paon lumineuse : des plumes bleu et vert tressées sur un filigrane d'argent terni. Il n'y avait pas de paon sur Mure, alors va savoir d'où cette broche provenait : peut-être d'un riche parent éloigné d'Édimbourg ; ou d'un des cousins qui s'étaient installés à Terre-Neuve ou dans le Tennessee, souhaitant faire étalage de sa réussite.

D'où qu'elle vienne, cette broche était belle. Sa mère ne l'avait jamais portée – les couleurs étaient sans doute trop criardes pour elle, et elle la trouvait aussi peut-être trop fragile, et précieuse, même si Flora ne savait rien sur ce point. Mais quel dommage, pensa-t-elle alors en la soulevant délicatement. Quel dommage de posséder une chose aussi magnifique et de l'avoir gardée toute sa vie pour une occasion spéciale ; une occasion qui ne s'était jamais présentée.

Ses parents allaient toujours aux *ceilidhs* du village ; tout le monde y allait, c'était un passage obligé quand on habitait sur Mure. Son père se mettait en rang au bar avec les autres fermiers, où ils buvaient de la bière en parlant des prix du fourrage, pendant que sa mère, différente avec son rouge à lèvres, restait debout avec les autres femmes. Flora ne se rappelait pas avoir jamais vu ses parents sortir dîner, faire quoi que ce soit dans le simple but d'être tous les deux. Elle n'avait absolument aucun souvenir de ça. De fait, porter la broche n'avait jamais été justifié, il n'y avait jamais eu d'occasion suffisamment bonne.

Flora la prit et, en se regardant dans le miroir, l'accrocha sur le haut de sa robe, du côté droit.

Au départ, elle craignit que ça lui donne l'air d'une petite chef de clan des Highlands mais, en s'examinant de plus près, elle vit que le vert des plumes faisait ressortir celui de ses yeux ; quant au bleu, il était si beau qu'il attirait l'œil, et l'ensemble sublimait sa robe ordinaire, faisant toute la différence.

Le sourire aux lèvres, elle se dirigea vers le salon. Son père n'avait pas bougé.

— Papa, ça t'embête... ça t'embête si j'emprunte la broche de maman ?

Il leva à peine les yeux, se contenta d'un signe de main. Innes et Hamish étaient près de la gazinière, l'air perplexe.

— Allez, vous deux, dit-elle. Hachis Parmentier. Ici. Je vous laisse la recette. Viande hachée. Pommes de terre. Le fromage de Fintan. Rien de trop compliqué.

— Oh mince alors, quel couple vous faites ! s'exclama Innes. Vous êtes prêts pour la parade du village. Oh là là !

— Ferme-la, coupa Fintan.

— L'écoute pas, dit Flora. Pourquoi tu l'écoutes ? Il fait l'andouille.

— Je fais pas l'andouille !

— Tu fais l'andouille, arrête.

— Toi, arrête !

— Papa ! hurla Fintan. Tout le monde s'engueule.

— Dis à Innes d'arrêter de faire l'andouille, ajouta Flora d'un air boudeur.

— Tout le monde arrête de faire l'andouille, intervint Eck sans lever le nez de son journal.

Innes tira la langue à Flora.

— Très bien, on s'en va, annonça Flora. Bonne chance avec le hachis.

Quand elle arriva à la porte, Hamish se retourna.

— T'es jolie, Flora, dit-il.

— MERCI, HAMISH, répondit-elle haut et fort pour marquer le coup.

*

Colton avait dit qu'il enverrait le bateau les chercher. Flora était très excitée.

Fintan et elle marchèrent jusqu'au port, profitant de la douce lumière dans leur dos, longeant les champs luxuriants où étaient allongées les vaches, après la traite. Fintan était élégant dans son costume, mais nerveux, ce qui agaçait un peu Flora, car elle ne voulait pas paraître nerveuse elle aussi, même si elle l'était ; elle ressentait le besoin de jouer à l'employée de Londres adulte, maître de soi.

Le ciel était dégagé ; l'air frais et pur aussi vivifiant qu'un verre d'eau bien froide. La mer d'huile réfléchissait un petit banc de nuages blancs à l'horizon. C'était véritablement splendide. Un brin suffisante, Flora était heureuse que Joel soit venu à cette saison, et pas en plein cœur de l'hiver, quand la pluie balayait l'île, laissant parfois momentanément place à un magnifique arc-en-ciel entre les nuages avant de se remettre à tomber. Non pas que Joel ait semblé faire attention à ce qui l'entourait. Loin de là. Le temps pouvait être si changeant mais, ce soir, tout était calme et tranquille ; il régnait une impression d'intemporalité tandis qu'ils tournaient dans la grand-rue avec ses bons vieux bâtiments colorés qui descendaient en pente douce jusqu'au port. Flora les compta, comme elle en avait l'habitude enfant – violet pour le boulanger, jaune pour le boucher, orange pour le médecin, bleu pour le *fish and chips*. Rien dans la maison rose, plus maintenant.

Bertie Cooper, qui était aux commandes du bateau, les attendait poliment près du quai, sans sa casquette. Il trouvait Flora géniale, mais était trop timide pour l'inviter à boire un verre, surtout si elle prenait du bon temps avec des mecs BCBG venus d'ailleurs, en particulier Colton Rogers. Il soupira. C'était probablement mieux ainsi.

— Bonjour, dit-il d'une voix timide. Tu es très jolie.

Flora sourit, ce qui la rendit encore plus jolie. Elle réalisa alors que cela faisait bien longtemps qu'elle n'avait pas souri franchement ; pas un sourire de boulot, ni un sourire courageux et réconfortant quand on lui demandait si elle tenait le coup, ni un sourire de virées nocturnes avec Kai, quand elle avait enfin bu assez de vin pour tout oublier. Un vrai sourire, heureux, et la sensation inhabituelle d'avoir quelque chose dont se réjouir.

Elle avait envoyé un *selfie* à ses amis *via* Snapchat, histoire qu'ils soient épouvantés ou amusés par son sort. Kai lui avait répondu qu'il ne lui adresserait plus jamais la parole si elle couchait avec Joel, jamais. Lorna, plus rationnelle, lui avait demandé si son patron s'était adouci depuis son arrivée. Flora sourit toute seule, une fois de plus. Elle avait fini par comprendre qu'il n'y avait absolument aucune chance que quoi que ce soit se produise entre elle et son taciturne et égocentrique de patron.

Mais cela n'enlevait rien au fait que la soirée était belle. Ils se rendaient dans un vrai restaurant d'adultes. Elle était au bras d'un bel homme – OK, c'était son frère, mais tout le monde s'en fichait, non ? – et ils allaient passer un moment agréable. Elle monta à bord du bateau d'un pas léger, l'air inhabituellement confiante. C'était peut-être la broche.

# Chapitre vingt-cinq

Flora savoura la réaction de Fintan alors qu'ils approchaient du *Rock*. C'était encore plus impressionnant en arrivant par la mer. Gâcher ce panorama idyllique avec de grandes structures en métal semblait être une très mauvaise idée.

Bien qu'il fasse encore jour, les lanternes qui jonchaient la jetée étaient toutes allumées, et Bertie aida Flora à descendre du bateau en arborant un large sourire.

Joel et Colton étaient déjà dans la salle de bar, qui se trouvait sur la droite en entrant dans le hall grandiose. Un feu ronflait dans la cheminée, même s'il n'y en avait pas vraiment besoin ce soir, du moins d'après Flora et Fintan. Tous les deux ne supporteraient jamais la chaleur, de toute leur vie ; ils avaient tendance à avoir des éruptions cutanées dès que le thermomètre dépassait les vingt degrés. Un temps frais et venteux, c'était leur environnement naturel.

Flora s'efforça de ne pas bégayer, mais elle sentit que le rouge lui montait aux joues, ce qui en disait long sur son état. Joel avait passé une chemise en coton vert clair, qui contrastait à merveille avec ses grands yeux sombres. Il sourit, regardant Fintan avec intérêt, ce qui fit perdre un peu plus ses moyens à Flora. Elle savait que Fintan était beau ; à l'école, les filles avaient toujours craqué pour ses deux grands frères. Innes avait les yeux rieurs et l'allure insolente ; Fintan, les cheveux bouclés et l'air mélancolique.

Colton portait ses habituels col roulé, jean et baskets, avec des lunettes à monture métallique. Cette tenue était si ostensiblement vilaine que Flora se demanda s'il le faisait exprès ; quand on voyait quelqu'un si mal habillé, il n'y avait qu'une seule explication : il était tellement riche qu'il n'avait jamais à se soucier d'impressionner les autres.

— Bonsoir, lança Flora d'une voix qu'elle voulait naturelle mais qui sortit haut perchée.

Fintan regardait Colton Rogers comme une célébrité. C'en était sans doute une ici, supposa Flora : si peu vu et pourtant la cible de tant de conjectures.

— Euh, voici mon frère, Fintan. Vous m'avez dit d'emmener quelqu'un.

— Salut ! s'exclama Colton, un grand sourire aux lèvres.

Joel leur fit à peine un signe de tête, comme s'il s'attendait à un truc de ce genre, ce qui agaça Flora – apparemment, elle ne pouvait pas avoir un petit ami aussi beau, c'était évident. Elle s'assit et Colton lui proposa une coupe de champagne. Elle jeta un coup d'œil à Joel pour vérifier que c'était convenable, mais il s'en fichait comme de l'an quarante.

— Oui, merci.

— Juste une bière blonde, marmonna Fintan en fouillant manifestement dans ses poches.

Flora ne l'avait pas prévenu qu'ils n'auraient rien à payer – quelle idiote ! Colton refusa l'argent de Fintan d'un revers de la main.

— On passe à côté ? proposa-t-il.

Ils prirent chacun leur verre et le suivirent dans la salle de restaurant.

— Vous êtes mes tout premiers invités.

— Nous sommes honorés, répondirent Joel et Flora en même temps avant d'échanger un regard.

Ici, après le bar chaleureux et reluisant, le décor changeait un peu. C'était solennel et très silencieux, et n'être que quatre dans le restaurant s'avérait très bizarre. Flora s'empara du menu flambant neuf, très rigide, sophistiqué.

*Le* Rock *propose de vous offrir une expérience gastronomique hors du commun. Laissez-vous envahir par une explosion des sens*, disait l'introduction, ce que Flora interpréta à raison comme étant la preuve que tout serait très, très cher.

Tous les aliments étaient « choisis avec soin » : il y avait des « vergers » de fruits et des « symphonies » de légumes, des « intensités » d'huîtres et de sardines. Fintan fixait le menu, au supplice. Flora lui fit un grand sourire pour l'aider.

— Colton, vous devriez peut-être commander pour nous ?

— Mais vous en pensez quoi ? répétait ce dernier en regardant autour de lui.

Des têtes de cerfs décoraient les murs et la moquette était en tartan.

— Je suis certaine que ça va être délicieux, dit Flora. C'est très raffiné. C'est ce que vous aimez manger ?

— Non. Je préfère le steak.

Il commanda le menu dégustation du chef et deux bouteilles de vin au nom imprononçable, mais Flora fut plutôt soulagée que quelqu'un choisisse pour elle. En plus, il était possible que la langue de Joel se délie après quelques verres. Elle aurait peut-être l'occasion de le connaître un peu mieux ? Cette façade, ce n'était peut-être que du cinéma ? Il était peut-être une de ces personnes qui s'avèrent charmantes au fond. Elle s'imaginait en train de dire ça à Kai – oh, quand tu apprends à le connaître, il est très gentil. Il travaille dans un refuge pour animaux pendant son temps libre, mais il préfère que ça ne se sache pas.

La première chose à aller de travers fut le pain. Soi-disant frais, de toute évidence, il ne l'était pas. Et le beurre, présenté dans un pot fleuri, était encore dur, tout juste sorti du frigo. Fintan cligna deux fois des yeux.

— Ils ont acheté ce beurre en gros, murmura-t-il à Flora.

— Arrête de chuchoter. C'est un restaurant. Évidemment qu'ils doivent acheter des trucs en gros.

— Ouais, mais vu de l'extérieur, on dirait qu'ils prétendent le faire. Et lis ce ramassis de conneries dans le menu : « Nous nous procurons tous nos ingrédients au cœur de l'île. » Il y a dix producteurs laitiers sur Mure, ajouta-t-il, en colère. Et tu sais quoi, je te garantis qu'aucun d'eux ne met son beurre dans des bébés fleurs extravagants comme ça.

— Qu'est-ce qui se passe ? demanda Colton en se penchant sur la table démesurée.

L'éclairage était si tamisé que Flora le distinguait à peine. Ils mangeaient plus ou moins dans le noir.

— Rien, se hâta-t-elle de répondre.

— Enfin…, commença Fintan.

— Non ! Chut !

— Alors, comment ça s'est passé aujourd'hui ? s'enquit Colton.

— Ah, fit Flora en jetant un coup d'œil à Joel.

— Vous pouvez présenter un nouveau calendrier et une nouvelle proposition, dit ce dernier en ouvrant son porte-documents. Je me suis occupé de la paperasse, vous n'avez plus qu'à signer avant mon départ. La loi écossaise n'est pas beaucoup plus compliquée. C'est une proposition sérieuse, qui consiste à déplacer le parc éolien derrière l'île suivante. Elle implique des coûts de maintenance, mais devrait préserver le patrimoine exceptionnel de l'île pour les visiteurs et les générations futures. Bla-bla-bla.

— OK, bon travail, constata Colton en parcourant les documents. Donc, il faut juste que je fasse approuver ça par le conseil municipal, c'est ça ? Comment ça s'est passé de ce côté-là ?

Flora but une autre gorgée de vin. Il était absolument délicieux.

— Eh bien. Il y a quelques problèmes, dit-elle.

— Comme ?

— La maison rose dérange tout le monde.

— C'est quoi ?

— Le bâtiment rose. Sur la grand-rue. Vous l'avez laissé vide.

Colton parut déconcerté.

— Ici ?

— Oui, ici !

— Il m'appartient ?

Flora le dévisagea, effarée qu'on puisse acheter un bâtiment sans même s'en rendre compte.

— Apparemment, oui, répondit Joel.

— Mince ! Quoi d'autre ?

— Le personnel ? avança Flora. Il y a plein d'ados qui pourraient revenir sur l'île s'il y avait plus de boulot ici, autre que la traite des vaches.

Fintan fit un petit bruit sarcastique, mais Flora n'y prêta pas attention.

— Mais, fondamentalement, ce qui ressort, c'est que les gens ne vous connaissent pas. Ils ne savent pas qui vous êtes. Ils s'imaginent que vous êtes un genre de Donald Trump et que, s'ils vous laissent vous en tirer cette fois-ci, la prochaine, ce sera bien pire.

— Mais j'essaie de protéger cet endroit.

— Alors protégez tout le monde ici, ajouta-t-elle simplement.

— Hum.

Il se tourna vers Fintan.

— Vous vivez ici à l'année, non ? Vous faites quoi, alors ?

— Je suis agriculteur, précisa Fintan avec résignation avant de descendre un autre verre de vin.

— Vraiment ? Vous en avez pas l'air.

— Pourquoi, parce que je mordille pas un brin de paille à table ?

Il semblait irritable, sur la défensive, et Flora savait pourquoi : il se sentait dépassé.

— Non, répondit Colton. Est-ce que vous êtes toujours aussi agressif ?

— Vous avez vu *Braveheart* trop souvent ? Les violents Écossais vous font peur ?

— Fintan ! Tais-toi ! souffla Flora.

Elle se tourna vers Colton.

— Pardon, monsieur. Vous savez ce qu'on dit à propos de ne pas pouvoir choisir sa famille…

— Ouais, eh ben, toi, tu l'as certainement pas choisie, marmonna Fintan qui, Flora s'en rendit compte sur le tard, avait déjà bu pas mal de vin.

Il y eut un blanc.

— Ça suffit, lança Flora, et Fintan, elle le vit, comprit immédiatement qu'il était allé trop loin.

— Pardon, frangine.

Puis il regarda à la ronde, se passant la main sur sa nuque brûlée par le soleil.

— Pardon, tout le monde.

Le serveur leur apporta alors un plat qu'il appela une « mise en mer ». Avec un petit rire étouffé des plus étranges, il souleva la cloche d'un grand plateau sur lequel étaient posés quatre minuscules ramequins d'huîtres nageant dans un genre de gelée solidifiée.

— Qu'est-ce que c'est ? l'interrogea Colton, un peu énervé.

— Ce sont des huîtres « surprise de la mer[1] », annonça fièrement le serveur.

Ça avait effectivement l'air surprenant.

Ils piquèrent tous dedans. Flora avait grandi en mangeant des huîtres sauvages directement sur la côte. Ou bien, de temps à autre, sa mère les mettait près du feu jusqu'à ce qu'elles soient fumées et que leur coquille s'ouvre d'un coup, et ses frères et elle se brûlaient les doigts, mais ils s'en fichaient, puisque le

1. En français dans le texte. *(N.d.T.)*

délice à l'intérieur, au goût salé et fumé, était bien trop bon pour attendre.

Ça, c'était juste une masse informe de gelée de poisson, flottant dans une autre gelée de poisson. Fintan ne souleva même pas sa fourchette.

— Qu'est-ce que c'est ? demanda-t-il. J'ai pas compris ce petit gars la première fois.

— Eh bien…, commença Colton avant de secouer la tête. J'en sais rien, à vrai dire.

Une fois les ramequins débarrassés, ils essayèrent tous sans enthousiasme la mousse d'anchois et d'asperge. La conversation ralentissait. Fintan clignait des yeux avec incrédulité.

— Mais pourquoi ? répétait-il, son visage virant au rose. Pourquoi ?

— Eh bien, dit Colton, qui semblait dépité et mécontent d'avoir été privé d'un bon steak. J'ai seulement dit que je voulais recruter les meilleurs, et mes employés s'en sont occupés et…

— C'est ce qui se passe quand vous voulez quelque chose ? s'enquit Fintan. Des gens s'en occupent pour vous ?

— Ben oui. Je suis pas mal occupé, répondit-il d'un air suffisant.

— À dire aux autres de s'occuper de vos affaires, continua Fintan.

Un blanc s'ensuivit.

— Ouais et…

— Quoi ?

— Et maintenant, de la marmelade de crevettes, annonça le serveur.

Fintan le congédia avec mauvaise humeur.

— Donc, vous êtes venu ici, dans notre communauté, et vous avez décidé que quelqu'un d'autre, qui n'a jamais mis les pieds ici, devrait prendre des décisions à notre sujet ?

— C'est censé être l'un des meilleurs chefs de cuisine expérimentale au monde, répliqua Colton.

— Oui. Il expérimente des atrocités. Et pourquoi ça dit « produits locaux » ? Excusez-moi, garçon. Pourquoi tout ici dit « produits locaux » ?

Joel, remarqua Flora, regardait la scène avec un sourire en coin, l'air amusé. Il semblait presque passer un bon moment pour une fois, ou, du moins, s'intéresser. Pourquoi, oh pourquoi, trouvait-elle les lunettes à écailles si attirantes ? Avait-elle toujours pensé ça, ou était-ce simplement parce qu'il en portait ? Ses cils étaient si longs qu'ils effleuraient les verres. Elle se demanda un instant, en sirotant une gorgée de vin, ce qui se passerait si, pendant que Fintan et le serveur se disputaient, elle glissait son pied…

Non. Non, non. Non. Elle était au travail.

Elle but une autre lampée de vin.

— Euh…

Le serveur avait l'air d'avoir chaud et d'être embarrassé. Il était déjà assez pénible d'avoir le patron à table…

— Eh bien, on utilise du sel local, répondit-il.

— Quel sel ?

— Du sel des Hébrides.

— Les Hébrides se trouvent à deux cents milles nautiques d'ici.

Le serveur toussota.

— Ça compte, selon moi, Monsieur.

— Donc, vous me dites que vous saupoudrez tout de sel ? tiqua Fintan.

— Oui oui.

— Et ça transforme tout en « produit local », comme par magie ?

— C'est un ingrédient clé, Monsieur.

— Je ne crois pas que « produit local » soit un terme légal, fit observer Joel, pince-sans-rire.

— Attendez une minute, intervint Colton. Donc, je dis à mes amis et à mes clients que ce qu'on sert ici ce sont les meilleurs produits frais d'Écosse et…

Fintan repoussa son assiette et prit une autre bonne gorgée de vin, qu'il buvait comme de la bière, car, d'ordinaire, il ne buvait que de la bière.

— Excusez-moi, je peux jeter un œil à votre plateau de fromages ?

La fréquence de clignements d'yeux du serveur creva le plafond.

— Euh, je vais voir…

— Vous n'allez pas voir, dit Colton. Vous l'apportez.

Le serveur disparut et le maître d'hôtel le remplaça, empourpré et transpirant d'une manière qui n'avait absolument rien à voir avec la température.

— Y a-t-il un problème, monsieur Rogers ?

— On sait pas. C'est pour ça qu'on a besoin du plateau de fromages.

On apporta alors un chariot à desserte, présentant ce qui était manifestement une sélection de fromages achetés en gros, tout juste déballés et très froids, dont un cheddar blanc à l'air étrangement industriel. Fintan les huma les uns après les autres.

— Vous vous y connaissez en fromage ? lui demanda Colton, ayant l'air de trouver ça drôle.

Il avait regardé Fintan s'enfiler le bordeaux hors de prix qu'il avait commandé.

— Oui.

Il se coupa une tranche de chaque et les mastiqua lentement.

— Combien vendez-vous votre assiette de fromages ?

— Vingt et une livres, répondit le serveur. Vous en avez quatre pour ce prix.

— C'est de l'escroquerie, déclara Fintan, catégorique. C'est pas… c'est pas du vrai fromage.

— Eh bien, il y a beaucoup de fromages pasteurisés…

— Ouais, c'est de la merde.

— Aux États-Unis, il est illégal de vendre des fromages non pasteurisés, objecta Colton. Mauvaises habitudes d'Européens.

— Combien de personnes le fromage tue-t-il par an ? l'interrogea Fintan. Je vais vous le dire : zéro.

— Et la listeria ?

— Ouais, c'est pour ça qu'on a zéro de chez zéro hospitalisation pour la listeria chaque année.

— Je me suis trompé sur votre compte, lança Colton en souriant. Vous vous y connaissez en fromage.

Colton, remarqua Flora, avait incliné tout son corps vers Fintan et l'observait avec un air amusé et espiègle.

Elle se rendit subitement compte qu'elle ne s'était jamais interrogée sur la sexualité de Colton ; elle avait supposé que c'était sans doute l'un de ces hommes qui se traînait une volée d'ex-femmes qui lui coûtaient un bras. Elle ne savait absolument pas s'il était marié, s'il avait une petite amie, ou quoi. Elle se demanda si Fintan avait remarqué et jeta un coup d'œil à Joel.

À sa grande surprise, ce dernier croisa son regard et lui adressa un minuscule sourire. Elle tourna immédiatement la tête, pour garder les yeux rivés droit devant elle.

— Donc, vous avez de meilleures suggestions à faire ? demanda Colton à Fintan.

— J'en fais de meilleurs. Nous avons du meilleur beurre, de meilleurs poissons, de bien meilleures huîtres… Et j'en passe. Mme Laird, au village, son pain est un million de fois meilleur que celui-là. La cuisine de Flora est meilleure que tout ce que vous proposez ici. Et nous avons de bien meilleurs fromages.

Colton le dévisagea un instant.

— Vous en faites de meilleurs ?

— Bon Dieu, oui.

— Montrez-moi.

— Je vous en enverrai, répondit Fintan avec un haussement d'épaules.

— Non. Montrez-moi maintenant. Vous en avez à la ferme ?

Il claqua des doigts à l'intention du maître d'hôtel.

— Il va falloir envoyer quelqu'un.

Fintan se leva pour y aller.

— Non, non, vous, vous restez assis. Quelqu'un d'autre va s'en charger.

Un membre du service traiteur sortit précipitamment de la cuisine. Fintan lui dit où trouver les différents types de fromages, et de prendre le beurre dans le réfrigérateur – mais celui dans le plat avec les vaches, pas celui dans le papier, expliqua-t-il, semblant penser que le serveur ne saurait pas faire la différence entre du vrai beurre et du beurre acheté. L'homme s'éloigna presque au pas de course, comme si son job en dépendait, ce qui était le cas. Le maître d'hôtel leur rapporta que le chef ne viendrait pas leur parler : il avait trop peur. Colton soupira, commanda des whiskys gigantesques pour tout le monde, et ils se redirigèrent vers le bar pour attendre.

Joel resta derrière pour marcher avec Flora. Elle ne pouvait pas empêcher son cœur de bondir dans sa poitrine. Elle sentait un soupçon d'un parfum onéreux – eau de Cologne au citron vert – et, même s'il était évident que Joel s'était rasé le matin, une petite barbe était déjà visible le long de sa mâchoire étroite. Ses sens étaient si réceptifs à sa personne, du plus minuscule détail qui lui donnait des frissons jusqu'à l'aura même que dégageait son corps, qu'elle en oublia tout le reste : le restaurant, l'île, le travail, le fait que c'était son patron. Comment pouvait-il ne pas remarquer ce qu'elle ressentait ? Y était-il simplement trop habitué, de la part de toutes les femmes ? Ou peut-être s'en fichait-il, tout simplement.

— Stratégie inhabituelle, fit-il remarquer alors qu'ils avançaient.

— Je sais. Pardon, vous voulez que je le ramène à la maison ?

Il se tourna vers elle.

— Il est gay ?

— Non.

Elle marqua une pause.

— Ça fait un moment que je suis partie.

— Vous ne savez pas si votre propre frère est gay ? lui demanda Joel, interloqué.

— Ce n'est pas le genre de choses que je… Vous avez des frères et sœurs ?

Joel avait trop bu de bon vin, et mangé trop peu de mauvaise nourriture ; il n'avait pas l'intention de lâcher ce qu'il dit ensuite et s'en voulut aussi sec.

— Je ne sais pas.

Flora s'arrêta net. Joel se figea.

— Qu'est-ce que vous voulez dire, vous ne savez pas ?

— Enfin, non. Je veux dire, même si je le savais, ce ne serait pas important.

— Je n'ai pas dit que c'était important. J'ai dit que je… je ne suis pas sûre à cent pour cent.

Joel fit un signe de tête et la précéda, se dirigeant vers la grande baie vitrée pendant qu'elle fixait son dos et le paysage derrière lui, déconcertée.

Dehors, un léger brouillard se levait, entourant tout de douceur et de mystère. La mer, toujours d'huile, ressemblait plus à un étang de brume. Les contours familiers de Mure, longs et plats, surgissaient derrière eux dans des tons pastel de vert et de brun, les petites lumières du port à peine visibles sur la droite.

Joel regarda sa montre.

— Cet endroit est complètement fou. Il est vingt-deux heures et on dirait qu'il est onze heures du mat'. J'arrive pas à dormir. Quand est-ce qu'il fait nuit ?

— Il ne fait pas nuit, répondit Flora en haussant les épaules.

— Mais vous êtes quoi, genre comme la Finlande ?

— Oh non, on est bien plus au nord.

Il se tourna alors vers elle, nimbée de cette étrange lumière blanche qui venait des fenêtres. À nouveau, remarqua-t-il, ses yeux étaient de la couleur de la mer, même si la mer qu'il contemplait en ce moment était grise à cause de la brume, pas verte comme l'autre jour. C'était comme si ses yeux changeaient au gré de l'eau. C'était tellement étrange.

Flora se sentait toute drôle, mais pas pour cette raison. Elle regardait Colton, qui était sorti par la porte d'entrée et avait allumé un énorme cigare sur la terrasse en bois. Il en proposait désormais un à Fintan. Ce dernier marqua un temps d'arrêt, quelques secondes – Flora était à peu près certaine qu'il n'en avait jamais fumé de sa vie ; enfin, qu'en savait-elle après tout ? –, avant d'accepter. Et ils allèrent s'asseoir sur l'un des bancs en bois taillés à la main, à grands frais, s'emmitouflant dans de luxueuses couvertures en cachemire. De petites bougies dans des pots à confiture scintillaient dans tous les coins, même si leur lumière était superflue ; et l'air embaumait d'une lourde odeur, exquise, bien qu'elle vise en réalité à éloigner les moucherons.

— On se croirait sur l'île d'Avalon, dans la légende d'Arthur, dit Joel en se retournant vers le large. Comme un mirage, comme si tout allait disparaître d'une minute à l'autre.

— Je crois que vous nous confondez avec le réseau téléphonique, lança Flora, qui fut gratifiée de l'ébauche d'un sourire extrêmement rare.

Toutefois, il ne détourna pas ses yeux de l'horizon flottant.

## Chapitre vingt-six

Bertie fila aussi vite que possible avec son bateau ; le serveur était profondément terrifié à l'idée d'avoir contrarié M. Rogers. Devant un Innes et un Eck sidérés, le jeune homme était entré dans la laiterie et s'était emparé d'à peu près tout ce qu'il pouvait. Après avoir regardé à la ronde, Innes avait ajouté le reste de cake aux fruits de Flora à son chargement, ainsi que différents bocaux provenant du cellier.

Quand ils le virent remonter à la hâte le chemin illuminé, Joel et Flora sortirent de la maison pour aller rejoindre Colton et Fintan sur la terrasse. Il faisait plus froid maintenant, mais on avait allumé des braseros : ils étaient donc bien au chaud. La musique avait été éteinte, et on n'entendait rien, excepté les cris des oiseaux, qui semblaient savoir que c'était la nuit même si personne d'autre ne s'en rendait compte, ainsi qu'une sorte d'aboiement montant de l'eau.

— Il y a des chiens ici ? supposa Joel en regardant autour de lui.

Les autres se mirent à rire.

— Les phoques aboient aussi, lui expliqua Flora.

— Vous êtes en train de me dire que c'est une meute de phoques aboyeurs que j'entends là ? Sérieux, cet endroit est complètement *fake*.

Au même moment, derrière le serveur, ils avisèrent une grouse qui marchait en procession sur le tapis rouge, avançant comme un bambin légèrement éméché. Ils éclatèrent tous de rire.

— *Complètement fake*, putain !

— Et voilà, dit Colton en levant son verre. Tout le monde finit par tomber sous le charme, tôt ou tard. Tout est tissé dans les nuages ici.

— Ouais, OK, si vous le dites.

Le serveur, l'air terrifié et un brin essoufflé, tendit un énorme panier à Colton.

— Voilà, Monsieur !

Des assiettes, des couteaux et du whisky, encore, firent leur apparition sans que personne ne semble demander quoi que ce soit. Colton sortit les galettes d'avoine, ainsi que deux mottes de beurre d'un jaune sombre – une piquetée de cristaux de sel qui attrapaient la lumière, l'autre plus simple et plus foncée – et trois fromages : celui à pâte molle, celui à pâte dure et le mixte.

Flora retint son souffle : le panier contenait aussi du chutney de sa mère et sa confiture de piments. Elle ne comprenait pas comment ils avaient pu se retrouver là-dedans. La présence d'esprit d'Innes, sans doute. Fintan cherchait désespérément un endroit où poser son cigare. Il semblait à la fois nerveux et fier.

— Sérieux, si vous projetez de m'intoxiquer avec des bactéries…, lâcha Colton, les sourcils froncés. C'est vrai, quoi, ce truc est plein de bactéries…

— Tous les fromages sont pleins de bactéries. Votre corps compte environ cent trente milliards de bactéries différentes en lui en ce moment même.

— Oui, c'est pour ça que je bois des probiotiques.

— Vraiment ? Je pensais que c'était parce qu'ils avaient le goût de milk-shake à la fraise, ironisa Fintan.

— Aussi.

Fintan se leva pour attraper un petit couteau. Penché au-dessus de la lourde table en chêne, il découpa de grosses tranches des trois fromages. Il se rassit et regarda tout le monde d'un air de défi.

Bizarrement, Joel se lança le premier, ignorant les galettes d'avoine, se contentant d'attraper un gros morceau de bleu et de le glisser dans sa bouche. Tout le monde l'observa attentivement – Flora profitant de l'occasion pour admirer ses lèvres – tandis qu'il clignait des yeux, brièvement, comme légèrement étonné, avant de reposer la main.

— Eh bien, fit-il.

— Quels sont les premiers symptômes ? l'interrogea Colton. Je veux dire, vous allez vomir, ou quoi ?

Placide, Fintan prit un morceau du fromage à pâte molle et l'étala sur une tranche de pain. Flora sourit de toutes ses dents et mit une bonne cuillerée de chutney sur un bout de pain de seigle avant d'ajouter un morceau de fromage par-dessus. Mince, elle avait oublié comme c'était bon. Elle ne voulait pas passer pour un goinfre, mais ils n'avaient pas dîné, et elle eut un mal fou à se retenir de n'en faire qu'une bouchée. Accompagné d'un Laphroaig de vingt-cinq ans d'âge, le mélange était parfait.

Joel n'arrivait pas à se rappeler la dernière fois qu'il avait vu une femme prendre autant de plaisir à manger. Son esprit vagabonda un instant : avait-elle d'autres appétits qu'elle n'arrivait pas à contrôler ? Puis il repoussa cette image pour se concentrer sur son client.

— OK, OK, qu'est-ce qui se passe ? demanda Colton. Le dernier à goûter aux fromages mortels est un lâche, c'est ça ? Je dois vous prévenir, mon nutritionniste m'a dit que je suis probablement intolérant au lactose.

— Quels sont les symptômes ? l'interrogea Flora, curieuse.

— Sautes d'humeur, fatigue…

— Ou peut-être que vous êtes juste un vieux grincheux mal luné, lâcha Fintan, et il y eut un petit blanc – personne, mais alors *personne* ne chambrait jamais Colton Rogers, principalement parce qu'il passait le plus clair de son temps avec des gens dont la vie dépendait de lui et du salaire qu'il leur versait.

Puis Colton éclata de rire et fit mine de le gifler.

— Mais oui, dit Fintan en feintant. *Essayez* un peu.

Le visage de Colton était drôle à voir. Si Flora, en bonne fanatique du fromage, avait adoré les créations de Fintan, ce n'était rien comparé à un homme élevé au fromage américain qui goûtait enfin un produit aussi puissant, dont les saveurs, la richesse, l'intensité, la profondeur et le goût de noisette éclataient en bouche.

— Dieu du ciel, finit-il par dire. Bon Dieu. Joel, vous avez goûté ça ?

— Oui, monsieur.

— Vous avez déjà mangé un truc pareil ?

— J'ai passé quelque temps en France.

— *J'ai passé quelque temps en France*, répéta Colton en l'imitant. Espèce de mauviette. Je parie que vous n'avez rien mangé d'aussi bon là-bas.

— Effectivement, répondit Joel, semblant lui-même surpris de sa réponse. Je ne crois pas.

Colton se coupa un autre gros morceau de fromage, puis encore un autre. Soudain, Flora se rendit compte qu'Innes avait mis le cake aux fruits dans le panier : elle montra immédiatement aux Américains comment faire – une bouchée de cake, un bout du fromage à pâte dure et une gorgée du whisky au goût de fumée et de tourbe, tout ensemble.

Pendant un instant, on n'entendit plus rien, si ce n'est quelques bruits légèrement orgasmiques qu'on aurait facilement pu mal interpréter.

— Nom d'un chien, finit par dire Colton. Je veux dire : nom d'un chien.

— Goûtez le beurre, lui intima Flora avec un air diabolique.

— Vous voulez ma mort.

— Pas avant que vous ayez goûté le beurre. Essayez le salé sur le pain de seigle. Rien d'autre.

Colton en prit une bouchée et agita les mains.

— Bon Dieu. D'accord, maintenant, vous avez causé ma perte pour du beurre.

— Vous avez pas touché au bleu, lui lança Fintan avec un petit sourire narquois.

Colton regarda le fromage avec regret.

— Je pense pas pouvoir aller aussi loin, mon vieux. Je suis qu'un gars du Texas, vous savez ! De la mozzarella sur les pizzas et du gruyère sur tout le reste. Je connais que ça.

— Il faut que vous essayiez. Si vous voulez être accepté…

— Vous voulez que je mange du fromage qui a des veines ? Des varices bleues ?

— Bla-bla-blaaaaaaa.

— Je peux pas, mon ami, répondit Colton avec un sourire. Y a une limite.

En réponse, Fintan se leva d'un bond et coupa une tranche de fromage. Il fit le tour de la table et commença à s'approcher de Colton. Flora en resta bouche bée. Colton cligna plusieurs fois des yeux. Il était évident que personne ne l'avait traité de la sorte depuis longtemps. Peut-être même jamais. Comme cela devait être étrange d'être si riche au point que tout le monde marche sur la pointe des pieds avec vous, songea-t-elle. Était-ce agréable ? Bizarre ? Quelqu'un était-il capable de le dire ?

Les deux hommes s'étaient élancés vers la plage. Colton se protégeait le visage des mains tout en riant. Quant à Fintan, ses yeux exprimaient un sentiment que Flora ne lui connaissait pas. Son regard sombre et réservé s'était envolé, tandis qu'il faisait semblant de mettre Colton à terre pour lui faire goûter le fromage. Il finit par le plaquer carrément au sol, dans le sable, comme au rugby. Flora porta sa main à sa bouche.

Comment pouvait-elle avoir été à ce point aveugle ? Si absorbée par sa propre vie, ses drames et ses sentiments personnels ? Fintan avait été un adolescent sans problème, mais il n'y avait jamais vraiment eu de discussion à la maison, si ? Il deviendrait agriculteur comme les autres garçons, gagnerait bien sa vie, laisserait tourner la ronde des saisons, irait à Inverness deux ou trois fois par an, parierait sur quelques chevaux, peut-être. Regarderait le *shinty*. Se trouverait une bonne fille du coin, bien solide. C'était ce que faisaient les garçons sur Mure, et elle n'avait pas plus remis cette évidence en question que ses ancêtres.

Elle continua à les regarder, tandis qu'un Colton gloussant s'asseyait dans le sable, consentant enfin à goûter un morceau de bleu, puis faisait une grimace pour feindre l'horreur.

— Vous ne vous en êtes jamais doutée, dit Joel d'une voix douce, les yeux fermement fixés sur son verre de whisky.

Flora était tellement sous le choc qu'elle l'entendit à peine mais, quand elle se rendit compte qu'il s'était adressé à elle, quelque chose la frappa : elle ne l'avait jamais entendu parler gentiment auparavant. À personne.

— La moitié de mes amis sont gays, bredouilla-t-elle.

— Et ça ne vous a jamais traversé l'esprit ?

— Les choses ont été… compliquées avec ma famille.

Joel sourcilla.

Colton et Fintan revinrent de la plage, riant toujours un peu sottement.

— C'est sans doute le dîner d'affaires le plus étrange que j'aie jamais fait, déclara Colton, de retour à la table en bois.

— Nous n'avons pas vraiment parlé affaires, dit Flora en regardant le visage tout rouge de Fintan.

— Qu'est-ce que vous racontez ? C'est évident. C'était l'argumentaire de vente, non ?

— Quoi ? demanda-t-elle.

— Des fournisseurs locaux, répondit Colton patiemment, comme si elle était idiote. Vous allez vous en charger ? Rouvrir la maison rose. Embaucher toutes les personnes dont vous avez besoin. J'en suis. C'est un bon plan. Ça me plaît. Vous pouvez vous y mettre avant la réunion du conseil ?

— À *quoi* ? s'enquit Flora.

Fintan tendit la main pour l'arrêter.

— Bien sûr, dit-il.

— Je suppose que je ferais bien d'organiser une fête pour l'inauguration, lança Colton en regardant autour de lui. Pouah, je déteste les fêtes. Mais, au moins, ça me permettra de rencontrer tout le monde d'un coup. Super.

Fintan jeta alors un œil à sa montre, et son visage se défit.

— Il faut que j'y aille. J'ai la traite.

Colton cligna des yeux.

— Mais il est trop tôt, se plaignit-il en regardant l'horizon avant de jeter un œil à sa montre. Ah ouais. Eh ben dis donc. Normalement, je m'ennuie déjà à cette heure-ci.

Fintan eut un étrange sourire.

— Bon. On y va, frangine ?

— Mais…, fit Flora, l'esprit légèrement embrouillé. Que se passait-il ?

— OK, conclut Colton. Occupez-vous de la maison rose. Organisez la fête. Vendez-la à tout le monde. Et on sera prêt.

— Mais…, répéta Flora.

Elle sentit une pression sur son épaule gauche. C'était Joel, qui la faisait avancer vers Bertie et son petit bateau.

— C'était génial, ajouta Colton.

Et il tendit la main pour serrer celle de Fintan, qu'il conserva dans la sienne un peu trop longtemps.

# Chapitre vingt-sept

*Alentour, tout était blanc. Le ciel était blanc ; la mer était d'un gris très pâle, réfléchissant l'étrange lumière à la verticale, si bien qu'elle avait l'impression de voguer sur une page blanche, comme si le sillage laissé dans les flots derrière elle était des phrases qui ondulaient. Elle se trouvait sur un bateau, un vieux voilier grinçant, ses mâts nus levés – où étaient ses voiles ? Il manquait quelqu'un. Qui était-ce ? Arrêtez ! hurla-t-elle. Arrêtez le bateau ! Arrêtez-le. Mais personne ne l'écoutait, et ils poursuivirent leur chemin. Quelqu'un était passé par-dessus bord, et elle voulait l'atteindre, mais le bateau s'éloignait de plus en plus et elle criait, mais personne ne l'entendait et personne ne s'arrêtait…*

*

C'était probablement – non, certainement – le whisky, mais, à trois heures du matin, Flora s'éveilla, droite comme un piquet, la bouche sèche, d'un étrange songe blanc de navires, de neige et de froid. Sa mince couette était à moitié repoussée ; la maison, glaciale.

Elle avait protesté pendant tout le trajet en bateau, mais Joel et Fintan s'étaient ligués contre elle – ce qui était parfaitement ridicule. Ils en reparleraient le lendemain.

La première chose qu'elle remarqua fut que son téléphone clignotait. Elle se frotta les yeux, recouvrit ses épaules tremblantes d'une couverture et s'en empara.

C'était le boulot : des mémos, des projets, des idées foisonnantes de Joel. Mais on était au beau milieu de la nuit.

— *Vous ne dormez pas ?* envoya-t-elle.

Il répondit sur-le-champ.

— *Il fait* GRAND JOUR. *Comment on peut dormir avec cette lumière ?*

Flora n'avait pas d'avis là-dessus. Elle était habituée à aller se coucher en plein jour depuis toute petite ; et, à l'inverse, bien sûr, à aller à l'école dans l'obscurité la plus totale pendant l'hiver.

— *Tirez les rideaux ?* suggéra-t-elle.

— *Ils sont sales.*

Flora eut de la peine pour lui. Le *Harbour's Rest* était plutôt sordide en fin de compte.

— *Vous ne pouviez pas séjourner au* Rock *?*

— *Apparemment, ils sont en train de finir les chambres.*

— *Sérieux, est-ce qu'elles auraient pu être pires ?*

— *C'est un argument pertinent. J'aurais dû insister. Trois murs auraient été mieux que ça.*

Flora sourit devant son écran.

— *Un peu d'embruns marins favorise le sommeil.*

*— C'est un dicton de l'île, non ? Je laisserais bien entendre à la patronne qu'un peu de spray nettoyant favorise le sommeil.*

*— Oh, allez. Admettez-le. Ce n'est pas si terrible ici.*

*— Je n'ai jamais dit ça.*

Joel appréciait cette petite conversation. C'était bizarre de bavarder comme ça, tout simplement, en particulier en pleine nuit. Sans qu'il ne se soit rien passé. Sans que ce ne soit un plan cul. Il fronça les sourcils. Elle ne s'imaginerait pas… Non. Impossible. C'était l'assistante du cabinet, non ? Tout ça était clairement professionnel. C'était facile de discuter avec elle, voilà tout. Et, bon Dieu, il n'arrivait vraiment pas à dormir.

Il se leva d'un bond, fit les cent pas dans la chambre. Le papier peint décollé le déprimait mais, dehors, le paysage paraissait mystérieux et plutôt beau.

*— Ça ne craint pas de se promener par ici ?*

*— Faites attention aux dahus. Ils peuvent être fourbes. Mais vous pouvez leur échapper ; ils ont deux pattes plus courtes à force d'arpenter les montagnes.*

*— Ha ! ha ! ha !*

Flora regarda le message, soudain tout excitée.

*— Où allez-vous vous promener ?*

*— Je pensais commencer par Broadway, puis me diriger vers le shopping district, et peut-être m'arrêter manger un morceau à Chinatown…*

*— Ha ! ha ! ha !*

Joel enfila son manteau. Il était fébrile.

*— Je ne sais pas. Le port ? Tout est fermé.*

*— Il est trois heures trente.*

Il y eut une longue pause. Puis Flora finit par écrire :

*— Vous voulez que je vous rejoigne ?*

Il loucha sur son téléphone. Normalement, il… Eh bien. Il s'en sortait bien tout seul. *Le loup solitaire*, comme l'appelait le Dr Philippoussis. Il regarda à nouveau l'eau pâle dehors.

— *Si vous voulez.*

*

Flora se frotta le visage, grimaça en voyant ses cheveux, puis les plaqua en arrière pour qu'ils lui tombent sur les épaules, avant de les recouvrir d'un bonnet. Elle enfila son jean, un tee-shirt à rayures, un pull marin et de grosses bottes. Rien à voir avec quelqu'un parti en mission séduction, se dit-elle sévèrement. Enfin, elle pouvait peut-être séduire un autre marin. Mais certainement pas un type aussi chic et sexy que son Londonien de boss, qu'elle allait retrouver au beau milieu de la nuit. Non.

Et à vrai dire, ce n'était pas ça qu'elle avait en tête en se dirigeant vers les escaliers. Ce dont elle voulait vraiment parler, c'était de Colton et de son idée débile selon laquelle elle allait s'occuper de son service traiteur avec Fintan, d'une manière ou d'une autre. Il fallait tuer ça dans l'œuf illico.

Elle but un grand verre d'eau glacée pour évacuer le whisky de son organisme, puis prépara une Thermos de café bien fort. Quand elle était entrée dans la cuisine, Bramble s'était redressé, et elle lui fit un signe de tête pour lui signifier qu'il pouvait l'accompagner. Elle sortit de la ferme, dans la fraîcheur revigorante du petit matin, même si, techniquement, le matin n'était que dans quelques heures.

Jamais vraiment animée, à cette heure-ci Mure avait un air lunaire ; on aurait dit que tout le monde s'était volatilisé, que c'était la fin de tout. Une légère *haar* recouvrait toujours la terre, conférant un aspect onirique à toutes les formes qui en surgissaient : le sommet des collines était drapé de nuages bas ; les poteaux téléphoniques disparaissaient ; la fraîcheur de l'air se transformait en humidité quand on traversait les grandes nappes de brume.

Flora l'aperçut avant que lui la remarque. Debout près du mur du port, il regardait la mer. Il détonnait tellement dans son manteau bien taillé et ses chaussures élégantes ; tel un astronaute échoué sur un rivage étrange qu'il ne comprenait pas, découvrant que toutes ses certitudes dans la vie lui étaient complètement étrangères.

Bramble gémit d'un air interrogateur, et Flora se pencha vers lui.

— Il est gentil, murmura-t-elle en lui frottant les oreilles. Ça va.

*S'il te plaît, aime les chiens*, pensa-t-elle en croisant les doigts.

Bramble, soulagé, traversa les pavés du port à toute allure.

À ce moment précis, Joel fit volte-face, pour être accueilli par une énorme masse, à moitié couverte de boue et excessivement enthousiaste, qui sauta sur ses vêtements hors de prix. Il faillit tomber, s'efforçant de repousser le chien tout en lui faisant bon accueil, puis tourna la tête, et vit Flora morte de rire à quelques mètres de là, le brouillard se déposant autour d'elle comme une créature vivante.

— OK, d'accord, très marrant. Merci d'avoir lâché un cheval de trait sur moi, dit-il alors qu'elle approchait.

— BRAMBLE ! hurla-t-elle. Viens ici, méchant chien.

Bramble l'ignora totalement, comme toujours, et bondit en direction de la mer pour une petite trempette matinale. Joel regarda son pantalon maculé de boue.

— Je me demande si Colton couvrira mes frais de pressing.

— On dira à Fintan de lui demander.

Il la regarda et sourit. Elle semblait si différente de la fille qu'il avait à peine remarquée au bureau. Dans son vieux pull trop grand, sans maquillage, seulement le rose de ses joues, les cheveux qui sortaient de son bonnet et lui tombaient sur les épaules, et ces étranges yeux couleur d'eau.

Il jeta un œil à ce qu'elle transportait.

— C'est… c'est une Thermos ?

— Peut-être bien.

— Vous partez à la pêche ?

— Vous voulez du café, oui ou non ?

— Je veux du café plus que tout au monde, dit-il en souriant.

— Je pensais que vous auriez appelé le *room service* pour vous en apporter.

— Y a un *room service* ?

— Normalement, non, répondit Flora en pensant intérieurement qu'Inge-Britt aurait sans doute fait preuve de bonne volonté sur ce coup. Peut-être en demandant gentiment.

— Je demande toujours gentiment !

Elle lui lança un regard qui le décontenança.

— Enfin, pour New York, admit-il du bout des lèvres.

Flora lui versa une tasse, chaude et sucrée, qu'il prit avec reconnaissance, et il la remercia même, puis ils s'assirent sur le muret du port pour contempler le lever du soleil.

— Je comprends presque, vous savez, dit Joel, le regard fixé sur l'horizon. Je comprends ce que Colton trouve à cet endroit. Ça ressemble… ça ne ressemble à nulle part ailleurs.

La *haar* s'était dissipée et les couleurs de l'aurore jouaient derrière les nuages, si bien que l'eau paraissait rayée, pointillée de rose, de doré et de jaune sous le ciel étrangement blanc.

— C'est vrai, approuva Flora.

— Vous semblez dans votre élément, ici.

— Eh bien, je ne le suis pas, précisa Flora en haussant les épaules. Écoutez. Le projet…

— Je sais que ce n'est pas habituel.

— On peut dire ça comme ça.

— Je pensais… Vous avez lu mes notes ?

— Non. Je dormais. Vous ne dormez jamais ? Vous êtes Batman ?

Une idée lui traversa alors l'esprit.

— Ça expliquerait *beaucoup* de choses.

— Vraiment ? dit-il avec un sourire.

— Je n'ai pas lu vos notes.

— Eh bien, en gros, c'est un travail de RP, conclut Joel. Si vous pouviez organiser quelque chose comme un *pop-up store*, disons, dans ce bâtiment rose. Mettre les gens du coin du côté de Colton. Préparer la fête. Vendre vos fromages ou peu importe ce que Fintan veut faire. Je veux dire, ça retournerait la situation, non ? Convainquez les gens que Colton agit dans l'intérêt de l'île, que ça lui tient à cœur. Alors, ce sera bon pour nous. Et sa prochaine entreprise nous rapportera des millions de dollars. Je vous parle franchement, là.

— Je vois ça, répondit Flora avant de soupirer. Mais j'ai un boulot ! Un vrai boulot, pas gérante d'une boutique.

— C'est un vrai boulot. Et puis, j'ai des tas d'assistants juridiques. Dont la plupart pourraient s'occuper de vos briefs. Mais je ne connais personne d'autre qui pourrait donner un coup de main à notre plus gros client potentiel, ajouta-t-il, les yeux rivés vers le large.

— Sérieux ?

— Ce n'est que pour quelques semaines. Quand le conseil statuera-t-il ? Vous pourrez partir à ce moment-là ; après tout, c'est ce que ça veut dire, un magasin éphémère. Mais, à mon avis, ça représenterait beaucoup aux yeux du cabinet.

Bramble revint en bondissant, couvert de sel et d'eau.

— Venez, dit Flora. Allons nous promener sur l'Infinie.

— La quoi ?

— L'Infinie. La plage, expliqua-t-elle en descendant du muret. Elle n'est pas vraiment infinie.

Joel la suivit jusqu'au cap, en contrebas du mur du port, où les maisons s'espaçaient. Arrivé sur la crête, tandis que Bramble sautait partout en reniflant, à la recherche de lapins, il s'arrêta.

La plage devant eux s'étirait sur des kilomètres. Le sable était d'un blanc immaculé, la mer pâle venant lécher le rivage. Dans les lambeaux de brume marine qui subsistaient, il était impossible de voir où elle finissait ; elle se fondait dans l'infini. Le monde se résumait à cette magnifique plage, complètement, totalement vide, comme si personne n'y avait jamais mis les pieds. Seul Bramble laissait ses empreintes dans le sable virginal.

C'était sans doute un mélange d'absence totale de sommeil et de manque de contact avec Londres mais, pour une raison ou une autre, Joel en eut le souffle coupé. Comme si c'était la première fois qu'il ouvrait les yeux. Une explosion d'air frais dans ses poumons ; l'odeur du café dans le vent salé ; la brise qui ébouriffait les poils du chien. Il ressentait… il ne savait pas ce qu'il ressentait. Un étrange sentiment de liberté. Quelque chose de nouveau.

— Waouh. Mon Dieu… C'est comme… c'est comme si on venait de la découvrir, dit-il en avançant d'un pas vers la plage.

— Mais on vient de le faire, répondit Flora simplement.

— C'est… c'est juste…

Les mots lui manquaient. Bramble faisait des cabrioles, sautant haut dans les airs, reniflant désespérément, désormais en quête d'un bâton. Flora alla l'aider, puis se tourna pour regarder Joel, toujours subjugué. Soudain, elle se sentit toute chose ; elle avait tant espéré ce moment – tous les deux, seuls ; lui, lui parlant, la regardant, pour une fois. Et pourtant, maintenant, il était là et elle se sentait… Eh bien. Debout sur l'Infinie, il lui paraissait subitement petit – presque humble. Elle s'interrogea à son sujet : pourquoi était-il si renfermé, si coincé ? Avait-il perdu quelqu'un, lui aussi ?

Mais ses pensées la ramenèrent, une fois de plus, à Mure, à ce lieu où elle ne voulait pas être ; à la main à laquelle elle avait confié la sienne, la première fois qu'elle s'était promenée sur l'Infinie et qu'elle avait entendu les histoires : de Vikings, de naufragés, de fées… tous les vieux, vieux contes de l'île.

Elle fit la grimace. Elle en avait tellement marre de ressasser toujours les mêmes choses dans sa tête. Elle était tellement lasse.

Elle se pencha et trouva un bâton sur le sol. Elle envoya alors valser ses bottes, releva son jean et lança le bâton de toutes ses forces puis, dans l'air clair et pur du matin éternel, elle se mit à courir aussi vite que possible à côté du chien, pataugeant dans les petites vagues. C'était le meilleur moyen qu'elle connaissait pour se débarrasser de ses pensées, chasser les rêves de la nuit ; échapper aux griffes de l'île et de la chose ridicule qui lui était arrivée. Se contenter de courir, sans jamais se retourner.

La plage se déploya devant elle et elle continua jusqu'à ce qu'elle soit hors de portée, jusqu'à ce qu'elle ne puisse plus entendre Joel l'appeler ; puis Bramble et elle s'écroulèrent sur le sable et le chien lui lécha le visage avec inquiétude ; elle enfouit sa tête dans ses poils jusqu'à ce qu'elle se sente à nouveau elle-même, alors elle se mit à remonter la plage, lentement, essoufflée, mais curieusement plus épanouie, plus vivante qu'elle ne s'était sentie depuis longtemps.

— Désolée, dit-elle en rejoignant Joel. Désolée, j'ai juste senti comme une pulsion…

Bizarrement, Joel avait bien failli la suivre. Balancer ses godasses, courir comme s'il pouvait distancer les loups. Il avait bien failli essayer de la rattraper… et de la saisir, de l'allonger sur le sable ; tous les deux hors d'haleine, brûlants, en sueur…

Il avait tout de suite fait taire cette idée. C'était une employée, et, pour autant qu'il ait une vie personnelle, celle-ci restait toujours à distance de son travail.

Ils se regardèrent un instant. Puis Flora reprit son souffle et se redressa, et ils se remirent en route, plus posément.

— C'est différent l'été. Pris d'assaut. Ados, on allumait des feux ici et on en faisait de belles.

— J'imagine bien.

— Ça ressemblait à quoi là où vous avez grandi ?

Il y eut un blanc. Joel observa l'eau cristalline et poussa un soupir. Il envisagea même, un instant, de lui dire.

— C'était…

Les pensées sournoises s'insinuèrent à nouveau dans son esprit. Il se demanda ce qu'il éprouverait en touchant cette peau froide, parfaite. Sa blancheur de porcelaine ; les délicates taches de rousseur ici et là. Il se demanda l'expression qu'auraient ses yeux marins.

Puis il observa le paysage lunaire autour de lui. Et il se dit : *Pourquoi pas ?* Il se dit : *Le Dr Philippoussis approuverait*.

Parce qu'il était las. Las des bars, des nuits passées à travailler, des intrigues de bureau débiles, et des filles sexy qui voulaient qu'on les emmène dans les meilleurs restaurants mais refusaient de manger quoi que ce soit une fois à table. Las de savoir qui avait le meilleur bureau, le plus gros client, le vélo de route le plus cher, les vacances les plus folles, la table la plus en vue dans la dernière boîte à la mode, l'appartement le plus cool, la copine la plus canon. Ça n'arrêtait jamais, or il ne savait pas comment y mettre un terme, n'avait jamais su ; il ne savait même plus, maintenant qu'il était là, à quoi ça rimait. Il y avait un chien gentil et une fille avec le vent dans les cheveux, et rien d'autre, aussi loin que portait le regard. Et ce n'était pas le fait de rester debout toute la nuit qui le rendait las. Trois heures du matin, ce n'était rien pour lui. Il n'avait jamais dormi. Jamais.

Il faillit le lui dire.

Mais ce satané chien lui sauta à nouveau dessus.

— BRAMBLE ! hurla Flora. Oh mince, je suis tellement désolée. Tellement désolée. Il doit bien y avoir un moyen de faire partir la boue.

Bramble devenait complètement dingue, mais Flora finit par le maîtriser. Elle jeta un regard oblique à Joel. Elle avait senti… Quoi ? Quelque chose. Comme s'il était sur le point de lui confier quelque chose. Mais elle n'aurait pas su dire quoi. Et maintenant, semblait-il, le moment était passé.

Ils continuèrent à marcher tous les deux en discutant de l'affaire. Lorsqu'ils atteignirent le bout de la plage (Joel étant bêtement déçu qu'elle ait bel et bien une fin, un phare marquant le cap) et firent demi-tour, le ciel blanc virait au bleu le plus pâle, promesse d'une magnifique journée à venir.

Et quand ils revinrent à leur point de départ, là où Flora avait laissé ses bottes, celle-ci avait à contrecœur accepté de mobiliser les troupes pendant que Joel rentrait à Londres, sans lâcher d'une semelle Colton jusqu'au conseil municipal.

— Petit déj' ? proposa-t-elle.

Il jeta un œil à sa montre.

— Il est cinq heures du matin. On était encore à table y a quatre heures et puis, au passage, d'un point de vue technique, c'est encore la nuit.

— OK. C'était juste une idée.

— Ce sera forcément du fromage ?

— Non.

Bizarrement, Joel se rendit compte qu'il avait à nouveau faim. Quelque chose dans l'air, soupçonna-t-il. En temps normal, il contrôlait son alimentation comme il contrôlait tous les autres aspects de sa vie.

— Où c'est ouvert pour le petit déjeuner ?

— Oh, les garçons seront bientôt debout. Vous pouvez venir à la ferme.

# Chapitre vingt-huit

Le temps qu'ils remontent le sentier jusqu'à la ferme, les garçons étaient effectivement levés. Il régnait une grande agitation dans la cuisine. L'Aga et la cheminée rendaient la pièce douillette, et une odeur de fumée flottait dans l'air.

— Salut, dit Innes en marchant d'un pas lourd, dans son pyjama usé jusqu'à la corde et ses chaussettes pleines de trous.

Il remplit la bouilloire à l'évier et la mit sur la gazinière ; ce ne fut qu'à ce moment-là qu'il se retourna et remarqua Joel, planté là.

— Mais vous êtes qui, vous ?

Le manteau de Joel était légèrement mouillé, tout comme ses luxueuses chaussures et le bas de son pantalon. Ses lunettes commençaient à s'embuer. Pour la première fois, Flora lui trouva l'air vulnérable.

— Je suis le patron de Flora, Joel Binder, répondit-il à voix basse en tendant la main.

— Il est cinq heures du mat', putain. Vous faites combien d'heures par jour, vous autres avocats ?

— Moins que les agriculteurs, fit remarquer Joel.

— PAPA ? lança une petite voix très déterminée. TROP BEAUCOUP BLUIT, PAPA.

Tout le monde s'interrompit alors qu'une paire de minuscules pieds entrait en trottinant dans la cuisine. Les cheveux d'un blanc pur tout ébouriffés, une main se frottant l'œil, l'autre serrant fort son raton laveur adoré, Agot se tenait debout, pieds nus sur le sol en dalles, regardant tout le monde les yeux plissés.

— POUQUOI BLUIT, TOUT MONDE ? demanda-t-elle amèrement.

Joel cligna des yeux.

— Je prépare une tasse de thé ? se hâta de proposer Flora. Bonjour, Agot, ma chérie.

En la voyant, Agot sourit de toutes ses dents et se précipita dans ses bras.

— QUI MONSIEUR, TATA FLOLA ?

— C'est Joel, indiqua Flora d'un air embarrassé.

Joel lui fit un demi-sourire.

— Bonjour, dit-il.

— BONYOUR. MOI AGOT.

Elle se tourna vers Flora.

— TI DÉZEUNER ?

Eck fit alors son apparition dans la cuisine.

— Papa ! s'exclama Flora. Tu devrais pas te lever pour la traite !

— Et comment je suis censé dormir avec vous tous en train de jacasser ici ?

Eck parut tenir la présence de Joel pour acquise et on fit passer le thé.

— PAPI ! s'exclama Agot.

— Oui, ma poupée ?

— TI DÉZEUNER ? SANWICH ?

Flora sourit. Le plat préféré d'Agot.

— Oh, je sais pas, répondit Eck en fronçant les sourcils. Tu préférerais pas un bon bol de porridge ?

— SANWICH !

— OK, OK, dit Flora. Étant donné qu'apparemment j'ai réveillé toute la maison, Innes, tu t'occupes du café – tout le monde boit pas de ton infâme mixture – et moi, je fais des sandwichs au bacon.

— YOUPI ! ET MUSIQUE.

Innes alluma la radio sur BBC Radio Gael, et Agot se mit à tourbillonner sur le sol, sa chemise de nuit flottant derrière elle.

— Tu gâtes cette petite, déclara Eck pendant que Flora se chargeait de sortir la vieille poêle toute noircie.

— Ouais, je vais carrément la gâter, affirma Innes. Après ce qu'elle a traversé à cause d'Eilidh et moi, je vais la gâter tous les jours.

Flora se dirigea vers la réserve pour aller chercher le bacon, emballé dans un simple papier, pendant qu'Innes préparait le café : du bon café noir que Flora avait trouvé, en même temps qu'une cafetière, et que les garçons dédaignaient ; ils préféraient encore l'instantané. Agot dansait toujours, et les grandes fenêtres de la cuisine s'embuaient au rythme du bruit, des bavardages et de la musique joyeuse.

— Mince, s'écria subitement Flora en se tournant vers Joel. Vous mangez du bacon ?

Eck le remarqua alors.

— Vous êtes pas un des ouvriers agricoles ?

— Papa, essuie tes lunettes, bon sang ! Avant que t'essaies de traire Bramble !

— Aou ! approuva Bramble en levant la tête à l'évocation de son nom.

— Je suis… je suis du cabinet de Flora, indiqua Joel.

Flora l'examina de près. Était-il… était-il en train de sourire d'un air suffisant ?

— Et oui, ne vous inquiétez pas, le bacon, c'est très bien.

— Pourquoi ce serait pas bien ? demanda Eck, et Innes lui dit de se taire.

Fintan entra d'un pas léger, sifflotant, la tête haute, ce qui était très inhabituel. Innes le dévisagea, les yeux plissés.

— Qu'est-ce qui te met de si bonne humeur ?

— Rien, répondit Fintan en remplissant sa tasse, le sourire aux lèvres. Oh, ouah, ça sent trop bon. Fais-m'en un, frangine.

Il souleva Agot et la fit tournoyer dans les airs. La petite poussa de hauts cris, tordue de rire.

— Bonjour, ma belle.

En se retournant, il aperçut Joel.

— Mince alors, vous avez passé la nuit ici ?

Toute la cuisine se tut.

— Quoi ? s'offusqua Eck.

— TOI DÔMI LÀ ?

Flora devint toute rouge.

— Bien sûr que non ! s'exclama-t-elle.

— Tu connais ce type ? demanda Innes à Fintan. Je croyais qu'il travaillait avec Flora.

— C'est le cas, et ferme-la, rétorqua-t-elle.

— T'es très rouge, frangine, fit observer Fintan.

— LA FERME, TOUT LE MONDE ! Sortez juste d'ici et allez traire vos foutues vaches. Sinon, privés de sandwichs.

*

Ils finirent par tous prendre place autour de l'énorme table. Joel n'était pas très bavard. Leurs manières rustres l'horrifiaient sans doute, se dit Flora.

En réalité, bien qu'il ait séjourné dans de nombreuses familles durant son enfance, il n'avait jamais eu l'occasion d'apprendre à bien les connaître. Il était toujours passé de maison en maison – le petit garçon futé et un peu renfermé qui n'était jamais suffisamment mignon, souriant, aimable, attachant pour être adopté ; avec lequel il était si difficile d'établir le contact ; qui disait des choses curieuses ; qui battait les autres enfants à tous les examens et lisait plus de livres qu'eux tous réunis.

Quand le Dr Philippoussis avait détecté son intelligence supérieure évidente et lui avait trouvé une place dans une bonne école avec un professeur compatissant qui lui fournissait tous les livres possibles et nourrissait sa soif d'apprendre, Joel était déjà adolescent, et personne ne voulait vraiment d'un ado chez soi. Il avait obtenu une bourse pour intégrer l'internat et, avec un soupir de soulagement, les services sociaux s'étaient désintéressés de lui.

La situation dans laquelle il se trouvait actuellement lui faisait perdre ses moyens. La famille de Flora était si bavarde ; ils attrapaient des sandwichs et buvaient un nombre incalculable de tasses de thé en jacassant sans arrêt. Joel surveillait son alimentation de près ; il ne mangeait jamais de sandwich au bacon, même si ça n'avait rien à voir avec une quelconque religion – il avait été élevé par tout un tas de gens aux croyances diverses : évangéliques, baptistes, athées, et n'en avait rien retenu. Non, c'était parce que les sandwichs au bacon étaient pleins de glucides et de graisse qu'il n'en mangeait pas, deux choses qu'il avait essayé de bannir de son alimentation à tout jamais, pour rester en forme et en bonne santé, et avoir un coup d'avance sur la meute hurlante qu'il sentait toujours sur ses talons, sans savoir pourquoi. Il aurait été incapable de vous dire qui était cette meute hurlante. Il savait juste qu'elle était toujours là.

Il mordit timidement dans son sandwich. Encore une chose à laquelle il prenait garde : ne jamais laisser traîner sa nourriture. Il fallait manger quand on en avait l'occasion, car on ne savait pas de quoi demain serait fait.

Il ferma brièvement les yeux : il fut à nouveau saisi par cette sensation. Il n'y connaissait rien en matière de traiteur ou de gérance de magasin, mais il s'y connaissait bien en bons petits plats : des dîners hors de prix avec les clients ; des sommes folles dépensées dans les nouveaux restaurants à la mode. Et il pouvait affirmer une chose : ce truc était loin devant. Vraiment loin. Le pain avait beau être de la veille, grillé, ses qualités étonnantes transparaissaient malgré tout. Le bacon croustillant et salé ; les tasses en émail ébréchées de thé bien fort : on aurait pu vendre ça n'importe où. Flora s'en sortirait. Il la regarda : elle servait tout naturellement du rab à un immense garçon silencieux, sans doute un autre de ses frères – mais elle en avait combien ? C'était comme ça qu'elle se distinguerait, pensa-t-il.

Tandis qu'il observait ce clan bruyant, rieur et blagueur, et qu'il se concentrait sur son sandwich – une pléthore de conversations incompréhensibles au sujet de fourrage, de récoltes et de satanés fromages lui passant au-dessus de la tête –, il se rendit compte, surpris, jetant un regard vers le bas, qu'une petite forme était en train de lui grimper sur les genoux ; Agot s'était spontanément approchée de lui et se hissait le long de sa jambe.

— Agot, descends, ordonna Flora quand elle l'aperçut.

La petite fille fit la moue.

— MONSIEUR ZENTIL, dit-elle d'un air de défi, éparpillant les miettes de son sandwich sur le pantalon de Joel et sur le sol.

— Pardon, fit Innes. Agot, descends.

Joel s'était figé. Il n'avait pas l'habitude des enfants, n'avait aucune idée de ce qu'il devait faire.

— MOI PAS DESCENDE, déclara Agot en offrant un bout de son pain grillé à Joel.

— Ça va, dit ce dernier en prenant le morceau de pain et en le posant sur la table.

Tous les autres se détendirent sur-le-champ. *Sois normal*, se dit Joel à lui-même. *C'est parfaitement normal. Les familles sont parfaitement normales. C'est toi qui es bizarre.*

Et, bien que cette sensation ne soit pas habituelle chez lui, elle n'était pas du tout désagréable, réalisa-t-il. Les petites jambes potelées de la fillette se balançaient devant elle tandis qu'elle se mettait à l'aise ; elle sentait bon aussi, le pain grillé, un shampoing légèrement familier et le sommeil.

— AHHH, SANWICH, s'exclama-t-elle gaiement en croquant généreusement dans son pain, faisant atterrir par la même occasion une tache de graisse sur le pantalon maintenant complètement foutu de Joel.

Flora fit la grimace mais, quand elle croisa le regard de Joel, elle se rendit compte qu'il souriait.

— Ce sandwich est sensationnel, dit-il.

Il regarda Fintan.

— Vous allez y arriver, vous savez. J'en suis sûr.

— Merci ! répondit Fintan en clignant des yeux.

Joel jeta un œil à sa montre.

— J'ai un avion à prendre.

Flora acquiesça.

— Je sais. Et je ferais bien de m'y mettre aussi. Allez, Agot, on te remet au lit.

— MOI PAS FATIGUÉE.

Joel voulut se lever, mais Agot mit immédiatement ses bras autour de son cou.

— MONSIEUR PAS PATIR !

— Désolée, dit Flora. Agot ! Arrête ça !

— PAS ALLER LIT !

Joel se dégagea délicatement de l'étreinte d'Agot et posa la fillette par terre. Flora le regardait, se sentant ridicule, car elle brûlait d'envie de faire exactement la même chose que sa nièce : jeter ses bras autour de son cou et voir de la douceur dans ses yeux.

Non. Elle ne voulait pas de douceur dans ses yeux. Pas du tout. Elle respira profondément. Il fallait qu'elle se ressaisisse. Il le fallait.

— PAS ALLER AU LIT !

Non, songea Flora. Aucun d'eux n'irait au lit.

# Chapitre vingt-neuf

Après ça, les choses s'accélérèrent à une vitesse folle. Avec un pincement au cœur, Flora s'était brièvement demandé si Joel reviendrait s'occuper de la paperasserie, mais, bien sûr, c'était une mission indigne de lui.

En quelques semaines, l'organisation fut bien rodée. Du nouveau matériel arrivait chaque jour, ainsi que des employés très austères de l'agence de la sécurité alimentaire, qui inspectèrent tout, exigèrent des modifications, puis revinrent vérifier qu'elles avaient bien été apportées. Fintan travailla jour et nuit pour que tout soit en règle, que tout soit reluisant.

Les membres du personnel de Colton vinrent tous donner un coup de main, et ce dernier mena une immense campagne de recrutement dans le village, proposant des salaires corrects et des heures de travail souples au *Rock* pour que les choses se mettent en branle. De son côté, Lorna organisa parmi ses petits écoliers un concours pour la création du logo ; le dessin d'une vache extrêmement joyeuse dans un champ, avec la mer pâle en arrière-plan, l'emporta. Agot, furieuse, fit la tête quand l'*Island Times* prit l'enfant victorieux en photo et refusa d'apparaître à ses côtés, préférant se jeter par terre et taper le sol de ses petites bottes.

Flora contacta ses anciennes copines d'école pour savoir si elles cherchaient du travail ou si elles connaissaient quelqu'un que ça intéresserait. Et ce fut ainsi que deux jolies jeunes filles, Isla et Iona, revinrent de l'île principale pour l'été, pleines d'entrain et prêtes à travailler.

Elle recruta également Mme Laird, « l'employée de maison » du médecin et du pasteur, qui était aussi, savait Fintan, la meilleure boulangère de l'île.

— Y a tout un tas de bonnes femmes qui passaient voir papa, apprit ce dernier à une Flora horrifiée. Mais c'est elle qui faisait le meilleur pain, et de loin.

— Vous les avez pas laissées faire quand même !

— Mais si ! Elles nous apportaient plein de ragoûts congelés. Mais, en général, on s'en tenait aux saucisses.

— Je me demandais comment on avait bien pu acquérir dix-neuf nouveaux plats à ragoût.

— Hum.

— J'espère que vous avez pas mené Mme Laird en bateau.

Quoi qu'il en soit, c'était vrai : cette dernière préparait des pains, des pains bannock et des feuilletés à la viande délicieux.

Flora fit venir toutes les nouvelles recrues à la ferme et, ensemble, elles étudièrent de près le livre de recettes usé jusqu'à la corde.

— Tout doit venir d'ici, leur expliqua-t-elle. Les scones. Les gâteaux. Les pancakes. On fera deux soupes par jour. Des sandwichs au pain grillé. Rien de trop compliqué. Mais vous DEVEZ suivre ces recettes.

Mme Laird opina du chef.

— Ce sont les recettes d'Annie, dit-elle gravement. Et c'était la meilleure cuisinière que j'aie jamais rencontrée.

— Ce qui est un grand compliment venant de vous.

Elles se répartirent le travail. Flora s'occupa des pâtisseries, c'était son truc, et elle trouvait ça réconfortant, même si elle n'était pas contre le fait de pétrir le pain de temps à autre. Avec Mme Laird, elles guidèrent les deux autres pas à pas pour les gâteaux. Iona et Isla, deux filles aux cheveux clairs, aux joues roses et au teint frais, travaillaient avec le sourire, enthousiastes. Elles étaient un peu mieux payées que pour les autres boulots saisonniers proposés sur l'île.

Tout le monde prit part au grand nettoyage de la boutique, et les garçons vinrent mettre un petit coup de peinture à l'intérieur. Innes faisait le joli cœur auprès des filles rentrées pour l'été. Fintan, lui, les remarqua à peine. J'ai été tellement débile, songea Flora en se promettant de lui en parler bientôt. Quand ils auraient fini de se moquer de cette bêcheuse d'as du barreau de Londres, à quatre pattes à récurer l'arrière d'un radiateur.

« BOUTIQUE ÉPHÉMÈRE », écrivirent-ils sur l'enseigne extérieure.

— Juste pour que les gens sachent, expliqua Flora.

Une fois que le conseil aurait voté, elle retournerait à Londres. S'ils voulaient continuer après ça, aucun problème, mais ce serait sans elle.

— Boutique éphémère ? lui demanda Mme Laird. Qu'est-ce que ça veut dire ?

— Ça veut dire que c'est juste pour l'été.

— Eh bien, pourquoi pas dire *La Boutique d'été* alors, tout simplement ?

— Pourquoi pas ? répliqua Flora avec un haussement d'épaules.

— Tu pourrais l'appeler *Le Café d'Annie*, proposa Mme Laird.

Flora la regarda, mais ne répondit pas.

— Je crois pas, réussit-elle à articuler péniblement.

Mme Laird acquiesça avec bienveillance.

— *Le Café d'été du bord de mer* ? suggéra Isla.

— On est à Mure. Tout est au bord de la mer, releva Iona, ce à quoi sa copine rétorqua en levant les yeux au ciel.

— Et puis c'est pas vraiment un café, objecta Flora. Ce sont juste des plats qui sortent de notre cuisine.

— Alors, pourquoi pas *La Cuisine* ? avança Mme Laird. *La Cuisine d'été du bord de mer*. Comme ça, les gens sauront qu'ils ne peuvent pas commander n'importe quoi. Seulement des plats ordinaires qu'on peut faire chez soi.

— Ça fera l'affaire, confirma Flora. Même si c'est un peu long. Et pourquoi pas la *Summer Seaside Kitchen* ? Ça en jette, non ?

Ils inscrivirent donc *Summer Seaside Kitchen* sur une belle enseigne en bois blanc, qui allait bien sur le mur rose, puis Innes et Hamish grimpèrent la clouer.

Ils avaient tout vérifié de fond en comble, et la boutique était pleine à craquer de scones et de gâteaux ; du pain de Mme Laird et des fromages de Fintan ; de friands à la viande bien chauds et de tartes toutes brillantes de fruits. En voyant le résultat, Flora ne put réprimer un incroyable sentiment de fierté devant ce qu'ils avaient accompli en seulement quelques semaines. Elle refoula immédiatement cette idée, mais ici, elle faisait plus que s'occuper de la paperasse, se précipiter au secours des avocats, classer, rester assise devant un ordinateur. Elle avait l'impression, pour la première fois, d'avoir réellement construit quelque chose. Fait quelque chose d'utile et de beau. Ce sentiment lui était jusqu'alors inconnu.

*

— Souhaite-moi bonne chance, papa, lança Flora alors qu'elle sortait pour aller ouvrir le premier jour.

Le rose avait quitté le ciel depuis longtemps ; c'était une belle journée dégagée, et on voyait à des kilomètres à la ronde. Le mois de juin était maintenant bien entamé : les jours n'avaient pas de fin, et les touristes avaient débarqué, s'extasiant devant la beauté du paysage et la profonde tranquillité de l'île.

Eck se contenta d'un grognement.

— C'est qu'un miroir aux alouettes à mes yeux, lâcha-t-il. Et je perds encore les garçons.

Innes se mordit la lèvre.

— Ça va toujours aussi mal ? s'enquit Flora. Vendre le fromage aidera sûrement ?

— Tu vas devoir en vendre un sacré paquet. On a reçu la facture pour le transport du bétail.

Chaque année, la ferme emmenait ses veaux à Wick pour les vendre au marché.

— On aura de la chance si on rentre dans nos frais, poursuivit-il.

Flora se frotta les yeux. Elle ne savait pas quoi dire.

— Et maintenant, tu nous enlèves Fintan pour de bon.

Ils regardèrent ce dernier. Il portait un élégant tablier à rayures bleu et blanc sur un tee-shirt blanc et un jean moulant.

— Je crois que Fintan vous a quittés y a déjà un moment, répondit Flora.

— T'as peut-être raison, dit Innes. Alors, bonne chance. Gardez-nous une tarte.

# Chapitre trente

Mais ils ne pourraient pas leur garder de tarte. À la seconde où la *Seaside Kitchen* ouvrit, elle rencontra un immense succès – d'abord, parce qu'elle était le point de mire de toutes les curiosités et parce que quelques personnes venaient voir ce que trafiquait Flora. Mais après avoir goûté aux produits – le pain, les gâteaux, les fromages, bien sûr –, les gens revinrent tout naturellement. Flora arrivait à peine à regarder Inge-Britt dans les yeux, bien que l'Islandaise n'en ait manifestement rien à faire et qu'en réalité la boutique ne fasse pas vraiment concurrence à un bar qui vous servait à contrecœur une tasse de jus de chaussette.

Le tout premier client que Flora accueillit à huit heures, en cette belle matinée, fut Charlie.

— Teàrlach ! dit-elle, ravie.

Il avait l'air si enjoué et si beau en entrant, plus grand que la porte. Elle aperçut un groupe d'enfants malheureux derrière lui, vêtus de tout un assortiment d'imperméables bigarrés, rouges et jaunes, qui avaient à l'évidence été déjà beaucoup utilisés.

— Je vois que t'es à nouveau avec les petits.

— Dieu merci. La semaine dernière, c'étaient des avocats – sans vouloir te vexer.

— Mais regarde-moi ! s'exclama Flora, qui portait comme Fintan un tablier à rayures.

— Est-ce qu'ils ont tous autant l'esprit de compétition et si peu de joie de vivre ? l'interrogea Charlie en secouant la tête. Est-ce qu'ils sont tous aussi coincés et obsédés par leur statut ?

Flora pensa à Joel.

— On peut dire ça, oui, confirma-t-elle d'un air sombre.

— Enfin, ils paient les factures, dit Charlie en se frottant les mains. OK ! Je veux une douzaine de friands à la saucisse, deux pains et tout le cake aux fruits.

— Sérieux ? dit Flora en le regardant d'un air étonné.

— Je prévois de les affamer.

— Tu vas vider la moitié de la boutique.

— Ben fais-en plus ! Je reviendrai prendre un scone cet après-midi.

— Eh bien, celui-ci est pour la maison, lui indiqua Flora avec un grand sourire.

— Merci, madame.

Elle empaqueta le tout, y glissa quelques friands à la saucisse supplémentaires et fit chaleureusement coucou aux visages derrière la vitre, dont certains lui répondirent timidement. Elle sourit toute seule, sachant qu'une journée formidable les attendait, surtout si elle restait aussi lumineuse et éclatante. Au moment où Charlie se retournait pour partir, un drôle de sentiment l'envahit – de l'excitation et de la joie devant ce beau temps et la sensation étrange et extraordinaire d'être entourée de choses qu'elle avait faites elle-même ; même si ce n'était pas, se rappela-t-elle, son vrai boulot, sa vraie vie. Ce qui signifiait qu'elle n'avait pas à se comporter comme à Londres.

— Teàrlach, l'appela-t-elle alors qu'il se baissait pour passer la porte. Est-ce qu'on peut… ça te dirait d'aller boire un verre un de ces quatre ?

Il la regarda d'un air faussement horrifié tandis que tous les enfants se rassemblaient autour de lui, ricanant et l'interpellant.

— Oh, me fais pas ça, dit-il en levant les mains.

— Oh, monsieur, elle vous aime ! C'est votre amoureuse, monsieur ? Qu'est-ce que Jan va dire, monsieur ?

— Baissez d'un ton, tous autant que vous êtes… Allez, allez, avancez, continuez comme ça.

Et il commença à guider son petit troupeau sur l'étroite route du port mais, juste avant de disparaître, il se retourna, fit oui de la tête avec facétie et envoya un grand clin d'œil à Flora.

Elle avait toujours le sourire aux lèvres quand elle alla voir comment se débrouillaient Iona et Isla avec le four dans l'arrière-boutique, et même quand Lorna passa la voir en coup de vent sur le chemin de l'école.

— Oh, mon Dieu, mais regarde-toi, tu tiens un magasin !

— Ferme-la ! répondit Flora, les joues toutes roses.

— Ça va te paraître dingue, mais t'as l'air d'aller bien. Genre, d'être plus heureuse.

— C'est parce que les gens ont arrêté de me cracher dessus dans la rue.

— Ils ont pas fait ça. Les gens oublient. Et t'es là maintenant.

— Temporairement, rappela Flora avec fermeté. Bref, qu'est-ce qui te ferait plaisir ?

— Qu'est-ce que t'as de plus épicé ?

— C'est pour toi ?

Maintenant, c'était au tour de Lorna de rosir.

— Il arrive que Saif et moi, on déjeune ensemble quand c'est calme au cabinet.

— C'est le cas maintenant ?

Flora entreprit d'empaqueter un friand à la panse de brebis.

— En amis, précisa Lorna.

— Ça va de soi.

Lorna poussa un soupir.

— Qu'est-ce qui est arrivé à ton avocat beau gosse ?

— Il est retourné à Londres. Et j'ai pas eu de ses nouvelles depuis.

Elle lui tendit le sachet.

— Merde alors, on est vraiment *nulles* à chier, se lamenta Lorna.

— Sans blague, on est carrément lamentables, approuva Flora en se frottant les yeux. Sérieux, hein. Isla et Iona ont toutes les deux un copain.

— Y a trois fois plus d'hommes que de femmes sur Mure. Comment on peut être aussi nazes ? Surtout toi, t'es un phoque.

— Ferme-la, donzelle de la vallée !

— On est *vraiment* des ratées.

— Au moins, on est des ratées ensemble, répondit Flora avec un soupir. Oh, je voulais te demander. Charlie…

— Monsieur « Aventures en plein air » ?

— Tu peux m'en dire plus sur lui ?

— Je le connais pas. Honnêtement. Il est pas d'ici.

— Mais il vient de trois îles plus loin, ou un truc du genre !

— Exactement. Parfait inconnu.

— Mince, tu sers vraiment à rien.

— Pourquoi ? Il te plaît ?

— Je le trouve… je le trouve mignon, dit Flora en haussant les épaules. Ce qui signifie que c'est immédiatement voué à l'échec. C'est toujours comme ça avec moi.

Lorna éclata de rire et s'apprêta à partir.

— Eh bien, je te souhaite de passer une journée très fructueusement infructueuse.

— Toi aussi. On peut se voir un de ces jours pour boire des tonnes et des tonnes de vin ? Et puis être malades, mais s'en foutre et continuer à boire ?

— Avec plaisir ! accepta Lorna avec ferveur, avant de sortir en faisant tinter la cloche, ce qui surprit Colton Rogers qui était sur le point d'entrer.

— Bien, bien, bien, dit-il, ravi. Vous avez réussi. Pas mal pour une bande de requins grippe-sou !

— Merci.

— Vous leur avez parlé de la fête ?

— Vous allez gaver les gens jusqu'à ce qu'ils finissent par céder, c'est ça ?

— Vous rigolez ? Regardez le temps qu'il fait dehors. C'est si beau. Et oui, je vais empêcher une horde d'énormes monstres métalliques en maraude d'envahir mon paysage. Oui, parfaitement. Maintenant, donnez-moi du fromage.

Il se gratta nonchalamment la barbe.

— Donc, euh… votre frère.

Flora leva la tête, dans l'expectative. Décidément, il devait y avoir quelque chose dans l'air aujourd'hui.

— Mouais ?

— Est-il… ?

Colton ôta ses lunettes, puis les remit.

— Oui ?

— Eh bien, je me demandais surtout…

Même les milliardaires, songea Flora. Même les milliardaires redevenaient des adolescents quand quelqu'un leur plaisait. On se serait cru dans une cour d'école.

Colton s'empourpra légèrement quand Iona entra d'un pas vif, un plateau de pains au lait glacés dans les mains. C'était formidable de voir tout ce que leur mère leur préparait autrefois revenir à la vie, se dit Flora. Être à nouveau apprécié. Car, quand cette dernière était morte, elle avait laissé un vide béant. Et, malgré tout, ils l'avaient fait. Flora avait pensé que ce serait triste mais, étonnamment, elle était tout sauf triste.

Elle redirigea son attention sur Colton.

— Oui ? l'encouragea-t-elle avec un sourire.

Colton regarda autour de lui, comme s'il réalisait où il se trouvait, et cligna des yeux. Quoi qu'il ait eu envie de dire, le moment était passé.

— Euh. Bon. Bien. Peu importe. Je veux dire, vous lui demanderez… Vous lui demanderez d'assurer le service traiteur, hein ? Au *Rock* ? Il peut essayer, non ? Vous deux. Enfin, vous tous, précisa-t-il en désignant la boutique.

— Oh ! s'exclama Flora, ne s'attendant pas à ça. Et votre chef hors de prix ?

— Il est… Oui. Il est toujours avec nous. Mais il travaillerait sous les ordres de Fintan. Pour Fintan. *Pour* lui.

Flora sourit.

— Waouh ! Je suis sûre que Fintan va en rester bouche bée. Si mon père peut se passer de lui.

Colton parut avoir quelque chose à dire à ce sujet mais, pile à ce moment-là, Maggie Buchanan entra, avec son habituel sourire distrait et sa tenue impeccable.

— Bonjour, madame…

— Buchanan, lui souffla Flora.

— Madame Buchanan ! Ravi de vous voir ! Vous aimez ce qu'on a fait ici ?

Maggie balaya la pièce du regard avant de renifler bruyamment.

— Il était temps. C'était une honte de laisser cet endroit vide. J'espère que vous allez peindre l'extérieur.

— Euh, oui, madame, confirma Colton. Je suis Colton Rogers.

Elle le fixa d'un air ébahi, ce qui dénotait un certain courage, se dit Flora, étant donné qu'elle savait parfaitement qui il était.

— Oui. Enchantée.

— J'organise une fête dans mon nouvel établissement, le *Rock*, poursuivit Colton sans se démonter. Et j'aimerais beaucoup que vous veniez.

— Ah vraiment ? Quatre scones, s'il te plaît, Flora. Sans raisins secs.

Flora s'y attela, bataillant un peu avec la caisse, puis Maggie tourna les talons en leur souhaitant bonne journée et quitta la boutique sans un mot de plus.

— Elle me déteste, commenta Colton.

— Il vaudrait mieux que votre soirée soit géniale, répondit Flora.

Les peintres étaient arrivés avant la fermeture.

*

Et les choses continuèrent donc ainsi. Dès le départ, la *Summer Seaside Kitchen* fut bondée ; des premiers cafés crème servis à huit heures du matin jusqu'à ce que la dernière tranche de cake soit emportée à seize heures, chaque jour passait dans une sorte de brouillard.

Le plus étrange dans cette histoire, étant donné tout ce qui se passait ici et à la ferme, ainsi qu'à Londres, c'était que, si vous aviez demandé à Flora ce qui la tracassait à ce moment précis, elle vous aurait regardé d'un air perplexe. Parce qu'elle était trop occupée à s'inquiéter de l'arrivage matinal de poissons, dont elle avait besoin pour faire ses croquettes, ou de savoir s'ils allaient manquer de crème, ou si la confiture de mûres sauvages n'allait pas être trop aigre.

Par-dessus le marché, il fallait organiser la soirée d'inauguration.

Flora et Fintan se retrouvèrent au *Rock* par une belle journée fraîche de juillet, des fragments de nuages bas amoncelés dans le ciel, comme s'ils attendaient de se rendre utiles. Son frère séchait la ferme pour la journée : il paraissait comme toujours fou de joie de s'être libéré de son joug. Sa démarche tout entière était plus souple.

— Donc, le fromage sera présenté sur des genres d'assiettes de dégustation, commença-t-il. Tu referas tes galettes d'avoine mais, tu sais, si t'en refais, on pourrait peut-être ajouter un peu de piment à la préparation ? Qu'est-ce que t'en dis ? Et du fromage, pour les rendre vraiment sensass ? Et on utilisera le beurre de la ferme, on pourra l'étiqueter ; et puis, si on a déjà les tartes aux fruits…

— T'as tout prévu, fit remarquer Flora en guise d'encouragement. Ça va être génial.

Ils remontèrent le chemin ensemble, faisant le tour du petit jardin à l'anglaise.

— Parce que, regarde ! Ils ont des framboises ici, et de la menthe fraîche, et tout. Mon Dieu ! Ce que tu pourrais faire avec cet endroit. Regarde !

Il avait l'air si heureux, debout au milieu des rangées d'aromates et de légumes, parfaitement dans son élément. Flora lui sourit.

— Tu vas aimer travailler avec Colton Rogers ? demanda-t-elle sans vraiment réfléchir à ce qu'elle disait.

Il se raidit subitement.

— Qu'est-ce que tu veux dire ?

Flora avait espéré que ce ne serait pas aussi difficile. Oui, bien sûr, Mure était une petite île, mais on était au XXIe siècle. Le mariage gay existait, l'Église semblait plus ou moins avoir renoncé à faire des sermons sur le sujet… L'île tenait aux traditions, voilà tout. Elle n'avait jamais été cruelle.

Fintan refusait de croiser son regard.

— Rien. Je veux dire… C'est juste que vous avez l'air de bien vous entendre, tous les deux.

— Et donc ?

— Donc, rien.

Un silence très pesant s'ensuivit.

— Je m'entends bien avec des tas de gens, déclara Fintan.

— Mais bien sûr. Je sais.

— C'est pas moi qui couche avec mon boss.

— Je couche pas avec lui !

— Mais t'y as pensé.

— Ah non ! Beurk ! T'es mon frère. *Ferme-la.* Pouah ! Bla-bla-bla. J'entends rien.

— T'y as pensé ! T'y as pensé ! Donc, me fais pas la leçon.

— Ferme-la ! J'entends rien !

— Tu le kiffes tellement ! Ça me surprend pas. Il est canon.

Ils s'interrompirent tous les deux. Fintan eut l'air d'avoir été pris en flagrant délit.

— Il l'est, répondit doucement Flora.

— Qui est quoi ? fit une voix américaine enjouée.

Aujourd'hui, Colton portait un jean, de grosses bottes et un énorme sweat à capuche qui lui donnait l'air d'un ado attardé – sans doute l'effet escompté dès le départ.

Fintan se détourna, mais Colton lui attrapa le bras.

— Hé, c'est génial de vous voir, les jeunes ! Cette fête va être top, et tout le monde va m'aimer et voter pour ma proposition, non ?

— On va s'y évertuer, commenta Fintan, un peu bourru.

— Alors on y va, on ferait mieux de déjeuner tôt, étant donné que j'ai six millions de tartes à superviser cet après-midi, rappela Flora.

Ils s'assirent au soleil et dégustèrent des huîtres avec du pain de seigle. C'était marrant : enfants, ils détestaient ça, ce pain noir, dur, et ils avaient toujours rouspété et râlé contre leur mère, rêvant du pain blanc spongieux qu'on achetait chez Wullie et qui durait des semaines. Devenue adulte, Flora l'appréciait pour ce qu'il était : savoureux, riche en goût, évocateur. Agot, elle, avait décrété que c'était « DÉCOÛTANT ».

Flora étala un peu du beurre de Fintan dessus, bien sûr, et ajouta un peu de vinaigre et de jus de citron fraîchement pressé sur les huîtres ; ils mangèrent assis sur le banc finement sculpté devant le *Rock*, contemplant le grand vide septentrional, tout en jetant un œil derrière, vers le petit port qui vaquait à ses occupations, les bateaux y entrant et en sortant lentement.

— Mince alors, ce que j'aime cet endroit ! lâcha subitement Colton, assis tout près de Fintan. Pas de coups de fil, pas de réunions débiles, pas d'avocats… exception faite des personnes présentes, bien sûr.

— Bien sûr, répéta Flora.

Colton cligna des yeux.

— Pourquoi être partie ? l'interrogea-t-il en regardant de l'autre côté de la baie.

— Et vous ? riposta Flora. Il vous arrive aussi de partir.

— Parce que je n'ai découvert cette île qu'à mes quarante ans, quand j'étais déjà à la tête d'un conglomérat multinational avec des bureaux et des employés sur quatre continents. Et puis, j'ai posé la question en premier.

Flora haussa les épaules et jeta ses coquilles d'huître dans la mer, qui firent un gros *plouf* satisfaisant.

— Parce que je voulais travailler. Je voulais un boulot qui soit pas du tourisme.

— Y a plein de boulots, la contredit Fintan.

— Oui, si on veut travailler au *Harbour's Rest.*

— Ton amie Lorna s'en sort bien.

— Lorna, mon amie institutrice, ne ferme pas l'œil de la nuit parce qu'il ne naît pas assez d'enfants pour maintenir l'effectif et que son école pourrait fermer.

— Parce que les gens comme toi partent et font pas d'enfants.

— Tu veux t'aventurer sur ce terrain-là ?

— C'est bon, arrêtez un peu vos gamineries, intervint Colton. Mais vous avez pas envie de revenir maintenant ? Maintenant que vous êtes là ?

— J'aime bien travailler pour vous, avoua Flora avec un sourire. Mais mon chez-moi est ailleurs.

Elle jeta un œil derrière elle. Une bande d'hommes – et de garçons ; les étudiants revenus de l'île principale pour un nouvel été – travaillaient à l'hôtel, le préparant pour les festivités du soir. Avec un peu de chance, la soirée allait être un grand succès.

— Hum, dit-elle avant de se lever. Il faut que j'y retourne. Pour m'assurer que tout le monde vient ce soir. Mettre les filles aux fourneaux. Est-ce que le bar est prêt ?

— Bien sûr, indiqua Colton. Même pour des Écossais. Et on a un orchestre, des joueurs de cornemuse, des danseuses…

— Et tout le bataclan, termina Flora.

— Je pare à toutes les éventualités. Comme m'a dit votre patron.

— Est-ce qu'il vient ? s'enquit Flora avec trop d'empressement.

— Oh, je pense pas. Le vote n'est que dans un mois.

— Oui. Oui, je sais.

Flora essaya de ne pas laisser paraître son découragement. Elle avait envoyé des rapports à Joel, mais n'avait reçu aucune réponse de son bureau. Kai disait que, si elle n'avait pas de nouvelles, c'était que tout allait bien, mais ce n'était pas vraiment rassurant.

— Fintan, tu peux rester ici pour superviser ? lui demanda-t-elle.

Colton le regarda, un sourire se dessinant sur ses lèvres.

— Bien sûr, répondit Fintan.

*

Flora regarda le *Rock* disparaître dans le rétroviseur, souriant toute seule quand elle vit les têtes de Fintan et de Colton se rapprocher. Tiens tiens. Elle se demanda si Innes s'en doutait. Probablement. Devait-elle y faire allusion, ou en aucune circonstance ? C'était délicat.

En descendant du bateau, elle faillit trébucher sur une petite forme âgée, qui se tenait bien droite, faisant fi de sa canne.

— Madame Kennedy ! s'exclama Flora d'une voix haletante. Pardon, je ne vous avais pas vue.

— Tu ne me prêtais pas beaucoup attention à l'époque non plus, rétorqua Mme Kennedy sans se dérider.

Flora essaya de lui sourire, mais ça n'eut aucun effet sur elle.

— Bon, dit Flora en se redressant.

— T'es partie comme ça, poursuivit Mme Kennedy. En nous abandonnant à notre sort, sans personne pour te remplacer.

— Madame Kennedy ! Je vous avais dit que je partais.

— Pile au début de la saison des *Highlands Games*.

— Je devais faire mon stage en entreprise, et il fallait que je trouve un appartement.

C'était grotesque, pensa Flora, la manière dont tout le monde sur cette île complotait pour qu'elle ait l'impression d'avoir à nouveau quatorze ans.

— Eh bien, je suis de retour maintenant, dit-elle en se rappelant que Mme Kennedy faisait partie du conseil municipal. S'il existe un moyen de me faire pardonner…

Mme Kennedy la regarda de ses yeux perçants et pénétrants.

— Ça se pourrait bien, justement, répondit-elle.

## Chapitre trente et un

Margo cligna des yeux.

— Mais vous devez examiner le dossier Yousoff… Je veux dire, vous n'avez pas vraiment besoin d'y aller, si ? Je croyais que la situation était bien en main.

— Colton Rogers pourrait représenter une énorme part de notre chiffre d'affaires. Je veux m'assurer qu'il est satisfait.

— Dans ce trou paumé ? Incroyable. Et vous devriez préparer New York.

— Je peux le faire dans l'avion, répondit Joel en jetant un œil à son agenda. J'ai le sentiment qu'il faut que j'y aille. Il a appelé aujourd'hui.

Rogers avait l'air d'avoir très envie qu'il soit présent, c'était vrai. Mais il y avait autre chose sur quoi il n'arrivait pas à mettre le doigt. Quelque chose à propos de cette île… Il ne savait pas ce que c'était mais, depuis qu'il était rentré, l'animation et l'effervescence du boulot lui avaient paru moins séduisantes. Une nouvelle vague de chaleur avait frappé Londres : tout paraissait moite, humide et ralenti, et il avait mis ça sur le compte de la léthargie. Mais quand il repensait à cette immense plage blanche qui s'étirait à l'infini, à la fraîcheur de l'air et à l'absence totale d'êtres humains, à ce grand vide, ça avait presque l'air d'un rêve. Un rêve stimulant.

— Rogers a beaucoup insisté.

Margo cligna à nouveau des yeux.

— Je m'occupe de votre réservation.

— Et j'ai besoin d'un magasin de plein air.

— Que voulez-vous dire ?

— Un endroit où on achète des vêtements de plein air. J'en sais rien, moi.

En général, la seule chose d'ordre privé que Margo faisait pour son patron était de bloquer sans ménagement les appels de filles à la voix désespérée. C'était une première.

— Quel genre de vêtements de plein air ?

— J'en sais rien ! Ça ira ! Dehors ! Fermez la porte !

Margo savait toujours quand battre précipitamment en retraite, raison pour laquelle elle avait tenu aussi longtemps auprès de Joel, qui changeait d'assistante à la vitesse de la lumière – il s'avérait en général incapable d'éviter de coucher avec les plus jolies, qui finissaient par se vexer, et ne s'intéressait pas aux plus âgées, qui finissaient par se vexer elles aussi. Margo était à la fois homosexuelle et imperturbable, ce qui faisait d'elle la candidate idéale pour ce poste ; et, chaque fois qu'il lui parlait mal, elle demandait une nouvelle augmentation, qu'il lui accordait toujours sans discuter. Elle décrocha le téléphone pour appeler la compagnie aérienne.

*

— Bien, c'est entendu alors, dit Mme Kennedy.

— Oh, madame Kennedy. Honnêtement. Tout sauf ça. J'ai pas dansé depuis des années, implora Flora.

— Qu'est-ce qui est entendu ?

Charlie l'avait aperçue à l'autre bout de la rue et s'était dépêché de venir la saluer.

— Tu rentreras encore dans le costume ? l'interrogea Mme Kennedy.

Flora leva les yeux au ciel.

— Oui ! rétorqua-t-elle, furibonde.

— Eh bien dans ce cas, c'est entendu, répéta Mme Kennedy.

— Je crois pas, non ! s'exclama Flora.

— Qu'est-ce qui est entendu ? s'enquit à nouveau Charlie. Flora, j'ai besoin de tes restes.

— Y en a pas aujourd'hui. Tout part à la fête.

— Oh, c'est vrai.

— Flora va danser lors de l'inauguration, annonça Mme Kennedy.

— C'est *vrai* ?

— Non, je manque d'entraînement.

— Est-ce que tu peux toujours te faire un chignon, avec ces cheveux ? lui demanda Mme Kennedy.

— Non, répondit Flora.

Ses cheveux, qu'elle avait toujours dû porter tirés en arrière, très serrés, pour mettre en valeur sa nuque, lui avaient laissé de mauvais souvenirs.

— Vous allez devoir me disqualifier, ajouta-t-elle.

— Nous ferons *Ghillie Callum* et *Seann Triubhas*.

— Avec un orchestre ?

— Voui.

— Ça va être super.

— Teàrlach, tu m'aides pas, là.

Charlie sourit tout seul.

— Quoi ? l'interrogea Flora.

— Argh, tu t'en souviendras pas… Je crois que je t'ai déjà vue danser.

Flora le dévisagea, les yeux plissés.

— Je crois pas, non.

— On est venus de l'île de Bute. Y a longtemps. Y'avait un *mod* inter-îles.

Flora cligna des yeux. Le *mod* était un festival qui célébrait la musique traditionnelle des Highlands et des îles écossaises. Et aussi une super occasion pour les adolescents d'échapper à leurs parents et de faire les quatre cents coups.

— Je savais bien que je t'avais déjà vue quelque part, ajouta-t-il, ses yeux bleus plissés par son sourire.

— Quoi ? T'étais lequel ?

— Oh, un des joueurs de cornemuse.

— Ça réduit pas vraiment les possibilités.

— Non, je sais.

— Je veux pas voir de photos, déclara subitement Flora. J'y étais allée un peu fort sur le blush.

— J'avais pas mal de cheveux en plus à l'époque, fit remarquer Charlie.

Il se tut un instant.

— T'étais une bonne danseuse.

— Elle n'était pas si bonne, rectifia Mme Kennedy.

— Je me souviens de toi. Tes cheveux s'étaient détachés.

— Comme toujours.

— C'étaient les cheveux les plus pâles que j'avais jamais vus.

— Tu te souviens de ça ? C'est dingue !

— Je te verrai à dix-huit heures, lança Mme Kennedy.

Flora jeta un regard anxieux à sa montre.

— Quoi ? Mais je dois donner des instructions aux filles !

— Elles dansent aussi, répliqua Mme Kennedy d'un air suffisant. Assure-toi seulement qu'elles savent ce qu'elles font…

— Oh, nom d'un chien !

— … si tu veux que je vienne à la fête de M. Rogers. Et que je pense du bien de lui.

— Je serai là, ajouta Charlie en souriant.

— C'est du chantage, s'offusqua Flora en regardant Mme Kennedy s'éloigner d'un pas voûté.

Charlie jeta un œil à la ronde. Jan venait à leur rencontre en remontant la rue à grandes enjambées, déterminée.

— OK. Le devoir m'appelle, dit-il avant de la saluer de la main et de s'éloigner.

Jan se mit immédiatement à lui rebattre les oreilles au sujet de quelque chose.

— À plus, lança Flora.

# Chapitre trente-deux

Le reste de la journée fut complètement fou. Tout le monde cuisina, et cuisina encore, jusqu'à ce que les fenêtres de la *Summer Seaside Kitchen* soient totalement embuées. Le village entier défila à la boutique : les habitants savaient que Flora était plus ou moins derrière tout ça, et ils voulaient lui demander comment s'habiller, savoir qui d'autre allait à la fête. Chaque maison avait reçu une invitation.

Fintan n'arrêtait pas d'appeler, hors de lui, de plus en plus stressé à mesure que les traiteurs professionnels et les fournisseurs de boissons arrivaient ; pour autant, de l'avis de Flora, il se débrouillait comme un chef.

Pendant ce temps, la *Summer Seaside Kitchen* continuait son bonhomme de chemin, tarte après tarte, les galettes d'avoine s'empilant les unes sur les autres ; Innes transportait des camionnettes entières de nourriture au *Rock*. Ils étaient tous un peu rouges et transpirants, mais seraient *a priori* prêts à temps. Des framboises, il y avait des montagnes de framboises ; des tas de mûres sauvages surgelées de l'été dernier ; et, surtout, les divines mûres arctiques qui poussaient tout au bout de l'île, dont l'arôme explosif, acide et frais, embaumait la cuisine et faisait courir Agot dans tous les sens – Innes l'avait déposée parce qu'elle était insupportable dans la camionnette. La fillette représentait désormais une grande menace dans la cuisine, refusant catégoriquement de faire la sieste, ce qui laissait présager du pire pour la soirée à venir. Même la proposition d'un toast au fromage ne réussit pas à la calmer : l'ayant examinée, elle déclara qu'elle avait plutôt besoin d'une part de tarte.

Flora décora le dessus de chaque tarte aussi délicatement que possible, avec des baies, des feuilles, et même un petit drapeau de Mure. Une chanson de Karine Polwart qu'ils connaissaient tous – *Harder to Walk these Days than Run* – passa à la radio. Flora et Agot se mirent à chanter en chœur, très fort, sur les parties rapides et esquissèrent même quelques pas de danse ; elles ricanaient toutes les deux, recouvertes de farine, quand soudain, sorti de nulle part, Joel entra, un petit sac de voyage à la main.

Flora laissa immédiatement tomber le tamis.

— Ah ! s'exclama-t-elle tandis qu'il restait planté dans l'encadrement de la porte.

Avec lui ici, toute l'excitation des dernières semaines semblait curieusement déplacée ; elle n'était pas sûre que ce soit le genre de choses qu'il attendait vraiment d'elle, malgré ce que disait Colton.

Et mince alors, avec la lumière dans le dos, il était… il était si beau. Elle pensait qu'elle avait commencé à l'oublier. Elle avait tort. Il ne semblait pas à sa place, bien sûr, dans son élégant costume de la City, le téléphone scotché à la main, comme s'il allait faire apparaître du réseau par enchantement.

Elle réalisa qu'elle avait de la farine sur le nez et l'essuya. Joel ne disait toujours rien. Était-il en colère ? Devrait-elle faire plus de paperasserie ? Mais on lui avait dit qu'elle devait inciter les habitants à les soutenir, non ? Et c'était ce qu'elle essayait de faire.

*

Le caractère surprenant de cette scène prit Joel de court. C'était tellement singulier. Il n'avait jamais rien connu de tel ; il n'avait jamais pensé à la famille, pas de cette manière. Mais s'il l'avait fait… C'était si bizarre. La jeune fille rieuse aux cheveux pâles ; l'enfant qui ressemblait à une sorcière miniature, et qui, encore aujourd'hui, accourait vers lui, ses étranges cheveux blancs lui tombant en cascade sur les épaules, hurlant « YOEL ! » avec un immense sourire aux lèvres ; la musique ; les femmes qui tournaient et riaient ; la douce odeur dans l'air ; la chaleur des lumières.

C'était comme s'il pénétrait dans une scène dont il avait déjà la nostalgie, sans l'avoir jamais vécue, sans l'avoir même jamais touchée du doigt. C'était une sensation très étrange. Dès sa plus tendre enfance, Joel avait retenu que, s'il voulait quelque chose, il fallait qu'il le prenne, tout simplement, car personne ou presque ne paraissait se soucier de ce qu'il faisait ou de comment il le faisait. Mais ça, ça ne lui appartenait pas. Il n'arrivait même pas à concevoir que ça puisse lui appartenir un jour. On ne pouvait pas acheter ce qu'ils avaient.

Il ferma brièvement les yeux.

— Désolée, dit Flora en s'avançant vers lui, préoccupée par son visage austère.

Entre-temps, Agot s'était agrippée à la jambe de Joel et ne semblait pas disposée à la lâcher. Elle mettait de la farine partout, qui se mêlait aux embruns salés du port.

— Je ne suis pas sûre que votre tenue soit adaptée à Mure, poursuivit Flora.

Joel ne mentionna pas le sac de vêtements de plein air flambant neufs que Margo avait choisis pour lui. Il les avait regardés et s'était dit qu'il serait parfaitement ridicule de les mettre : de se faire passer pour ce qu'il n'était si manifestement pas.

— Oui, mais je ne crois pas savoir m'habiller autrement.

Les costumes, songea Flora, étaient son armure. Pourquoi ? Elle n'en avait aucune idée.

Il pénétra dans la pièce. Ils avaient fait en sorte qu'on ait l'impression d'être chez quelqu'un, et les petites tables étaient recouvertes de nappes. La moindre surface était prise d'assaut par les plats pour la soirée.

— Ça sent bon.

— Est-ce que je devrais faire autre chose ? lui demanda Flora d'une voix légèrement tremblante.

— Non, répondit-il avec un sourire. Je crois bien que ce sont les heures facturables les plus utiles qu'on ait jamais faites. Je peux avoir une part ?

— TIENS, TATE ! s'exclama Agot d'une voix forte en lui offrant un morceau du gâteau qu'elle tenait dans sa petite main sale.

— Oh, se reprit-il. Tout compte fait, je vais peut-être me passer de tarte.

Agot et Flora le regardèrent toutes les deux avec la même expression comique.

Bramble se leva au ralenti pour l'examiner, ajoutant au passage quelques poils au mélange peu ragoûtant sur son pantalon.

— Alors, vous vous habillez pour ce soir ? se risqua Flora avec entrain.

Elle aurait aimé ne pas avoir le visage aussi rouge et transpirant et s'être lavé les cheveux.

— J'ai un costume.

Flora le regarda, les sourcils levés.

— Pas un kilt ?

— Oh non. Non. Certainement pas.

— Mais c'est un genre de tradition ici.

— Oui, enfin, prendre de l'héroïne aussi, et je ne le fais pas non plus.

— Joel ! le reprit-elle avec colère.

— C'EST QUOI HELONIE ? demanda Agot.

— Pardon. Honnêtement, je… je me sentirais bizarre.

— C'est bizarre la première fois.

— C'est juste que ce n'est pas moi, répondit Joel en secouant la tête. Est-ce que Colton se déguise ?

— C'est pas un déguisement ! C'est juste ce qu'on porte ici. Et oui, bien sûr. En fait, il va même un peu trop loin.

— Qu'est-ce que vous voulez dire ?

— Ça n'a pas d'importance.

— Non, sérieusement. J'ai envie de faire plaisir au client.

— Alors, vous feriez bien de vous trouver un kilt.

— Et comment ? demanda Joel avec un soupir.

— Un de mes frères en aura un.

— Vraiment ? De rechange ?

— Eh bien, Fintan sera en cuisine toute la soirée. Je ne crois pas qu'il porte le sien.

— Donc, il va porter un pantalon, comme une personne normale.

— Oh non, il portera son kilt. Mais l'habituel, pas l'habillé.

— Oh, mon Dieu. Je ne crois pas, Flora.

— OK.

— Alors, tout est… ? Quelle est notre stratégie pour ce soir ?

— Ben, voilà la mienne, plus ou moins, dit Flora en regardant les tartes.

— Oui, mais à part ça ?

— Contentez-vous d'être charmant et faites allusion au fait de déplacer le parc éolien un peu plus loin si l'occasion se présente. Je vous montrerai les membres du conseil. Allez faire du charme à Mme Buchanan si possible – c'est une dure à cuire. Vous pourriez parler à mon père. Oh ! Et au révérend Anderssen. Il vient d'une vraie famille de Vikings, mais méfiez-vous, vous laissez pas amadouer par son numéro de joufflu sympathique.

— Et être de la même famille que les envahisseurs, c'est une bonne chose, c'est ça ?

— Ça semble avoir marché aux États-Unis, fit remarquer Flora en sortant une fournée de gâteaux et en mettant une autre à cuire.

Joel sourit.

— Donc, s'il vient de Scandinavie, ça ne le gênera pas que je ne porte pas de kilt ?

Flora le regarda de travers.

— Oui, eh bien, essayez et vous verrez bien ce qui se passe.

— Mon Dieu, soupira Joel, commençant à regretter d'avoir pris la décision de venir sur un coup de tête.

— Ça pourrait être pire, précisa Flora. Attendez de voir ce que je dois porter.

— Bon, je vais y penser.

Alors qu'il semblait avoir envie de s'attarder un peu, il se tourna vers la porte.

— Bien, je ferais mieux d'aller faire le point avec Colton.

— Ne lui dites pas que je vous ai parlé de sa tenue.

Colton avait montré à Flora ce qu'il allait porter, et elle avait essayé de se montrer élogieuse. Mais Joel se contenta d'un petit signe de tête et sortit.

— LUI TISTE, dit Agot avec sagesse.

Flora la regarda avec curiosité.

— Qu'est-ce que ça veut dire « triste » ?

— SAIS PAS, répondit la fillette, se désintéressant. ENCÔRE TATE !

## Chapitre trente-trois

— Eh bien, tu rentres tout juste dedans, décréta Mme Kennedy d'un air dubitatif.

Flora n'en était pas si sûre. Mais tout le reste était prêt. De grands pots de crème barattée du soir, jaune et mousseuse dans des poteries toutes simples, avaient été livrés pour accompagner les tartes – les filles du coin, qui avaient été recrutées par l'hôtel pour donner un coup de main et riaient sottement, les découperaient et les serviraient plus tard. Flora n'avait pas vu Fintan, elle présumait qu'il traînait hors des cuisines, avec les traiteurs pros. De toute évidence, on n'avait pas regardé à la dépense ; elle avait aperçu Kelvin, le pêcheur, et ses gars livrer d'énormes quantités de langoustines locales, ce qui lui avait fait lever les sourcils.

— Je sais, avait dit Kelvin. J'aurais aimé qu'il nous demande avant. Il est riche à quel point, au fait ?

— On peut pas faire plus, je crois, avait-elle répondu.

Après avoir pris une douche rapide à la ferme, elle s'était mise en route pour le *Rock*, qui ressemblait à une ruche : des gens installaient des choses dans tous les coins, couraient en tous sens, s'activaient. Elle s'était rendue dans la pièce réservée aux artistes et avait regardé son vieux costume. Elle avait déjà brossé le kilt et lavé le chemisier, le gilet sans manches et les chaussettes. Les chaussons, elle avait dû les emprunter ; les siens étaient si mous et usés qu'ils tombaient en morceaux. Les chaussons de danse n'étaient pas conçus pour durer.

Flora avait toujours aimé ce tissu écossais vert pâle. La plupart des filles aimaient les couleurs bien vives qui vous faisaient sortir du lot : les bleus, les rouges et les violets éclatants qui attiraient l'œil quand elles virevoltaient toutes ensemble. Mais cette couleur pâle subtile associée au corset vert forêt était l'une des rares choses qui mettaient en valeur ses yeux clairs au lieu de les faire disparaître.

— T'es-tu entraînée ? s'enquit Mme Kennedy.

En réalité, Flora avait revu les danses plusieurs fois – en cachette, au cas où les garçons se moqueraient d'elle. Elle ne sautait plus aussi haut qu'auparavant, mais, dès que la musique était repartie, sa mémoire musculaire avait parlé, et elle s'était immédiatement souvenu des pas.

Quand Iona et Isla arrivèrent et virent Flora – qu'elles considéraient comme une adulte, très glamour de surcroît, parce qu'elle vivait à Londres – arborant la tenue complète, elles pouffèrent de rire.

— C'est comment, Londres ? l'interrogea timidement Isla, tandis qu'elles laçaient leurs chaussons. Est-ce que c'est bondé, et plein de voleurs, et tout ça ?

— Oui, confirma Flora. Mais c'est quand même… c'est bien.

En réalité, à cette distance, elle trouvait difficile de se rappeler exactement comment c'était, de la même manière qu'on ne se souvient pas de la sensation de froid quand on a chaud, et *vice versa*. Son cerveau paraissait effacer tout ce qui ne relevait pas de la simple expérience d'être de retour sur l'île.

— Y a des tas de bars, d'endroits où sortir et de choses qui se passent, et y a des immeubles à perte de vue, et des gens qui viennent du monde entier, pas juste comme l'été ici, mais vraiment de partout. D'Albanie et d'Afrique de l'Ouest, du Portugal et de tous les pays dont vous avez déjà entendu parler.

— T'as déjà vu quelqu'un de célèbre ?

— J'ai croisé Graham Norton dans la rue. Ça compte ? répondit Flora avec un sourire.

Les filles y réfléchirent une minute et décidèrent que oui.

— Alors, vous partez tous après l'été ? demanda Flora.

Elles haussèrent les épaules. Que pouvaient-elles faire d'autre ? La plupart des jeunes iraient à Inverness, à Oban, à Aberdeen, à Glasgow, ou plus loin. Certaines personnes s'installaient sur les îles, mais elles étaient différentes : des Anglais excentriques qui pensaient trouver un mode de vie plus sain ici (ce qui ne manquait pas de faire lever quelques yeux au ciel), des Canadiens à la recherche de leurs racines, des retraités. Pas vraiment la sève d'une communauté. Pas des personnes comme ces jeunes filles avec leur teint frais et éclatant et leurs yeux brillants, qui étiraient leurs longs membres pâles pour s'échauffer.

Elles se trouvaient dans une pièce à l'arrière du *Rock*, qui accueillerait sans doute des réceptions ou des mariages un jour, supposait Flora. C'était une belle pièce, remplie de peintures à l'huile, avec un papier peint en tartan pâle, un grand feu flambait et de confortables canapés parsemaient la pièce. Tout respirait le luxe, la sérénité et le confort ; et, comme dans le reste de l'hôtel, les immenses baies vitrées ouvraient sur des paysages totalement vides ; ici, elles donnaient sur les falaises, où des mouettes et des aigles en chasse descendaient en piqué avant de remonter en flèche dans les rayons de la lumière éternelle.

Pour autant, les filles étaient rassemblées près des portes, regardant les invités arriver alors que sonnaient dix-neuf heures.

Tout Mure en goguette, sur son trente-et-un, était un spectacle qui valait le détour ; les femmes qui passaient l'année en bottes en caoutchouc ou doublées de fourrure à cause de l'hiver impitoyable s'étaient hasardées à enfiler des robes pastel et des talons hauts aux couleurs exotiques. Heureusement, la pluie ne s'en était pas mêlée. Il n'y avait pas de soleil, mais le ciel était d'un bleu très pâle, blanc et gris ; une de ces soirées où le ciel se confondait avec la mer, qui elle-même se confondait avec la terre, sans la moindre différence entre elles.

Les braseros à l'entrée avaient été rallumés, et Bertie avait reçu des renforts ; le plus gros bateau était de sortie, il faisait la navette pour transporter les invités et déposer des groupes enthousiastes, aux joues roses, dont certains avaient visiblement déjà bu, par anticipation. Un joueur de cornemuse les accueillait au son d'une complainte traditionnelle, qu'il avait préférée à un air trop entraînant. Les danseuses les plus jeunes épiaient les garçons du coin en train de débarquer.

— Ooh, regardez ! Y a Ruaridh MacLeod, murmura Iona.

Elles pouffèrent toutes de rire, un brin dépitées, à la vue de ce beau jeune homme blond qui montait les marches en rigolant avec ses copains (tout en faisant comme s'il n'était pas arrivé sur le même bateau que sa mère). Puis elles se recoiffèrent. Une fois de plus, les cheveux de Flora se rebellaient, et une certaine tristesse l'envahit devant les chignons impeccables, énormes et soyeux – manifestement agrémentés d'un rouleau – des autres filles.

Elle appréciait les rires, même s'ils la mettaient plutôt mal à l'aise. Oh, les affres d'un *crush* d'adolescente. Et ressentir quelque chose de si proche… Bref. À son âge, ce n'était pas édifiant.

Elle chercha Joel du regard, mais il n'était pas encore arrivé. Il faudrait qu'elle se change après avoir dansé. Elle avait apporté sa plus jolie robe ; elle pourrait l'enfiler plus tard, ôter son kilt ridicule. Elle essaya d'imaginer son patron portant le sien. S'il le portait, eh bien, ce serait un signe.

Lorna entra précipitamment, superbe dans une robe vert foncé qui mettait en valeur ses beaux cheveux auburn.

— Mince, dit Flora. C'est super énervant. T'aurais pas pu t'habiller comme une ado, toi aussi ?

— Tu portes des chaussettes ?!

— La ferme !

Lorna attrapa une flûte de champagne et regarda Flora en levant les sourcils d'un air entendu.

— Je peux pas, déclina Flora. Je risquerais de tomber de la scène et de dire à tout le monde de pas voter pour Colton.

— Est-ce que t'es très, très bien payée ?

— Je commence à me dire que clairement pas assez.

— Tes cheveux se défont.

— Je sais, je sais, tais-toi.

Colton fit subitement son entrée, saluant tous les nouveaux arrivés avec effusion, se présentant, leur souhaitant à tous la bienvenue. Il croisa le regard de Flora et vint à sa rencontre, un grand sourire aux lèvres.

— Regardez-moi ça ! s'exclama-t-il, ravi. C'est ce que j'appelle se mettre en quatre pour son cabinet !

— Commencez pas, l'implora-t-elle.

Dans cette tenue, elle était tellement loin de la Londonienne sophistiquée pour laquelle elle voulait passer. Et plus proche, elle le savait, de celle qu'elle était vraiment.

— Non, je le pense ! Vous êtes magnifique !

— C'est vrai, renchérit Lorna en lui déposant un bisou sur la joue avant de disparaître dans la foule.

— J'espère que je suis pas trop rouillée, dit Flora en s'étirant la jambe en arrière.

— Buvez une goutte de whisky avant de commencer. Vous dansez tôt ; vous pourrez en boire plein d'autres après.

— Mme Kennedy me tuerait, répondit-elle en souriant. Elle me truciderait sur-le-champ.

Colton lui rendit son sourire.

— Eh bien, on est chez moi ici. Je déteste ne pas offrir l'hospitalité de rigueur.

Flora se recula pour voir la tenue de Colton en entier. Elle faillit éclater de rire, mais réussit à se retenir juste à temps.

— Quoi ?

— Rien, mentit-elle.

Il plissa les yeux, et Flora essaya de se rappeler qu'il était toujours un client super, super riche.

— Vous n'aimez pas ?

Il portait la panoplie complète d'un chef de clan – et plus encore : un kilt des Highlands à carreaux rouge et vert vif, avec une longue redingote, une énorme sacoche en poils, une immense dague fourrée dans l'une de ses chaussettes beiges, un gilet en tartan brodé, un nœud papillon, une écharpe dans le même tissu posé en travers de sa large poitrine et, sur ses cheveux courts, un énorme béret écossais dont sortaient trois plumes de grouse.

— Existe-t-il un clan Rogers ?

— Ma mère était aussi écossaise que vous. C'était une Frink.

— Eh bien, dit-elle en papillonnant des paupières. Vous êtes très beau.

Colton lui fit un grand sourire.

— Merci.

Le joueur de cornemuse commença à ralentir alors qu'un violoniste se joignait à lui, et la musique se fondit dans le crépuscule. Mme Kennedy fit son apparition et toussota bruyamment.

— C'est votre signal ? s'enquit Colton.

— On dirait bien.

— Où est votre frère ?

— Il est derrière, en train de donner un coup de main pour tout installer. Il est très nerveux.

Colton sourit.

— Je pense qu'il… je pense qu'il va très bien s'en sortir, non ?

Flora acquiesça.

— Je crois pas qu'il soit fait pour être agriculteur.

— Je suis d'accord, répondit Colton.

— HUM, HUM !

*

À l'extérieur, sur la pelouse qui descendait vers la mer, on avait érigé une petite scène, elle aussi entourée de braseros. Cela pourrait être mieux, pensa Flora, mais cela pourrait être pire. Elle l'imaginait bien pour les mariages quand le temps le permettrait.

Le Tout-Mure était rassemblé autour. Ses anciens professeurs, de vieux amis qui étaient restés, de vieux amis qui étaient partis, mais étaient de passage. Le boucher, la postière, le laitier, les garçons du cercle d'agriculteurs et les vieux du bowling. Le comité du festival nordique et les tricoteuses de *Fair Isle*, qui travaillaient à la pièce quand celles de l'île d'origine étaient débordées : elle les reconnaissait tous, même ceux qu'elle n'avait jamais rencontrés personnellement : elle voyait les mêmes visages se succéder, voyait les mêmes yeux verts que les siens. Tous rivés sur elle, en train de la juger pour être partie.

Mais il manquait un visage. Soudain, Flora crut qu'elle allait se mettre à pleurer. S'effondrer, ne pas être capable de danser. Sa mère n'avait jamais raté l'une de ses représentations – même si, comprenait-elle maintenant, cela avait impliqué de laisser les garçons tout seuls, de laisser Fintan en arrière, à faire Dieu sait quoi – qui pouvait le dire ? À jouer au *shinty* alors qu'il n'en avait pas envie ? Obligé de jouer à marche ou crève avec les plus grands ?

La culpabilité l'assaillit, puis un grand sentiment de tristesse l'envahit à cause d'une absente dans la foule. Mince, qu'est-ce que sa mère pouvait lui manquer. Quand Flora était adolescente, elle trouvait le fait de danser gênant, débile et inutile – mais elle avait toujours su à quel point cela faisait plaisir à sa mère –, tout comme le fait d'être douée pour ça, de gagner des compétitions, des coupes et des rosettes ; pour autant, elle ne leur avait jamais jeté un regard, elle les avait simplement laissées derrière elle, à prendre la poussière dans la chambre à laquelle elle n'avait jamais repensé.

Elle repoussa ses larmes d'un clignement de paupières.

— Ça va ? lui demanda une voix.

Elle se retourna pour trouver Charlie derrière elle. Il arborait une tenue simple – une chemise ample à lacets en cuir, un kilt de chasse discret plutôt qu'un de cérémonie. Il semblait né pour le porter, et, bien sûr, il l'était.

— Oh, oui, ça va. Salut !

— T'as l'air soucieuse.

— Tu fais le tour des gens pour leur dire de retrouver le sourire ? riposta-t-elle en sourcillant.

— Oh, non, rétorqua Charlie en se départant de son flegme légendaire. Pas habituellement.

— Pardon, dit-elle en s'essuyant les yeux à la hâte. J'étais juste… perdue dans mes pensées.

— OK, répondit Charlie avant de s'interrompre. Ta mère te manque ?

Elle leva les yeux vers lui, touchée par la douceur et la bienveillance de ses paroles, au moment même où les cornemuses entamaient *The Bonnie Wife of Fairlie*, et elle fut happée par la vague des autres filles, prise dans le mouvement, défilant devant la fumée et la foule.

Flora se rendit compte que ces dernières années, pendant sa vie d'étudiante pépère puis d'employée modèle perdant son temps dans les transports, elle avait oublié ce à côté de quoi elle était passée. Elle avait oublié combien elle aimait danser, en particulier accompagnée d'un orchestre, dont la musique lui entrait par tous les pores de la peau. Elle se laissa complètement aller, s'abandonna aux pas complexes de la danse du sabre tandis que les filles sautaient et frappaient le sol de manière parfaitement synchronisée, sa tête pivotant bien après le reste de son corps ; ses cheveux, comme toujours, commencèrent à se défaire, exposant leur couleur pâle à la lumière du feu, alors que la foule sifflait et applaudissait, et que les danseuses se déplaçaient de plus en plus vite, se contournant les unes les autres, sans répit, à mesure que la musique s'accélérait et que les flammes s'élevaient plus haut dans les airs. Joel, qui était arrivé tard, ne se sentant particulièrement pas à sa place, monta les marches contre lesquelles clapotait l'eau gris clair. Des hérons s'envolèrent à son approche. Il s'arrêta dans l'entrée éclairée du jardin, juste à temps pour la voir.

Elle tourna la tête à ce moment-là, mais ne l'aperçut pas ; la lumière des flammes se reflétait sur sa peau pâle et sur le visage heureux des spectateurs ; bien concentrée au milieu d'un pas, elle disparut soudainement, ramenée dans la danse par une pirouette, ne laissant derrière elle qu'une image fantôme, ses cheveux désormais détachés lui battant dans le dos. Joel se ressaisit. Et réalisa. Et se maudit intérieurement.

Car il n'arrivait pas à comprendre comment il avait pu ne pas remarquer cette fille ensorcelante auparavant, cette étrange créature venue d'ailleurs ; il était profondément contrarié d'admettre ce qu'il savait depuis quelque temps déjà, il s'en rendait compte maintenant. Irrité, il serra le poing.

Il ne voulait pas… Bon. Pour commencer, elle n'était pas du tout son type. Son type portait très rarement des kilts, ne dansait pas dans une nuit qui n'était pas noire, sur une île qui ne ressemblait en rien à aucun endroit où il était déjà allé, qui ne s'en approchait même pas ; un lieu qui, en plus, semblait tout droit sorti d'un rêve, avec ses rochers escarpés, ses oiseaux, ses mers infinies et ses habitants sans âge qui vous regardaient en sachant au plus profond d'eux où étaient leurs racines et où était leur place, où elle avait toujours été.

Ce n'était pas pour lui. Ce n'était pas ce qu'il voulait. Il ne pouvait pas prendre le risque de tout perdre. Tout ce pour quoi il s'était battu si fort ; tous les petits bouts de bouclier dont il s'était entouré.

La musique aiguë allait de plus en plus vite ; les mains battaient de plus en plus fort.

Joel n'était pas un homme porté à l'introspection. Il n'avait jamais trouvé ça utile dans sa situation. Et il ne voulait pas s'y livrer maintenant. C'était son instinct de survie qui s'exprimait. Et c'était important. Il ne pouvait pas… Il s'en était sorti tout seul pendant plus de trois décennies. Il pensa à ce que le Dr Philippoussis lui dirait : « Il n'y a pas que le travail dans la vie. »

Ce à quoi Joel riposterait en citant l'exemple de tous les hommes qu'ils connaissaient – c'était très masculin – qui ne faisaient rien d'autre que travailler, qui se mariaient, mais abandonnaient leur famille, la laissant triste et seule, pour se consacrer à la distraction constante que leur offrait le travail.

Il en avait besoin. Ça l'avait sauvé. Les familles et les relations amoureuses ne pouvaient pas le sauver. Pas d'après son expérience.

Il ferma brièvement les yeux et se jura de trouver une barmaid mignonne, quelqu'un, quelque chose, pour détourner son attention.

Puis il leva à nouveau les yeux, au moment même où elle se retournait en virevoltant : Flora le vit alors, pour la première fois, et rougit comme jamais quand elle croisa son regard ; et un immense sourire se dessina spontanément sur le visage de Joel, qui se rendit compte que, une fois n'est pas coutume, il avait perdu ses moyens.

Jusqu'à présent, il avait passé sa vie à conclure des marchés, à relancer des clients au téléphone, à assister à des réunions, mais aussi à draguer des top models dans des bars et à repousser ses limites lors de triathlons, simplement pour se prouver qu'il en était capable…

Et maintenant, il était là, ne faisant rien de tout ça : debout, il regardait simplement une fille danser, à l'extrémité nord du monde. Il avait l'impression de se mouvoir dans un rêve ; dans un monde différent de tout ce qu'il avait toujours connu, tandis que le passé sur lequel il ne s'appesantissait jamais lui revenait par bribes : glissant sans effort du statut de petit nouveau harcelé à celui d'élève brillant dans son internat prestigieux, ramassant des prix et des bourses en chemin, canalisant sa solitude et sa frustration par une cupidité sans borne, d'une manière que sa profession et ses villes d'adoption encourageaient sans réserve. Puis, avec l'âge, afin d'éviter de s'empâter, étaient venus les entraînements intensifs pour affûter son corps, le rendre irrésistible aux yeux des femmes ; sa fortune toujours plus colossale – il avait engagé quelqu'un pour lui trouver un appartement et le meubler ; les déménagements à New York, Hong Kong et maintenant Londres, ne restant jamais suffisamment longtemps au même endroit pour faire autre chose que gagner plus d'argent, traîner avec les autres associés, laisser les femmes venir à lui et, dans l'idéal, repartir assez vite.

Et ces dernières criaient, hurlaient, pleuraient, lui disaient qu'il n'avait pas de cœur, pas d'âme et pas de sentiments – tout ce que les gens pensaient déjà des avocats, si bien qu'il était facile pour lui d'appartenir à cette profession. Comme s'il ne le savait pas.

Et pourtant, maintenant, il était là, au beau milieu de… Dieu sait où. Il y avait une fille qui tournoyait et scintillait dans la lumière des flammes ; il ne pouvait pas détacher ses yeux d'elle, et il souriait toujours, réalisa-t-il – pas un sourire d'avocat, pas un sourire rapace, pas un rictus de merdeux suffisant, pas un leurre pour aguicher les apprentis mannequins.

Un sourire qu'il ne pouvait absolument pas, tout simplement pas réprimer ; elle soutint son regard, alors même qu'elle s'insinuait entre les autres danseuses, chacune d'elles se mouvant si prestement qu'il semblait impossible qu'elles ne se rentrent pas dedans à mesure que la musique accélérait, encore et encore, si étrange à ses oreilles, finissant presque par se fondre les unes dans les autres, ne formant plus qu'une masse indistincte, sautante et riante ; Joel ferma alors brièvement les yeux et se frotta l'arête du nez, parce qu'il lui arrivait quelque chose d'étrange ; il ne savait pas ce que c'était, et il avait une trouille bleue, comme jamais il n'en avait connu. Et il regretta d'être venu.

# Chapitre trente-quatre

Flora fut profondément surprise de l'ovation que reçurent les danseuses des Highlands de Mme Kennedy à la fin de leur prestation. Les mains sur les hanches, elles saluèrent le public, et les applaudissements déferlèrent sur elles comme une vague ; Flora parcourut l'assemblée du regard, ces visages qu'elle trouvait si hostiles, si critiques auparavant.

Eh bien, maintenant, ce n'étaient plus seulement des visages. Mais son chez-elle. Des gens qu'elle connaissait, qu'elle avait toujours connus. Elle sentit les larmes lui monter aux yeux, mais ne voulait pas craquer, d'autant que les filles se prenaient à nouveau les mains pour un autre salut. Puis tout l'orchestre se mit à déblayer le terrain pour le bal, et Flora se dépêcha de rentrer se changer. Elle avait souri en voyant Joel, se rendant compte qu'il n'avait pas cédé à ses taquineries et avait renoncé au kilt. Il portait un costume gris un peu plus foncé que d'habitude ; elle supposa que c'était sa limite. C'était un message. Un signe à son intention, pour lui rappeler qu'il était un peu à part.

Il avait toutefois un beau sourire – qu'elle venait de voir pour la première fois, réalisa-t-elle.

Sur le chemin, Charlie vint à sa rencontre.

— C'était… c'était charmant, dit-il, les joues un peu roses.

— Merci, Teàrlach, répondit-elle, se sentant toute chose, riant sottement, comme si elle avait déjà bu le whisky de Colton.

— Tu danseras avec moi tout à l'heure ?

— Ça se pourrait bien.

Elle se sentait pétillante, flottante, heureuse… et plus encore quand elle aperçut son père. Elle ne pensait pas le voir ; elle avait dit aux garçons de mentionner la soirée, mais qui pouvait dire s'il allait venir ou non ? Il ne sortait jamais, pas vraiment ; elle ne se rappelait plus la dernière fois qu'elle l'avait vu en dehors de la ferme.

Bien sûr, elle lui avait demandé de venir lui rendre visite à Londres ; toutefois, si elle sondait son cœur, elle savait que, chaque fois qu'il lui avait répondu que oh non, oh non, il ne pouvait pas quitter la ferme, elle l'avait vécu comme un soulagement.

Mais quand était-il devenu si petit ? Elle se souvenait de lui en train d'arpenter les champs à grands pas, immense, un groupe de chiens à ses côtés, visible à des kilomètres alors qu'elle faisait ses devoirs et levait la tête de temps à autre pour regarder les ombres passer sur les collines, les nuages filer, se pourchasser les uns les autres, bondir comme des agneaux dans les prairies recouvertes de pierres en dessous.

Maintenant, elle avait l'impression de le dépasser ; elle voyait qu'il avait besoin d'aller chez le coiffeur.

Il avait toujours des cheveux, blancs, sur les oreilles, qui étaient poilues elles aussi. Il portait le vieux kilt, aux rouges foncés un peu passés, qui était tout ce dont il avait jamais eu besoin : un du clan Lindsay, du côté de sa propre mère. Née sur l'île principale, cette dernière avait quitté la région d'Argyll pour épouser le grand-père de Flora à son retour de la guerre, quand il avait débarqué des navires de transport de troupes du nord de l'Atlantique. Eck n'avait jamais vu l'intérêt d'en acheter un nouveau : il avait porté ce kilt à chaque mariage, chaque *Hogmanay* – la soirée du Nouvel An –, chaque festival viking et chaque *Samain* – la fête religieuse celtique marquant le début de la saison sombre –, et il semblait peu probable que cela change désormais. Il avait les joues rouges, les vaisseaux sanguins éclatés par les années passées à marcher dans le vent jusqu'à devenir, comme le disait un vieux dicton de Mure, un homme qui ne pouvait plus se tenir droit ; cependant pour la première fois depuis le retour de Flora, il avait l'air content de la voir.

— Oh dis, toi, là-bas, sur scène, dit-il, submergé par l'émotion, et Flora l'étreignit, son vieux tweed lui chatouillant les narines. Bon, je peux pas dire… je peux pas dire que tout ce qui se passe ici me plaise, tout ce pataquès et ces chichis, ajouta-t-il en désignant la splendide salle. Mais voui, ma chérie, elle aurait été… elle aurait été…

Mais aucun d'eux n'eut à dire un mot de plus, ils le savaient tous les deux.

— Allez, dit Flora en se frottant les yeux. Allons grignoter quelque chose.

Elle se changerait plus tard.

*

Dans la salle de restaurant, les tables avaient été poussées sur le côté pour accueillir une débauche de mets, présentés dans de lourds plats en argent qui étincelaient sur les nappes blanches.

On trouvait là du homard et les langoustines de Kelvin ; du hareng à la norvégienne, recouvert de petits oignons rouges, de mûres arctiques et de câpres ; des miches de pain de seigle croustillantes ; de grosses mottes de beurre frais et lisse, brillant, qui laissaient transparaître de grands cristaux de sel local, semblables à des joyaux. Il y avait aussi du saumon fumé localement, y compris celui fumé au whisky, qui rencontrait toujours un grand succès ; ainsi que de grands plats de pilaf de poisson.

Rien de sophistiqué, rien de compliqué. Une cuisine simple, sans fioriture. Uniquement de bonnes choses, fraîches et originaires des îles ; le genre de plats qu'on cuisinait et mangeait ici depuis des siècles, supervisés par Fintan, qui rayonnait de joie.

Le whisky, bien sûr, coulait à flots, ainsi que le gin, qui s'exportait très bien depuis quelques années – fait dans des cuves jouxtant celles où le whisky était maturé, il était bien plus rapide à produire, loin de requérir les vingt-cinq années de vieillissement des *single malt*. Colton se tenait près de la table des rafraîchissements, s'assurant que le verre de chacun était bien rempli.

Et puis venaient les desserts. Flora ne pouvait réprimer un sourire de satisfaction. Les tartes, presque toutes parfaites, occupaient une table entière. Il y avait aussi des gâteaux, apportés par d'autres personnes. Néanmoins les tartes, avec leurs fruits qui scintillaient comme des pierres précieuses, représentaient le clou du spectacle. C'était presque dommage de les découper, commenta plus d'un hôte. De lourds pots de crème étaient posés à côté.

Une grande bannière « FERME MACKENZIE » était suspendue au-dessus d'une autre table où prenaient place les fromages, déjà coupés en parfaits triangles, un petit échantillon de chaque dans toutes les assiettes. De grandes meules étaient exposées derrière, et un nombre incalculable de galettes d'avoine fraîchement sorties du four étaient alignées à côté. Un vrai régal pour les yeux.

— Non, non, lui murmura Colton en la voyant admirer la vue. Vous, vous retournez derrière un affreux bureau dans une ville affreuse.

Il lui tendit un verre de *single malt* de Mure, et elle le but, un peu trop vite peut-être, sentant qu'il lui montait directement au cerveau, où il se mêla à l'adrénaline.

— Un bureau dans un cabinet qui répondra à toutes vos exigences, fit-elle remarquer.

Colton, qui était un peu soûl, observa Flora, désigna la pièce d'un mouvement brusque du bras.

— Ce genre de choses est difficile à trouver, ma p'tite. Plus difficile que vous le pensez.

Flora sourit tandis qu'il lui remplissait à nouveau son verre.

— Allez, on a du travail. Faisons la tournée des membres du conseil.

— C'est pire que quand j'ai lancé ma première start-up, lâcha Colton en soupirant.

— Oui, approuva Flora. Parce que, maintenant, vous savez ce que vous avez à perdre.

Elle ne mentionna pas qu'elle était elle aussi un peu nerveuse. Les gens n'oubliaient pas facilement. Mais elle avait une tâche à accomplir. Elle redressa les épaules.

— Flora.

— Maggie !

— Ce n'était pas mal. Pas mal du tout, lança Maggie Buchanan en faisant la moue.

— Oui, je sais. Avez-vous rencontré Colton ?

— Merci pour la fête, déclara Maggie d'un ton sec. Avec des objectifs aussi nobles et altruistes.

Colton sourit.

— Je vous en prie, répondit-il, les dents serrées.

Une autre danse traditionnelle, un *Dashing White Sergeant*, venait tout juste de commencer dans la pièce voisine, et Maggie s'empara de la main de Colton. Malgré ses soixante-dix ans bientôt sonnés, elle était toujours incroyablement allègre, grâce à l'habitude qu'elle avait de se rendre partout à vélo, en dépit des terrains rocailleux et des conditions climatiques exécrables.

Eh bien, songea Flora, c'était une avancée.

Elle observa ce couple improbable en riant et constata que Colton avait appris toutes les danses. Ce n'était pas un danseur-né, à la différence des garçons et des filles d'ici qui entretenaient cet aspect de leur patrimoine écossais : on dansait aux mariages, aux fêtes et aux célébrations dès qu'on savait marcher, c'était aussi naturel que respirer, ou chanter si c'était requis.

Colton, comprit vite Flora, était différent. Il n'arrêtait pas de se reporter à quelque chose dans sa poche – au départ, elle crut que c'était une flasque, mais elle se rendit compte ensuite qu'il s'agissait en réalité d'un petit livre de danses traditionnelles écossaises. Il vérifiait les figures et les pas que, contrairement aux autres danseurs plus véloces, il exécutait avec un soin exagéré, souriant à tout le monde au passage.

C'était un homme bien plus intéressant et attentionné qu'elle ne l'avait imaginé, le matin où elle l'avait rencontré dans la salle de conférences, clamant avec arrogance que Londres était pourri.

Elle chercha Fintan du regard et le vit en train de tripoter les assiettes de fromage : il semblait fier et suivait la progression de Colton sur la piste de danse avec une attention soutenue.

Elle se retourna pour se mêler à la foule au milieu de la pièce, loin des tables.

— Ces pâtisseries, dit une vieille femme. Ces pâtisseries… oh, c'est comme si Annie était de retour parmi nous !

— Merci, répondit Flora en clignant des yeux.

— Tu es comme elle – c'était une vraie *selkie*.

Parfois, il ne servait à rien de résister.

— Je sais, agréa Flora.

— Tu lui ressembles beaucoup.

— Je suis heureuse. Si heureuse.

— Bienvenue au bercail, ajouta doucement la vieille dame, et nombre des anciens assis avec elle exprimèrent le même sentiment.

« Benv'nue, benv'nue », répéta-t-on autour de la table avec l'accent local en remplissant à nouveau le verre de Flora.

Charlie apparut alors derrière elle.

— Viens danser avec moi, t'as promis, dit-il, alors même qu'il engouffrait encore de gros morceaux de tarte.

— Mais t'es en train de manger !

— Je sais, admit-il en souriant. Je pensais qu'il fallait vite que je te réserve avant que tu deviennes trop populaire. Et ça, c'est carrément sensass. Goûte !

Flora avait été trop nerveuse pour avaler quoi que ce soit, mais elle goûta une bouchée de sa tarte aux cerises et, en effet, elle était bonne. Elle sourit.

— Oui, t'as raison, je suis fabuleuse, blagua-t-elle.

— C'est votre soirée, mademoiselle MacKenzie, dit-il en posant son assiette vide et en lui présentant son bras.

— Où est Jan ? lui demanda-t-elle subitement.

Quelle question absurde ! Il flirtait avec elle, cela ne faisait aucun doute, et, s'il était déjà en couple, c'était injuste et stupide. Car, indéniablement, il lui plaisait. Il ne lui faisait pas battre le cœur ni accélérer le pouls comme Joel, mais Joel était inaccessible. Pas Charlie. Il se tenait juste là. Ses épaules larges et carrées, ses yeux bleu vif et son visage avenant. Tout le contraire de Joel. Pour autant, si elle devait apprendre à mieux le connaître, il fallait qu'elle sache.

Charlie cligna des yeux.

— Oh, elle est par là, répondit-il confusément.

Flora l'aperçut alors, s'approchant de la table des desserts avec grand enthousiasme.

— Vous deux, vous êtes… ?

— Séparés, se hâta de préciser Charlie. On est séparés. J'en reviens pas que tu sois pas au courant. Je pensais que tout le monde le savait.

— Ben, je suis pas tout le monde, rétorqua Flora d'un ton jovial.

— C'est vrai.

Elle aurait aimé avoir eu l'occasion de se changer. Bien qu'en réalité sa tenue lui aille bien mieux que la robe Karen Millen un poil trop petite qu'elle avait achetée l'année précédente pour un mariage et qu'elle était loin d'avoir amortie.

— Mais vous travaillez toujours tous les deux ? poursuivit-elle.

— Oh, oui. On dirige la boîte ensemble. C'est une fille bien.

— Alors pourquoi… ?

— Tu danses ou quoi ? l'interrogea Charlie. Ou est-ce qu'on doit rester plantés là à discuter des moindres détails de notre vie comme si on était dans une émission de télé-réalité ?

— J'aurais pas cru que t'aies le temps de regarder ce genre de choses.

— Ah ouais, parce que tu sais tout de moi peut-être ?

Il lui prit la main et la conduisit sur la piste. Colton dansait désormais avec deux vieilles dames du club de curling, un mouvement qui nécessitait deux filles pour chaque garçon, et *vice versa*, et ces dernières semblaient ravies d'avoir jeté leur dévolu sur lui. Charlie fit gaiement entrer Flora dans la danse en virevoltant, avec Bertie de l'autre côté, et ils se joignirent à la foule.

Flora s'abandonna à la musique, se baissant et tournant à toute allure, sans discontinuer, les kilts des hommes tourbillonnant et elle-même tournoyant autour d'eux. Elle éprouva soudain un grand sentiment de liberté.

Derrière l'un des lourds rideaux, tapi dans l'ombre, Joel la regardait rire avec ce grand gars qui la suivait partout, à ce qu'il voyait ; il la regardait d'un air concupiscent, un air qu'il connaissait et méprisait.

Il jura et quitta la pièce.

*

Encore gloussante à la fin de la danse, Flora se rendit compte qu'elle n'avait pas vérifié comment allait Joel, ce qui était très négligent de sa part étant donné qu'il ne connaissait presque personne. Elle devait le présenter à tout le monde et veiller sur lui, puisque Colton était occupé. Or, pendant qu'elle dansait avec Charlie, elle n'avait pas du tout pensé à lui.

— Excuse-moi, dit-elle en balayant la pièce du regard, mais Joel était introuvable. Il faut que j'y aille. Tu peux inviter Mme Kennedy à danser ?

— Non. Elle est terrifiante.

— Ouais… mais elle fait partie du conseil.

Charlie leva les yeux au ciel, et Flora s'éclipsa discrètement.

*

Elle déambula dans les coins et recoins du rez-de-chaussée de l'hôtel ; il y avait de beaux canapés confortables et des éclairages tamisés, de grands foyers ouverts partout. Elle avait très chaud, à cause de la salle, du bruit, de la danse et du doux whisky qui lui coulait désormais dans les veines.

Soudain, derrière le dos d'un canapé, elle repéra ses cheveux châtain brillant et, sur le côté, le contour de sa chaussure noire lustrée, la longue ligne de sa jambe, son costume hors de prix, impeccable comme toujours, lui, si différent des autres hommes en kilt. Juste lui. Juste Joel.

La façon dont il l'avait regardée pendant qu'elle dansait lui retraversa l'esprit – ça n'avait duré qu'une fraction de seconde, mais elle ne s'était pas fait d'idées, si ? Si ? Mince, mais qu'est-ce qu'elle fabriquait ?

Un peu pompette, elle en oublia tout le reste. Oublia le reste de Mure de l'autre côté de la porte ; oublia Charlie, qui attendait de danser à nouveau avec elle ; oublia qu'elle était censée suivre Colton à la trace, l'écoutant loyalement et le présentant à tout le monde pour gagner la confiance de chacun. Elle oublia tout, excepté sa proximité avec Joel, avec cet homme qu'elle désirait tant, depuis si longtemps. Et maintenant, ils étaient à des milliers de kilomètres de leur vie normale, de tout ce qui comptait pour lui – quoi que ce soit.

Elle était venue ici pour faire plaisir au cabinet. Elle avait quitté Mure pour faire plaisir à sa mère. Elle était restée loin parce que… parce qu'elle n'avait pas su quoi faire d'autre. Flora avait parfois l'impression d'être un bateau, ballotté par la marée, pas certaine de savoir où elle allait arriver ni pourquoi. Soupçonnant qu'elle finirait un jour par regarder en arrière et qu'elle ne se rappellerait pas vraiment avoir fait le moindre choix.

Le feu crépitait, invitant à la tentation ; les bruits de la fête s'évanouirent dans son dos. Il ne l'avait pas vue ; sa tête ne bougeait pas.

Elle prit une profonde inspiration. Ça ne lui ressemblait pas du tout. Elle ne se reconnaissait pas. Mais, même si ce n'était que pour cette nuit… Ce soir, elle ne se sentait ni coupable, ni déprimée, ni une mauvaise fille, ni pas à sa place. Elle se sentait bien, sentait qu'elle méritait quelque chose, que son dur labeur portait ses fruits. Les autres obtenaient bien ce qu'ils voulaient. Alors, pourquoi pas elle ?

Nerveuse, elle se mordit une dernière fois la lèvre, puis fit un pas en avant.

— Joel ?

— Flora ! Salut ! Contente de te voir !

# Chapitre trente-cinq

Inge-Britt Magnusdottir se leva pour saluer Flora, supposant qu'elle cherchait son patron, bien que Joel n'ait pas évoqué cette éventualité. Non pas qu'Inge-Britt ait été particulièrement attentive à ce qu'il disait ; elle s'était lovée de manière suggestive sur le canapé, se concentrant sur le ventre plat et les longues cuisses de Joel et se demandant quand elle pourrait décemment proposer qu'ils rentrent au *Harbour's Rest* tous les deux. Inge-Britt était très directe quand elle avait envie de quelque chose, ce à quoi Joel, dans sa tourmente, avait été sensible. Il était en terrain connu.

— Inge-Britt ! s'exclama Flora, totalement déstabilisée et virant immédiatement au rouge brique.

Elle eut l'impression d'avoir envie de pleurer. Non, elle avait envie de pleurer, très envie.

— Ravie de te voir !

— Ben, tout le monde est là, alors j'allais pas avoir beaucoup de clients ce soir de toute façon, expliqua Inge-Britt en souriant. Tu m'avais pas dit que ton patron était si… intéressant.

— Ah bon ? grommela Flora.

Joel ne pouvait pas la regarder. Il ne le pouvait pas. Était-elle contrariée ? Déçue ? Avait-elle envie de lui ? Il avait envie… plus que tout, il avait subitement envie de prendre ces cheveux clairs dans ses mains, de l'attirer dans ses bras. Il avait envie de coucher avec elle ; bien sûr qu'il en avait envie. Joel avait envie de coucher avec la plupart des gens. Mais il y avait autre chose. Il avait envie de lui parler. Il avait envie de la réconforter, il avait envie que son chagrin rencontre le sien, il avait envie de partager avec elle.

Joel n'avait jamais eu envie de partager quoi que ce soit, avec personne. Quand on n'a pas de jouets, on n'apprend pas à partager.

Il réprima cette pensée.

— Vous avez besoin de moi ? lui demanda-t-il sans lever la tête.

Oui, avait-elle envie de répondre. J'ai besoin de toi. J'ai besoin de quelque chose de pur. J'ai besoin d'une bonne partie de jambes en l'air et du sentiment de faire un choix, de ne pas attendre d'être choisie. J'ai besoin d'être moi-même, de coucher avec quelqu'un dont les autres penseraient qu'il n'est pas fait pour moi. J'ai besoin d'être, pour une fois, déchaînée et imprudente et de ne pas faire ce que tout le monde attend qu'une fille comme moi, bosseuse, calme, insipide, fasse. Même pas en rêve.

— Non, articula-t-elle, la gorge serrée. Ça va. Je suis juste venue vérifier que vous alliez bien. Je ne sais pas si vous êtes au niveau en danse écossaise.

— Je t'apprendrai, dit Inge-Britt avec enthousiasme.

— Je ne danse pas, rétorqua Joel sèchement.

— Alors, pourquoi vous êtes venu ? ne put s'empêcher de demander Flora.

— Putain, heureusement, intervint Inge-Britt en versant sans précaution le contenu d'une bouteille de vodka qu'elle s'était appropriée dans leurs deux verres. Les Scandinaves trouvent çá tordant, faut que je te prévienne. *A-diddly-diddly-diddly-diddly*.

Elle était pas mal soûle.

Flora prit soudain pleinement conscience du gilet en velours à lacets serrés qu'elle portait, du kilt en tartan clair de gamine qui lui tombait sur les genoux, de ses cheveux défaits. Elle devait avoir l'air complètement débile à leurs yeux, une vraie plouc.

— J'y retourne alors, dit-elle en essayant de sourire mais en échouant lamentablement. Colton voudra sans doute me parler plus tard.

— Super, répondit Joel, même si ça lui faisait énormément de mal.

Il but une gorgée de son verre, dans l'espoir que ça l'anesthésierait.

— Faites-moi savoir si vous avez besoin de quelque chose, ajouta-t-il.

Elle retourna sur la piste de danse, où Charlie essayait vaillamment d'accompagner Mme Kennedy. Quand la musique s'arrêta, sans même se soucier de la politesse, elle s'approcha de lui, lui prit la main et le tira en arrière avant qu'il ait l'occasion de saluer.

Dehors, le ciel était blanc. Le soupçon de bleu qui soulignait l'horizon indiquait qu'il était près de minuit. Des guirlandes électriques étaient toujours accrochées sur la pelouse où s'était trouvée la scène ; les bruissements et les chuchotements d'autres couples leur parvenaient des arbres. Elle conserva son immense main dans la sienne et leva les yeux vers lui, et il soutint son regard, de ses yeux bleu clair ; puis, comme la musique reprenait, il posa sa main sur son visage et, enhardie, elle se grandit et l'embrassa, fort, en y mettant toute sa passion.

*

Tout à coup, elle eut l'impression de se prendre un seau d'eau froide sur la tête. Ce qui, Flora n'avait aucun doute là-dessus, se serait réellement produit s'il y en avait eu un dans le coin.

Une main attrapa le col de son gilet et la tira en arrière. Flora se retourna, stupéfaite. Elle s'était totalement abandonnée au pur plaisir d'embrasser un bel homme sous un ciel nocturne dégagé.

Jan était plantée là, le visage cramoisi.

— Tu fais quoi là, putain ?

Flora recula en chancelant, puis regarda Charlie, qui paraissait défier Jan, énervé et incroyablement sexy.

— Mais tu m'as dit…, commença Flora.

— On fait une pause, t'as dit ! hurla Jan. Pas que c'était fini !

Charlie la regarda, puis Flora.

— Ça fait des mois. Écoute, Jan, sois raisonnable…

— Non, répondit-elle, la bouche serrée. *Toi*, sois raisonnable. Tu sais ce qu'a dit papa.

Flora ne tenait pas du tout à entendre ce que papa avait à dire. Elle tira sur son satané kilt, ce kilt ridicule, pour la dernière fois, le visage rouge vif elle aussi, consciente que des gens se demandaient sûrement où elle était et ce qu'elle trafiquait, puis elle tourna les talons. Elle allait chercher la Land Rover et se tirer d'ici ; elle ne voulait plus rien avoir à voir avec Charlie, Jan, Joel, Inge-Britt, les Muriens, les Londoniens, les Américains ou, en gros, qui que ce soit d'autre sur terre.

En partant, elle entrevit la fête qui battait son plein. Colton était toujours en train de faire l'intéressant au beau milieu de la piste, mais la musique paraissait désormais grinçante aux oreilles de Flora, les bruits joyeux des noceurs lui évoquaient les gazouillis absurdes d'oiseaux dans un zoo, et les belles pièces du *Rock*, chaudes et heureuses, semblaient ruinées, comme si quelqu'un avait allumé une horrible lumière fluorescente pour montrer toutes les rides sur le visage des invités, toutes les taches sur leurs vêtements. Bientôt, tout deviendrait noir, miteux et disparaîtrait.

# Chapitre trente-six

Flora avait suffisamment dessoûlé pour raccompagner Lorna chez elle en partant du *Rock*. En route, elle lui raconta ce qui s'était passé avec Charlie et Jan.

— Et qu'est-ce que son foutu père a à voir avec ça ? conclut-elle, furieuse. C'est une grande fille. Elle devrait se comporter comme telle.

— Ouais, à ce propos, répondit Lorna, détestant profondément être porteuse de mauvaises nouvelles. Son père, c'est Fraser Mathieson. Elle s'appelle Jan Mathieson.

— Fraser Mathieson, membre du conseil municipal ? demanda Flora à voix basse.

— Euh, ouais.

— Fraser Mathieson, l'homme le plus riche de l'île ? Excepté Colton ? Merde alors ! Nom d'un chien, les hommes sont de vraies têtes de nœud.

— J'aimais bien Charlie.

— Je parlais même pas de lui, précisa Flora d'un air morose avant de lui expliquer pour Joel et Inge-Britt. Ça craint à mort.

Une fois arrivées chez elles, elles poursuivirent la discussion en ligne. Kai et Lorna ne s'étaient jamais rencontrés, mais ils apprenaient à se connaître sur WhatsApp et ils faisaient bloc, ce qui aidait Flora, beaucoup. Flora s'assit à la lumière du feu qui se mourait, buvant du thé pour essayer de se remonter le moral, même si ça ne marchait pas. Heureusement, Bramble était là, sa grosse tête posée sur ses genoux, lui léchant doucement la main de temps à autre, comme s'il y déposait de petits baisers.

— *Tête de nœud*, tapa Lorna.

— *Affreux, affreux bonhomme*, écrivit Kai. *Tu voudrais qu'on le fasse descendre pour toi ?*

— *Ce serait chouette.*

— *Je vais prendre du poison au cabinet de Saif !* ajouta Lorna. 💉 💊

— *Je vais mettre des poissons dans le tiroir de son bureau.*

Flora sourit, poussa un soupir et engloutit quelques cookies qu'elle avait laissés dans la cuisine, supposant qu'ils auraient besoin de se sustenter en rentrant. C'était toujours comme ça avec la danse et les peines de cœur : ça creusait plus qu'on ne l'imaginait. Elle avait entendu dire que certaines filles maigrissaient à vue d'œil quand elles étaient tristes. Flora n'était pas l'une d'elles.

Elle avait presque retrouvé le sourire quand elle entendit une voiture s'arrêter devant la porte. Elle fronça les sourcils. Son père était rentré avec Innes et Hamish il y avait déjà un moment, et ils étaient maintenant tous bien au chaud dans leur lit ; elle pouvait entendre son père ronfler d'ici. En quittant la soirée, ils avaient dû embarquer Agot de force. La petite avait protesté vigoureusement ; elle avait dansé toutes les danses, surgissant devant le premier homme disponible et exigeant qu'il lui serve de cavalier. Allez savoir à quoi elle allait ressembler à quatorze ans.

Mais alors, c'était qui ?

Pendant une toute petite seconde, une partie d'elle se dit que ça pouvait être Joel, venu s'excuser et la supplier de lui pardonner, lui dire qu'il préférait de loin une assistante juridique effacée à une amazone islandaise blonde d'un mètre quatre-vingt et des brouettes. Mais, bien sûr, il n'avait pas de voiture ici. Elle lui avait servi de chauffeur. Elle secoua la tête, à nouveau furieuse contre elle-même d'être une telle idiote. Mince ! Une idée lui vint subitement : quand il l'avait vue danser, était-il en train de rire d'elle ? Était-ce ça qu'elle avait vu sur son visage ? Un sourire amusé ? Un sourire moqueur devant ses petites manières de paysanne ? Elle avait les joues en feu. La soirée avait si bien commencé, s'était si incroyablement bien déroulée : elle aurait été incapable de compter les compliments qu'elle avait reçus sur la nourriture. Et maintenant, elle était de retour dans cette vieille cuisine stupide, les yeux fixés sur son thé. Encore.

Est-ce que ça pouvait être Charlie ? Son baiser avait été appuyé, sincère, réveillant quelque chose en elle, quelque chose qu'elle n'avait pas ressenti depuis si longtemps… elle ne voulait même pas savoir depuis quand. Tout ce temps, avec le travail, les chamboulements, son chagrin et un *crush* inaccessible complètement débile qui l'avait empêchée de regarder autour d'elle, elle s'était négligée, elle, ses besoins, ses envies. Elle se toucha les lèvres, pour voir. Elles étaient gonflées. Le simple fait de se sentir à nouveau désirable, désirée… savoir que c'était toujours là…

La personne dehors, qui que ce soit, ne semblait pas vouloir entrer. Flora se faufila jusqu'à la fenêtre de la cuisine, mais les phares étaient éteints. Elle distinguait seulement deux têtes qui bougeaient derrière le pare-brise – c'était une grosse Range Rover –, puis se rappela soudain qu'on pouvait la voir avec la lumière du feu derrière elle et se carapata.

Quelques secondes plus tard, Fintan poussa la porte de la cuisine, et la voiture s'éloigna, bringuebalante, sur le chemin rocailleux.

Flora leva les yeux et servit une autre tasse de thé.

— C'est une heure pour rentrer ? lui demanda-t-elle pour le taquiner, essayant de dissimuler son propre chagrin d'amour.

Fintan la regarda, un sourire se dessinant lentement sur son visage, puis cligna des yeux, tout aussi lentement. Il paraissait un peu ailleurs.

— Pardon. Pardon. Je… Ouais. Colton m'a raccompagné.

— Colton t'a raccompagné ?

— Euh, ouais.

— T'es sûr qu'il avait pas bu trop de whisky ?

— Oh si, répondit Fintan en prenant sa tasse de thé avec gratitude. Carrément. J'ai trouvé le trajet un peu mouvementé.

— FINN !

— Non, ça va, l'agent de police Clark était évanoui sous la table des desserts quand je suis parti. D'ailleurs, il restait plus rien. Les gens léchaient leur assiette. T'es vraiment pas mauvaise.

Flora fit semblant de ne pas entendre le compliment de son frère tandis qu'elle versait du lait dans sa tasse.

— Et…

Fintan se mordit la lèvre et tenta de cacher son sourire bête.

— Hum ?

— Ben…

— Flora, si t'as une question à me poser, pose-la, c'est tout.

— Oui. Papa est au courant ?

— Pourquoi ? Tu crois que le choc va le tuer ?

Flora secoua la tête.

— Je sais pas pourquoi ça m'a jamais traversé l'esprit.

— Parce que tu t'es jamais intéressée à nous.

— C'est pas vrai.

— Tu sais que c'est vrai, Flora. Tu le sais. T'es partie et t'as jamais repensé à nous, ici, en train de pelleter de la bouse de vache.

— Arrête. S'il te plaît. Je suis épuisée. S'il te plaît, on peut arrêter de se battre ? Ce soir, ça aurait dû être bien. C'était bien.

— Oh oui, ça va, on a pas besoin de se battre. Fintan est gay maintenant : waouh, c'est pas génial, ta famille est presque assez cool pour une fille de Londres.

— FINTAN !

Elle avait carrément hurlé, furieuse de ne pas réussir à trouver les mots.

— Ouais, maintenant t'as quelque chose d'acceptable à raconter à tes snobinards d'amis de Londres, hein ?

Elle respira profondément, se leva et le regarda droit dans les yeux.

— Quoi, alors comme ça, t'avais un copain avant que je revienne ? Avant de rencontrer Colton ?

Il ne répondit pas.

— Comme ça tu rompais déjà avec ton ancienne vie et t'essayais de te lancer dans le service traiteur, de tout mettre sur pied et de tracer ton propre chemin… avant que je revienne ?

Il y eut un long blanc.

— Ça allait, l'assura Fintan en haussant les épaules.

— Ou tu pourrais dire : merci, frangine, de m'avoir présenté Colton.

Il la regarda ; ils se consumaient tous les deux de douleur.

— Je suis désolé, finit par dire Fintan avec un haussement d'épaules.

La gorge de Flora se serra.

— Je suis désolée, moi aussi.

Ils s'assirent tous les deux à la vieille table, Fintan tripotant sa cuillère.

— L'enterrement…

— Je pensais pas ce que je disais.

Fintan opina du chef.

— Donc, t'es jamais revenue.

— J'avais honte.

— Et garder tes distances, ça t'a rendue heureuse ?

Flora fit non de la tête.

— Je suis même pas sûre de savoir ce que ça veut dire, être heureuse. Ça m'occupait. C'est pas suffisant ?

— Je crois pas.

Il tendit la main vers elle.

— Pardon d'avoir crié. Je ruminais ça depuis longtemps.

— Je sais. Je m'en suis rendu compte.

— Et j'ai… C'est bien depuis que t'es rentrée, Flora. Je le pense. T'as juste… J'aurais pas dû m'enliser dans cette routine stupide. J'étais si aigri.

— Merci.

— Mais le dis pas encore à papa.

— Je le ferai pas. Il m'adresse à peine la parole de toute manière.

— Mais il est plutôt génial, tu trouves pas ? demanda Fintan avec un sourire.

— Colton ?

Il opina du chef.

— Oui. Est-ce qu'il a gardé son chapeau ?

— Ça te regarde pas.

— Son énorme, grosse, gigantesque, coiffe à plumes !

— La ferme !

Flora sourit.

— Alors, tu vois pas ton boss ce soir ? l'interrogea-t-il, les yeux plissés. Il te plaît, hein ? Je me fais pas d'idées ?

Flora hocha la tête.

— Tu peux oublier ça. Enfin, ça a pas d'importance. Il a rencontré Inge-Britt.

— Oh, l'« Islanbaise » !

Flora acquiesça.

— Donc. Ça va. Je vais bien.

Elle se demanda si elle devait lui parler de Charlie et renonça. Ça aurait probablement fait le tour de l'île dans la matinée quoi qu'il en soit.

— Ça a pas l'air d'être ton type.

— J'aimerais bien que tout le monde arrête de me dire ça.

— Je veux dire… enfin, je sais pas. Je crois juste que je te verrais plus avec un mec sympa. Comme Charlie MacArthur.

— Mais Joel est sympa ! s'emporta Flora.

— Vraiment ?

— Oh merde, j'en sais rien. Tu sais ce que ça fait quand tu craques tellement pour quelqu'un que tu penses qu'à ça, que t'arrives pas à te le sortir de la tête et que t'as juste envie de…

Elle s'interrompit.

— Ça oui, répondit Fintan. Bon Dieu, je kiffais trop l'agent Clark.

— *Vraiment ?* dit Flora en se remémorant un certain festival viking il y avait très longtemps de cela.

— Oh oui, pendant des années.

— Mais je… je suis sortie avec lui !

— Ouais, je m'en souviens. Merci.

— Putain, pas étonnant qu'on se soit autant engueulés, conclut Flora avec un sourire.

— T'inquiète. J'ai eu ma revanche à la fête de Noël.

— Avec qui ?

Fintan mentionna le petit copain de Flora quand elle avait quinze ans ; il travaillait au garage et elle le trouvait terriblement sexy parce qu'il avait une moto. Ça avait rendu sa mère furieuse.

— PAS POSSIBLE !

— Oh ben que voui ! Il se passe pas grand-chose sur Mure, tu sais. Faut bien passer le temps.

Flora le dévisagea, les yeux plissés.

— Je vais me coucher avant que tu m'annonces une autre atrocité.

— Ben oui, y a rien à voir ici ; seulement nous, et les fées, et les *selkies*, et…

— Ferme-la !

— Ouais, ouais. De toute façon, je vais me coucher. C'est le foutu transport annuel des veaux demain. Direction l'île principale avec un tas de bovins. Quoi de plus marrant ?

Ils s'étreignirent chaleureusement, puis Flora éteignit son téléphone et se sentit mieux. Juste un peu.

# Chapitre trente-sept

Joel, debout, regardait les vagues blanches par sa fenêtre. Derrière lui, sur le lit, Inge-Britt dormait à poings fermés, magnifiquement longiligne, les cheveux en bataille, ressemblant à tant d'autres filles à ses yeux. Elle l'avait prévenu qu'elle devait se lever aux aurores pour préparer le petit déjeuner.

Il se tourna vers la fenêtre striée de salissures. Il faisait à nouveau grand jour, même s'il n'était que cinq heures du matin. Comment pouvaient-ils supporter ça ? Quand dormaient les gens ici ? Comment faisaient-ils ? Est-ce qu'on s'habituait à passer sa vie en plein jour, tout simplement ? Il supposa que oui. Ce n'était pas l'aurore ; c'était le matin.

Mais une matinée qui semblait agitée, venteuse, déchaînée. Les vagues martelaient la côte et, bien qu'il n'y ait pas d'arbres pour évaluer la vitesse du vent, il voyait la bruyère ployer sous les bourrasques. Un héron s'envola, et il le vit batailler un moment, déployant ses ailes et se dirigeant avec détermination vers ce qui avait tout l'air d'une vraie tempête.

Joel leva les yeux. Le ciel était si vaste ici. Les nuages filaient à une telle vitesse qu'il avait l'impression de regarder un film en avance rapide. Il était comme hypnotisé.

Bien qu'il soit fatigué, si fatigué – même s'il ne dormait jamais beaucoup, ici, il ne dormait pas du tout –, il pensait vaguement, confusément, au travail qui allait s'accumuler sur son bureau, aux occasions qu'ils ne devaient pas manquer ou laisser passer, au monde qui poursuivait sa course sans lui, au fait qu'il devrait probablement s'asseoir et s'y mettre quelques heures maintenant s'il ne retournait pas au lit.

Mais il n'en fit rien. À la place, il prit un verre d'eau, attrapa un grand pull marin dans la pile de vêtements que Margo lui avait préparés et s'assit dans un fauteuil près de la fenêtre, les pieds sur le rebord.

Il se surprit à observer les nuages, il s'abandonna, un brin somnolent, dans les formes et les motifs tourbillonnants qu'ils dessinaient en fuyant dans le ciel, et il se rendit compte que, en dépit de tout, étonnamment, cela faisait des mois, voire des années, qu'il n'avait pas été aussi serein. Il pensa à Flora. Il lui avait fait mal, il avait vu sa tête. Ça devrait l'aider à se sentir mieux. Mais, curieusement, ce n'était pas le cas.

D'un autre côté, il allait la voir dans la journée. Et cette idée le réconfortait. C'était bizarre.

Tandis qu'il contemplait le roulement des nuages, il sentit que son rythme cardiaque ralentissait et, avant qu'il s'en rende compte, il était huit heures ; il s'était assoupi et il n'y avait plus trace d'Inge-Britt dans la chambre. La tempête faisait toujours rage, et il était temps de se mettre au travail.

# Chapitre trente-huit

— Est-ce que je peux l'avoir ? Faut que j'y aille, dit Flora à Iona et Isla, qui soignaient toutes les deux leur énorme gueule de bois, propre aux étudiants ayant découvert les joies de l'*open bar*.

Sans compter qu'Isla avait séduit le jeune Ruaridh, ce qui ne faisait pas plaisir à Iona. À moins que ce ne soit l'inverse.

— Tu devrais pas prendre un gobelet en papier. Tu devrais emporter une Thermos, lança une voix autoritaire.

Flora se retourna. Jan était là, vêtue d'un polaire rose vif qui aurait paru peu flatteur même sur Mila Kunis. Le cœur de Flora tressaillit.

— Jan ! s'exclama-t-elle. Écoute. Tu dois me croire. Je savais absolument pas… Charlie m'a dit que vous étiez séparés. J'aurais jamais…

Jan tendit sa Thermos sans lui prêter attention.

— Bonjour, Isla.

— Salut. Tu t'es bien amusée à la soirée ?

— Non. C'était que de la frime, indépendamment de tout le reste. Je supporte pas ce genre de démonstrations excessives, pas vous ?

Flora pensa à la quantité de nourriture que Jan s'était enfilée la veille au soir aux frais de Colton et serra les poings.

— Oh, j'ai trouvé ça sympa, déclara Isla. T'étais belle, Flora.

— Merci. Je trouvais que j'avais l'air un peu débile.

— Oui, y a un âge où on peut encore se forcer à entrer dans un kilt de danse, et un âge où on ne peut plus, non ? déclara Jan, comme si, pensa Flora avec colère, elle n'avait pas un polaire rose vif sur le dos.

Puis elle sortit d'un pas altier, laissant Flora le regard fixé sur la porte.

— Est-ce que je peux la black-lister ? se demanda-t-elle tout haut.

— Tu vas te mettre à black-lister les autochtones ? la reprit Iona, surprise.

— T'as raison. Ce serait pas très judicieux.

— Qu'est-ce que t'as fait ? s'enquit Iona.

— Oh, entreprit Isla, un air coquin sur le visage.

— OK, OK, vous pourrez ragoter quand je serai partie. Mais vous devez savoir que je pensais qu'ils étaient séparés, ajouta-t-elle en levant les yeux au ciel. On croirait presque que *Friends* vient de débarquer sur Mure, vingt ans après le reste du monde !

Elle jeta un regard à la ronde.

— OK. J'emporte tous les pains bannock.

J'ai beau ne pas plaire à Joel, songea-t-elle, et je ne sais pas si je me sens capable d'annoncer l'éventuelle mauvaise nouvelle concernant Fraser Mathieson, mais ils ne peuvent pas ne pas apprécier un pain bannock tout chaud et croustillant par une matinée glaciale.

*

Colton avait envoyé le bateau pour Flora, puisque les garçons avaient pris la Land Rover pour remorquer les jeunes veaux récalcitrants à l'aéroport. C'était une entreprise délicate, difficile, et aucun d'eux n'aimait particulièrement ça, surtout par un temps aussi exécrable.

Dans la salle de restaurant du *Rock*, tout avait été débarrassé, tout était impeccable, un feu crépitait, et il faisait bien chaud, l'ambiance était feutrée. C'était charmant.

Flora entra, un plateau dans les mains.

— J'ai oublié, dit Colton en la voyant. Vous montez une contestation juridique ou vous lancez le service traiteur MacKenzie ?

— Contestation juridique, répondit-elle, au moment même où Joel disait :

— Ça peut pas être les deux ?

Mais elle ne lui jeta pas un regard, ne leva pas la tête, et il se sentit un peu honteux, un peu penaud.

Flora s'appliqua à étaler du miel local sur les pains bannock de la *Seaside Kitchen*. C'était délicieux et se mariait parfaitement avec le café de la machine hors de prix de Colton. Dehors, il soufflait maintenant un vent à décorner les bœufs. La mer était presque entièrement blanche et grise, le ciel toujours empli de nuages, à perte de vue. Flora fronça les sourcils. Contourner l'extrémité nord de l'île avait été mouvementé, elle ne voulait pas penser au retour.

Joel était assis de l'autre côté de la table. Ils s'étaient à peine regardés. Il semblait différent, mais Flora n'arrivait pas à déterminer ce qui avait changé. Et puis, elle comprit : il ne portait pas de cravate, seulement une chemise bleue et, contre toute attente, un pull. Il avait sans doute perdu sa cravate en attachant Inge-Britt avec, en s'adonnant vigoureusement aux plaisirs athlétiques du sexe islandais, pensa Flora avec amertume. Cette vision lui traversa l'esprit, et elle secoua la tête pour la chasser.

— Eh bien, j'ai l'impression que ça s'est plutôt bien passé hier soir, décréta Colton.

Il semblait ravi, comme un grand gamin impertinent, et s'attendait visiblement à une réaction enthousiaste. Aussi afficha-t-il une mine déconfite en remarquant l'attitude très réservée de Joel et Flora.

— Non, c'était génial, dit Flora en essayant de se reprendre. Tout le monde est venu, tout le monde s'est bien amusé. Ils étaient tous reconnaissants, vous savez. Vous avez vraiment dansé avec tout le monde ?

— Tout le monde, enfin tous ceux qui le voulaient. Je crois que certains des anciens de l'église étaient un peu guindés.

Flora sourit.

— Ça va. Ils ont le droit d'être guindés, c'est leur boulot.

— OK, le boulot, je sais ce que c'est.

— Je crois que tout se passe bien, poursuivit Flora. Je proposerais bien de continuer avec le *pop-up store* – enfin, la *Summer Kitchen*. D'après moi, les filles peuvent très bien s'en sortir. Et Fintan pourra leur donner un coup de main.

— Vraiment ? fit Colton, un sourire un peu bête se dessinant sur ses lèvres.

— Vous devrez seulement passer le reste de l'été à vous montrer, vous balader, être raisonnable. Parlez aux gens du coin. Servez-vous des installations locales. Profitez de l'île. Je pense que vous trouverez tout le monde beaucoup plus ouvert d'ici à septembre. Ça se goupille vraiment bien.

Colton acquiesça.

— En fait, j'ai déjà demandé à Fintan de venir travailler avec moi à plein temps. Il n'en a pas parlé ?

Flora cligna des yeux. Quoi ?

— Non. Il ne m'a rien dit.

— C'est logique, poursuivit Colton. Il pourrait diriger le service traiteur du *Rock* pour moi. Il a les compétences, il est doué. Vous avez vu ce qu'il a fait hier soir. Et il connaît tous les fournisseurs locaux.

— Vous comprenez pas, répondit Flora en secouant la tête. Il ne peut pas. Il ne peut pas quitter la ferme. On a besoin de lui.

Colton haussa les épaules.

— C'est pas vraiment… Enfin, je lui ai déjà demandé.

— Mon Dieu ! Mais, mon père. S'il a personne pour travailler dans le champ du haut, il va devoir le vendre. On peut pas se permettre d'embaucher quelqu'un d'autre. Tout va partir en miettes…

Elle se tut, repensant au bonheur de Fintan la veille au soir. À quel point il avait envie – besoin – de le faire. Et elle savait aussi qu'elle n'avait absolument pas le droit de lui demander de rester. Pas après tout ce qu'elle avait fait à sa famille. Parler de loyauté ne rimerait à rien désormais.

— Que va-t-il arriver à votre ferme ?

— Eh bien. Ces choses…, répondit-elle, les sourcils froncés. Enfin, les MacKenzie exploitent cette terre depuis toujours. Mais les temps changent, j'imagine. Papa est trop vieux pour ça maintenant. Innes est occupé la moitié du temps par Agot, et Hamish, eh bien, il est pas vraiment au point niveau gestion. Il pourrait manger tout le troupeau.

Colton regarda au loin, de l'autre côté de la baie. On voyait clairement la ferme, ses murs gris pâle scintillant dans la lumière du petit matin.

Il se pencha en avant.

— Combien Fintan produit-il de fromages, déjà ?

— Pas assez pour le commercialiser en masse, bafouilla Flora. En plus des fromages, y a des algues si vous vouliez… des produits laitiers, bien sûr, quelques moutons… Bref, c'est juste une ferme.

Colton acquiesça, pensif.

— Ça pourrait… Enfin, ça résoudrait un certain nombre de mes problèmes d'importation et ça m'intégrerait encore plus dans la communauté…

Flora le dévisagea, pas certaine de comprendre où il voulait en venir.

Mais Joel, lui, comprenait.

— Vous n'allez pas transformer ça en simple procédure translative de propriété ?

— C'est pas digne de mon grand avocat londonien ? rétorqua Colton avec le sourire.

— Non !

Le sourire de Colton s'agrandit.

— Eh bien, raison de plus pour le faire.

— Que voulez-vous dire ? demanda Flora.

— C'est pas évident ? J'achète la ferme. Votre père peut y vivre, aucun problème. Fintan travaille avec moi, les autres garçons l'aident avec le fromage, le beurre, et tout le reste, et vous me fournissez tous les produits dont j'ai besoin, tous ceux que vous pouvez. Et cet endroit va devenir célèbre dans le monde entier ! ajouta-t-il en désignant avec exubérance la pièce dans laquelle ils étaient assis.

Flora s'affaissa dans sa chaise.

— Vous allez employer tous les habitants de l'île simplement pour faire capoter le projet de parc éolien ?

— Non, Flora, répondit Colton, énervé. Je veux vous employer parce que vous êtes doués.

Flora poussa un long soupir.

— Quoi ? Tout le monde y gagne, c'est évident.

— Oui, enfin, c'est pas vous qui allez devoir convaincre mon père de vendre sa ferme.

— Il n'aura pas à déménager ! Il n'aura à aller nulle part !

— Il ne s'agit pas de ça.

— Je lui proposerai un bon prix, ajouta Colton en clignant des yeux.

— Il ne s'agit pas de ça non plus.

Flora s'efforçait de ne pas laisser paraître l'agacement dans sa voix.

— C'est assurément une solution, Colton, intervint Joel. Reparlons-en. Bien. Je dois rentrer à Londres. Flora, vous allez rester ici tant que l'affaire n'est pas réglée.

Elle voulut protester, mais n'osa pas. À la place, elle regarda par la fenêtre.

— Euh, Joel… Je ne crois pas que vous pourrez rentrer aujourd'hui.

— Qu'est-ce que vous voulez dire ?

Dehors, les vagues atteignaient la digue, et les nuages filaient à toute allure dans le ciel.

— Ils ne laissent pas atterrir les avions par ce temps.

— Qu'est-ce que vous voulez dire ?

— Y a pas de ferry, rien. C'est la tempête.

— Ne soyez pas ridicule. À Chicago, ils font atterrir les avions dans deux mètres cinquante de neige.

— Oui, répondit Flora. Dans de la jolie neige bien calme, au sol. Rien à voir avec ça. Et ce sont de petits avions. Je ne crois pas que vous allez rentrer aujourd'hui.

— Bien sûr que si.

Au même moment, ils entendirent un roulement sourd, puis un claquement sec, et l'électricité se coupa.

— Il se passe quoi ? demanda Joel.

— C'est une simple coupure de courant, supposa prudemment Flora. Ça arrive tout le temps.

Joel jeta un œil à son téléphone.

— Ce qui veut dire qu'il n'y a plus de wifi.

— Ouais, plus de wifi.

Il jura un bon moment.

— Mais il y a la déposition des Foulke. Le jugement se rapproche. J'étais censé rester une seule nuit. Et la convention Arnold. Je n'ai absolument pas le temps pour ça.

— J'ai été surpris que vous veniez, déclara Colton.

Joel grimaça. Pas autant que lui.

— Oui, mais, maintenant, il faut que je parte.

Flora et Colton échangèrent un regard.

— Eh bien, je ne sais pas quoi faire pour vous, poursuivit Colton.

— Mince ! s'écria Flora. Et les garçons qui sont partis. Ils ont embarqué du bétail dans un avion, direction l'île principale. Ils vont passer un sale quart d'heure.

Le tonnerre gronda à nouveau, très fort.

— Je suis coincé ici ? s'alarma Joel.

— Est-ce qu'on peut emprunter une de vos voitures pour rentrer au village ? demanda Flora à Colton.

— Oh. En fait, on les a toutes mises à l'abri dans le conteneur souterrain.

— Le quoi ?

— Eh bien, les embruns, c'est pas terrible pour la peinture, répondit Colton, gêné.

— Vous devez bien avoir gardé une Range Rover… quelque chose, non ?

— Le truc, c'est que c'est une Overfinch.

Flora n'avait aucune idée de ce que c'était, mais comprit au ton de sa voix qu'il n'avait pas la moindre intention de mettre un véhicule à leur disposition.

— COLTON ! Sérieux, est-ce que vous avez déjà passé un hiver ici ?

Il eut l'air embarrassé.

— Si vous voulez être l'un des nôtres, si vous voulez vraiment vous intégrer…, dit Flora en se levant, des éclairs dans les yeux. Si vous voulez qu'on renonce à notre gagne-pain, qu'on travaille pour vous, qu'on cuisine pour vous, qu'on vous soutienne, vous devez y mettre du vôtre. Vous devez être avec nous. Vous ne pouvez pas vous contenter de choisir les bons jours. Il faut qu'on se serre les coudes, sinon, on n'a rien.

Elle se rendit compte trop tard qu'elle tremblait et que les deux hommes la dévisageaient. Sa gorge se serra. Elle n'avait jamais fait ce genre de choses dans sa vie professionnelle jusqu'à présent.

— Euh… je suis désolée.

— Non, répondit Colton en secouant la tête. Je comprends. Je crois que je comprends.

Joel, lui, la dévisageait toujours.

Un cri leur parvint de l'extérieur. C'était Bertie Cooper qui les prévenait que, s'ils voulaient rentrer, c'était maintenant ou jamais. Il avait énormément de difficultés à stabiliser le bateau, même dans l'étroit canal qu'ils devaient traverser.

— On ferait mieux d'y aller, déclara Flora. Je sais que ça n'a pas l'air loin, mais on perd tout le temps des bateaux ici. Si vous voulez faire de la plongée sur épave, vous pouvez vous en donner à cœur joie. Tous bien visibles depuis la côte, mais aucun moyen de les secourir.

— VENEZ ! hurla Bertie. Je pars. Je pars maintenant !

Les fenêtres à triple vitrage du *Rock* avaient étouffé le fracas de la tempête estivale, mais, une fois dehors, ils n'y échappèrent pas. Impossible de parler, impossible d'entendre quoi que ce soit ; le martèlement des vagues et le hurlement du vent couvraient tout. Colton marchait devant d'un pas décidé – il refusait de les laisser partir seuls –, Flora dans son sillage. Une fois sur la jetée, elle glissa, ce qui lui fit subitement perdre l'équilibre. Mais avant qu'elle se rende compte de quoi que ce soit, Joel l'avait rattrapée, relevée ; le souffle court, elle tenta de le remercier. Il ne la lâcha pas, la tint par le coude tandis qu'il la guidait vers le bateau, et sentir qu'il la tenait fermement la réconforta.

*

La courte traversée fut infernale. Le bateau se soulevait et retombait, il leur résistait à chaque instant. Le moteur n'arrêtait pas de lâcher, et Bertie leur fit signe d'écoper à l'arrière. Les vêtements de Joel étaient complètement trempés. Leurs yeux les brûlaient et les cheveux de Flora volaient autour de son visage, telle une créature sauvage. À mi-chemin, alors qu'elle cessait d'écoper un instant pour tendre le cou et voir la distance qui les séparait encore de la terre ferme, Joel tourna la tête vers elle et, soudain, avec l'eau qui leur dégoulinait dessus et les embruns dans l'air autour d'eux, elle lui évoqua un être venu des profondeurs : une nymphe ou une naïade.

Elle vit qu'il la regardait et devina qu'il était inquiet.

— Ça va, mentit-elle. J'ai connu pire.

Il secoua la tête et retira ses lunettes, à travers lesquelles il ne voyait plus rien. Flora fixa ses beaux yeux bruns, puis se força à se retourner vers la côte, pendant que Bertie jurait et évacuait une fois de plus l'eau du moteur détrempé. Enfin, alors que le bateau commençait à gîter de façon alarmante, que Colton lui-même paraissait inquiet et que plusieurs personnes étaient sorties sur le pas de leur porte pour les guetter, enfin, trempés jusqu'aux os, claquant des dents, ils atteignirent tant bien que mal le rivage.

Quel soulagement quand Andy, le barman du *Harbour's Rest*, sortit avec des couvertures pour chacun d'eux. Flora en prit une avec gratitude, ainsi que le grog bien chaud qu'il leur apporta ensuite avant de les faire entrer dans le pub.

Ils entendirent alors un brouhaha et un gros aboiement. Flora regarda autour d'elle, consternée, tandis que Bramble, les poils tout mouillés, se jetait sur elle, éperdument heureux de la voir, haletant et aboyant d'excitation. Flora s'agenouilla de bon cœur et enfouit son visage dans le cou trempé du chien. Elle avait été bien plus effrayée qu'elle ne l'avait laissé paraître pendant la traversée. Joel et Colton, soupçonnait-elle, n'avaient pas réalisé le grand danger qu'ils couraient – après tout, cela ne semblait pas si loin. Mais tous les enfants de Mure savaient. Elle jeta un œil à Bertie, qui s'était enfilé son grog et portait le second à ses lèvres, les doigts tremblants. Il lui fit un petit signe de tête.

— Personne d'autre n'est sorti en mer aujourd'hui, si ? lui demanda-t-elle.

— Non, c'est tout. Pas de ferry, rien.

Joel baissa la tête.

— Mince, j'ai plus de vêtements secs.

Il avait fixé le sac de vêtements d'extérieur que Margo lui avait achetés pendant une éternité avant de conclure, à regret, que ce n'était pas pour lui, qu'il n'allait pas faire semblant d'avoir une place dans cette communauté quand il savait, tout au fond de lui, qu'il n'avait de place nulle part.

Il avait failli les jeter, puis s'était demandé ce que Flora en penserait et, à la place, il avait demandé à Inge-Britt si elle connaissait un endroit où les donner.

Cette dernière les avait immédiatement fait passer à Charlie et Jan.

Maintenant, il le regrettait.

— Je pensais rentrer cet après-midi.

— Nan, pus d'ferry ni d'avion main'nant, dit Bertie.

Joel, décodant ses paroles malgré son accent, opina du chef. Il baissa les yeux. Son pantalon hors de prix était bon pour l'essorage.

— Ah.

— J'ai des vêtements à vous prêter, proposa Colton. Mais il faudrait qu'on retourne là-bas. Et puis, si y a plus d'électricité, mon armoire électronique va pas fonctionner.

— *Colton !* s'exclama Flora en secouant la tête et en se mettant à ricaner, en grande partie parce qu'elle était soulagée.

Comme en réponse, la pluie se mit à marteler les vitres du pub. C'était de la pluie, certes, mais aussi de l'eau de mer, les vagues dépassant maintenant le muret du port pour venir frapper les carreaux.

— Peut-être dans un moment, ajouta Colton.

— J'ai quelque chose, lança le barman avant de se rendre à l'arrière du bâtiment et d'en rapporter un immense bleu de travail.

Colton et Joel échangèrent un regard.

— Bien sûr, vous devez le prendre, dit Joel. C'est vous le client.

— Et vous, qu'est-ce que vous allez faire ? s'enquit Colton.

— Je dois rentrer, l'informa Flora, pas vraiment enchantée à l'idée de quitter le bar douillet – il y avait de plus en plus de monde, les personnes prises dans la tempête y avaient trouvé refuge, décidant que mieux valait boire un petit verre au passage, et les fenêtres commençaient à s'embuer.

— Je vous rapporterai un truc des garçons si vous voulez, ajouta-t-elle. Mais pas un kilt.

Joel parcourut la pièce du regard, partagé. Puis il considéra son visage. Elle avait les cheveux enroulés autour du cou, ses yeux évoquaient des nuages en mouvement.

— D'accord, répondit-il.

Bramble, tout guilleret, se dirigea vers la porte. Mais quand Flora l'ouvrit, le vent s'engouffra à l'intérieur en mugissant, comme à cent cinquante kilomètres à l'heure, et le chien battit en retraite.

— Non, on y va, Bramble, dit-elle en baissant la tête pour lutter contre le vent. On peut y arriver.

— Vous êtes sûre ? lui demanda Colton. Vous allez attraper la mort.

Elle se retourna et hocha la tête.

— Ça va. C'est chez moi ici.

Et elle sortit, s'éclipsa avec le vent dans la blancheur du ciel agité et les embruns, comme si elle en faisait partie.

## Chapitre trente-neuf

Joel resta planté là, les yeux fixés sur la porte fermée. Colton le dévisagea.

— Moi, je la suivrais si j'étais vous, dit-il simplement. Et c'est pas un conseil professionnel, soit dit en passant. Ces satanés MacKenzie.

Joel ne l'entendit même pas.

Son instinct lui criait de ne pas bouger, de se replier sur lui-même, de faire ce qu'il avait toujours fait. La porte claqua au vent. Dehors se déchaînait un maelstrom de blancheur, un mystère, une tempête pure et parfaite.

Il hésitait. Colton s'était détourné. Personne ne le regardait. Le bar était plein de villageois, mais personne ne lui prêtait attention.

Il avait trente-cinq ans. Il repensa à l'envie qu'il avait eue de lui courir après sur la plage, de l'extraire de la foule lors du bal. Il pensa à tout ce qu'il avait à perdre, aux difficultés de la vie.

Même si, ici, tout semblait bien plus simple.

Il voulait… Que voulait-il ?

Il voulait rentrer chez lui. Mais il ne savait pas où c'était. Il balaya à nouveau la salle du regard. Puis il sortit précipitamment.

— Attendez ! hurla-t-il. Attendez, Flora, je viens. Attendez-moi !

*

Le vent le saisit, lui coupant le souffle. Il était presque impossible de croire qu'il se trouvait en Grande-Bretagne, au climat tempéré, humide et étouffant. Les rafales lui firent l'effet d'une gifle en plein visage.

— FLORA !

Le vent cinglant emporta ses paroles. Il regarda autour de lui, à travers la pluie, et eut juste le temps d'apercevoir la queue de Bramble en train de disparaître en haut du chemin, tout au bout du port.

— Attendez !

Il se lança à sa poursuite, sans se soucier du froid ni du mauvais temps, ses chaussures luxueuses s'écrasant dans de profondes flaques de boue ; ses lunettes devenues une fois de plus complètement inutiles, il les enleva et les rangea dans sa poche, ce qui rendit le monde encore plus flou et moins défini qu'auparavant, un monde dans lequel ciel et mer ne faisaient plus qu'un – n'avaient peut-être toujours fait qu'un –, avec seulement une minuscule ligne à l'horizon pour les différencier. Dans cet immense monde blanc et aquatique, il se fit enfin entendre, la vit enfin se retourner, ces cheveux clairs, cet air étonné sur son visage alors qu'il la rejoignait ; et, quand elle l'aperçut dans un tel état, si différent de celui qu'il était habituellement – calme, organisé, maître de lui –, les cheveux plaqués sur la tête, l'eau lui dégoulinant dans le cou et la chemise complètement transparente, ce fut plus fort qu'elle : elle éclata de rire.

Joel regarda le ciel en pensant à tout le travail qui l'attendait, au retard qu'il avait accumulé, au nombre d'heures facturables qu'il ne faisait pas et à l'absurde concours de circonstances qu'il l'avait amené à cette situation ; il se demanda s'il avait la moindre idée d'où il mettait les pieds, et s'il en avait quelque chose à faire, et décida que non. Et il se rendit compte qu'il riait lui aussi ; il n'arrivait pas à se rappeler la dernière fois que ça lui était arrivé et songea que ça ne lui était peut-être jamais arrivé.

Flora se remit alors à courir, sous le vent et la pluie, riant à en perdre haleine, Joel sur ses talons ; Bramble aboyait joyeusement, faisant exprès de sauter dans les flaques d'eau. Ils finirent par atteindre le portail, Flora plus trempée que jamais. La cour était vide ; il n'y avait personne à part eux, les vaches et les poules, tous les autres étaient partis sur l'île principale.

Flora s'écroula contre la lourde porte en bois de la ferme, sous le vieux linteau, haletante, à bout de souffle à cause de l'effort, de la tempête et de ses fous rires, suivie de près par Joel, qui courait derrière elle. Elle sut immédiatement, instinctivement, ce qui allait se passer, malgré Inge-Britt – et toutes les Inge-Britt –, malgré Charlie, malgré tout ce que ses amis avaient dit. Alors même qu'elle riait encore, sans pouvoir s'en empêcher – la situation était si absurde, ils étaient si mouillés et si ridicules –, alors même qu'elle riait encore,

Joel lui était tombé sur les lèvres. Il l'embrassa furieusement, fiévreusement, et elle lui rendit son baiser avec la même intensité, aucun d'eux ne pouvant respirer, jusqu'à ce qu'il ne leur reste plus de souffle, et que la minuscule porte que Charlie avait entrouverte déchaîne un torrent.

# Chapitre quarante

Joel eut l'impression d'embrasser une sirène, une créature des mers. Son corps long et mouillé pressé contre le sien lui procurait une sensation incomparable, mais ils commençaient tous les deux à trembler, à cause du froid, et de l'excitation aussi. Flora abaissa le loquet de la porte derrière elle, et ils déboulèrent dans la cuisine confortable et parfumée, l'Aga chaude, le feu rougeoyant toujours dans le fourneau. Bramble se précipita derrière eux et se laissa tomber à sa place préférée, juste devant la gazinière, se secouant comme un fou, mais Flora et Joel ne se rendaient compte de rien.

Flora entreprit immédiatement de déboutonner la chemise de Joel, l'attirant vers la chaleur du feu. Dans sa frénésie, elle songea un instant à s'arrêter, mais il la tira alors vers lui, ses mains partout sur elle, et elle sut qu'il la désirait autant qu'elle le désirait et fut submergée par une vague d'émotion.

Elle ne tint pas compte du fait qu'elle se trouvait dans la cuisine de son enfance. Elle ne voyait rien d'autre que lui : sa peau froide et parfaite contre la sienne alors qu'il tenait sa tête dans le creux de ses mains et l'embrassait avec ferveur, son torse mat à peine poilu étincelant dans la lumière des flammes tandis qu'ils s'effondraient sur le sol – c'était la seule lumière ; Mure avait fini par plonger dans le noir en fin de compte.

Il se dégagea subitement.

— Déshabille-toi, lui dit-il, haletant. Déshabille-toi. S'il te plaît. Il faut que je te voie. Je peux pas… Il le faut.

Flora se redressa un peu, battant des paupières.

— Ha, fit-elle.

Elle ôta son haut détrempé, non sans peine alors que, pensa-t-elle, c'était déjà bien assez difficile à faire en plein jour quand on n'avait pas bu. Surtout que son cerveau lui criait : « C'est LUI ! C'est LUI ! », d'une voix haut perchée et paniquée, et qu'une autre voix lui serinait : « Tu es dans la cuisine de ta mère ! C'est la cuisine de ta mère », tout ça en s'efforçant de ne pas regarder sa photo de classe, accrochée au mur au-dessus de la cheminée.

Puis il se pencha simplement vers elle et l'embrassa à nouveau. Et l'espace d'un instant, elle ne pensa plus à rien d'autre.

La peau de Flora était exactement comme il l'avait imaginée : pâle comme le lait, blanche comme le ciel dehors. Elle était parfaite, indiciblement exquise. Il en désirait chaque centimètre, il voulait voir les nuages se refléter dans ses yeux clairs et rêveurs, laisser tomber ses cheveux dans son dos. Ses yeux exploraient son visage goulûment, avec délectation.

Elle fit alors marche arrière. Elle ne voulait voir que lui mais, soudain, la pièce autour d'elle fut emplie de fantômes. Non, ce n'était pas ça. Dans l'étrange clair-obscur de l'orage qui gagnait du terrain, elle avait l'impression que Joel et elle étaient les fantômes. Que tout autour d'eux, la vie de famille, réelle et normale, continuait : des gens qui criaient et se disputaient, qui jouaient du violon, cherchaient leurs devoirs et faisaient sécher leurs bottes boueuses près du fourneau ; elle les sentait presque marcher sur elle. Elle ferma brièvement les yeux, submergée par ces sensations, à la fois passées et présentes.

— Mon Dieu, dit-elle. Mon Dieu, je suis tellement désolée.

Joel se rassit immédiatement pendant que Flora cherchait à tâtons son chemisier trempé.

— Ça va, poursuivit-il en levant les mains. Désolé, je suis désolé.

— Non, non, c'est pas ça. C'est pas toi.

— Qu'est-ce qu'il y a ? lui demanda Joel en se penchant sur la table basse et en posant le front sur sa main. Putain, j'ai envie de toi. J'ai tellement envie de toi.

Il suivit doucement le contour de son visage.

— J'aurais pas dû… pardon. J'ai dépassé les bornes, poursuivit-il.

— Mais non, répondit-elle, rouge vif – comme il aurait aimé lui faire monter le rouge aux joues d'une autre manière. Pardon, ajouta-t-elle, les yeux fixés sur le sol.

Il se secoua et se pencha vers elle.

— C'est pas grave, Flora, dit-il en lui passant les cheveux derrière les oreilles. C'est pas grave.

Il lui sourit, d'un sourire légèrement carnassier.

— Même si je dirais que c'est dommage. C'est l'une des rares choses pour lesquelles je suis un tant soit peu doué.

Le cœur de Flora se serra. Elle n'arrivait pas à croire que ce dont elle rêvait depuis si longtemps, ce qui l'avait obsédée allongée dans son lit, était en train de se passer. Et elle ne pouvait pas le faire. Elle avait envie de pleurer.

Il tendit les mains vers elle.

— Tu veux que je m'en aille ?

Elle fit farouchement non de la tête.

— Est-ce que tu veux que je reste sans rien faire ? Sans bouger ?

Elle fit à nouveau non de la tête. Il sourit.

— Est-ce que tu veux que je reste et qu'on fasse autre chose ?

Elle opina du chef, se sentant honteuse.

— Mais je peux pas, lâcha-t-elle à contrecœur. C'est pas bien. Pas ici. Et t'es mon patron.

Il sourit à nouveau.

— Tu sais, dit-il en tendant les bras vers elle. Tu sais que t'as le droit de demander ce que tu veux ?

— Je le veux, chuchota-t-elle, une larme lui roulant doucement le long de la joue. Oh, Joel, je suis désolée. Je crois… Mince. C'est comme si j'avais un vide à l'intérieur de moi. Depuis la mort de ma mère. Je pensais aller bien. Et maintenant, je reviens et je suis loin d'aller bien. Et je peux même pas… Comme s'il me manquait quelque chose. Même avec toi.

— Qu'est-ce que tu veux dire par là : « Même avec moi » ? Je suis si horrible que ça ?

— Non, répondit-elle en cherchant désespérément à ne pas trahir depuis combien de temps elle avait envie de lui, comme elle était déchirée intérieurement parce qu'elle était en train de tout gâcher.

Il s'assit sur le vieux rocking-chair de la cuisine et la fit monter sur ses genoux. Il y avait deux plaids délavés sur le dossier du canapé : il les attrapa et les enroula autour d'eux. Il avait seulement besoin de la tenir contre lui, de ne penser à rien d'autre.

— Qu'est-ce qui se passe ? l'interrogea-t-il dans un souffle.

Les larmes qui attendaient, Flora le savait, prêtes à déborder, se mirent à couler sur son visage.

— Mince alors. C'est… revenir ici. Ça a été si difficile.

Joel fronça les sourcils.

— Je pensais que tu t'amusais bien.

— Je sais, mais…

Il y repensa.

— T'avais pas l'air ravie. Le premier jour.

— Je pensais que tu m'avais pas remarquée.

— C'est vrai, répondit-il de son ton un peu saccadé qu'elle connaissait si bien. Mais j'ai perçu une certaine… réticence.

Flora poussa un soupir.

— Quand ma mère est morte, on a organisé un grand enterrement. Tout le monde est venu.

Ça lui faisait mal d'y penser, encore aujourd'hui. C'était une belle journée. La chapelle était petite, édifiée sur un monticule à côté de l'abbaye en ruine qui surplombait la baie. Elle datait d'un temps si lointain ; c'était l'une des premières traces du christianisme sur une île qui, auparavant, avait prêté allégeance à Thor et à Odin et, avant eux, aux hommes verts et aux déesses de la fertilité, et aux dieux celtiques, dont Lugh, et, encore avant, qui pouvait le dire ?

C'était un bâtiment d'une grande sobriété, avec une croix dans le cimetière en l'honneur des soldats tombés pour la patrie, les noms sculptés dans la pierre se répétant – les MacBeth, les Fergusson et les MacLeod prédominaient. À l'intérieur se trouvaient des bancs et des livres de cantiques tout simples et très peu d'ornements, car l'Église des Northern Isles était austère et prêchait le travail et l'absence de faste.

Comme toujours, on voyait le mauvais temps arriver à des kilomètres en face de la longue plage, l'île principale n'étant qu'une ligne à l'horizon ; mais les nuages noirs qui s'amoncelaient dans les couches inférieures du ciel cédèrent bientôt la place à des lignes de bleu qui percèrent ici et là, jusqu'à ce que le ciel finisse par se dégager entièrement et qu'une lumière pâle et froide s'introduise par les fenêtres en verre blanc de la petite chapelle. Chapelle qui était pleine à craquer, bien sûr. Tout le monde était là. On avait laissé les champs se garder tout seuls, les magasins sans surveillance pendant environ une heure. Les gens étaient venus faire leurs adieux à Annie MacKenzie, née Sigursdottir, qui avait vu le jour et passé toute sa vie sur Mure, et dont les grands-parents parlaient le norne ; qui avait élevé trois garçons, dont aucun, étrangement, n'avait quitté l'île – et une fille tête en l'air, bien sûr, qui provoqua quelques chuchotements à son passage : pas mariée, vous savez, pas posée, là-bas, dans ce Londres, allez savoir ce qu'elle y traficotait, elle se pensait certainement trop bien pour Mure aujourd'hui.

Cela ne faisait ni chaud ni froid à Flora, sincèrement ; elle n'écoutait pas vraiment, préférant accepter les témoignages de sympathie faits à sa mère, opinant du chef avec gratitude et remerciant les gens d'être venus.

Mais elle se sentait de plus en plus crispée. Après, lors de la réception, amis et voisins firent circuler du thé et des gâteaux, des sandwichs de la boulangerie, et on versa du whisky dans des tasses puisque leur maigre stock de verres venait à s'épuiser. Quelqu'un avait apporté un violon et se mit à jouer un air lugubre, alors même que les conversations battaient leur plein, et on sentait qu'une veillée funèbre digne de ce nom s'annonçait pour Annie.

Flora ne pouvait penser qu'à la manière dont les gens la regardaient et aux souvenirs qu'elle avait de sa mère : sa patience infinie, son travail, sa gentillesse ; sa frustration aussi, qui s'était sans doute exprimée à la façon qu'elle avait de pousser Flora à faire de la danse, à prendre des cours particuliers et des cours supplémentaires, à quitter le nid. Mais personne ne le voyait. Ils voyaient quelqu'un qui avait tout bien fait ; et elle, Flora, qui les abandonnait.

La maison était remplie de gens qui avaient connu Annie toute sa vie – dont beaucoup, ne put s'empêcher de constater Flora avec tristesse, avaient atteint un âge bien plus avancé que sa mère – et qui évoquaient sa grande gentillesse et son travail acharné. Hamish était simplement assis là, le regard dans le vide ; il ne pleurait même pas, ce qui était bien plus inquiétant que s'il avait pleuré. Eilidh, la femme d'Innes, allaitait Agot, et Flora vit qu'ils se disputaient au sujet de l'heure de départ. Fintan était introuvable.

Les gens parlaient à son père, mais il ne les écoutait pas – on aurait dit qu'il les voyait à peine –, et d'un coup ils se mirent tous à parler à Flora aussi, s'accrochant à elle, et Mme Laird lui demanda si elle allait revenir à la maison pour s'occuper des garçons – la quatrième fois qu'on lui posait précisément cette question en une demi-heure –, et Flora but une autre bonne gorgée de whisky, folle de rage contre eux, avant d'aller se planter à côté de son père, le regard noir.

Elle ne s'était pas vraiment rendu compte de la quantité d'alcool qu'elle avait ingurgitée. Son père non plus. Il se leva et sortit de la maison, traversa la cour en direction de la mer, suivi de ses amis. Flora les accompagna en titubant.

— Elle venait de la mer, disait son père, trop fort. Elle venait de la mer ; elle l'a envoyée ici et elle l'a reprise. Elle a jamais vraiment été des nôtres.

Les autres hommes acquiesçaient en souriant, partageant son avis, et Flora ressentit soudain une colère comme elle n'en avait jamais ressenti. Elle se tourna vers lui en hurlant :

— C'est des CONNERIES ! Arrête ! Elle est jamais allée nulle part et elle a jamais rien fait et c'était TA FAUTE. Tu l'as gardée ENCHAÎNÉE à la cuisine. C'était pas une *selkie* ! C'était pas un genre de créature envoyée par la mer pour devenir ton esclave ! Et dis pas ça pour te sentir mieux, parce qu'elle a passé toute sa vie sur cette… sur cette île de merde…

Et elle partit en trombe vers le muret du port et resta assise là, à regarder le large, totalement engourdie, et pas seulement à cause du vent glacial, mais aussi de toutes les choses qu'elle était censée ressentir, ou qu'elle ressentait, ou ne savait pas comment ressentir, et de sa colère contre les gens qui disaient que c'était naturel, que c'était normal ; de son chagrin pour toutes les choses que sa mère ne verrait jamais si elles lui arrivaient un jour, tous les petits-enfants qu'elle ne connaîtrait pas, tous les secrets qu'elles ne se confieraient jamais. Tout ça. Parti. Pour toujours. Ce n'était pas juste, et ce n'était pas réel, et Flora se jura de ne pas y retourner, même quand les bruits de la veillée lui parvinrent, emportés par le vent ; elle finit par laisser Lorna l'emmener chez elle pour la nuit et, le matin venu, attrapa le premier ferry, direction Londres, direction le travail, une unique pensée en tête : « Il faut que je parte d'ici. Il faut que je parte d'ici. Il faut que je parte d'ici. »

*

Joel la regarda.

— T'as vraiment dit « île de merde » ? lui demanda-t-il doucement.

Elle esquissa un sourire.

— Ouais.

— Et t'es pas revenue depuis ?

— Trop gênée. C'est horrible ce que j'ai fait.

— Non. Je suis sûr que c'était génial. Ça leur a fait un sujet de conversation pendant des semaines.

— Peut-être.

Curieusement, lui raconter son histoire l'avait soulagée de ce fardeau. Ça, et l'embellie progressive qu'elle avait sentie dans ses relations avec les habitants de l'île. Et elle était si bien dans ses bras, si en sécurité et si au chaud.

— Elle est comment, ta mère ? voulut-elle savoir soudain.

Un long blanc s'ensuivit, et Flora sentit qu'il se raidissait un peu. Elle n'avait pas pensé que cette question puisse être trop personnelle. Mais c'était peut-être le cas.

— Pardon, ajouta-t-elle. C'est pas grave.

Mais Joel gigotait, visiblement mal à l'aise.

Au-dessus de leur tête, la tempête faisait toujours rage.

— Mon Dieu, je suis épuisé, dit-il, les yeux fixés sur le feu.

Flora le regarda.

— Tu veux que je te mette au lit ?

Il la regarda à son tour.

— Je crois pas pouvoir le supporter.

Elle sourit. Mais aucun d'eux ne voulait rompre le charme. Elle mit leurs vêtements mouillés à sécher près du feu et le conduisit dans sa chambre.

— Sans déconner ? dit-il en avisant toutes les rosettes de danse accrochées au mur.

— Oh, tout le monde en gagne, répondit-elle en rougissant.

Il secoua la tête.

— Non, tu étais belle.

Personne ne lui avait jamais dit ça avant.

Il s'allongea sur le lit moelleux et sourit d'un air endormi. Le voir étendu là était si étrange, dans son lit de petite fille, qui avait vu tous ses fantasmes et ses rêves de jeunesse ; et il était là, leur faisant prendre vie.

— Raconte-moi une histoire, lui dit-il dans un demi-sommeil.

C'était supposé être une blague, mais ce n'était pas du tout sorti comme ça.

Flora le recouvrit des couvertures et s'assit à côté de lui.

— Il était une fois, commença-t-elle.

Sa voix douce et chantante était la plus belle chose que Joel n'avait jamais entendue.

— Il était une fois une jeune fille qui fut enlevée, dans le Grand Nord, le pays des châteaux, pour être emmenée dans un long voyage par-delà l'océan. Et elle ne voulait pas y aller…

Flora s'interrompit. Sa mère lui racontait cette histoire, elle en était certaine. Mais qu'arrivait-il ensuite ? L'instant d'après, cependant, elle se dit que cela n'avait pas d'importance. Joel dormait à poings fermés. Elle le dévisagea un long moment, subjuguée par sa beauté – ses lèvres rondes et ses joues saillantes – et, pour la centième fois, se maudit de ne pas être capable d'aller au bout de ses envies.

Terriblement déçue, elle releva la couverture et, à moitié nue, se glissa dans le lit avec lui, tandis que le vent hurlant déposait de grands paquets de pluie contre les vitres. Elle sentait son corps endormi contre elle, s'enivrait de son odeur chaude et délicieuse ; sa main pâle entortillait les poils noirs sur son torse. Ce n'était pas suffisant, pas suffisant du tout, mais il faudrait s'en contenter.

*

Quand ils se réveillèrent tous les deux, aucun d'eux ne pouvait dire quelle heure du jour ou de la nuit il était. Flora alla leur chercher des verres d'eau fraîche au vieux robinet, et ils se construisirent une tente sous les couvertures, tout près l'un de l'autre. Joel la prit dans ses bras.

— Je suis désolé, dit-il d'une voix hésitante, nerveuse, ce qui était si inhabituel chez lui qu'elle dut le regarder pour se rassurer. Je… Tu m'as posé une question au sujet de ma mère.

Flora opina du chef.

— Je… Normalement, je…

— T'es pas obligé de me raconter, répondit-elle doucement.

— Si ! lança-t-il d'un ton involontairement sévère. Si. Je le veux. J'en ai envie… Je le veux.

Il respira profondément.

— Je… Je suis un enfant de l'Assistance publique. J'avais pas de parents. Je les ai jamais connus. J'ai eu… des familles d'accueil. Différentes familles. Plein.

Flora tourna ses yeux clairs vers lui, s'efforçant de ne pas montrer de pitié, ce qui, elle le savait, devait le terrifier.

— Est-ce que c'était atroce ? l'interrogea-t-elle sans détour.

— J'ai pas vraiment de point de comparaison, confia-t-il, la gorge serrée. Mais je pense que ça l'était peut-être.

— Et c'est fini ? continua-t-elle plus délicatement.

— Je sais pas, répondit-il le plus franchement possible.

Et ce fut à son tour à elle de dessiner les contours anguleux de son visage, tandis qu'elle l'attirait vers elle pour l'embrasser.

Soudain, on frappa violemment à la porte, et ils se levèrent tous les deux d'un bond, échangeant des regards coupables, le charme rompu, cherchant leurs vêtements et leurs chaussures autour d'eux. Joel n'avait toujours rien à se mettre.

— Merde, c'est Colton qui vient nous dire que ces heures-là sont pas facturables, blagua Flora, prise d'un fou rire nerveux.

Joel secoua la tête.

— C'est ton père ?

— Qui frappe ? Ça m'étonnerait.

Flora enfila un pull-over ample et un pantalon avant de descendre les escaliers à la hâte. Le soleil éclatant d'après l'orage l'aveugla tandis qu'elle faisait un effort pour voir qui était là et quelle heure il était. On toqua de nouveau et Bramble aboya, mais pas de manière inquiète : c'était quelqu'un qu'ils connaissaient.

— Bonjour ? cria-t-elle avec hésitation.

— Hé ! fit la voix. Fintan ? Innes ?

— Désolée, c'est que moi, dit Flora en ouvrant la porte.

La personne plantée là lui fit un signe de tête, son regard passant par-dessus l'épaule de Flora vers les vêtements qu'elle avait soigneusement mis à sécher devant le feu – la veste de costume, la chemise à rayures. Elle cligna des yeux.

— Teàrlach ! Qu'est-ce qu'il y a ? T'as des garçons dehors par ce temps ?

— Non, Dieu merci, on les a mis à l'abri à temps. Dans un *bothy*.

Les *bothies* étaient de petites constructions en pierres situées dans des endroits reculés pour s'abriter du mauvais temps.

Flora regarda sa montre. Mince, il était dix-sept heures passées. Ils avaient dormi toute la journée.

— Ils y sont depuis combien de temps ?

— Ils sont en train de rentrer.

— Oh. C'est à propos… ?

Flora piqua un fard. Mon Dieu. Et avec un autre homme dans la maison.

— Non, c'est pas ça. C'est…

Charlie ne semblait pas avoir envie de finir sa phrase.

— Euh… Il faut que j'emprunte le tracteur d'Eck.

— Pourquoi ?

— Oh, une sale affaire, répondit Charlie en grimaçant.

— Quoi ? s'alarma Flora, soudain inquiète. Est-ce que tout va bien ? Quelqu'un est blessé ?

— T'inquiète pas. C'est pas une personne. Mais… tu sais conduire un tracteur ?

*

Joel se tenait près du feu, les observant en pleine conversation ; il n'arrivait pas à entendre ce qu'ils se disaient. Puis elle se retourna et il vit sur son visage qu'elle partait, et qu'elle partait avec cet homme, et il n'était pas sûr de pouvoir le supporter.

— Je dois y aller. Un cétacé s'est échoué.

— Un quoi ? demanda Joel en cherchant ses lunettes.

Il se sentait anormalement tremblant et vulnérable, pas du tout dans son état habituel. Et Flora s'apprêtait à franchir la porte.

— Un cétacé. Ça arrive parfois. Ils se perdent dans la tempête.

Joel opina du chef, complètement déboussolé. Il sortit distraitement son téléphone de sa poche. Il y avait de nouveau du réseau et sa messagerie était pleine : il n'y comprenait rien non plus.

— Flora ! Les clés !

Charlie était dans tous ses états.

— J'arrive. J'arrive.

Elle se dirigea vers Joel.

— Tu peux rester.

— Mais tu t'en vas.

— Pas longtemps. Je dois m'en occuper.

Il la dévisagea. Il ne voulait pas qu'elle s'en aille.

Son téléphone bipa.

— J'ai du travail, lança-t-il sèchement avant de se refermer comme une huître.

— Non, répondit Flora. Non. T'as pas intérêt. T'as pas intérêt à faire ça. Non.

— FLORA ! s'écria Charlie. S'il te plaît, pour l'amour du ciel, est-ce que tu peux te disputer avec ton patron plus tard ?

## Chapitre quarante et un

Ils entendirent la pauvre créature avant de la voir. La tempête passée, la journée était devenue ridiculement belle, les quelques derniers nuages noirs au loin percés par de forts rayons de lumière d'aspect biblique qui se réverbéraient sur l'eau, désormais parfaitement immobile.

Le cétacé chantait, appelant fort ses amis.

Ce son était familier à Flora depuis son enfance ; en grandissant, elle l'avait de moins en moins entendu. Mais la politique en matière de pêche des dernières années, pourtant très décriée par les pêcheurs locaux, avait aidé et, désormais, on entendait de nouveau les cétacés dans les hautes latitudes.

La pauvre bête était une orque femelle d'environ quatre mètres cinquante de long, à la peau grasse et à la tête lourde, le dos courbé, sa nageoire dorsale se soulevant et se reposant sur le rivage. Heureusement, ils avaient déjà demandé à Wallace, le pompier, de l'asperger d'eau pour qu'elle reste mouillée, et elle avait la tête relevée, si bien que son évent n'était pas bouché. Mais ils allaient devoir la ramener dans l'eau, ce qui ne représentait pas une mince affaire, la tracter suffisamment loin pour la remettre à flot et l'empêcher de s'échouer à nouveau ; le tout, sans la blesser.

La RNLI, l'Institution royale nationale des bateaux de sauvetage, était déjà là en nombre, et une équipe de spécialistes allait débarquer par avion des Shetland : jusqu'à leur arrivée, il fallait qu'ils rapprochent l'animal au maximum de l'eau, aussi délicatement que possible : le stress pouvait le tuer aussi sûrement que le fait de s'échouer. La police avait déjà accroché des « Défense d'approcher » sur toute la plage afin d'empêcher les badauds de s'avancer pour faire des *selfies* et les enfants de venir le caresser. La foule se tenait à une distance respectueuse.

En général, c'étaient les frères de Flora qui conduisaient le tracteur, mais cela ne signifiait pas qu'elle n'en était pas capable. Son père l'avait emmenée dans les champs dès qu'elle avait pu atteindre les pédales, comme il l'avait fait avec les garçons, et, même si elle n'avait pas fait montre du même enthousiasme, elle s'était vite bien débrouillée. Elle grimpa dans la cabine pour vérifier – bien entendu, les clés étaient dessus ; elles l'étaient toujours –, puis courut à la grange chercher des câbles de remorquage, une grande bâche et tout ce qui pourrait se révéler utile d'après elle.

Joel attrapa ses vêtements et s'habilla à toute vitesse, s'arrêtant à la porte pour la voir, les cheveux au vent, descendant péniblement la colline dans un tracteur jaune vif. Il n'avait pas rencontré beaucoup de filles capables d'une telle chose, songea-t-il. Il la regarda s'en aller, mais ne la suivit pas ; quant à elle, elle ne s'arrêta pas et ne se retourna pas.

*

Charlie dirigeait les opérations en bas de la colline. Quand tout le monde serait là, ils mettraient l'orque dans les vagues et la remorqueraient le plus loin possible. La manœuvre s'avérait délicate et périlleuse, en particulier parce que l'immense créature en détresse battait de la queue. Ce spectacle était insoutenable. On criait beaucoup, on n'était pas d'accord sur la meilleure marche à suivre ; certains pensaient qu'il fallait attendre le vétérinaire des gardes-côtes, d'autres que cela prendrait trop de temps et qu'ils allaient la perdre. Flora resta assise dans la cabine du tracteur pendant un moment, puis, se sentant idiote, en descendit et le montra du doigt à Charlie, qui la remercia. Les pêcheurs étaient en train de nouer leurs filets ensemble. Flora les observa, incroyablement touchée. Les démêler leur prendrait un temps fou, s'ils y arrivaient. Terriblement mal payés, ils faisaient malgré tout ce sacrifice.

Flora leva les yeux pour apercevoir un petit avion qui commençait à tourner autour de l'île. Maintenant que l'orage était passé, les experts allaient débarquer. Et, supposait-elle, son père et les garçons allaient bientôt rentrer eux aussi.

Et Joel partirait, pensa-t-elle, se mordant l'intérieur de la lèvre pour s'empêcher de pleurer. Il fallait qu'elle reste ici, au moins jusqu'au vote. Lui, certainement pas. Il travaillait sur d'énormes fusions-acquisitions, de grands procès, très techniques, qui nécessitaient des connaissances approfondies et spécialisées…

— À quoi tu penses ? l'interrogea Charlie.

Elle cligna des yeux et devint plus rouge que jamais.

— Euh, je m'inquiète juste pour cette pauvre bête.

— Oui, je sais.

Il la regarda.

— Ça va aller. Merci pour le tracteur.

— Qu'est-ce que je peux faire maintenant ?

— Attendre, je suppose, répondit-il alors que les hommes commençaient à s'approcher de l'animal, non sans hésitation.

L'orque faisait la taille d'environ trois mâles adultes ; elle était impossible à soulever et poussait des cris déchirants. Flora, qui avait passé la barrière, ne se sentait pas capable de revenir sur ses pas.

Tandis que les hommes haletaient et glissaient dans le sable en essayant de manipuler le cétacé pour le mettre sur les filets, Flora déambula jusqu'à la tête de l'animal. Il dégageait une forte odeur de mer. Son œil faisait la taille d'une petite assiette ; de son énorme bouche sortait une grande langue pendante et des bouts d'algues lui recouvraient les dents.

Flora ne sut jamais ce qui la poussa à faire ce qu'elle fit ensuite (même si son père et la moitié de l'île n'avaient pas le moindre doute là-dessus). Alors que tous les autres étaient occupés à déplacer la créature, Flora s'accroupit près de sa tête, très délicatement, lentement, sans faire de mouvement brusque.

— Chut, fredonna-t-elle tout bas, en la regardant droit dans son œil gigantesque. Ça va. Ça va.

L'orque continua à se débattre et à s'agiter dans le sable, sa queue creusant une grande tranchée. S'ils ne faisaient pas très attention, elle allait se blesser.

Les hommes reculèrent d'un bond, de peur que le prodigieux animal ne leur fasse du mal.

Flora, elle, n'en tint pas compte.

— Ça va, répéta-t-elle, tout doucement, d'un ton apaisant. Oh, ça va.

Prudemment, lentement, elle tendit la main pour la poser sur ce qu'elle supposa être la joue de l'orque, à côté de sa bouche. Ce faisant, une vieille chanson de sa mère lui revint spontanément en mémoire ; la vieille « musique buccale », datant d'un temps où les instruments n'existaient pas, un temps qui vit naître la musique.

Dans un bar de Londres, Flora n'aurait jamais chanté de karaoké, même sous la menace. Mais ici, ça lui semblait tout naturel.

*O, whit says du da bunshka baer ?*
*O, whit says du da bunshka baer ?*
*Litra mae vee drengie*

chanta-t-elle, sans même remarquer les vagues qui s'écrasaient ni les hommes qui criaient, ni la queue de l'animal qui claquait.

*Starka virna vestilie*
*Obadeea, obadeea*
*Starka, virna, vestilie,*
*Obadeea, monye*

Et lentement, étonnamment, alors que la lumière claire du soir perçait à nouveau les nuages, l'orque cessa de se débattre et resta immobile suffisamment longtemps pour que les gars puissent lui glisser le nœud fait de filets de pêche autour du ventre et, grâce au tracteur, la tirer avec précaution jusqu'à la mer.

Charlie était au volant. Flora les suivit sans quitter le cétacé des yeux, chantant alors que la bête faisait elle aussi des bruits, mais plus calmes, comme si elle comprenait que Flora essayait de l'aider. Et Flora se retrouva à l'accompagner dans l'eau peu profonde, sans se soucier d'être trempée pour la deuxième fois en deux jours, elle resta avec elle jusqu'à ce que le tracteur reparte et que les gardes-côtes s'emparent de la corde. Ce ne fut qu'à ce moment-là, à regret, qu'elle se pencha en avant et – sans même réfléchir – l'embrassa sur le nez.

Le bateau prit alors le relais et l'orque se remit à bouger ; Flora regarda les hommes la remorquer vers le large, jusqu'à ce que le bateau ne soit plus qu'un point à l'horizon, disparaissant en direction de l'île principale. En assistant à cette scène, elle pensa à la noblesse de cet animal, et à la mer argentée qui dansait, et à tout ce qui s'était passé.

Joel, debout sur le quai, attendant Bertie Cooper pour qu'il l'emmène à l'aéroport prendre le vol retardé du soir, regardait cette fille incroyable, cette étrange fille venue d'ailleurs, dans ce lieu où elle était à sa place et pas lui, et il se maudit de l'avoir laissée s'approcher de la sorte ; d'avoir fait ce qu'il s'était juré de ne jamais faire à cause d'elle, ce dont il s'était protégé toute sa vie. Il s'était égaré, pour un jour, pour un moment. Il allait partir, retourner là où était sa place, un monde de gratte-ciel et de travail important et compliqué.

Il allait sérieusement réfléchir à l'offre d'emploi de Colton à son bureau de New York, … se remettre à son entraînement de triathlon.

Et pourtant, pendant tout le trajet du retour, une unique pensée l'obsédait : une peau si pâle que, chaque fois qu'il y déposait un baiser, même le plus délicatement du monde, il y laissait l'ombre d'une marque.

# Chapitre quarante-deux

Pour une raison ou une autre, tous ceux qui avaient pris part au sauvetage de l'orque se retrouvèrent à la ferme. Flora n'avait pas remarqué Joel sur la plage et n'en revenait pas qu'il soit parti sans un mot : elle se sentait complètement démunie. Elle essaya de se l'expliquer, mais en vain. Était-il rentré au *Harbour's Rest* ? Ou peut-être s'était-il installé au *Rock* ? Ce dernier devait être prêt. Ce serait… Cette idée lui plaisait. Lui, en train de l'attendre dans l'une des magnifiques chambres… Elle sourit tristement. Là, ils passeraient à la vitesse supérieure. Et ça ne lui rappellerait pas Inge-Britt non plus.

Colton débarqua, un bras nonchalamment posé sur l'épaule de Fintan. Ce dernier était épuisé, tout sale, après le transport du bétail.

— Est-ce que Joel est rentré au *Rock* ? lui demanda-t-elle d'un ton aussi détaché que possible.

— Oh non, répondit Colton. Il est parti. C'est pas de lui dont j'ai besoin, mon chou, c'est de vous.

Flora se promit qu'elle n'allait pas pleurer. Ils avaient été interrompus, voilà tout. Elle lui parlerait à Londres, et ils apprendraient à mieux se connaître et…

Elle n'avait aucune idée de ce à quoi ce scénario pourrait ressembler en réalité. Vraiment aucune. Elle s'imaginait raconter à Kai ce qui s'était passé entre eux et c'était effroyable. Mais comment pouvait-elle… sérieusement ? Ils allaient vivre une histoire tous les deux ? À Londres ? Ça allait vraiment se produire ? Ils arriveraient au travail ensemble, le ténor du barreau et la petite assistante juridique insipide. Carrément, ça allait se produire.

Il était si peu probable que cela arrive, mais elle écarta vite cette idée.

— J'envisage de le recruter pour mon bureau de New York. Ou de Los Angeles. J'arrive pas à me décider, ajouta Colton sur le ton de la conversation.

Flora se figea. Elle prit un grog bien chaud sur la cuisinière et le sirota un long moment.

— Et qu'est-ce qu'il en dit ? s'enquit-elle, un peu tendue, la gorge serrée.

— Oh, vous connaissez les avocats. Impossible d'obtenir une réponse claire.

Cela diminua un peu son anxiété, mais pas complètement.

— Vous savez que je peux pas rester ici indéfiniment ?

— Ah, vous changerez d'avis.

— Juste pour l'été, prévint-elle. Jusqu'à ce que la nuit tombe plus tôt.

— C'est ce que disent toujours les *selkies*, lança Mme Laird en passant.

— Taisez-vous !

Dans le salon, quelqu'un avait sorti un violon, ce qui était de bon augure quand on voulait faire la fête, mais de mauvais augure quand on espérait que les gens partent bientôt.

— Je peux plus… Ce transport du bétail…, dit Fintan. Je me suis pris neuf coups de pied. Je suis recouvert de merde. J'ai trente-deux ans et je peux pas faire ça le restant de mes jours.

Flora opina du chef.

— Ça peut pas continuer comme ça de toute façon, répondit-elle. Pas comme ça.

— C'est comme si… comme si j'avais trouvé quelque chose qui me plaît. Quelque chose qui me rend vraiment, profondément heureux. Enfin.

— À propos de quoi vous jacassez tous les deux ? demanda Innes. Et accessoirement, Flora, t'es vraiment trop chelou.

— Ferme-la. T'es juste jaloux.

— Que t'aies embrassé un poisson ? Ouais, c'est ça.

— C'est un mammifère en réalité, monsieur l'ignorant.

— *C'est un mammifère en réalité, monsieur l'ignorant*, répéta Innes pour l'énerver.

— Je pensais que devenir père te ferait grandir un peu.

— Vraiment ?

Il attrapa quelques bouteilles de bière locale dans le frigo avant d'aller rejoindre ses copains fermiers.

— Et Innes ? poursuivit Flora. Qu'est-ce qu'il va faire ? Après papa, cette ferme était censée lui revenir. Et qu'est-ce qu'on va bien pouvoir faire de Hamish ?

— Hamish ira toujours bien, commenta Fintan.

Ils regardèrent en direction du coin où ce dernier était assis : il était drôle à voir, il explosait presque sa chemise. Il paraissait trop grand pour la pièce et observait les femmes, dont certaines s'étaient mises à danser, d'un air morose.

— Personne n'a à aller nulle part. Personne n'a à déménager, poursuivit Fintan. Et notre avenir… Il est sans limite avec Colton. Y a pas d'avenir ici, tu le sais.

— Mmm.

— Je veux dire, en nous diversifiant… Ça peut être génial. Mais l'agriculture… On peut pas rivaliser, on peut vraiment pas. Avec le lait pas cher des méga-fermes. Et transporter ces bêtes : tu sais ce que ça nous coûte.

Flora acquiesça.

— C'est qu'un long et lent déclin… Tu le sais, Innes le sait. À moins qu'on se réinvente.

— Mais ces terres appartiennent aux MacKenzie, rétorqua-t-elle. Depuis si longtemps. Depuis toujours.

— Je sais. Il faut choisir le bon moment. Allons engraisser papa.

— J'y travaille, répondit Flora avec un sourire.

*

Flora servait des vol-au-vent qu'Isla et Iona avaient préparés après avoir étudié le livre de recettes – et décidé, tout bien considéré, de ne pas utiliser de champignons sauvages ramassés dans les haies, histoire de ne prendre aucun risque –, quand une immense silhouette fit irruption dans la cuisine. Flora leva les yeux. Jan se dressait devant elle et paraissait folle de rage.

— Ah, super, lança Flora. Euh, on est chez moi ici, donc si t'es venue pour m'insulter, est-ce que je peux te demander de t'abstenir ? Ou peut-être même de partir ?

Essayer d'être aimable et raisonnable était au-dessus de ses forces. Ça ne l'avait jamais menée nulle part par le passé.

— J'ai un compte à régler avec toi.

— Non, c'est avec *Charlie* que t'as un compte à régler, expliqua Flora, trop irritée pour se soucier du ton de sa voix.

— Apparemment, t'as touché à la faune sauvage, cracha Jan.

Elle avait le visage rouge et Flora se demanda si elle avait bu.

— Euh, pardon ? Des vol-au-vent ?

— T'as touché cette orque.

— Oui, je l'ai fait. Elle avait l'air effrayée et je voulais la rassurer. Alors, je l'ai juste un peu caressée.

— Incroyable, lança Jan en secouant la tête.

— Je caresserais pas une orque dans un zoo, protesta Flora. Je voulais seulement aider.

— On n'interfère pas avec le règne animal.

— Qu'est-ce que tu veux dire ?

— Ça, précisément. Si on commence à toucher aux populations animales, tout va partir en vrille. Tu crois pas qu'on intervient déjà assez dans la chaîne alimentaire ? Qu'on a pas déjà causé suffisamment de tort à presque toutes les espèces de la planète, et en particulier aux cétacés ?

— J'étais pas en train de la harponner. Je la calmais.

Jan leva les yeux au ciel.

— Tu crois ça ?

— T'aurais fait quoi, toi ? Tu l'aurais laissée mourir sur la plage ?

— C'est ce qu'on est censé faire ! Les cétacés s'échouent pour des raisons qui nous échappent. Peut-être qu'elle était vieille ! Peut-être qu'elle était malade ! Comment tu le saurais ?

Flora sentait que sa peau commençait à la picoter.

— Eh ben, je sais pas. Mais ça paraissait être la chose à faire sur le moment.

— Oh, les gens croient toujours savoir quelle est la chose à faire. Ils croient savoir. Toi, assise ici dans ta ferme de snob avec tes amis snobs.

L'idée que la ferme MacKenzie puisse être traitée de snob par quiconque ayant grandi dans un pays industrialisé – et dans la famille la plus riche de l'île, de surcroît – énerva Flora au plus au point, mais elle s'efforça de garder son calme.

— Eh ben, je suis désolée. Mais j'aurais pas pu la regarder mourir.

— Non, t'étais trop occupée à faire l'intéressante, rétorqua Jan, ce qui piqua Flora au vif.

Elle croisa les bras.

Charlie entra alors dans la cuisine, un grand sourire se dessinant sur son visage quand il aperçut Flora.

— Hé, fit-il.

Jan se retourna en un éclair, il ne l'avait pas remarquée avant.

— Jan.

Flora les observa attentivement. Mais qu'est-ce qui se passait ?

— Euh, je viens juste prendre quelques bières, lança-t-il en se précipitant vers le frigo. Bon travail aujourd'hui, Flora.

Jan souffla, très agacée. Une fois Charlie reparti, elle se tourna à nouveau vers Flora.

— Et on s'est remis ensemble pour ton information. Tu peux donc arrêter de le reluquer.

Flora leva les bras au ciel.

— Oh, nom d'un chien ! Je m'en fous ! Y a… Y a quelqu'un d'autre.

Elle n'arrivait pas à croire que, de toutes les personnes auxquelles elle aurait pu se confier, c'était à Jan qu'elle le faisait.

Cette dernière la regarda.

— Cet Américain qui se la pète ? éructa-t-elle. Alors bonne chance. J'ai entendu dire qu'ils s'étaient à moitié grimpés dessus avec cette *barmaid* islandaise.

— Merci, répliqua Flora avec effronterie, en résistant à l'envie de lui dire de foutre le camp, de dégager de sa cuisine, de sa maison et, en fait, de sa vie, pour toujours.

Puis elle vérifia à nouveau son téléphone ; mais toujours rien.

## Chapitre quarante-trois

Joel avait des partenaires de squash, des acolytes de boisson, des connaissances de boulot et des copains de fraternité universitaire qui organisaient des réunions d'anciens dans le monde entier.

Il ne leur parlait jamais. Jamais des choses sérieuses.

— Où sont les journaux ? demanda-t-il brusquement.

Margo leva les yeux. Il était agressif, encore plus que d'habitude, et ce, depuis une semaine environ, depuis son retour d'Écosse. D'un autre côté, il avait rattrapé son travail en retard en un temps record, et elle avait engrangé un grand nombre d'heures supplémentaires.

— *The Times*, *Financial Times*, *The Telegraph* et *The Economist*, récita-t-elle en regardant la table dans le hall d'entrée. Qu'est-ce qui manque ?

— J'ai ajouté un titre à la liste des périodiques, répondit Joel, les sourcils froncés.

Margo vérifia son courrier.

— Oh oui, il est là. Évidemment, il arrive avec un ou deux jours de retard.

Elle fixa le journal du regard.

— *Island Times* ?

— Je pare à toutes les éventualités.

— Est-ce que je dois le mettre avec les autres ?

— Non, euh, donnez-le-moi.

Et Joel rentra d'un pas raide dans son bureau, le journal sous le bras, Margo le regardant fixement, stupéfaite.

*

Comment, songea Joel, comment pouvait-il ne pas avoir remarqué Flora plus tôt ? Parce que tout ce qu'il voyait dans son bureau maintenant, c'était un grand trou en forme de Flora. Il la voyait partout où il allait, ses cheveux pâles flottant au vent. Sauf qu'il était au quinzième étage, dans un bureau hermétiquement fermé dont les fenêtres ne s'ouvraient pas et qu'il ne sentait jamais la brise.

Mais il ne pouvait pas. Non, il ne pouvait pas. Il avait plus d'une fois décroché le téléphone pour appeler le Dr Philippoussis, mais il savait ce que ce dernier allait lui dire : « Va la rejoindre. Dis-lui. »

Mais elle ne pouvait pas avoir de place dans sa vie. C'était impossible. Elle ne le savait pas encore, mais sa place était sur son île. À communier joyeusement avec cette orque, à préparer un bon petit plat ou à plaisanter avec ses frères. Son visage, si pâle et blême à Londres, était tout autre chez elle. Et même si elle pensait qu'elle serait heureuse en revenant dans la capitale, il savait au fond de lui que ce ne serait pas le cas.

Et il n'y avait certainement pas de place pour lui là-bas. Ce grand type, Charlie, même si elle ne l'appelait pas comme ça. Toujours là. À attendre son heure. Il lui conviendrait mieux. Il lui fallait quelqu'un comme lui, pas comme Joel, qui se traînait plus de bagages que n'en charriait l'aéroport de Newark, à New York. Et si elle se mettait en tête de le sauver ? Ce ne serait pas la première. Et alors, les problèmes commenceraient vraiment.

Ce n'était pas dans sa nature d'être altruiste. Il n'avait jamais été capable de s'occuper d'autre chose que de lui-même. Mais avec elle…

Il attrapa le journal. Il tomba sur l'article à propos de l'orque dès qu'il tourna la page. Mais qu'est-ce qu'elle avait ? Ce n'était pas un top model. Mais, pour une raison ou une autre, ce visage, avec ce regard clair et direct, cette peau de lait, crémeuse, qui devait recouvrir chaque centimètre de son corps… faisaient apparaître toutes les autres femmes comme surfaites, trop fardées, avec ces sourcils ridicules qui donnaient l'impression d'avoir été dessinés au marqueur indélébile. Toutes les autres filles qu'il connaissait lui faisaient penser à des cocktails bizarroïdes trop chers ; elle, à un verre d'eau fraîche et limpide un jour de canicule.

Margo entra avec un carton plein de dossiers, ce qui le fit sursauter, comme si on l'avait surpris en train de feuilleter un magazine porno ; il glissa le journal sous le carton.

Normalement, il pouvait se mettre au travail comme une machine. Faire ce qu'il avait à faire. Entrer dans le vif du sujet, détailler l'essentiel des contrats et des questions de droit, et toujours trouver quelque chose à l'avantage de son client. Toujours.

Mais là, il regardait fixement par la fenêtre en se demandant quelle espèce d'oiseau il avait sous les yeux.

Il devrait l'appeler. Mais que lui dirait-il ? C'était comme un plongeon dans l'inconnu.

Avec un soupir, il décrocha le téléphone.

*

La voix à l'autre bout du fil était rauque, et Joel se souvint trop tard qu'il était très tôt à New York. Ce simple fait ne lui ressemblait pas du tout ; normalement, il avait tous les fuseaux horaires bien en tête, étant habitué à traiter avec des clients partout dans le monde.

— Pardon.

— Qui c'est ? demanda la voix. Non, bien sûr, c'est Joel, n'est-ce pas ?

Il y eut un blanc, puis le grondement d'une machine à café. Et la voix se fit immédiatement plus douce.

— Il me semble que j'ai bien souvent de tes nouvelles ces derniers temps.

C'était dit avec une telle gentillesse. D'un ton si doux.

Cela frappa Joel : il n'avait jamais su comment être aussi gentil en retour et, donc, ne l'avait jamais été. Mais maintenant qu'il avait un vrai problème, il se rendait compte qu'il n'avait personne d'autre, ou presque, vers qui se tourner. Flora… Oui, elle avait vécu des choses difficiles. Mais elle avait sa grande famille, bruyante, qui lui en faisait voir de toutes les couleurs. Et tous ses amis sur l'île, ainsi que toutes les personnes qu'elle croisait et qui semblaient la connaître elles aussi.

— Alors, dit le Dr Philippoussis. Tu dois avoir rencontré quelqu'un.

Joel sortit le journal de dessous le carton.

— Euh…

C'était une belle photo ; quelqu'un l'avait photographiée accroupie, nez à nez avec le bel animal, le soleil transparaissant à travers ses cheveux. Il n'y avait personne d'autre dans le cadre ; ils avaient rogné le RNLI et le tracteur, si bien qu'il n'y avait que Flora, seule avec l'orque, la ramenant dans les flots en chantant.

— Elle ? Il ? Ça ?

— Elle, indiqua Joel en clignant des yeux.

— Intéressant, rétorqua le Dr Philippoussis en accompagnant sa réponse d'un petit « hum ».

— Fais pas « hum ». J'ai pas besoin d'un thérapeute.

— Vraiment ?

— Non, répondit Joel avec fermeté avant de s'interrompre. J'ai besoin d'un ami. Pour me donner un conseil judicieux. Pas seulement pour moi. Un vrai conseil.

Le Dr Philippoussis regarda par la fenêtre de son appartement du sud de Manhattan. Il ne se lassait jamais de voir le soleil se lever entre les gratte-ciel, même les jours dont on pouvait être sûr, comme celui-ci, qu'ils seraient chauds et moites, difficiles à supporter. L'humidité lui donnait envie de se raser la barbe. Dans la chambre, sa femme dormait encore. Elle serait ravie d'apprendre que Joel avait appelé. Elle l'aurait adopté s'il y avait eu la moindre chance que cela soit possible, s'ils n'avaient pas risqué d'empirer encore plus la situation. Joel n'avait pas été victime de négligence, pas exactement. Il avait été vêtu et nourri, plus ou moins, tous ses besoins physiques avaient été satisfaits.

Mais ce garçon avait quelque chose de particulier, quelque chose qui le rendait très fermé. Abandonné par sa mère, puis ballotté de famille en famille, il n'était pas devenu, comme tant d'enfants dans sa situation, trop affectueux, pot de colle et cherchant désespérément à faire plaisir aux adultes pour les charmer. Au lieu de ça, il s'était tant replié sur lui-même qu'on l'avait cru atteint d'une maladie diagnosticable, telle que l'autisme.

Le Dr Philippoussis n'avait pas cherché à lui forcer la main, il avait simplement laissé le jeune garçon être lui-même, l'orientant vers des choses susceptibles de lui plaire – les livres, l'ordre, l'intelligibilité. Étudier le droit lui avait parfaitement convenu – les choses étaient noires ou blanches, bien ou mal. On pouvait les catégoriser et les mettre dans des boîtes, contrairement aux émotions et aux vies humaines compliquées.

— Je suis aussi ton ami, répondit le Dr Philippoussis en regardant les hauts immeubles de Manhattan se mettre peu à peu à miroiter, roses et dorés, et la ville s'animer, les rues pleines de joggeurs, de promeneurs de chiens et de travailleurs pressés dont le visage paraissait tout aussi fermé que celui de Joel.

— Elle vit sur une île… parfois… et c'est si étrange là-bas. Elle y est à sa place. Et je crois… je crois que je devrais pas l'entraîner dans toutes mes histoires.

— Pourquoi ? Elle est cruelle ?

— Non.

— Est-ce qu'elle te ferait te sentir rabaissé par rapport à ce que t'as traversé ?

— Je crois pas.

— Quelle est la pire chose qui pourrait arriver ?

Joel n'arrivait pas à le dire. Un long silence s'abattit sur eux.

— Eh bien, appelle-la.

— Mais je suis pas… je suis pas sûr d'être prêt.

Il y eut un long blanc.

— Quoi ? Je t'ai demandé de me donner un conseil !

— Je peux pas, répondit le bon docteur. Je sais que nous sommes amis. Mais j'ai aussi une responsabilité professionnelle envers toi.

— Non !

— Si.

— Eh bien, si c'était toi…

— Personne ne peut se mettre à la place d'un autre, rappela le Dr Philippoussis.

— Oh, super, merci.

— Je pourrais aussi dire que personne ne pense jamais être prêt.

— C'est ton point de vue de professionnel ?

— Non. Tu vas devoir choisir toi-même.

— Comment ?

— Sers-toi de ton imagination.

— Mais j'ai pas d'imagination ! Je suis avocat !

Joel fixa le journal. Sa vie, au-delà des apparences, était vide de sens. Un trou béant, lui arrivait-il de penser. Mais pas celle de Flora. Cela ne pouvait pas être un petit pas. Ce serait tout ou rien. Et il savait quelle était la pire chose qui pouvait arriver, parce que ça s'était produit chaque fois qu'on l'avait placé dans une nouvelle famille. Jusqu'à ce qu'il apprenne à se barricader.

## Chapitre quarante-quatre

Plusieurs semaines s'étaient écoulées, et Flora n'avait jamais été aussi occupée, même après que tout le tapage causé par son apparition dans le journal fut oublié. La *Summer Seaside Kitchen* était prise d'assaut. La petite équipe commença à préparer des paniers pique-nique, qui renfermaient des *Scotch eggs* maison, des œufs recouverts de chair à saucisse et panés, et des *ploughman's lunches*, les « déjeuners du laboureur », contenant du pain, du fromage, des pickles, du beurre et de la charcuterie, qui remportèrent un succès fou auprès des gens du coin comme des touristes. Ces derniers aimaient pique-niquer en haut des collines ou dans l'ancienne abbaye, dont les murs en pierre grise projetaient une ombre sombre les jours couverts mais qui, en plein cœur de l'été, offraient un terrain de jeu irrésistible aux jeunes enfants, qui couraient dans les escaliers en colimaçon délabrés, sautant à travers les fenêtres sans vitre les plus basses, tandis que leurs parents s'asseyaient dans les herbes hautes pour partager une bouteille du vin de mûres d'Eck – que Flora et ses frères écoulaient à un prix parfaitement indécent, bien qu'ils ne soient pas vraiment censés le vendre en théorie.

Le plus étrange, c'était que Flora n'arrivait pas à avoir le cœur brisé. Elle n'y arrivait pas. Elle était triste de ne pas avoir de nouvelles de Joel – elle devait de temps à autre produire des rapports, auxquels Margo répondait. Mais elle ne lui en voulait pas, ne se demandait pas si ce qui s'était passé entre eux avait compté pour lui. Ça ne dépendait que d'elle. Il fallait qu'elle tourne la page. Son *crush* était allé un peu plus loin, un étrange après-midi, voilà tout et, maintenant, il fallait… eh bien, il fallait qu'elle tourne la page. Qu'elle aille de l'avant. Qu'elle fasse son boulot. Même les parties les moins plaisantes.

Raison pour laquelle, finalement, quand par un beau jour d'août Fintan demanda à Innes et Hamish de descendre des champs, passa un rapide coup de fil à Colton et murmura quelque chose à Flora avec insistance, elle opina du chef. La mer se ridait sous la brise, ce qui signifiait qu'il fallait porter un gilet, mais, à part ça, rester assis sur le muret en pierre à regarder les insectes bourdonner paresseusement autour du cap était très agréable.

Eck piquait un somme devant la ferme, Bracken à ses pieds.

— Papa, chuchota-t-elle. Papa, on peut te parler ?

— Conseil de famille ! s'écria Fintan.

Agot dansait en rond en se balançant aux mains d'Innes et de Hamish.

— MOI SEULE FILLE ! MOI PLINCESSE !

— Salut Agot, dit Flora, chargée de sablés tout juste sortis du four et de thé bien chaud.

Innes examina le tout avec circonspection.

— T'essaies de nous soudoyer ?

— Je vois pas ce que tu veux dire.

— TOI PAS PLINCESSE, TATA FLOLA, fit la voix pressante.

— Oui, je sais, ma chérie.

— TOI *SELKIE*.

— Tu peux arrêter avec ça, s'il te plaît ?

— TOI DANS YOURNAL.

Elle n'aimait pas repenser à cette journée. Plus maintenant. Elle était là jusqu'à *Lughnasa* – la fête des premières récoltes. Joel serait alors parti aux États-Unis, et elle pourrait simplement retourner au bureau et tout irait bien. Et elle ne le reverrait jamais. Et tout serait plus qu'affreux.

Non, elle n'allait pas se mettre ça dans la tête. Elle allait finir le travail en cours. Elle faisait bouger les choses ; ils le faisaient tous. Et plutôt deux fois qu'une. Mais, si Fintan devait aller travailler au *Rock*, ils avaient atteint un point critique.

— Papa, insista-t-elle.

Innes semblait soucieux. Hamish, comme d'habitude, était assis dans le coin de la cour, silencieux, le visage recouvert de crasse puisqu'il faisait la majeure partie du travail.

— Enfin, tout le monde plutôt, rectifia-t-elle.

La ferme était au nom de leur père, mais la manière dont les choses allaient se passer ne faisait aucun doute. Les garçons en hériteraient, ça s'était toujours passé comme ça et se passerait toujours comme ça, tant que le soleil se coucherait à l'ouest et que la marée viendrait lécher les herbes marines sauvages.

— Fintan et moi…

Elle se tourna vers lui :

— Tu veux le faire ?

Il la regarda droit dans les yeux et secoua la tête.

— Tu peux t'en charger, Flora ? lui demanda-t-il.

— Non, répondit-elle. Bon. Tous les deux.

Elle prit une profonde inspiration.

— On a reçu une offre, dit-elle. Une bonne offre. Une très, très bonne offre. Pour acheter la ferme.

*

Eck ne sembla pas comprendre. Flora se surprit à répéter ce qu'elle venait de dire en gaélique, simplement pour s'assurer qu'il assimilait ce qu'ils disaient. Fintan était au téléphone, rapportant tout ce qui se passait à Colton.

— Mais, n'arrêtait pas de répéter son père. Mais je vais bien, Flora.

— C'est le droit de naissance d'Agot, dit Innes.

— PAS FEME! MOI PLINCESSE ! hurla Agot.

— Je suis pas sûre qu'on ait besoin d'une enfant de trois ans à la table des négociations, déclara Flora, passablement irritée.

— Mais Flora… Enfin, ça va bien.

Eck était totalement désorienté.

Flora regarda le linteau qui s'affaissait au-dessus de la porte ; les machines agricoles en train de rouiller dans le champ. Il ne les voyait pas, elle en était consciente. Dans sa tête, il vivait toujours dans un long été doré où les garçons et elle couraient à moitié nus autour des dépendances, parfaitement dégoûtants et tordus de rire ;

se mettaient en rang d'oignons devant la télévision, se bousculant pour avoir de la place devant *Des chiffres et des lettres* ; le suppliaient de leur raconter les histoires du bon vieux temps, quand les Muriens devaient fabriquer leurs propres vêtements et étaient régulièrement isolés de l'île principale des mois durant, quand la télévision n'existait pas et qu'ils devaient se contenter de jouer leur propre musique ; moment où les garçons et elle se mettaient toujours à ricaner et à pousser des soupirs incrédules, et leur mère leur disait de se taire ; c'était exactement comme ça, et c'était très agréable, puis elle souriait et proposait une tournée de toasts au fromage et de la soupe maison pour tout le monde, et ils se blottissaient tous devant le feu, jusqu'à ce que Flora et Fintan se disputent pour savoir qui prenait le plus de place ; ils éclataient alors tous de rire et les chiens se mettaient à aboyer comme des fous.

Voilà ce qu'il voyait. Flora en était consciente.

— Papa, dit-elle. J'ai regardé les comptes. Tu le sais. Innes le sait. Tu sais qu'on peut pas continuer comme ça.

Elle eut subitement envie de s'asseoir sur ses genoux, comme elle le faisait quand elle était toute petite. Mais il s'était éloigné d'elle il y avait si longtemps de cela, et elle savait pourquoi.

— On n'a plus d'argent.

— Et papa, intervint Fintan, le visage soudain aussi pâle que celui de sa sœur. Papa, je veux plus travailler à la ferme. Je veux travailler avec Colton Rogers.

Son père cligna des yeux. Flora regarda son frère attentivement.

— Et puis Colton est mon petit copain.

Même Agot n'eut rien à redire à cela.

Le sang monta au visage de Fintan.

— Enfin. C'est quelqu'un… quelqu'un d'important pour moi. Je sais pas si je peux dire que c'est… Enfin, c'est très récent.

Innes et Hamish restèrent simplement assis là, inertes. Flora n'était pas totalement sûre qu'Hamish ait compris ; ni Eck, d'ailleurs. Fintan se renfrogna, comme s'il les mettait au défi de le braver. On lui aurait plus facilement donné seize ans que trente-deux.

Agot s'approcha de lui.

— TOI AVOI TI COPAIN ?

Fintan sourit timidement, puis haussa les épaules.

— Eh bien, on peut dire ça. Pas sûr. Mais il est gentil.

— MOI TI COPAIN.

Il s'agenouilla.

— C'est qui ton petit copain ?

— PEPPA.

— Pepper ?

— PEPP-A ! LUI COCHON.

Fintan sourit.

— Eh bien, c'est pas moi qui ai la relation la plus étrange de cette famille on dirait ! C'est bon à savoir.

Innes se leva et s'approcha, lui aussi rouge vif. On n'était pas habitué à parler comme ça, chez les MacKenzie. Il porta sa main à sa nuque. Flora se remémora toutes les moqueries – à l'école, bien sûr, mais à la maison aussi. Tapette, fillette, mauviette. La totale. À longueur de temps.

— Félicitations, frérot, articula-t-il difficilement en tendant la main. Content que t'aies rencontré quelqu'un.

Fintan commença par lui serrer la main, mais les deux frères finirent par s'étreindre maladroitement.

— Il aurait plu à maman, déclara Fintan.

— Maman savait ?

— Bien sûr qu'elle savait. Elle vous a rien dit ?

— Non, mais elle nous donnait un petit coup sec derrière les oreilles quand on se moquait de toi.

— Vous le méritiez.

— Je suppose, oui. Mais ouais, il lui aurait plu… Il a de l'argent.

— Hé dis ! s'écria Flora.

— Quoi ! Pardon, mademoiselle la snobinarde, c'était quoi ça exactement ?

— Il lui aurait plu parce que c'est un mec bien.

— Bien joué, mon vieux, dit Hamish en levant la main.

— Pas de problème.

Ils se tournèrent tous vers Eck. Il était toujours assis là, en état de choc.

— Papa ? l'interpella Flora.

Elle se demandait s'il était trop tôt pour le whisky et décida que non.

— Eh ben, dit Eck. Ben ben ben ben.

Flora posa une main sur son épaule. Fintan essayait d'avoir l'air imperturbable, mais il avait Agot dans les bras et il la serrait très fort, d'une manière qui trahissait sa nervosité.

— MOI AIMER PEPPA, répéta la fillette, espérant à nouveau provoquer l'effet positif que ça avait eu la première fois.

— Ben…

Eck semblait ne plus avoir aucun repère tant il était chamboulé.

— Est-ce que ça va, papa ? l'interrogea Flora en s'agenouillant près de lui. Ça va aller, tu sais. Ça va aller.

Eck secoua la tête.

— J'sais, commença-t-il d'une voix perplexe. J'sais ben que vous pensez tous que je suis qu'un vieux schnock qui date de Mathusalem.

— Pourquoi on penserait ça, papa ? demanda Innes. Juste parce que t'es un vieux schnock qui date de Mathusalem ?

— Vous savez, à l'époque, poursuivit Eck sans tenir compte de la remarque de son fils. Je veux dire, ce que le pasteur disait à l'église… c'était tout ce dont on avait besoin, vous savez. C'était comme ça qu'on vivait et ce à quoi on croyait tous. Et tout était normal.

— Non, c'est ce que les gens faisaient semblant de croire, rétorqua Fintan. Rappelle-toi. Tu sais bien que c'est vrai. Et le vieux MacIlvaney, qui tenait la confiserie ? Il s'est jamais marié, il vivait avec sa mère. Pourquoi il est devenu aussi gros, d'après toi ?

— Parce qu'il tenait une confiserie, répondit leur père.

— NON ! s'écria Fintan. Parce qu'il refoulait son homosexualité. Parce qu'il devait cacher qui il était. Tu peux pas repenser au passé et croire que ça n'existait pas juste parce que les gens n'en parlaient pas. Parce que ça existait, c'est absolument certain.

— Mais l'Église…

— Oh, l'Église était comme les autres. Pire même.

Eck poussa un soupir.

— Rien ne change, vous savez. Ma vie est presque la même que celle de mon grand-père, qui était la même que celle de son grand-père, et ainsi de suite. Et puis soudain, *BOUM*. Tout le monde se met à vouloir tout, tout de suite, et tout change.

Flora secoua la tête.

— Je te promets, papa, ça n'a pas changé. Pas tant que ça. Pas comparé au monde extérieur.

— C'est pour ça que je me suis jamais préoccupé de l'île principale.

— C'est vrai aussi, reconnut Flora. Mais tu peux faire face, non ?

Eck leva les yeux.

— Est-ce que je suis obligé d'aimer ça ?

— Nan, répondit Fintan.

— C'est pour ça que tu détestes travailler à la ferme ?

— Non, je déteste travailler à la ferme parce que c'est hyper dur et qu'on se les gèle la moitié de l'année.

— Ça dérange pas les aut' garçons.

— J'aime pas ça non plus, corrigea Innes.

Le visage d'Eck s'assombrit réellement à ce moment-là.

— Hamish ?

Ce dernier haussa les épaules.

— Parfois, j'aimerais mieux être à l'intérieur, avoua-t-il à voix basse.

C'était un très long discours pour lui.

Eck se leva. La lumière du soleil rougeoyait sur les champs, tandis qu'un vent pénétrant soufflait à travers les herbes hautes et piquantes dans les dunes.

— Bramble ! Bracken ! ronchonna-t-il. V'nez ici, main'nant. On va se prom'ner.

Les chiens se levèrent d'un bond, regardant autour d'eux avec circonspection, comme s'ils sentaient l'atmosphère qui régnait. Eck saisit son vieux bâton à la porte et s'éloigna à grandes enjambées, Bramble et Bracken sur les talons.

Frères et sœur se regardèrent.

— Eh bien, dit doucement Flora. Ça s'est…

Mais Innes s'était déjà retourné.

— Tu sors avec un *millionnaire* ? demanda-t-il à Fintan.

— Ah, non, répondit ce dernier.

— Quoi ?

— Plutôt un milliardaire.

Et Innes jura avec virulence.

— Alors pourquoi tu veux travailler ?

— Parce que j'en ai envie.

— Est-ce qu'il peut nous donner un million de livres sterling pour la ferme ?

— Non. C'est pas comme ça qu'on devient riche.

— Oh, comme si t'en savais quelque chose !

*

Flora servit de la tourte à la viande de bœuf et, avec Fintan, ils présentèrent leur projet à leurs frères : une ferme-restaurant, qui appartiendrait au *Rock* et qui cultiverait tout ce dont le restaurant de l'hôtel aurait besoin et envie pour ses menus – algues, produits laitiers, dont les fromages, viande, évidemment.

— Ça va impliquer de passer au bio, expliqua Flora. Et de faire venir des spécialistes pour nous conseiller sur les meilleures cultures, pas seulement celles qui vont pousser.

— Ça va nous coûter une fortune, prévint Innes.

— C'est là qu'intervient l'investissement. Sérieux, Innes. Transporter du bétail par avion jusqu'à l'île principale ? C'est pas une stratégie viable à long terme. Vous êtes en train de vous faire tuer par les méga-fermes, et tu le sais. C'est une spirale infernale. Et les gens qui vont venir ici, ça les dérangera pas de payer un prix convenable pour le lait et le beurre, et pour de la meilleure viande et de succulents produits frais. On serait fous de pas le faire.

— Mais perdre la ferme…

— La ferme ira nulle part, répondit Flora sévèrement.

— Ils seront bien contents de tout étiqueter « Ferme MacKenzie », renchérit Fintan. C'est plus authentique, une exploitation familiale.

— Mais elle sera plus à nous.

— Techniquement, non.

— Donc, elle reviendra pas à Agot, dit Innes.

Dans l'agitation, la petite fille avait discrètement farfouillé dans le sac à main de Flora et s'étalait maintenant du rouge à lèvres partout sur le visage.

— Ouais, c'est une perte, concéda Flora.

Ils restèrent assis là, à se regarder les uns les autres.

— Je suis pas sûr qu'on ait le choix, indiqua Fintan.

— Ça m'étonne pas que tu dises ça, grommela Innes. Mais si vous vous séparez, qu'est-ce qui se passera ? Est-ce que tu devras rendre tout l'argent ?

— En réalité, j'ai une très bonne avocate qui va s'occuper de tout ça pour moi, rétorqua-t-il en regardant Flora.

— Hamish, dit-elle. Qu'est-ce que t'en dis ?

— Est-ce que j'aurai plus d'argent si je travaille pour le restaurant ?

— Oui, répondit Flora.

— Assez pour m'acheter une voiture ?

— Ouais.

Il opina du chef. Tout le monde attendit, mais, *a priori*, c'était tout ce qu'il avait à dire sur le sujet.

— Bon…, dit Flora.

À ce moment précis, on frappa à la porte. La plupart des habitants de Mure se contentaient de toquer et d'entrer – enfin, si d'aventure la porte était fermée. Innes finit par se lever pour ouvrir.

Charlie était là, triturant son chapeau.

— Bonjour, dit-il.

— Le tracteur est dehors, lança Innes.

— Non, non. C'est pas pour ça que je suis là.

Il parcourut la pièce du regard, vit que les trois frères et Agot étaient là, et devint très rose autour des oreilles ; pas du tout son état normal, lui qui était d'ordinaire imperturbable et calme.

— Euh, Flora.

Les garçons, ravis que la tension de cette conversation très sérieuse retombe d'un coup, se calèrent au fond de leur chaise, le sourire aux lèvres.

— Flora ! s'écria Fintan. Quelqu'un est là pour toi !

— On dirait que Fintan n'est pas le seul à flirter ! ajouta Innes. Même si je parie que Charlie, lui, n'a pas des millions de dollars.

— La ferme, tous, les rembarra Flora, bien que ce ne soit pas si terrible que les choses soient revenues à la normale.

Ils s'étaient fait suffisamment de câlins, avaient assez parlé de leurs sentiments pour aujourd'hui, et c'était sympa de se chamailler à nouveau.

— Euh, tu veux aller promener Bramble ?

— Il est… il est pas là, répondit sévèrement Flora.

Elle n'avait toujours pas oublié sa petite conversation avec Jan.

— Oh, d'accord, dit Charlie en se retournant pour partir. Désolé.

Flora se mordit la lèvre. Elle n'avait toujours pas découvert la vérité. Et pour le moment, elle en avait assez de la ferme et de leurs soucis, et plus qu'assez des nuits passées sans dormir, des déceptions amères et des doutes épouvantables qui l'avaient affligée depuis le départ de Joel. Bien plus qu'assez.

— Enfin, je veux bien aller me promener avec toi. Si c'est ce que tu demandais.

C'était drôle quand même : lorsqu'elle avait rencontré Charlie, elle l'avait vu comme une personne assurée et directe. Mais maintenant, tandis qu'il passait son énorme main dans ses cheveux, il ne semblait pas très sûr de lui.

— Euh. Ouais. Oui. D'accord. Ouais.

— Je vais trouver papa, dit Flora en attrapant son gilet sans tenir compte des regards entendus et des roulements d'yeux que lui faisaient les garçons. Et, accessoirement, fermez-la, tous autant que vous êtes. Et faites la vaisselle.

Agot s'approcha d'eux d'un pas déterminé, le visage maculé d'un assemblage hétéroclite du maquillage de Flora.

— LUI TI COPAIN ? demanda-t-elle à Flora avec sérieux avant de se retourner vers Charlie. MOI, TI COPAIN.

— C'est bon à savoir, Agot, répondit Charlie tout aussi sérieusement. Je te souhaite une très bonne soirée.

## Chapitre quarante-cinq

La soirée était superbe. Le soleil était suspendu dans le ciel, constant et immobile, sa course ralentie au plus fort de l'été. Flora avait repris son rouge à lèvres des doigts collants d'Agot – elle laissait à Innes le soin de s'occuper du reste – et se dépêcha d'en appliquer un peu sur ses lèvres. Le soleil venait tout juste de permettre à quelques taches de rousseur d'apparaître sur son visage, et elle s'était rendu compte que son activité quasi constante depuis son arrivée l'avait aidée à brûler un peu de la graisse superflue qu'elle avait accumulée en restant assise derrière son bureau de Londres.

Charlie marchait à ses côtés sans rien dire. Il ne semblait pas être le genre de personne à avoir besoin de combler les silences en faisant la conversation ou des blagues et des commentaires débiles. Il avait été momentanément troublé sur le pas de la porte mais, à part ça, il semblait… à l'aise. Bien dans sa peau. L'exact opposé de Joel, supposa-t-elle. Non. Elle ne pensait pas à Joel. Elle n'y pensait pas. C'était fini. Et ce… Elle jeta un regard oblique à Charlie, à ses épaules solides, à son profil puissant et calme.

— Teàrlach, dit-elle doucement. Je veux pas faire de suppositions. Et je me suis peut-être fait des idées…

Il se tourna vers elle, ne disant toujours rien, plutôt satisfait de se contenter de marcher et d'écouter.

— Mais Jan, poursuivit-elle. Ce qui s'est passé à la soirée. Je veux dire, sans déc', qu'est-ce que tu fous ?

— On dit que les *selkies* vont droit au but.

— Change pas de sujet. Tu m'as dit que vous étiez séparés.

— On l'est.

— Elle… elle dit le contraire. Que vous faites une pause, mais que vous êtes toujours ensemble.

— Ben c'est pas vrai. Je lui en ai parlé.

Soudain, Flora réalisa qu'elle n'avait pas vu Jan à la boutique depuis plus d'une semaine. C'était peut-être ça, l'explication.

— Et ? Dis-moi ce qui s'est passé, parce que ça a vraiment été horrible pour moi.

— D'accord, d'accord.

Ils continuèrent à marcher en silence, et Bramble manqua soudain terriblement à Flora. Dans les moments gênants, c'était sympa d'avoir un chien à cajoler et à caresser.

Charlie poussa un soupir.

— Je suis désolé. C'est compliqué. Ça a été compliqué. On dirige une entreprise ensemble. On a été ensemble pendant huit ans. Je voulais pas… je veux dire, je voulais pas qu'on se brouille, ça aurait pu tout foutre en l'air. En fait, ça l'aurait fait ; ça aurait provoqué la ruine de l'entreprise. Son père nous a donné de l'argent pour qu'on commence et, enfin, sa famille, nos deux familles, en fait, attendaient qu'on se marie.

C'est pas que je la considère pas comme une femme formidable, parce que c'est une femme merveilleuse à bien des égards, poursuivit Charlie fermement. Elle a aidé plus d'enfants démunis que toutes les personnes que je connais et elle n'est indifférente à rien ni à personne.

— Alors pourquoi t'as voulu rompre ? Qu'est-ce qui a provoqué ça ? T'as rencontré quelqu'un ? l'interrogea Flora avec curiosité.

La plupart des hommes qu'elle connaissait ne mettaient fin à une relation que quand ils en avaient trouvé une autre.

Charlie lui jeta un regard en coin.

— Eh ben…

— Je veux pas être mêlée à ça, l'interrompit Flora avec fougue.

— Non. Non, je t'avais pas encore rencontrée. C'était à *Hogmanay*. Tout le monde avait bu quelques verres, tu vois ?

— Je vois, répondit Flora en se remémorant avec tendresse les fêtes de folie sur la place toute la nuit durant, les habitants rassemblés, les feux de joie et les traditionnels *first-footing*, quand ils rendaient visite à la famille et aux amis après minuit pour leur porter chance. Sa mère ne voulait jamais la laisser y aller, mais les garçons promettaient de veiller sur elle – du grand n'importe quoi ! En général, Hamish restait avec ses potes à grogner ; Innes courait après une jeune fille quelque part ; et Fintan boudait dans son coin, refusant de s'y rendre, décrétant que c'était pour les voyous en toc ; Flora, elle, se sentait si déchaînée, si grisée et si libre à rester dehors toute la nuit dans le froid glacial, à faire passer le cidre et à rire tant et tant qu'elle croyait qu'elle allait exploser.

— Bref, j'étais chez les Fraser avec Jan, et tout le monde me harcelait pour que je fasse d'elle une femme honnête, tu sais, tu les connais, et je me suis dit que si je faisais d'elle une femme honnête, alors je ferais de moi un homme malhonnête. Donc.

— Mais tu lui as pas dit que tu rompais.

— J'aime bien me faire passer pour un homme courageux, Flora. Mais faut croire que je le suis pas.

Ils sourirent tous les deux.

— Elle a un peu pété les plombs.

— Mais c'était en décembre ! On est en août là !

— On travaille toujours ensemble.

— Tu dois lui dire que c'est fini. Elle croit pas que c'est le cas.

— Je sais, je sais.

Il se tourna alors vers elle. Sans s'en rendre compte, ils avaient atteint le cap, marchant sans savoir où ils allaient, se contentant de suivre le chemin qu'avaient emprunté leurs pieds. Il la regarda timidement.

— C'est toi qui… c'est toi qui m'as vraiment fait comprendre… eh ben, que je devais changer, que je devais avancer dans la vie… comme toi t'as avancé dans la tienne.

— C'est pas le cas. Je reste que jusqu'à *Lughnasa*. Je fais que mon travail.

Il secoua la tête.

— Tu fais plus que ça à mon avis.

Elle l'examina. Le vent soulevait ses épais cheveux bouclés, découvrant son front puissant. Il se tenait tout au bout du cap, les rochers escarpés et le ciel éclatant derrière lui, aussi bleu que ses yeux. Il donnait l'impression d'avoir poussé sur cette terre. C'était un vrai insulaire, un vrai Britannique du Nord. Elle ne parvenait pas à se le figurer à Londres, arrivait à peine à l'imaginer dans une ville. Il avait poussé dans le sol sur lequel il se tenait.

Elle pensa à Joel. Une star de cinéma, voilà ce qu'il avait été pour elle. Il fallait qu'elle l'admette. Comme quand elle avait quatorze ans et qu'elle avait passé l'année à regarder en boucle les films du *Seigneur des anneaux*, enchaînant au ralenti tous les passages avec Orlando Bloom, pensant qu'il y avait peut-être une chance qu'ils viennent tourner à Mure si les producteurs se lassaient de la Nouvelle-Zélande.

Ça ne s'était pas produit. Du moins, pas encore.

La place de Joel était là. Dans une petite boîte à fantasmes, à petits riens qui rompaient la monotonie du trajet jusqu'au boulot. Il avait un joli sourire, parfois – et puis, elle avait passé la nuit avec lui, plus ou moins, d'une drôle de manière. C'était ce qu'elle supposait. Mais ça n'avait rien signifié pour lui, se dit-elle avec fermeté. Rien. Elle n'avait pas reçu un seul coup de fil, pas un texto, pas un e-mail. Il était parti, était retourné à son ancienne vie et l'avait oubliée, elle, l'île, et tout le reste. Il était possible qu'il parte aux États-Unis, mais il ne lui avait même pas dit. Qu'est-ce qu'elle allait faire ? Perdre des années à penser à lui ? Des années de sa vie alors que lui, il ne se souciait pas plus d'elle qu'Orlando Bloom ?

Mais en regardant Charlie, elle eut des papillons dans le ventre. Ça, c'était réel. Ça, c'était du concret.

— Je vis à Londres.

Charlie haussa les épaules.

— Oui, mais t'es de Mure. T'es une fille de l'île. Ou plus, à en croire tous les mordus de superstition.

— Faut pas les croire.

— Enfin, tout ce que je veux dire, c'est que les insulaires se comprennent.

Il passa son bras autour d'elle. D'où ils étaient, tout au bout de la pointe, ils voyaient très loin, tout autour de l'île. Le port et, par-delà, le début de la plage blanche et infinie ; les falaises derrière eux ; la ferme ; Bertie, en bas, dans son bateau, à côté des pêcheurs toujours en mouvement ; les magasins qui fermaient pour la soirée, à la surprise des vacanciers qui ne pigeaient toujours pas que, même si on avait l'impression qu'il était midi, il ne l'était pas pour autant. Et jusqu'au *Rock*, le beau bâtiment là-bas, enfin prêt, qui les attendait.

Avant la génération de son père, la plupart des personnes nées sur Mure ne quittaient tout bonnement jamais l'île. L'horizon définissait les limites de leur monde. Ils avaient des visiteurs, parfois des envahisseurs, mais, pour la plupart, ce petit village, cette étendue de mer fertile et de sols balayés par les vents étaient tout ce qu'ils avaient toujours connu. Et c'était beau.

— C'est ce sang qui court dans tes veines, ajouta Charlie tout bas, et Flora se rendit subitement compte qu'ils étaient très près l'un de l'autre maintenant, ses cheveux fouettant dans le vent et sa jupe dansant derrière elle.

Elle se tourna alors vers lui, battant des paupières ; il la dominait, aussi solide que le sol sous ses pieds.

Il tendit sa grande main vers elle, et elle s'en empara, les yeux rivés sur le large, observant les phoques dont la tête apparaissait et disparaissait au gré des vagues.

— Ils peuvent pas mettre un tas d'éoliennes ici, dit-elle.

— C'est l'esprit, oui, répondit Charlie.

Il serra sa main, et tous les deux regardèrent leurs doigts entrelacés. Puis elle leva les yeux vers lui. Tout – les nuages blancs qui filaient dans le ciel, les oiseaux qui virevoltaient, l'herbe qui bruissait – sembla ralentir. Elle s'approcha de lui, juste un peu.

Soudain, un énorme *WOUF* leur parvint des broussailles. Ils firent tous les deux un bond en arrière, l'air coupable.

C'était Bramble, qui aboyait comme un fou.

— Hé, dit Flora en s'agenouillant. Qu'est-ce que tu fais ?

Le chien n'arrêtait pas d'aboyer, la tirant par le bras.

— On dirait Belle, déclara Charlie en éclatant de rire alors que la tension retombait. Regarde, Flora, il essaie de te dire quelque chose. Est-ce qu'il est arrivé quelque chose au petit Sébastien ?

— Fais pas l'idiot, répondit Flora en secouant la tête. Les chiens sentent des choses.

— C'est soit ça, soit t'as laissé une saucisse dans ta poche.

— Et pourquoi j'aurais laissé une saucisse dans ma poche ?

— Parce que t'es très dévouée à ta nouvelle carrière dans la restauration ?

Flora sourit, mais était inquiète.

— Où est papa ? demanda-t-elle à Bramble. T'as laissé papa ?

Elle pensa au visage d'Eck, sérieux et las, quand il était parti. Elle ne l'avait pas vu en descendant – mais elle n'avait pas vraiment regardé, songea-t-elle. Elle avait marché au côté de cet homme grand et large, essayant de lui emboîter le pas, pensant à combien il semblait habile de ses mains, comme il semblait fort. Elle secoua la tête.

— Il veut qu'on le suive.

Charlie éclata de rire.

— T'es pas sérieuse ?

— Faut que je trouve mon père de toute façon.

— Tu comprends tous les animaux, ou seulement les baleines et les chiens ?

— Tu peux continuer à faire ton malin avec tes remarques, ou venir avec moi.

Charlie esquissa un large sourire.

— Je peux faire les deux ?

Elle le regarda, les yeux plissés à cause du soleil, et ils se sourirent.

— Et puis, ajouta-t-elle alors qu'ils quittaient la pointe, tout à coup sérieuse. Tu dois pas parler à quelqu'un ?

*

Des gens les observaient tandis qu'ils descendaient tous les deux vers le village. Flora se demanda si ça donnerait lieu à des commérages. Elle s'était aussi dit que Charlie chercherait peut-être à lui reprendre la main, mais il ne le fit pas. Bien sûr que non. Elle se sentit rougir. Mais elle aimait l'avoir auprès d'elle.

— Est-ce que vous avez vu mon père ? interrogea-t-elle les commerçants.

Andy, du *Harbour's Rest*, ne l'avait pas vu ; pas plus qu'Inge-Britt qui, avait remarqué Flora, s'était mise à fréquenter un pêcheur de homards norvégien bien charpenté et paraissait plus joyeuse et tyrannique que jamais.

Bramble ne semblait pas la conduire où que ce soit, il était simplement content de savoir qu'ils étaient ensemble et qu'elle prenait les choses en main. Flora commença à s'inquiéter. Elle s'était dit que son père se rendrait naturellement au pub pour bavarder et se plaindre de l'inutilité de ses ingrats de rejetons – et, avait-elle espéré, qu'il en reviendrait en titubant au bout de quelques heures, en y voyant un peu plus clair. Mais non, aucune trace de lui.

Elle ne voulait pas appeler à la ferme, mais le fit malgré tout, vite fait.

— Non, il est pas rentré, répondit Fintan. Il est pas avec toi ?

— Non, mais Bramble, si.

— Bramble l'a laissé ?

— Je sais.

— Et pour te rejoindre, alors qu'il arrive que des malheurs à ce chien quand t'es dans le coin ?

— Ça va, ferme-la.

Fintan s'interrompit.

— T'es sûre à cent pour cent qu'il est pas au pub ?

Réaliser qu'il y avait si peu d'endroits où leur père pouvait être, que, à part son incessant labeur à la ferme, il faisait si peu de choses, les stupéfia. Ils en restèrent tous les deux cois un moment.

— Est-ce que la Land Rover est là ?

Fintan marqua un temps d'arrêt.

— Ouais.

— Est-ce qu'on devrait seulement le laisser se promener tranquille ? Je veux dire, c'est dur à encaisser. Ça fait beaucoup de nouveautés. Et le temps est pas mauvais.

— Sans doute. Mais c'est bizarre pour Bramble quand même.

Il y eut un blanc.

— Je déteste être une adulte, dit Flora.

— Non, c'est génial. Ooh, et comment va ton grand gaillard de mec ?

— Appelle-moi quand papa rentre, répondit Flora en raccrochant.

*

Une petite foule s'était rassemblée, les filles de la boulangerie étaient sorties, l'air inquiet, et Flora entendait qu'on marmonnait au sujet de l'âge d'Eck et de son état de santé général. Mais il n'était pas si vieux, si ? Il allait bien, son père, non ?

Clark, le policier, s'approcha, les sourcils froncés.

— Vous ne pouvez pas alerter les autorités ? s'enquit un promeneur qui passait par là et qui s'était arrêté pour voir s'il pouvait aider.

Tout le monde se tourna vers lui.

— Euh, c'est lui, les autorités, précisa Andy.

— Bon, vous avez une photo alors ? demanda le promeneur, éberlué.

Tout le monde regarda Flora, qui s'empourpra.

— Euh, fit-elle en regardant dans son téléphone, se rendant compte que, à sa grande horreur, alors qu'elle semblait avoir environ soixante-dix clichés de Bramble et de Bracken, des tas de vues du *Rock* et deux photos de la fête avec Joel en arrière-plan (elle avait éperdument eu envie d'en prendre une pendant son sommeil, mais n'avait pas osé, de peur d'être super bizarre), elle n'en avait pas une seule de son père.

— On sait tous à quoi il ressemble, lança Andy, et Flora lui en fut infiniment reconnaissante.

Lorna et Saif descendirent la grand-rue pour rejoindre la petite troupe.

— Alors en route, ajouta Clark. Séparons-nous. Les habitants de l'ouest cherchent à l'ouest, ceux de l'est, à l'est. J'vais faire le tour des baraques.

Flora opina du chef, son cœur battant très vite, stupéfaite que les choses aient pris une tournure aussi sérieuse en si peu de temps. Son père n'était parti que depuis deux ou trois heures.

Charlie s'approcha.

— Tu veux commencer à explorer les montagnes ?

— Non. Il ferait… il ferait pas ça.

— Ça pourrait expliquer pourquoi Bramble est pas allé avec lui.

Le chien lapait bruyamment un bol d'eau qu'Andy avait sorti pour lui. Il n'était pas habitué à une telle chaleur.

— Non, sa sciatique lui fait trop mal pour ça, je dirais…

Ils scrutèrent l'horizon. Le ciel était si dégagé qu'ils voyaient jusqu'au sommet du mont, habituellement enveloppé de nuages bas ou de brume.

— Je vais appeler Jan par radio, dit Charlie afin d'essayer de gagner du temps, réalisant ce qu'il venait de dire.

— Oui, s'il te plaît, répondit Flora en le regardant.

Elle fit semblant de tripatouiller son téléphone pendant qu'il sortait le talkie-walkie. Évidemment, Jan avait commencé à monter le camp pour la nuit. Que Charlie ait jugé que c'était le seul moment où il pouvait voir Flora sans prendre de risque l'inquiéta un peu. Elle l'entendit grommeler dans le talkie-walkie, assez sèchement, et il fut vite évident qu'il n'y avait aucune trace de son père, mais Jan allait garder l'œil ouvert. Puis Charlie s'interrompit et lança un regard rapide à Flora. Son cœur tressaillit.

— Et, Jan, à ton retour… on pourra parler ?

Flora s'éloigna pour ne pas être indiscrète. Où était parti son père ? Voulait-il que les gens le cherchent ? En avait-il simplement marre d'eux ?

Bien que le soleil soit toujours haut dans le ciel, l'heure avançait : il était près de vingt et une heures. Si seulement il avait un téléphone portable, mais il était impossible de le convaincre, impossible. Il ne lui venait tout bonnement pas à l'esprit qu'il pourrait en avoir besoin. Tous ceux à qui il avait envie de parler vivaient à quelques mètres de lui ou il pouvait descendre au village pour les trouver. Il n'avait pas besoin de plus.

*Mince, papa. Mais où es-tu ? Où es-tu allé ?* Cette question lui enserrait froidement le cœur. Flora ne pouvait pas. Elle ne pouvait pas perdre un autre parent. Le vieil imbécile. Mais s'il s'était perdu ? S'il avait trébuché et était tombé en bas d'une falaise ? Ces sentiers pouvaient être dangereux, même par temps dégagé. Et le vent venait de se lever à nouveau. Oh mince. Non. Elle ne pouvait pas le supporter.

Elle pensa à Joel, mais, pour une fois, différemment : comme à quelqu'un qui n'avait pas de famille.

Pas de parents. C'était pour ça qu'il était comme ça. Pas parce qu'il était arrogant et se sentait supérieur aux autres. Mais parce qu'il était si seul dans cet univers froid. Pas étonnant que ce soit un avocat aussi brillant, un aussi bon négociateur. Il n'avait absolument rien à perdre. Ils s'étaient tous trompés sur son compte.

Elle ne pouvait pas se figurer ce que ça faisait. Même quand elle était loin – elle le comprenait maintenant, en voyant les gens se presser dans la rue, se passant le mot, allant et venant pour se parler les uns aux autres, la nouvelle se répandant rapidement, de plus en plus d'habitants sortant de chez eux pour participer aux recherches –, où qu'elle se soit trouvée, les cocons tissés sur son île l'avaient entourée de manière invisible, l'avaient épaulée, protégée. Lui montrant qu'elle pouvait toujours rentrer chez elle, même si elle ne l'avait jamais su.

Elle refoula ses larmes d'un battement de paupières.

— Papa ! Papa ! appela-t-elle.

Elle regarda à nouveau son téléphone. Rien. Bramble se rapprocha d'elle, et elle plongea les doigts dans son épaisse fourrure, apaisée par la lourde chaleur et les lents battements de cœur du chien.

— PAPA !

Charlie la suivait, elle le savait. Et, de tous les côtés, s'étiraient des lignes de gens qui offraient leur protection, leur aide et leur soutien.

Une larme lui roula sur la joue.

— PAPA !

Qui ? pensa-t-elle amèrement. À qui voudrait-il parler ? Avec qui aurait-il envie d'être ?

Et alors, tout à coup, en un éclair, elle sut.

# Chapitre quarante-six

Le cimetière était situé derrière l'abbaye en ruine ; ils se partageaient le terrain. La plupart des gens étaient surpris, quand ils venaient explorer les ruines dégradées par les intempéries, de voir que des tombes récentes se mêlaient aux vieilles stèles écroulées au sol, mais elles étaient bel et bien là.

La sépulture de la mère de Flora portait une inscription toute simple. Son père n'avait pas ressenti le besoin d'en faire des tonnes ; il n'en avait jamais fait des tonnes à propos de quoi que ce soit, de toute sa vie, et il n'allait pas commencer avec une dédicace sophistiquée à sa femme, d'autant plus qu'il pensait – comme le savait Flora, puisqu'elle s'était brouillée avec lui à cause de ça – qu'elle était repartie là d'où elle était venue.

Prévenant Charlie qu'elle allait vérifier un truc rapidement, elle avait descendu la grand-rue en courant, Bramble bondissant de joie, ravi qu'elle ait enfin compris ce qu'il voulait lui dire. Elle s'arrêta devant le petit portail qui conduisait au cimetière. Derrière elle, les anciennes pierres de l'abbaye se dressaient, intemporelles et sombres, même dans la vive lumière du soleil d'été. Les touristes étaient retournés au pub manger des scampis en faisant des commentaires sur l'astre qui ne se couchait jamais ; le lieu était désert.

Presque désert. Bramble partit devant en folâtrant, mais Flora n'avait pas besoin de le suivre pour savoir où il allait.

La tombe de sa mère se trouvait tout au bout du cimetière, adossée à la digue, orientée plein nord. Flora trouva son père assis sur un petit monticule derrière la stèle. Des larmes coulaient de son menton, sans un bruit – la fin, aurait-on dit, d'une très longue crise de larmes. Bracken était couché à ses pieds, la tête sur ses genoux.

— Papa, dit-elle doucement.

Au départ, il ne l'entendit pas. Il était simplement appuyé contre la stèle, un vieil homme en train de pleurer.

— Papa, répéta-t-elle avant de s'asseoir.

— Oh dis, fit-il en la voyant, de mauvaise humeur, avant de se passer la main sur le visage avec impatience. Oh dis, non, va-t'en. Non, Flora, non.

— Papa, ça va.

Il secoua la tête.

— Argh, non. S'il te plaît.

— Je comprends. Mais je savais pas où t'étais parti.

— J'ai manqué à personne.

Pleine de tact, Flora décida de ne pas mentionner qu'environ quatre-vingts pour cent des habitants du village étaient actuellement en train d'explorer l'île dans ses moindres recoins et qu'ils finiraient bien par arriver au cimetière.

— Oh, papa, je suis tellement désolée. Personne ne voulait te contrarier. Fintan…

— Oh, nan, je m'en fais pas pour lui, répondit-il en secouant la tête.

Il détourna le visage, toujours honteux de laisser voir ses larmes à Flora.

— Mais la ferme… c'est dur à encaisser. C'est dur à encaisser pour un homme. Des générations de MacKenzie ont cultivé cette terre.

— Mais ils le feront toujours, papa, c'est le but ! Si t'évolues pas, c'est ça qui causera sa perte. De cette manière, ton nom perdurera, sera connu… bien au-delà de l'île. T'auras même plus besoin de travailler ! Tu comprends ça, non ?

Le vieil homme fixait le large.

— Et pense à l'argent. Ce serait pas agréable d'avoir un peu d'argent ?

— Qu'est-ce que j'en ferais, de ton argent ?

— Tu pourrais voyager ! Aller où tu veux. Acheter…

Flora se rendit alors compte qu'il avait parfaitement raison. Son père n'avait jamais semblé manqué de quoi que ce soit. Il changeait de Land Rover tous les vingt ans, portait toujours les mêmes vêtements, puis les raccommodait lui-même quand ils étaient usés jusqu'à la corde. L'imaginer aller dans un grand restaurant ou séjourner dans un hôtel, assis au bord de la piscine… Une fois, quand les enfants étaient tous grands, sa mère avait insisté pour l'emmener en Espagne en voyage organisé, et il avait détesté chaque seconde du séjour.

« Oh, ce n'est pas tant qu'il ait détesté ça, leur avait plus tard raconté sa mère. C'était qu'il ne comprenait tout bonnement pas ce qu'il faisait là. Ça n'avait absolument aucun sens pour lui. »

— Ce sera toujours notre ferme, poursuivit Flora. Les gens continueront à l'appeler la ferme MacKenzie après notre mort à tous. Bien après.

Son père caressa la tombe de sa mère.

— Oh dis, et est-ce que ça a la moindre importance ?

— Bien sûr ! rétorqua Flora, horrifiée.

Il opina du chef et poussa un long soupir. Puis il se tourna vers elle :

— Elle t'aimait tant, tu sais.

— Je sais. Elle me manque à moi aussi. Tous les jours.

— Tu lui manquais. Tu lui manquais.

— C'est elle qui m'a dit de partir.

— Bien sûr. Elle pensait que c'était ce qu'il fallait faire. Elle pensait qu'une grande vie t'attendait.

Flora refoula ses larmes d'un battement de paupières.

— Elle ne pouvait pas supporter de t'empêcher de partir. Ça la dérangeait moins pour les garçons. Et je pense que le p'tit Fintan le sentait.

Flora acquiesça, la boule qu'elle avait dans la gorge l'empêchant de parler.

— Mais elle a toujours espéré…

— S'il te plaît, papa, réussit à dire Flora, non sans difficultés, les yeux fixés sur le sol. S'il te plaît, dis pas qu'elle a toujours espéré que je revienne. Je pourrai pas le supporter.

Il leva les yeux, surpris.

— Oh non, ma chérie. Oh non. Pas du tout. Elle a toujours espéré que tu te construirais une vie que tu aimes, où que tu sois.

Il baissa la tête.

— Après l'enterrement…

— Je le pensais pas, papa. J'étais tellement bouleversée. J'ai perdu la tête. Je suis tellement désolée. J'aimerais pas avoir…

— Non. Non. J'y ai réfléchi. Ces dernières années, j'y ai beaucoup réfléchi. Et je crois que t'avais peut-être raison. Que j'aurais dû la laisser déployer ses ailes. Non pas que je croie qu'elle avait vraiment des ailes, avant que tu m'accuses d'autre chose.

C'était un long discours pour son père, et Flora l'écoutait attentivement.

— C'est pour ça que je t'ai pas couru après. Que je t'ai pas fait d'histoires. Je… je supportais pas l'idée qu'elle se soit sentie enchaînée ici. Enchaînée à nous, à la ferme.

Flora secoua la tête. Une idée lui vint et elle fouilla dans son sac.

— J'ai pensé ça pendant des années, papa. Je le pensais vraiment. Mais maintenant que je suis revenue, je me rends compte que j'avais tort.

— Qu'est-ce que tu veux dire ?

Elle sortit le vieux livre de recettes abîmé, plein d'éclaboussures et décati.

— Regarde.

— Les recettes de ta mère.

Eck, confus, mit ses lunettes.

— Voui, certes, poursuivit-il.

— Non. Regarde à l'intérieur.

Elle ouvrit le livre à une recette de gâteau au chocolat intitulée « Meilleur gâteau d'anniversaire au monde pour les meilleurs des grands garçons ». Une autre, de soupe, portait un astérisque qui renvoyait à : « Bon pour Hamish quand il a encore malmené les autres enfants et s'en veut. » Une recette de *fudge* était assortie d'un dessin grossier qui représentait tous leurs visages joyeux et du commentaire suivant : « ARRANGE LES CHOSES APRÈS LES DISPUTES AU MONOPOLY !!!! » Toutes les petites expressions qu'elle utilisait, tous les ingrédients qu'elle aimait – « Trop de poivre blanc pour Eck », était-il griffonné sur une feuille – s'échappaient des années passées et de toutes les pages ; la partie consacrée à Noël était particulièrement démente, avec des dessins exaltés du Père Noël, dont certains étaient visiblement l'œuvre des enfants, à côté du gâteau de Noël.

Eck tenait le livre comme un objet sacré.

— C'est pas l'œuvre d'une femme qui était pas heureuse des choix qu'elle avait faits, dit Flora, plus sûre d'elle que jamais, pointant du doigt le « Ragoût des campeurs », la « Tarte joyeuse », et le « Lait chaud nuit tranquille », illustré par un berceau dans le clair de lune.

Eck pouvait à peine parler. Il la regarda.

— Pourquoi tu le trimballes avec toi ? Tu pourrais le perdre, ou te le faire voler, ou je sais pas quoi.

— Parce que je suis en train de le recopier. Pour la *Seaside Kitchen*. Pour la postérité. Pour Agot. Y aura plein de copies, promis.

— Bien. Parce que celui-là, je le veux.

Et il glissa tendrement le carnet à l'intérieur de son vieux manteau.

Ils restèrent assis là un moment, tous les deux, Flora dans les bras de son père, se balançant doucement au rythme des vagues derrière le mur du cimetière.

Et quand elle eut pleuré toutes les larmes de son corps, il dit :

— Aide-moi à me lever, ma chérie.

Ce qu'elle fit, bien sûr, et, une fois debout, bras dessus bras dessous, ils virent les premiers chercheurs entrer dans le cimetière en criant : « Eck ! Eck ! », puis pousser des cris de joie et de soulagement pour se prévenir les uns les autres. Le vieil homme cligna des yeux, profondément surpris, posant la main sur le large dos de Bracken pour se stabiliser.

— Oh nan, dit-il. T'as pas lancé une équipe de recherche quand même ?

— Ils se sont lancés tout seuls. Ils étaient inquiets pour toi.

Il secoua la tête une dernière fois. Puis il la regarda.

— Oh, tu vas me manquer quand tu vas partir, Flora MacKenzie.

— Je suis là jusqu'à *Lughnasa*, murmura-t-elle.

Mais le cœur n'y était pas.

# Chapitre quarante-sept

— Donc, on est prêt pour le conseil, dit Colton.

Il était installé confortablement dans l'un des fauteuils délabrés qu'ils avaient sortis dans la cour de la ferme par une douce soirée au ciel dégagé. Compte tenu du luxe extraordinaire dans lequel il vivait, Flora ne parvenait pas à comprendre pourquoi il était toujours fourré ici. Enfin, si : il était amoureux de son frère, mais si elle vivait dans un endroit aussi beau que le *Rock*, elle n'en partirait jamais. Fintan était assis sur le bras de son fauteuil, s'appuyant contre lui de temps à autre : l'image même du bonheur. Ils buvaient tous une bière, et Flora, après avoir passé la journée à régler des problèmes qui concernaient aussi bien la ferme que le magasin, était bien contente de laisser la soirée, qui s'étira jusqu'à l'aube, se dérouler d'elle-même.

Agot était assise à jouer avec les mocassins Gucci hors de prix de Colton. Mais, bon sang, comment pouvait-on porter des souliers pareils dans une ferme et ne pas les salir ? Ça dépassait complètement Flora. Peut-être qu'il mettait une nouvelle paire tous les jours, tout simplement. Agot avait planté plusieurs branchettes dans l'une des chaussures et essayait de la faire voguer sur la rigole d'évacuation, comme un bateau. Flora s'apprêtait à attirer l'attention de Colton sur ce fait, mais la soirée était tellement belle, ils avaient tous besoin de se détendre et, de toute façon, stopper Colton sur sa lancée était plus difficile que stopper Agot.

— Tu peux envoyer une tarte à tous les membres du conseil avant la réunion ? Les mûres arrivent, et elles sont sensationnelles, poursuivit-il. Et de la crème.

— De la corruption pure et simple, en somme ?

— Pas du tout. Un cadeau pour les dignitaires importants et les anciens respectés de l'île. Qui détestent sûrement les éoliennes. Et qui nous adorent, toi et moi.

— T'es sûr que ça va pas juste les monter un peu plus contre toi ? l'interrogea Flora. Surtout le révérend Anderssen. Il voudra mettre un point d'honneur à ne pas se laisser corrompre.

— Un homme à ce point obsédé par son ventre, qu'on lui envoie une énorme tarte ? Ouais, c'est ça, pas à moi.

— Tout le monde verra clair dans ton jeu, ajouta Flora.

— Arrête un peu ! J'emploie la moitié de la ville ici. Je demande juste quelques centaines de mètres supplémentaires. Ce qui, au passage, sera largement couvert par tous les dollars que je vais commencer à donner aux impôts parce que j'emploie des gens. T'étais au courant que le congé maternité existe dans ton pays ?

— Je sais, on est de vrais psychopathes.

— Non pas que t'en aies besoin, *toi*, ajouta Colton.

— La ferme !

— Non, je le pense. Qu'est-ce qui est arrivé à ce gentil mec qui n'arrêtait pas de passer te voir ?

Flora poussa un soupir. La scène avait été embarrassante, c'était le moins qu'on puisse dire, au moment même où elle pensait qu'elle avait enfin cessé d'être la cible de tous les commérages sur Mure.

*

Le lendemain de la disparition du père de Flora, Charlie était passé pour la dernière fois à la *Seaside Kitchen*.

Sa silhouette massive avait empli l'embrasure de la porte, et Flora avait regardé son doux visage et ses yeux bleus, à la fois nerveuse et inquiète.

Charlie n'était pas une flamme dévorante, qui la brûlerait et s'éteindrait aussi vite qu'elle s'était allumée. C'était un feu qui couvait, une braise. Quelque chose qu'elle pourrait garder près d'elle, qui se consumerait lentement. Elle s'était approchée de lui.

— Teàrlach ?

Puis, en voyant la tête qu'il faisait, elle avait compris. Et les petits, en rang par deux, étaient apparus derrière lui – des enfants différents, avait-elle supposé, bien que les visages pâles et tourmentés restent les mêmes –, pressant leurs mains collantes contre les vitres de la maison rose, ébahis.

— Je suis désolé.

— Pourquoi ? lui avait demandé Flora, toute retournée. Tu devais parler à Jan.

— Je l'ai fait, avait-il répondu en souriant sans conviction. Elle allait dire à son père de se retirer, enfin… On aurait dû mettre la clé sous la porte. Tout ce qu'on a construit, tout ce pour quoi on a travaillé.

Flora avait opiné du chef, consciente qu'Isla et Iona faisaient semblant de ne pas les espionner depuis la cuisine.

— Ce serait un gros renoncement, avait-elle murmuré. Je comprends. Bien sûr.

— Non, avait dit tristement Charlie en levant son énorme main pour lui caresser doucement les cheveux.

— Non, je comprends, avait répété Flora, trouvant ça difficile à encaisser.

Évidemment. Elle n'en valait pas le coup. Elle le savait. Combien de fois devait-elle apprendre la même leçon ? On n'avait pas besoin d'elle. Jamais assez.

Charlie avait alors secoué la tête avec véhémence.

— Non, tu comprends pas. Je l'aurais fait sans hésiter une seconde. Je serais reparti de zéro illico, avait-il ajouté d'une voix qui semblait étranglée.

— Alors pourquoi… ?

— Parce que rien de tout ça n'a d'importance si tu partages mes sentiments. Et c'est pas le cas.

Flora s'était empourprée, très surprise.

— Quoi ? Mais… mais on pourrait…

— Non, Flora, l'avait interrompue Charlie avec un sourire triste. J'ai essayé… J'ai espéré. Que tu m'aimes plus que lui. Mais y a toujours quelqu'un d'autre dans tes yeux. T'es pas difficile à percer à jour.

— C'est des conneries ! avait répondu Flora avec colère.

— Et Jan m'a dit.

— Oh, super. D'accord. Je suis heureuse qu'elle soit au courant, avait ironisé Flora, amère.

— Et je l'ai vu chez toi.

— Mais il est parti ! C'était…

Elle avait été sur le point de dire que ce n'était rien du tout, mais en fut incapable. Elle ne pouvait pas dire ça. Pour Joel, ça n'avait peut-être rien représenté du tout, mais pour elle, c'était tout.

— Oh, Flora, avait ajouté Charlie en la regardant dans les yeux. Qui ne tente rien n'a rien.

Flora s'était contentée de le fixer.

— Bonne chance pour tout, lui avait-il lancé.

Puis il avait rassemblé sa petite troupe et s'était préparé à les emmener ailleurs.

— Attendez ! s'était alors exclamée Flora. Attendez !

Elle avait sorti une plaque entière de petites viennoiseries qu'elle avait essayées le matin même, et les avait mises dans un grand sachet.

— Prenez ça, avait-elle dit aux enfants. S'il vous plaît. Bon séjour à Mure.

Les petits, méfiants pendant un instant, s'étaient regroupés autour du sachet en jacassant, tout excités, et Charlie était resté planté là à la regarder rentrer dans la boutique.

*

Iona et Isla étaient debout dans le fond de la pièce, tordant leur tablier dans tous les sens, bien que Flora ait été bien trop obnubilée par elle-même pour leur prêter attention jusqu'à ce qu'Isla se soit avancée.

— Euh, Flora ?

— Mmm, avait grogné Flora, s'efforçant toujours de comprendre ce qui venait de se passer.

Quelle que soit l'étincelle qu'il y avait eu entre Charlie et elle, elle s'était éteinte, et Flora ne pouvait s'empêcher d'être déçue : il n'était pas l'homme qu'elle avait espéré ; il n'était pas suffisamment courageux, au bout du compte, pour tenter le coup. Prendre un risque. Merde, merde, merde alors.

— Avec Iona, on discutait et, eh ben…, commença Isla.

— C'est juste santé et beauté, mon cours, l'avait interrompue Iona. C'est pas comme si j'apprenais quelque chose que je pourrais pas apprendre ici. Enfin, sur la manière de diriger une entreprise et de tout gérer, de cuisiner et… bref.

— On se demandait si tu voulais rester, avait lancé Isla, la plus téméraire des deux. Enfin. On resterait. Si tu voulais bien continuer à gérer la boutique après l'été.

— Et Ruaridh MacLeod reste aussi, avait ajouté Iona d'un ton espiègle.

— Tais-toi ! Ça a rien à voir avec ça, avait répondu Isla, agacée.

— Un peu quand même.

— Il travaille pour Colton Rogers. Il a la charge de l'entretien des jardins, avait fièrement expliqué Isla. Du coup, il est en super forme physique.

— Eh bien… c'est gentil, avait bredouillé Flora, perdant ses moyens. Mais… je veux dire… Il faut que je retourne à Londres. Je peux parler à Fintan pour vous, cela dit. Enfin, vous pourriez gérer la boutique toutes seules.

Les filles avaient semblé prises de panique, et Flora s'était rappelé qu'elles n'étaient encore que des adolescentes.

— Enfin, avec de l'aide, avait-elle précisé.

— Oui, avait répliqué Iona. La tienne.

— Je vais revenir plus souvent maintenant…, avait répondu Flora sans conviction.

— Toute la ville va être triste si la maison rose est à nouveau vide, avait déclaré Isla.

— Oui, mais…

Les filles l'avaient regardée, les yeux remplis d'espoir.

— Je peux pas. Je dors dans un lit une place chez mon père. Allez. Vous pouvez vous y mettre, s'il vous plaît ?

*

Et désormais, la réunion du conseil approchait.

— C'EST BON BATEAU, TONTON COLT ?

— Tonton Colt ? articula silencieusement Flora à Innes, qui se contenta d'un haussement d'épaules en guise de réponse.

Colton regarda sa chaussure désormais pleine de boue, qui s'était fait la malle dans la rigole dégoûtante.

— Oh super, lança-t-il. À un moment, si tous les habitants de Mure voulaient bien arrêter de m'extorquer chaque centime que je possède, je leur en serais extrêmement reconnaissant.

— Oh, ça va, ça reste une Gucci, le taquina Flora. Allez, donne la chance aux filles de montrer de quoi elles sont capables.

Colton la regarda.

— T'es vraiment douée pour ça, tu sais ? Je veux dire, qui s'en serait douté ?

— C'est pas vrai, nia Flora en rougissant. J'arrive pas à la cheville de ma mère comme cuisinière.

— C'est pas que ça, poursuivit Colton. C'est une question d'organisation et de compétences managé-riales, d'être capable d'aller au bout des choses. T'es rigoureuse, comme une vraie avocate. Je peux compter sur toi. Elle t'a bien élevée.

Tout le monde se tut un instant, et Flora crut qu'elle allait éclater en sanglots. Mais heureusement, Agot, qui courait après la chaussure, tomba la tête la première au beau milieu des poules, engendrant une grande cacophonie de cris, de sa part comme de celles des volatiles, ce qui offrit une diversion à Flora.

— Qui d'autre vient ce soir ? demanda Colton.

Flora sourit et soupira.

— Tout le monde, répondit-elle.

Avant de se reprendre :

— Presque tout le monde.

## Chapitre quarante-huit

Avoir des nouvelles de Kai pendant la semaine avait ravi Flora. Il lui avait paru nerveux.

— Quoi ?

— Bon. J'ai une bonne et une mauvaise nouvelle.

— Euh, OK. La bonne. Non, la mauvaise. Non, la bonne. Non, la mauvaise.

— Arrête. OK, deux bonnes nouvelles. Un : je viens te voir.

— Tu viens ici ?!

— Pour un genre de réunion débile qui va avoir lieu.

— Le conseil. Bien sûr. Mince, pourquoi tu… ?

— C'est l'autre bonne nouvelle.

Flora sentit un énorme poids sur son estomac. Elle ne voulait pas entendre la suite.

— J'ai été promu, Flo. Aux clients.

— Bien sûr.

— Parce que Joel a…

— … a accepté le boulot de Colton, avait-elle mollement fini.

Kai n'avait pas répondu.

— Los Angeles ou New York ?

Comme si ça avait de l'importance.

— New York, je crois. Il m'a passé le flambeau. Désolé. Mais n'empêche. C'est une bonne occasion pour l'oublier, non ?

Flora n'avait pu raconter ce qui s'était passé à personne. Pas même à Lorna. Elle préférait que tout le monde l'aide à penser que c'était un connard et qu'elle se portait bien mieux sans lui. Ce qui était vrai, sans aucun doute.

— Bien sûr. Et c'est top que tu viennes !

C'était vrai, ça aussi ; Kai lui avait manqué depuis qu'elle était ici.

— C'est *Lughnasa*.

— Ça a l'air rasoir.

— Mais non ! C'est un grand festival qui date d'avant le christianisme, avec des feux de joie et des danses. Fais-moi confiance, tu vas adorer.

— Y aura plein de Vikings bourrés qui feront la bringue dans le coin ?

— Mmm, un peu.

— Mais ça a l'air *génial* ! Je ferais mieux d'emporter un truc super sexy.

*

Ils étaient tous prêts pour la réunion. La fête commencerait après. La *Summer Seaside Kitchen* serait fermée, mais le *Harbour's Rest* ferait des affaires en or. Un défilé aux flambeaux ferait le tour du village, et on jouerait de la musique sur l'Infinie, tandis qu'ils enflammeraient un berceau d'aubépine – censé représenter l'homme vert de l'été et la fin de la saison – avant de l'envoyer au large.

Le temps était doux et dégagé pour cette époque de l'année ; l'odeur de l'automne flottait dans l'air. Flora alla chercher Kai à l'aéroport, vêtue d'une jupe en tweed et d'un pull en jacquard avec des coutures vertes qui rendaient ses yeux à nouveau verts.

Kai descendit de l'avion sur la minuscule piste balayée par les vents, agitant frénétiquement la main. Flora était ravie de le voir.

— Oh, mon *Dieu*, cet endroit ! s'exclama-t-il.

Il ressemblait à une créature exotique dans son costume sur mesure hors de prix. Il sortit à grandes enjambées et regarda autour de lui : les imposantes falaises, le village abrité, le port bruyant.

— Oh, mon Dieu, regarde-moi ça.

Flora sourit.

— Euh…

— Sans déc', ajouta-t-il en secouant la tête. C'est *ça*, l'endroit dont t'arrêtes pas de te plaindre depuis que je te connais ?

Flora le fit entrer dans la Land Rover, où Bramble l'accueillit en le léchant allègrement et en battant de la queue contre le siège.

— Merde, Flora, moi, j'ai grandi à Tottenham. Et puis, même si je voulais y retourner, je pourrais pas, c'est trop cher.

C'était, il fallait bien le reconnaître, le moment idéal pour montrer Mure sous son meilleur jour. Comme le soleil commençait à décliner, la marée d'équinoxe faisait reculer l'eau, si bien que les magnifiques plages étaient couvertes d'oiseaux. Kai s'exclama, le souffle coupé, en voyant une cigogne s'envoler, ses immenses ailes rosies par le couchant. Puis, à la vue d'un phoque qui se prélassait au soleil sur un rocher, il devint carrément survolté.

— Je veux juste le ramener à la maison, dit-il. C'est tout ce que je demande.

— Il te mordra. Et il risque d'être déçu.

— *Flora !*

Ensuite, il se pâma devant la *Summer Seaside Kitchen*, répétant combien elle était adorable. Bien qu'il ne mange en général pas de glucides, Kai engloutit une part entière de tarte *Bakewell*, à la frangipane, puis ferma les yeux.

— J'emménage, dit-il. Je crois que t'es cinglée.

Il s'extasia encore quand Flora le conduisit au *Rock* – enfin prêt à recevoir les clients – pour qu'il défasse ses valises et quand elle le fit entrer, avec une pointe de tristesse, dans une chambre qui était aussi belle qu'elle l'avait toujours imaginé, avec de profonds canapés et des meubles en bois flotté, et cette vue sublime. Flora interpella Innes, qui déposait une cargaison de produits frais dans le parking. Kai dressa immédiatement l'oreille.

— Ne te fais pas d'idées, l'avertit Flora. Je n'ai qu'un frère gay. Enfin, je crois.

— Ouais, comme si t'en savais quelque chose, répondit Kai pour la taquiner.

— Voici Innes, directeur de la SARL Ferme MacKenzie, dit Flora, les présentant l'un à l'autre. Voici Kai, qui va devenir mon nouveau patron.

Kai la fit taire d'un revers de la main. Innes sourit timidement. Ils n'avaient signé les papiers que deux semaines auparavant, et c'était toujours nouveau pour lui.

— Tu viens à *Lughnasa* après ? lui demanda Innes.

— Je pense, oui.
— Bien, dit Innes, et Flora sourit de toutes ses dents.
— Agot va t'adorer, lança-t-elle à Kai.
— Qui ?

*

Ils se rassemblèrent dans la salle communale à dix-huit heures trente. Tout le monde avait le droit d'assister aux réunions du conseil, mais très peu de gens le faisaient. Ce soir, pourtant, la salle était presque pleine : les résidents venaient voir le sort réservé à Colton. S'il n'obtenait pas satisfaction, retirerait-il tout ce qu'il avait apporté à Mure ? Ou est-ce que tout se passerait bien ?

Flora, nerveuse, était assise avec toute la paperasse entre Kai et Colton, Fintan, de l'autre côté de Colton. Les membres du conseil entrèrent en file indienne : son père ; Maggie Buchanan, le visage impassible ; M. Mathieson, le père de Jan, qui scruta la foule et fronça les sourcils quand il aperçut Flora – cette dernière soupira : ce n'était pas bon signe ; le révérend, qui semblait avoir encore des miettes de tarte autour de la bouche – c'était meilleur signe ; Gregor Connolly, le vieil ami d'Eck ; Elspeth Grange ; et, bien sûr, Mme Kennedy.

Flora effleura l'épaule de Colton. Il y avait beaucoup d'affaires sans intérêt à passer en revue avant que ce soit leur tour.

*

Joel était assis dans son appartement immaculé. Il n'arrivait pas à se calmer. Il savait que la réunion se tenait ce soir. C'était grotesque. Dans sa carrière, il avait connu de grands succès, triomphé de grandes entreprises en faveur de plus petites à de nombreuses reprises. Toute cette affaire avait été absurde, elle portait plus sur l'identité d'un lieu que sur un problème d'aménagement du territoire.

Londres était toujours une véritable étuve. Joel n'avait pas envie de marcher. Trop de gens partout, qui hurlaient dans leur téléphone, faisaient du bruit, passaient de la musique à fond, fixaient des écrans, vous bousculaient, se la racontaient. Partout. Il n'avait pas envie de sortir. De s'asseoir dans un bar ridicule, d'avoir la même conversation avec le même type de femme, qui vérifiait subrepticement à quel point elle était canon dans le miroir du bar et saisissait son téléphone pour un énième *selfie*.

Il jeta un œil à sa montre. Kai allait lui téléphoner pour lui communiquer le résultat. Il pensa à Flora, comme elle avait travaillé dur, tout ce qu'elle avait produit. Elle irait bien. Elle était probablement là-bas avec cet immense type en ce moment même.

Il se passa la main dans les cheveux. Pourquoi faisait-il si chaud ? La clim était allumée, mais il sentait une gêne, comme s'il n'arrivait pas à respirer. Il fit les cent pas, tel un léopard dans un zoo.

*

— Et pour finir, déclara Maggie Buchanan, qui présidait le conseil, nous en arrivons à la proposition d'aménagement pour le parc éolien offshore au nord de Mure.

Colton se leva d'un bond.

— Je m'y oppose !

Maggie le regarda par-dessus ses lunettes.

— Chaque chose en son temps, monsieur Rogers.

Elle parcourut les papiers devant elle.

— Tout semble en ordre.

Flora se leva.

— J'ai…, commença-t-elle, sa voix s'élevant distinctement dans la salle. J'ai ici une pétition signée par… de nombreux habitants du village. Qui expriment leur opposition.

— Très bien, répondit Maggie d'une voix glaciale. Néanmoins, rien ne les oblige à regarder les turbines.

— Non, mais mes clients, si, répliqua Colton.

Tous les regards étaient braqués sur lui.

— Mais enfin, madame. Vous devez bien voir que cet endroit est magnifique, unique, vous ne trouvez pas ?

— Je ne crois pas que des visions émues de notre île soient particulièrement utiles, non. Cet endroit est réel et il a besoin d'être bien géré. Et apporter des emplois verts et de l'électricité moins chère y contribue.

— Mais rien ne prouve qu'elle sera moins chère, objecta Flora. Et vous allez perturber la faune et la flore…

— Oui, seulement quelques hirondelles de mer, rétorqua Maggie. Et on n'en manque pas actuellement.

Colton se leva à nouveau.

— Madame, j'aime cet endroit. J'y ai fait des investissements.

— Pas trop tôt ! lança Fraser Mathieson.

— Et je veux m'y sentir chez moi. Je suis fier de m'y sentir chez moi. Je veux continuer à y investir. Les habitants de Mure ont été bons envers moi, et je veux leur rendre la pareille. Je veux préserver la beauté de cette île. C'est tout. C'est pourquoi je suggère humblement de déplacer les éoliennes un peu plus loin.

— Ça coûtera plus cher, maugréa Eck sans regarder Flora.

— Mais la vue…, ajouta le révérend.

— Enfin, ce n'est pas la vue de tout monde, si ? le rembarra M. Mathieson.

— Cette île appartient à tout le monde, et je veux que vous le ressentiez ainsi. Je fais mon possible pour ça. J'ai voyagé sur toute la planète, et je trouve que c'est le plus bel endroit sur terre. J'en suis si, si fier, et je veux que tout le monde en soit fier aussi. Je veux que tous ceux qui viennent ici ressentent la même chose que moi, à la seconde où ils posent le pied sur l'île.

— Bien dit ! s'exclama Kai.

Flora fixait Colton, ébahie. C'était vraiment ce qu'il ressentait. Et, dans toute la salle, les gens hochaient la tête en signe d'acquiescement. Des gens dont elle avait toujours pensé, sans savoir pourquoi, qu'ils avaient envie de partir, rêvant de liberté. Ce n'était pas vrai, elle s'en rendait compte. Cet endroit : c'était *ça*, la liberté. Leur chez-eux et leur liberté, tout à la fois.

Colton était toujours debout, submergé par l'émotion.

— J'aime cet endroit. C'est mon chez-moi. Et c'est tout ce que j'ai à dire.

Un tonnerre d'applaudissements retentit quand il se rassit. Fintan lui serra la cuisse ; Flora, l'épaule.

— Bien joué, dit-elle, la voix légèrement étranglée.

# Chapitre quarante-neuf

— Euh, bonjour. Est-ce que le Dr Philippoussis est là ?

— Joel, chéri, c'est Marsha. Il est avec un patient. Tu vas bien ?

— Euh, oui. Pardon, je peux rappeler plus tard…

Marsha avait toujours eu une tendresse particulière pour ce garçon sérieux et tourmenté ; elle aurait insisté pour l'adopter si, à l'époque, ses propres enfants n'avaient pas été si jeunes et accaparants.

— Joel, je ne suis pas médecin.

— Non, répondit-il en déboutonnant le col de sa chemise.

Pourquoi avait-il si chaud ?

— Mais nous n'avons aucune nouvelle de toi pendant des années. Et maintenant, c'est tous les jours, ou presque.

— Je peux arrêter, dit Joel, pris de panique.

— Non. Joel. Tu m'as mal comprise. C'est tout le contraire de ce qu'on veut. En fait, quand tu reviendras à New York, on espère sincèrement que tu viendras passer du temps avec nous.

— Ça me plairait beaucoup, avoua Joel, la gorge serrée.

Il faisait des progrès, songea-t-il. Six mois plus tôt, admettre qu'il avait besoin de quelqu'un lui aurait paru tout aussi fou qu'aller dans l'espace.

— Bien. Mais tu n'appelais pas pour ça, si ?

— T'es une thérapeute bien plus autoritaire que le Doc.

— Je ne suis pas thérapeute du tout. Mais je suis une mère.

Joel s'interrompit.

— Est-ce que tu l'as laissée tomber en douceur, cette fille ? se renseigna Marsha.

— Je crois qu'elle s'en fichait.

— Tu crois ? Ou peut-être qu'elle ne s'en fichait pas du tout justement.

— Non, affirma Joel en pensant aux blondes agressives qui harcelaient Margo au téléphone. Non, elle a pas fait de scandale.

— Peut-être, peut-être qu'elle est différente.

Un ange passa

— Je ne vais pas te demander ce qu'est la pire chose qui puisse arriver, Joel. Je sais ce que c'est. Les femmes t'ont abandonné toute ta vie. Voilà ce que j'ai à dire. Si t'attends que le Doc te donne la permission… ça n'arrivera pas. Il ne le peut pas. Il est thérapeute. Il ne peut pas te dire ce que tu dois faire.

Elle sourit.

— Mais, moi, je peux.

## Chapitre cinquante

— Bien, dit Maggy, l'air sévère. Il est temps de voter. Tous ceux qui sont pour la poursuite du projet de parc éolien tel qu'il est, levez la main.

La main de M. Mathieson se dressa d'un coup. Flora se demanda brièvement s'il n'avait pas investi dans les éoliennes offshore. Ça ne l'étonnerait pas de lui. Elspeth Grange. Le révérend.

— Révérend ! ne put-elle se contenir.

Au moins, ce dernier eut l'élégance d'avoir l'air un peu gêné.

Une longue pause s'ensuivit. Une main de plus, et ils seraient vaincus. Flora regarda son père, qui était devenu tout rose. Il avait l'occasion de voter contre l'homme qui avait débarqué, acheté sa ferme, volé son fils. Il ne pouvait pas regarder Colton. Cela devait être une véritable torture pour lui, réalisa Flora.

Mais il garda la main baissée. Flora crut que son cœur allait exploser d'amour pour lui.

— Et ceux qui s'y opposent ?

La main d'Eck se leva, lentement. Ainsi que celle de Mme Kennedy, et Flora serra les poings de joie. Celle de Gregor aussi, par solidarité avec Eck, évidemment. Colton et elle échangèrent un regard. Tout dépendait de Maggie. En avaient-ils fait assez ? Ils se pressèrent l'un contre l'autre.

— Mince alors ! C'est mieux que les fusions-acquisitions, souffla Kai.

Maggie se tut un long moment. Puis elle se pencha en avant :

— Monsieur Rogers, j'ai été impressionnée par votre… engagement, tardif mais néanmoins sans équivoque, envers notre communauté, et j'espère sincèrement que cela continuera ainsi…

Elle regarda alors Flora de manière appuyée, qui ne savait plus où se mettre.

— L'amour que vous portez manifestement à cette île et à ses joyaux est remarquable. Tout comme les efforts que vous avez faits pour les sauvegarder.

Colton se leva, la reconnaissance se lisant sur son visage.

— Merci beaucoup, madame…

Elle l'arrêta d'un geste.

— C'est pourquoi je suis certaine que vous conviendrez du fait qu'apporter davantage d'investissements – des investissements concrets et proches, qui profiteront à tous les résidents, temporaires comme permanents – ne peut être considéré que comme un bien public. Toutefois, à la lumière de votre défense enflammée, je suis favorable à ne pas placer le parc éolien en face du *Rock*.

Elle s'interrompit. Colton et les MacKenzie, prêts à se sauter dans les bras, la regardèrent, radieux.

— Afin de préserver les magnifiques vues pour vos clients, je propose donc de le déplacer de trois kilomètres à l'ouest : cela n'aura pas d'impact sur les coûts, et l'endroit est tout aussi bien adapté à la réalisation des travaux.

Il y eut un très long silence. Colton se redressa.

— Vous voulez dire juste en face du presbytère ? Ma maison ?

— Le choix vous revient, monsieur Colton. Le *Rock* ou le presbytère. C'est le deuxième lieu le plus approprié. Benbecula implique d'énormes coûts supplémentaires pour notre assiette fiscale.

Colton prit une profonde inspiration et regarda toutes les personnes autour de lui, avant de se prendre la tête entre les mains.

— Sérieusement ?

Flora se pencha vers lui.

— C'est à toi de décider. Vraiment. Tu peux dire non.

Kai acquiesça.

— Oh, ben, super, dit Colton avant de se tourner vers Fintan. Qu'est-ce que t'en penses ?

— Je m'en fiche.

Colton cligna plusieurs fois des yeux.

— Quoi ? Si tu vivais là-bas, tu t'en ficherais, vraiment ?

— Si je vivais là-bas, je crois que je me ficherais de tout, répondit Fintan en virant au rose vif.

Un ange passa.

Puis Colton se retourna brusquement vers la table du conseil.

— D'accord, dit-il. C'est d'accord.

Maggie Buchanan ajouta une petite note soignée sur ses papiers.

— D'autres points à aborder ? demanda-t-elle.

# Chapitre cinquante et un

Ils quittèrent la salle en silence.

— Ben, c'est super, lâcha Kai. On dirait bien que je viens de perdre ma première affaire.

— C'est dans une juridiction étrangère, répondit Flora. Ça compte pas.

Colton s'était éclipsé pour passer un coup de fil. Fintan, lui, semblait aux anges.

— Qui a dit qu'on avait perdu ? dit-il, souriant de joie.

En sortant, ils se retrouvèrent au milieu d'une foule de gens qui portaient des torches enflammées.

— C'est *Lughnasa*, expliqua Flora.

Lorna vint à leur rencontre en courant.

— Comment vous vous en êtes sortis ? Comment ça s'est passé ?

— Eh ben… On a pour ainsi dire perdu, résuma Flora d'un air sombre.

— Pas moyen !

— C'est toi, Lorna ? demanda Kai.

— Oui ! Bonjour !

Et elle l'étreignit de manière si instinctive que Flora ne put s'empêcher de retrouver le sourire.

— J'imagine que ça pourrait être pire, dit-elle. Le *Rock* sera toujours aussi magnifique.

— Allez ! lança Lorna. On s'en fout. On a de l'hydromel ! ajouta-t-elle en leur faisant passer une grande bouteille. Venez à *Lughnasa* !

Et ils ne purent faire autrement, la foule se déplaçait trop rapidement ; ils se laissèrent porter par le courant, descendant la route, vers le coucher de soleil et l'obscurité à venir qui, Flora le savait, allait envelopper Mure pour rester tout l'hiver. Ce n'était plus la lumière du soleil, mais les flammes vacillantes des torches qui révélaient les visages souriants d'amis et de voisins.

Isla et Iona passèrent devant eux, des feuillages dans les cheveux pour symboliser les feuilles mortes de la fin de l'été et l'achèvement de la récolte. Elles se trouvaient à la tête de la procession portant le grand homme vert jusqu'au port pour y être embrasé.

— Cet endroit est DÉMENT ! hurla Kai en sifflant une bonne gorgée d'hydromel.

En un clin d'œil, Innes, sans Agot, s'était matérialisé à leurs côtés, et ils défilèrent ensemble au rythme des battements de tambour et des cornemuses.

Ruaridh MacLeod était le roi cette année, comme en attestait le visage empourpré et rayonnant d'Isla : il se tint tout au bout du port tandis qu'on enflammait l'homme vert pour le placer sur le bateau cérémoniel.

— Ici, nous t'appelons, entonna-t-il, alors que les premières flammes commençaient à lécher la grande structure.

— *Domnall mac Taidc far vel !*

— *Far vel !* cria la foule en levant tasses et verres.

— *Donnchadh of Argyll far vel !*

— *Far vel !*

Les flammes remontaient désormais le long de la structure. C'était la première soirée bien noire de l'année, et la fraîcheur descendait des collines.

— *Dubgall mac Somairle far vel !*

— *Far vel !*

— *Dughgall mac Ruaidhri far vel !*

— *Far vel !*

Les noms continuèrent à être ainsi égrenés. La silhouette était maintenant totalement embrasée, et les hommes les plus proches larguèrent ses amarres. Flora jeta un œil à la ronde. Lorna était tout près de Saif, mais ils ne se touchaient pas. Puis elle regarda en direction du port. Une voiture de sport rutilante, flambant neuve, y était garée, décapotée. Ce genre de voiture était rare sur Mure. Elle plissa les yeux. Mais qui ça pouvait bien être ?

Médusée, elle vit Hamish en extraire sa masse imposante, accompagné, entre autres, d'Inge-Britt. Ce fut plus fort qu'elle ; elle donna un petit coup de coude à Innes.

— Regarde !

— Ah oui, répondit-il en souriant. Je crois qu'il voyait pas l'intérêt de mettre de côté sa part de l'argent de la ferme.

— Il voulait une *voiture de sport rouge* ?

— Depuis toujours, apparemment.

Flora éclata de rire.

— Oh nom d'un chien ! Je comprendrai jamais *personne*.

— *Fingall macGofraid far vel !* brailla Ruaridh.

— *FAR VEL !*

La foule était de plus en plus bruyante, les cris et la musique, de plus en plus forts. Andy fermerait très tard cette nuit.

— Je suis désolée pour ton affaire ! hurla Flora à Kai. Je suis vraiment désolée de pas avoir réussi à convaincre toute la population.

Kai jeta un œil à l'endroit où Colton et Fintan s'enlaçaient, se galochant comme des fous, près de la terrasse du pub.

— Tu sais quoi, je crois pas que ça les embête tant que ça, répondit-il en souriant. De toute façon, je vois pas le problème.

— Qu'est-ce que tu veux dire ?

— Avec les éoliennes. Je les trouve belles, moi, ces turbines. On les croirait sorties des flots. Je les trouve absolument ravissantes. Je parie qu'ils adoreront les contempler les jours de grand vent.

Lorna et Flora se regardèrent, haussèrent les épaules et trinquèrent.

— *Harald Olafsson far vel !*

— FAR VEL !

Il y avait beaucoup de Harald, songea Flora. Puis elle se focalisa sur le fait de profiter des flammes, de la nuit et de l'hydromel, jusqu'à ce que, subitement, Ruaridh cesse de crier, que les tambours se taisent et que tout le monde se mette à regarder fixement – ce qu'ils espéraient tous voir à *Lughnasa* mais qui se produisait si rarement – une aurore boréale ; elle commença tout doucement d'abord, puis se déploya rapidement dans le ciel en ondulant, des voiles de jaune et de vert qui dansaient. On pointa du doigt, on sortit les appareils photo ; le bateau viking continua sa route ni vu, ni connu dans la nuit noire, tandis que les gens muets d'admiration profitaient du plus beau des spectacles, qui ondoyait désormais dans la totalité du ciel nocturne.

Flora finit par s'écarter de la foule. Non pas qu'elle s'ennuie. Elle avait simplement besoin de réfléchir. Elle décida de remonter la plage tranquillement, certaine qu'il n'y aurait personne là-bas. Arrivée au cap, elle observa l'extraordinaire spectacle au-dessus de sa tête, jetant un œil en arrière, vers la joyeuse bande éclairée par la lumière du feu en bas, près du port. Allait-elle vraiment quitter tout ça ? Pour quoi ? De la paperasserie barbante à longueur de journée ? Des affaires perdues ? S'asseoir dans un train bondé qui sent la transpiration jour après jour, encore et encore ? Faire réchauffer son repas dans une barquette en polystyrène, à attendre le *ding* du micro-onde dégoûtant ?

Elle pensa à ce que Colton avait dit. Aux teints frais d'Iona et d'Isla et à leur enthousiasme pour toutes les possibilités que Mure avait à leur offrir.

Elle poussa un soupir et dirigea son regard vers le large. Sous les vagues de lumière, elle aperçut soudain un banc de cétacés, des orques d'après leurs ailerons. Personne dans le port ne semblait l'avoir remarqué, ils avaient encore tous les yeux levés vers le ciel. Les orques se tournaient et se retournaient dans le clair de lune et les lumières de l'aurore boréale. Comme si *elles*, elles savaient où était sa place. Où elle pourrait être elle-même, où elle serait estimée, et pas un simple rouage dans une énorme machine impersonnelle.

Où tout irait bien. Où tout ne serait pas parfait. Mais bien.

Elle contempla les lumières encore un moment. Oh, elles étaient si belles ! Quand elle était petite, sa mère lui avait raconté que ce n'étaient que les nuages qui dansaient, et elle la réveillait la nuit pour les regarder.

Pendant qu'elle admirait le spectacle, une des lumières se mit à clignoter et devint rouge. Elle la regarda à nouveau. Mais qu'est-ce que c'était ? Rien à voir avec l'aurore boréale. Ça ressemblait plus à…

Et elle se mit à courir.

# Chapitre cinquante-deux

Colton avait dit oui, sans hésiter, même si Joel s'était excusé d'avoir perdu l'affaire. Colton l'avait ignoré, il y penserait plus tard, avait-il dit. Il avait plein de choses à fêter quoi qu'il en soit. Et il le verrait bientôt.

Joel avait déjà pris des jets privés. Pour autant, même dans le cas contraire, le cuir élégant et le beau steward souriant lui seraient passés au-dessus de la tête. Il regardait par la fenêtre, le cœur battant la chamade, au bord de la panique, tant ce qu'il était en train de faire s'écartait de sa petite vie bien ordonnée. À plusieurs moments, il eut tout bonnement envie de demander à faire demi-tour. Mais il n'en fit rien.

— Regardez ! Regardez ! s'écria le steward quand ils amorcèrent la descente.

Là, derrière la vitre, de grands chapelets de lumière chatoyaient et dansaient. Alors que le petit appareil s'apprêtait à atterrir, Joel les contempla, bouleversé, troublé par leur beauté, puis réalisa quelque chose : il n'avait jamais vu Mure plongée dans le noir auparavant.

L'aéroport était désert. Il attrapa son sac, il portait un costume, car, jusqu'à la toute dernière minute, il n'avait pas été capable de décider s'il y allait ou non. Il pouvait rappeler Colton, supposait-il, pour voir s'il pouvait lui envoyer une voiture…

Mais elle était sur le tarmac, les lumières du ciel derrière elle, la jupe et les cheveux volant au vent.

Ils se regardèrent un long moment. Il posa son sac. Ils ne coururent pas l'un vers l'autre. Le moment semblait curieusement trop important pour ça. En s'avançant vers lui, Flora eut l'impression de se déplacer sous l'eau. Il fit aussi un pas en avant et, peu à peu, ils se rapprochèrent l'un de l'autre. Puis ils s'immobilisèrent tous les deux, comme si une ligne invisible les séparait. Elle le dévisagea, la mâchoire légèrement avancée, comme si elle s'efforçait de se contrôler.

— Si t'avances encore d'un pas, dit-elle, si t'avances encore d'un pas, il faut que tu le penses. Il faut que tu… Je peux pas. Je le ferai pas. Tu comprends ?

Il comprenait. Il cligna des yeux. Il avait tellement lutté. Il regarda ses chaussures. Pouvait-il faire ce dernier pas ? Le pouvait-il ?

Soudain, un déchaînement de poils et d'aboiements fondit sur eux. Il était inconcevable que Bramble laisse Flora partir pour une mission nocturne aussi excitante sans lui. Inconcevable. Elle l'avait laissé dans la Land Rover, mais, ne l'entendant pas de cette oreille, le chien était simplement sorti en sautant par l'arrière. Il paraissait si content de revoir Joel : il bondit sur lui pour lui manifester son enthousiasme. Flora les regardait, toujours terrorisée.

Un immense sourire se dessina alors sur le visage de Joel.

— Salut, dit-il. Salut Bramble, salut.

Il posa un genou à terre, sur le tarmac, et se mit à gratouiller le ventre du chien, exactement comme l'aimait Bramble, puis remonta jusqu'à son cou, sous les oreilles.

Flora cligna des yeux.

— T'aimes les chiens.

Joel se redressa en tripotant ses lunettes.

— Comment on peut ne pas aimer les chiens ? Mais je suis loin de les aimer autant que je t'aime, toi.

Et il fit le dernier pas.

## Chapitre cinquante-trois

La suite présidentielle du *Rock*, bien que pas spécialement prévue pour les perdants, comme l'avait fait remarquer Colton, était aussi belle que Flora l'avait espéré. Un grand feu crépitait dans l'âtre ; une magnifique baignoire à pattes de lion trônait au milieu de la pièce. Dehors, il faisait maintenant nuit noire ; l'aurore boréale était passée ; l'homme vert avait disparu depuis longtemps déjà, mais, en ouvrant la fenêtre, on pouvait encore percevoir au loin les derniers bruits de la fête. Un immense lit à baldaquin parachevait le tout. Flora lui jeta un coup d'œil nerveux.

Joel était debout dans l'embrasure de la porte.

— T'es… enfin, on est pas obligés, dit-il, n'oubliant pas ce qui s'était passé la dernière fois.

— Non, répondit-elle avec passion. Non. J'en ai envie. Très envie.

Et tout doucement, il déboutonna sa robe, libéra ses épaules blanches.

— C'est pas de la peau de phoque, dit-il, le sourire aux lèvres, en l'embrassant dans le cou.

Flora le regarda en clignant de ses yeux pâles et commença à lui enlever lentement ses vêtements. Et rien, réalisa Joel, rien de ce qu'il avait déjà fait avec les femmes – aucune performance, aucune pratique nouvelle – n'avait jamais été aussi terrifiant, rien n'avait jamais entraîné une telle vulnérabilité partagée que se mettre ainsi à nu l'un devant l'autre, assister à l'éclosion sublime d'une histoire, centimètre par centimètre. Ils durent tous les deux s'excuser de pleurer. Mais ça n'avait pas d'importance.

*

Le lendemain, quand Joel se réveilla seul dans le grand lit, il fut pris de panique, jusqu'à ce qu'il lise le mot qu'elle lui avait laissé.

Il enfila le pull bleu que Margo lui avait acheté il y avait si longtemps de cela et, contre toute attente, un jean, et se mit en route vers le port, n'oubliant pas de remercier Bertie en descendant du bateau.

Il était affamé. Dieu merci, elle était là, devant la *Summer Seaside Kitchen*, les délicieuses odeurs dansant déjà dans l'air frais du matin. Elle se retourna et le vit, lui fit un grand sourire, le rejoignit d'un bond, l'embrassa devant le personnel et tous ceux qui passaient par là, en s'en fichant royalement ; et lui aussi, remarqua-t-il à sa grande surprise.

— Nourris-moi, lui dit-il.

— Dans un instant, répondit-elle avec le sourire.

— Qu'est-ce que tu fais ?

Flora pointa son doigt vers le haut.

— Eh bien, deux choses. Un, même si j'aimerais énormément rester au *Rock* pour toujours, je crois que je vais devoir louer un appartement. Et y en a un qui se libère au-dessus de la boutique. Alors, j'y réfléchis.

Elle le regarda attentivement.

— Et deux…

Iona et Isla tirèrent sur la corde, qui descendit doucement, faisant tomber une partie de l'enseigne au-dessus de la porte, sur laquelle était inscrite « *Summer* ».

— Ce n'est plus que pour l'été, expliqua-t-elle.

— Alors, tu mets quoi à la place ?

— *Annie's*, annonça Flora après un silence. Annie. Euh. C'était le prénom de ma mère.

Joel opina du chef.

Flora remplit un sac de viennoiseries – elle prenait sa journée, aucun doute là-dessus –, et ils rentrèrent tranquillement au *Rock*, main dans la main. Ils ne virent pas Lorna, sur le chemin de l'école, s'arrêter un court instant, soupirer et reprendre sa route ; mais toutes les autres personnes qu'ils croisèrent, en piteux état pour la plupart, après la soirée de la veille, les saluèrent de la main avec entrain, et Joel ressentit l'étrangeté de la chose.

Ils se remirent au lit, éparpillant des miettes partout, Flora riant joyeusement, débordant de joie, en adoration devant lui. Un peu plus tard, elle était allongée, lovée sous son bras, et écoutait son souffle régulier.

— Ne pars pas, chuchota-t-elle.

Il ouvrit les yeux, pas le moins du monde endormi.

— Comment un mortel pourrait résister au chant de sirène d'une fée des mers ? déclara-t-il en caressant ses beaux cheveux.

— Mais tu vas travailler pour Colton, non ? Kai m'a dit que tu partais à New York.

Il acquiesça.

— C'est vrai.

Le visage de Flora se défit.

— Oh, tu… Eh bien. C'est qu'à… c'est qu'à cinq heures de Reykjavik. Étant donné que tu vis au sommet du monde, je pensais… je pensais que je pouvais faire la navette.

— Depuis New York ?

— Pourquoi pas ? Et Colton sera ici la majeure partie du temps, s'il a besoin de moi. Il a peut-être pas obtenu ce qu'il voulait avec le parc éolien. Mais personne ne refusera le haut débit s'il l'installe.

— Effectivement, répondit-elle. Ça alors. Mince alors. Ça alors.

— Et j'ai… j'ai des amis à New York que j'aimerais vraiment que tu rencontres.

— Mince alors !

— Arrête de dire ça. En fait, je connais un moyen de te faire arrêter.

Il fit courir sa main le long de son dos.

— Pourquoi je peux pas m'empêcher de te regarder ? De te toucher ? Toi tout entière ? Oh, oui ! Le sortilège.

— Le sortilège, répéta Flora en tournant la tête pour le regarder de ses grands yeux, et il eut envie de s'y noyer, de plonger dedans, de vivre sous l'eau, d'en faire son chez-lui.

Et elle se demanda, mais un court instant seulement : combien de temps durent les sorts ? Quand on en jette un, le sait-on jamais ?

*

Après, elle dormit. Et, pendant son sommeil, se souvint.

*Il était une fois, alors que la glace venait frapper les vitres, un navire qui voguait vers le nord, bien au-delà des îles, au milieu des vastes mers bleues.*

*Il atteignit le pays de la glace et de la neige ; c'était le printemps, les icebergs descendaient des pôles, rendant les eaux dangereuses, même s'ils étaient très beaux et renfermaient toutes les couleurs de la mer et du ciel, et du blanc aussi, ainsi que des bulles d'air, des pierres et des galets parfaitement congelés en leur sein, venus d'un monde que personne ne connaîtrait jamais.*

*Mais la fille* – « Est-ce qu'elle me ressemble ? » avait demandé Flora, et sa mère avait répondu en souriant : « Oui, elle était dynamique et bruyante et elle avait des yeux de la couleur de l'eau, comme toi », et Flora avait souri, satisfaite – *n'était pas heureuse. Pendant le voyage, elle s'était tenue tranquille, déterminée à ne pas finir la traversée qui l'emmenait où elle ne voulait pas aller ; elle n'avait pas eu le choix. S'était sentie emportée.*

*Elle observait les icebergs avec curiosité tandis qu'ils passaient devant eux, telles de minuscules îles.*

*Et le capitaine se sentait inquiet, bizarre, alors qu'ils ralentissaient, encore et encore, pour ne pas rester prisonniers de cette étrange mer de glace, belle et scintillante.*

*Un matin, le soleil se leva tôt, et ils se rendirent compte qu'ils dérivaient à côté du plus grand iceberg qu'ils avaient jamais vu. C'était une montagne, une haute cathédrale de glace chatoyante. La coque en bois du bateau frottait contre lui, avec des grincements et des craquements torturés, mais le solide chêne ne céda pas.*

*Le capitaine tenait la barre, jurant, priant pour que le navire ne sombre pas et que la coque ne rompe pas. Après une torsion atroce qui mit la quille à rude épreuve, le navire continua sa route, dépassa l'immense montagne de glace pour se retrouver en pleine mer, et le capitaine exhala un long soupir de délivrance, de la sueur lui perlant sur le front.*

*Puis, comme un de ses matelots criait, il se tourna vers le pont baigné de soleil et vit, horrifié, que la fille était tout bonnement descendue du bateau – d'un pas léger – pour monter sur la montagne de glace ; il la regarda, incrédule, avancer à grandes enjambées sur l'iceberg qui serait désormais son foyer.*

*— FAITES DEMI-TOUR ! DEMI-TOUR ! hurla le maître d'équipage. Mais le vent se levait, et le navire poursuivit son chemin, ballotté par les flots. Quand ils réussirent à le faire tourner dans les vagues, les icebergs scintillants s'étaient rejoints, et ils eurent beau chercher jusqu'à la tombée de la nuit, ils ne trouvèrent aucune trace de la fille. Puis le capitaine, en expliquant sa cargaison perdue, déclara avec d'amers regrets dans la voix : mais qui pouvait bien vivre en un tel lieu ?*

— Tu pourrais, *toi* ? avait demandé Flora, en se disant que vivre sur une île de neige et de glace devait être magnifique, et très étrange. Est-ce qu'elle a vécu là-bas ?

— On peut vivre dans plein d'endroits différents, lui avait répondu sa mère en lui caressant à nouveau le front. J'aime penser que tu connaîtras plein de mondes différents, plein de lieux différents, et que tu seras heureuse dans chacun d'eux.

— Même celui-là ?

— Même celui-là.

Et, alors que Flora sentait qu'elle s'endormait, joyeuse, elle avait posé une dernière question.

— Qu'est-ce qui est arrivé à la fille ?

— Oh, elle est toujours là-bas. Elle brille, lui avait précisé sa mère.

Mais l'avait-elle dit ? Car la voix, de plus en plus faible, s'évanouissait dans la nuit.

— Elle brille, telle la plus éclatante des lunes, et elle plonge pour pêcher du poisson, et elle aide les marins à rentrer chez eux. Parce que nous sommes des *selkies*, ma chérie. Et c'est notre rôle.

*En mémoire de Mary « Moira » Colgan,*
*née McCann, 1945-2016*

Remerciements

Merci à : Maddie West, David Shelley, Charlie King, Manpreet Grewal, Amanda Keats, Joanna Kramer, Jen Wilson et toute l'équipe de vente ; Emma Williams, Stephie Melrose, Felice Howden, Jo Wickham et toutes les personnes chez Little, Brown ; Jo Unwin, Isabel Adamakoh Young. Merci à tous.

Sincères remerciements aux organisateurs du Faclan (le salon du livre des Hébrides) et du Worldplay (le salon du livre des îles Shetland), ainsi qu'à la Orkney Library, pour m'avoir invitée et réservé un accueil aussi chaleureux quand je suis passée chez vous. Je reviendrai avec plaisir !

Il existe de nombreuses versions de *The Herring Song*, citée dans ces pages (elle compte aussi environ 179 vers supplémentaires), mais ma préférée est celle d'Eliza Carthy, extraite de son magnifique album *Red*.

Je remercie tout particulièrement Dominic Colgan, Laraine Harper-King et Serena MacKesy.

# Recettes

## PAINS BANNOCK

*

Les pains bannock sont de délicieux petits pains plats et ronds, croustillants, meilleurs consommés chauds, juste sortis du four.

Vous pouvez les faire cuire au four ou les frire, et vous pouvez y ajouter des fruits – les myrtilles se marient à merveille avec, ainsi que les raisins secs – ou, si vous préférez le salé, remplacer le lait ribot par du fromage râpé, ou même ajouter du piment et du sel (bien sûr, dans ces cas-là, passez-vous du sucre).

- 500 g de farine avec levure incorporée
- 50 g de beurre
- 250 ml de lait ribot (ou babeurre)
- 20 g de sucre
- 1 œuf
- 250 ml de yaourt nature

Sablez la farine et le beurre. Ajoutez le sucre, l'œuf, le lait ribot et suffisamment de yaourt pour que la pâte soit collante.

Pétrissez, en ajoutant de la farine, jusqu'à ce que la pâte ne colle plus.

Étalez la pâte de façon à ce qu'elle fasse environ 2,5 centimètres d'épaisseur, puis découpez-la selon les formes de votre choix.

Enfournez à 160 °C pendant 12 minutes *ou* faites frire dans une poêle beurrée jusqu'à ce que la pâte prenne une couleur brun doré.

## LA CONFITURE

*

Quand j'étais petite et que je regardais ma mère faire de la confiture, j'avais l'impression que c'était tout un bazar, avec des marmites en train de bouillir, des choses qui faisaient des bulles et plein de vapeur dans la cuisine. Mais ce n'est pas du tout le cas ! Faire de la confiture est très facile. Le truc, c'est de ne pas essayer d'en faire trop d'un coup. Deux ou trois pots, c'est très bien ; et ça ne prend qu'une demi-heure. Et puis, c'est amusant au terme d'un après-midi passé à ramasser des mûres sauvages. Si je n'ai pas assez de mûres, je rajoute quelques pommes. Les puristes rechigneront, mais je pèle et coupe les pommes en morceaux, auxquels j'ajoute un peu d'eau, et je les passe au micro-ondes pendant 5 minutes pour les ramollir.

Le plus important, c'est d'éloigner les enfants, même si ces derniers veulent vous donner un coup de main, car la préparation devient vraiment très chaude. J'anticipe en achetant des étiquettes autocollantes pour les pots et, pendant la partie la plus délicate de l'opération, je les envoie les décorer.

J'utilise du sucre gélifiant, mais j'ajoute toujours un peu de pectine à la dernière minute, pour me rassurer. Par ailleurs, passer vos pots à confiture au lave-vaisselle devrait bien les stériliser.

- Des fruits, autant que vous avez pu en ramasser
- Des pommes si vous n'en avez pas assez ou si votre enfant de cinq ans a le visage étrangement collant
- Du sucre « spécial confiture », exactement le même poids que les fruits, ou un peu moins
- Du jus de citron
- Une noix de beurre

Rincez les fruits. Certaines personnes préfèrent enlever les pépins. Pas moi – je les aime, mais j'ai toujours mes dents, alors je penserai peut-être différemment un jour.

Faites cuire les fruits et le sucre à feu doux, sans cesser de remuer. Ajoutez quelques gouttes de jus de citron. Quand la préparation commence à bouillir, ajoutez une noix de beurre pour qu'elle reste brillante et onctueuse et éviter qu'elle ne produise trop d'écume. Laissez mijoter dix minutes, sans cesser de remuer. Si besoin, écumez la confiture et attendez que tous les fruits soient bien ramollis.

Puis portez la préparation au plus mélodieux des états : faites-la bouillir à gros bouillons. Vous saurez ce que c'est en le voyant : de grosses et magnifiques bulles éclateront à la surface. Laissez cuire cinq minutes si vous utilisez des mûres sauvages, plus longtemps pour des fraises. Si vous avez un thermomètre à sucre, la préparation doit être à 150 °C. Dans le cas contraire, ce n'est pas grave : tout se passera bien.

Ôtez du feu et laissez reposer cinq minutes – assez longtemps pour que la préparation refroidisse mais pas assez pour qu'elle se solidifie ! –, puis versez dans les pots. En faisant très, très attention.

## TOURTE À LA VIANDE DE BŒUF ET À LA BIÈRE ANGLAISE

*

Oui, j'achète la pâte.

- 500 g de bœuf à braiser
- 1 cannette de la bière de votre choix
- 250 g de champignons
- 2 carottes
- 1 oignon
- Beurre pour la friture
- 500 ml de bouillon de bœuf
- Romarin
- 1 rouleau de pâte feuilletée pur beurre

Préchauffez votre four à 175 °C.

Roulez la viande dans la farine, le sel et le poivre, et saisissez-la dans du beurre afin de la paner. Réservez.

Faites doucement revenir l'oignon jusqu'à ce qu'il soit doré, avec les carottes. Ajoutez les champignons. (Vous pouvez également utiliser une autre poêle et les faire revenir séparément dans du beurre avec deux gousses d'ail et du poivre blanc, ce qui est aussi très savoureux.)

Ajoutez la viande, la bière et le bouillon, et laissez mijoter pendant une heure ou deux, avec le romarin posé sur le dessus. Ne laissez pas la viande bouillir : elle deviendrait dure.

Versez la préparation dans un plat allant au four et recouvrez-la avec la pâte feuilletée, en creusant un trou au milieu pour laisser s'échapper la vapeur. Si vous voulez, dessinez des motifs de feuilles sur le dessus. Vous devriez à mon avis – c'est un joli plat.

Enfournez pendant 40 minutes environ, jusqu'à ce que la tourte soit bien dorée ; servez-la un soir de grand froid, accompagnée de purée et de bons légumes verts : du chou, des épinards, du chou kale, ou ce qui vous fait plaisir !

## TARTE AUX POMMES ET À LA FRANGIPANE

Avec mes profonds et sincères remerciements à mon ami Sez, qui fait les meilleures tartes aux fruits que j'aie jamais mangées.

*Pour la pâte*

- 150 g de farine blanche
- 1 c. à soupe (ou moins) de sucre
- 115 g environ de beurre très froid, coupé en dés. Ça vaut le coup de le couper en dés, puis de le

mettre au freezer 5 minutes puisque, plus le beurre est froid, plus la pâte est croustillante.

- 1 pincée de sel
- 30 à 60 ml d'eau glacée
- Un soupçon de crème et un peu de sucre

Mélangez la farine, le sel, le sucre et le beurre jusqu'à obtenir une préparation granuleuse. Mieux vaut utiliser un robot de cuisine : c'est plus rapide, et tout reste bien froid.

Le robot toujours en marche, ajoutez doucement de toutes petites quantités d'eau glacée jusqu'à ce que la pâte forme un tout homogène, mais reste un peu sèche. Le but est de se rapprocher le plus possible d'une pâte sablée.

Mettez-la au réfrigérateur pendant une heure avant de l'étaler.

Étalez la pâte de façon à ce qu'elle soit adaptée à votre moule à tarte. Elle a tendance à se casser, donc : a) assurez-vous qu'elle chevauche bien généreusement le bord du moule et b) ne vous inquiétez pas si elle se déchire – rebouchez simplement les trous avec des petits restes de pâte.

Appliquez la crème au pinceau et saupoudrez légèrement de sucre.

Faites cuire la pâte à blanc, recouverte d'un papier sulfurisé garni de haricots secs, pendant 15 minutes à 180-200 °C.

Faites cuire à blanc, sans haricots, 10 minutes de plus environ, jusqu'à ce que la pâte soit dorée.

*Pour la frangipane*

- 55 g d'amandes en poudre
- 50 g de sucre cristallisé (ou de sucre vanillé si vous en avez)
- 50 g de beurre pommade
- 1 c. à soupe de farine blanche
- 1 œuf
- ½ c. à café d'extrait de vanille (si vous utilisez du sucre cristallisé)
- 1 pincée de sel

Mixez les ingrédients secs avec le beurre pommade, puis ajoutez l'œuf, l'extrait de vanille et mélangez le tout jusqu'à obtenir une pâte homogène. Laissez refroidir dans le frigo pendant une heure avant utilisation.

*Pour les pommes/la garniture*

- 2 ou 3 pommes de table (pas des pommes à cuire) pelées et finement tranchées, recouvertes du jus et du zeste d'un citron pour leur donner un peu de peps (et les empêcher de brunir)
- 1 pot de confiture : vous pouvez utiliser à peu près n'importe quelle confiture, mais celle de groseilles à maquereau est ma préférée pour cette tarte. Une bonne vieille confiture de groseilles rouges achetée au supermarché fait tout aussi bien l'affaire.

Quand le fond de tarte sort du four, étalez immédiatement la frangipane dessus pour qu'une partie pénètre dans la pâte bien chaude et la rende savoureuse.

Disposez les tranches de pommes dessus de façon décorative.

Remettez au four 10 minutes.

Pendant que la tarte est dans le four, versez la confiture dans une casserole et faites-la fondre à feu doux jusqu'à ce qu'elle soit liquide. Quand vous sortez la tarte du four, étalez la confiture dessus. Laissez le tout refroidir dans le moule.

Composition et mise en pages
Nord Compo à Villeneuve-d'Ascq

Imprimé en France par

MAURY IMPRIMEUR
à Malesherbes (Loiret)
en mai 2019



N° d'impression : 236708
S29156/01